깊고 푸른 고백

깊고

푸른

고백

김남호 평론집

도서출판 북인

| 책을 펴내며

고백의 뜨거운 연대이기를

진부한 주장이지만, 시는 고백이다. 좋은 시는 은밀하고 고유하고 서늘한 고백이다. 고백과 비슷하지만 짝퉁인 것들, 이를테면 독백이나 방백, 푸념이나 엄살들과는 다르다. 진짜와 가짜를 구별하는 데는 어설픈 이론보다는 훈련된 감각이 효과적이다. 눈 밝은 독자들은 짜릿한 전율로 알아챈다. 좋은 고백은 전압이 높다는 걸. 그건 우리가 학창시절 연애편지 주고받을 때부터 깨닫지 않았던가. 첫 줄부터 심장을 짜릿하게 조여오던 그 순도 높은 고백들을.

자본주의의 한복판에서 자본하고는 거리가 멀어도 한참 먼 시를 우리가 붙잡고 있는 것은 어쩌면 그때의 그 고압의 감전을 다시 한번 더 느껴보고 싶어서가 아닐까? 살아남기 위해 발버둥치는 동안 정작 심장은 차갑게 식어버린 현대인의 비극적 아이러니를 시를 통해 극복해보고 싶어하는 게 아닐까?

*

돌이켜보면 나를 매료시킨 시들은 대개 '깊고 푸른 고백'이었다. 말하지 않고서는 도무지 살 수가 없어서 대밭에 구덩이라도 파고 '임금님 귀는 당나귀 귀'라고 외쳐야 했던 복두쟁이의 절규 정도면 더욱 좋겠다. 남들이 보기엔 하찮지만 본인에게는 너무도 절박한 말들. 지옥을 벗어나려고 몸부림칠수록 지옥에 안착하는 말들. 그런 고백이면 황홀하겠다. "하는 수가 없어 나는/ 나의 배를 가른다/ 가른 배를 마리나 앞에 열어보인다 마리나는 토한다// 하는 수가 없어 나는 나의 늑골을 톱질한다/ 섬벅섬벅 뛰는 심장을/ 꺼내// 마리나의 손에 쥐여준다 마리나는 기절한다"(김언희, 「푸른 고백」). 배를 가르고 심장을 꺼내어 보일 정도의 고백이라면 그 고백을 듣는 자인들 토하거나 기절하지 않고 버티겠는가? 이번 생에 이런 고백을 한번 들어봤으면 원이 없겠다.

*

시가 고백이듯이 나의 평론도 고백이기를 바란다. 부글거리는 속을 못 견디고 속엣것을 모조리 게워내는 골목길 가로등 아래 취객처럼, 솟구쳐오르는 속엣것뿐만 아니라 내장까지 심장까지 심지어 전생까지 토하는 시인들, 그들의 고통스러운 고해성사 옆에서 등이라도 두드려주는, 함께 헛구역질이라도 해주는, 뜨거운 '고백의 연대'이기를 바란다. 그래서 바라건대 나의 평론에서는 아름답고 세련된 문채의 아취(雅趣)가 아니라 후회와 각오로 범벅이 된 시인들의 토사물로 악취가 진동했으면 좋겠다. 그 악취 속에서 내 평론의 첫 문장이 흔들리는 고백처럼 찾아왔으면 좋겠다.

2022년 가을

김남호

차례

책을 펴내며 | 고백의 뜨거운 연대기를 ·4

제1부 | 시는 고백의 문학이다

시는 고백의 문학이다 12

시는 그리움의 문학이다 20

채송화는 전압이 높다 27

정밀하게 관찰하고 건조하게 묘사하기 33

'설정'으로 시에 비친 삶을 읽다 46

그림을 그릴 수 없는 두 가지 이유 58

다만, 달아나지 않았던가! 69

이슬은 어떻게 진화하는가 81
— '이슬'에 비춰본 현대시의 불편함과 현대성

제2부 | 깊고 푸른 고백들

골목 순례자의 깊고 푸른 눈 100
— 서동균 시의 한 읽기

말과 표정을 지워버린 도부屠夫의 시 110
— 유홍준 시의 한 읽기

성에 낀 창을 녹여내는 푸른 입김의 시 121
— 이해존 시의 한 읽기

'갯벌' 위에 '달빛'으로 쓴 여성 잔혹사 130
— 조향옥 시의 한 읽기

기승전결 없는 '협객'의 시 140
— 조민 시의 한 읽기

왜 우리는 슬픔에 공을 들여야 하는가 150
— 정선희 시의 한 읽기

절박함의 끝에서 절박함과 맞서기 혹은 껴안기 160
— 석민재 시의 한 읽기

제3부 | 고백의 다양한 양상

극북極北에 그린 '모래만다라' 174
— 김언희 시집 『보고 싶은 오빠』

무심함으로써 심오해지는 역설의 시학 185
— 김효숙 시집 『나의 델포이』

소멸을 바라보는 세 가지 방식 197
— 김령 시집 『어떤 돌은 밤에 웃는다』

시의 '가치' 혹은 '같이'의 시 212
— 김진희 시집 『거미에 기대어』

무언 혹은 무심하게 말하기 226
— 윤덕 시집 『팬터마임』

시로써 죽음과 맞서는 경이 238
— 김규정 시집 『넋두리』

'순간'에 점심點心하려는 '시간의 예술'들 250
— 김광기 시집 『시계 이빨』, 임동확 시집 『길은 한사코 길을 그리워한다』

제4부 | 지역 시인들의 당찬 고백

바다, 시는 어디에서 어떻게 오는가 264
— 이성배 시집 『이어도 주막』

'나'라는 지옥에 대한 보고서 282
— 진효정 시집 『일곱 번째 꽃잎』

일상에서 기적을 보는 무한긍정의 힘 295
— 이필수 시집 『오늘이 좋은 몇 가지 이유』

모든 걸 보면서 어느 것도 보지 않는 자의 시선 309
— 조문환 시집 『바람의 지문』

벽을 뚫기 위한 세 개의 질문 321
— 이경숙 시집 『벽 속의 귀』

제1부

시는 고백의 문학이다

시는 고백의 문학이다
시는 그리움의 문학이다
채송화는 전압이 높다
정밀하게 관찰하고 건조하게 묘사하기
'설정'으로 시에 비친 삶을 읽다
그림을 그릴 수 없는 두 가지 이유
다만, 달아나지 않았던가!
이슬은 어떻게 진화하는가

시는 고백의 문학이다

1

짧게 말하자면, 시는 고백이다. 좋은 시는 은밀하고 고유하고 서늘한 고백이다. 고백과 비슷하지만 짝퉁인 것들, 이를테면 독백이나 방백, 푸념이나 엄살들과는 다르다. 진짜와 가짜를 구별하는 데는 어설픈 이론보다는 훈련된 감각이 효과적이다. 눈 밝은 독자들은 짜릿한 전율로 알아챈다. 좋은 고백은 전압이 높다는 걸. 그건 우리가 학창시절 연애편지를 주고받을 때부터 깨닫지 않았던가. 첫 줄부터 심장을 짜릿하게 조여오던 그 순도 높은 고백들을.

자본주의의 한복판에서 자본하고는 거리가 멀어도 한참 먼 시를 우리가 붙잡고 있는 것은 어쩌면 그때의 그 고압의 감전을 다시 한번 더 느껴보고 싶어서가 아닐까? 살아남기 위해 발버둥치는 동안 정작 심장은 차갑게 식어버린 현대인의 비극적 아이러니를 시를 통해 극복해보고 싶어하는 게 아닐까?

물론 이때의 고백이란, 말하지 않고서는 도무지 살 수가 없어서 대밭에 구덩이라도 파고 '임금님 귀는 당나귀 귀'라고 외쳐야 했던 복두쟁이의 절규를 말하는 거다. 남들이 보기엔 하찮지만 본인에게는 너무도 절박한 말들.

지옥을 벗어나려고 몸부림칠수록 지옥에 안착하는 말들. 이쯤 돼야 비로소 고백이라 할 수 있지 않을까.

아귀처럼 벌어진 두 개의 이파리가
철커덩 닫히는 순간
가시 철창에 갇혀
온몸을 뒤틀고 뒤트는 몸부림으로
나, 당신에게 갇히려 하네

(…)

지옥문이 갇히거든
더는 움직일 수 없는
당신이라는 감옥에서
나, 영원히 잠들겠네

— 곽효환, 「파리지옥」 부분

곽효환의 이 시는 특별한 의미가 담겨 있어서 좋은 게 아니다. 그저 "당신이라는 감옥에서/ 나, 영원히 잠들"고 싶다는 강렬한 염원을 드러낸 사랑시이다. 하지만 이 시가 좋은 이유는 통속적으로 읽힐 만큼 빤한 고백을 진지하고 능청스럽게 하고 있기 때문이다. 더 구체적으로 덧붙이자면 통속을 통속이 아닌 것처럼 치장하지 않았기 때문이다. 사랑에 대해서라면 유행가 가사처럼 절절한 게 어디 있던가.

이런 고백 시의 원조를 한국 현대시에서 찾자면 한용운의 「복종」이라고 볼 수 있겠다. "남들은 자유를 사랑한다지마는, 나는 복종을 좋아"한다는 그의 순애보는 '파리지옥'의 불교적 버전이라고나 할까. 가장 아름답고 이상적인 사랑이란 나를 죽임으로써 '당신'과 하나되는 승화일진대, "당신이 뽐

어낸 체액에 흔적 없이 녹아내려/ 나, 당신 가장 깊은 곳으로 스며드려"하는 화자에게 파리지옥풀은 차라리 지옥이 아니라 천국일 터. 무릇 사랑의 고백은 이렇게 능청스런 '파리'처럼 하는 것이다. 절반은 진심이고 절반은 뻥일지라도 그 허풍의 힘으로 진지하고 무거워서 서로에게 버거운 진심을 추락하지 않게 한다.

이렇듯이 내가 상대에게 녹아들어 온전한 하나가 되기를 바라는 사랑이 있는가 하면, 끝없이 퍼주는 사랑도 있다. 흔히 전자를 '에로스적인 사랑', 후자를 '아가페적인 사랑'이라고 부른다. 전자가 치열하다면 후자는 거룩하다.

종일 비어있는 가슴이다
내 품에 안겼다 떠난 것들
아주 짧은 시간에 품었던 것들
지금 멀다
방금 지나간 바람에 공작단풍잎이 몸을 떤다
흔들리지 않는 나는 가슴을 연다

— 최종월, 「국자 생각」 부분

이 시의 표면적인 화자는 '국자'이다. "끓는 냄비 안으로 들어"가서 "망설임 없이 묵묵히 퍼담아"준 국자는 "가슴으로 담아준 것이 목젖 적시며 넘어가는 소리"를 듣는 것만으로도 행복하다. 그러나 국자가 이렇게 '사랑'을 퍼담아주는 것은 잠시일 뿐 "종일 비어" 있다. "아주 짧은 시간에 품었던 것들"은 멀리 있고, "방금 지나간 바람"에도 나는 "공작단풍잎"처럼 몸을 떤다. 그렇다면 이 시의 숨겨진 화자는 자식들이 품을 떠난 '엄마'임을 알겠다. 엄마야말로 자식들을 위해 스스로를 끓여 끝없이 퍼준 '국자'가 아니겠는가. 그러므로 '국자 생각'은 '국자의 고백'이자 국자처럼 살아온 '엄마의 고백'일 터이다.

2

하지만 세상의 사랑이 다 이처럼 낭만적이고 거룩한 것은 아니듯이 세상의 고백 또한 다 이렇지는 않다. 오히려 그 반대일 때가 더 많다. 대부분의 고백은 하소연에 가까운 푸념이거나 볼멘소리이기 십상이다. 그렇다고 그 고백들이 추하다거나 그래서 시에 이르지 못한다는 게 아니다. 어쩌면 그런 고백이 가장 핍진한 현실의 반영이기도 하고, 그만큼 공감과 치유의 효과도 크다.

같은 사람끼리
왜 격格이 느껴지는지 모르겠다
함께 일하면서 내가 받은 봉투가 더 얇고
그들과 내 좌석의 배열이 다르고
함께 밥 먹고, 이야기하고 술 마시고 웃다가도
카운터로 나갈 때 꽁무니 빼는 방식이 다르다
가방 안, 한두 권의 영문 책자에
내가 식별하기 어려운 희랍어체의 메모와
까만 안경테는 그렇다 치고
늘 영어 신문을 옆구리에 끼고
팔자걸음으로 걷는 그들도
나름대로 미모의 여자를 쳐다보는 눈빛은
나와 다르지 않은데

— 박영배, 「격格」 전문

한자 '격格'의 우리말 새김은 인터넷 '다음'의 검색에 의하한문면 '바로잡다' '겨루다' '치다' 등 무려 19가지나 된다. 여기서는 문맥상 '인품'이나 '자질'을 의미한다고 봐야겠다. '품격'이라고 할 때의 '격'이라는 말이다. 화자가 관찰한 바에 따르면 상대는 속물근성이 강하고 얌체다. 같이 일하고도 월급이 더 세고, 서열이 높고, 밥이나 술을 살 줄 모르는 인간이다. 가방 안에는 영문 책자에 알아먹기 힘든 메모가 들어 있고, 까만 안경테에 영자신문을 끼고 팔자걸음을 걷는 밥맛 떨어지는 스타일이다. '나'와 '같은 사람'인데도 전혀 '같지 않게' 느껴지고, 심지어는 '같잖게'까지 느껴진다. 그런 그가 나와 같아지는 순간이 있으니 '미모의 여자'를 쳐다볼 때의 눈빛이다. 사무실 안에서도 밖에서도 '이격異格'인 그가 '동격同格'이 되는 극적인 지점은 원초적 본능이 작동하는 순간이라는 것.

세상은 수많은 '격格'들로 이루어진 만화경이라는 게 이 시의 바깥쪽 면이라면, 그도 별 수 없이 수컷이라는 발견과 더불어 그와 나는 결코 다르지 않다는 위로와 득의가 이 시의 안쪽 면을 이루고 있다. 이렇게 돌아서서 같이 근무하는 상사의 욕도 하고 흉도 보는 고백의 힘으로 우리는 또다시 그 지긋지긋한 사무실로 되돌아갈 수 있지 않았던가. 이런 고백 투의 시를 두고 '속되다'고 얕볼 일이 아니다. 좋은 시는 오히려 철저한 속俗에서 나오는 법이니까.

3

발견이나 깨달음조차 고백이라야 의미 있을 때가 있다. 종종 발견의 희열은 고백의 형식을 통해 더욱 확실해지고 공고해진다. 언표言表는 어떤 것을 기정 사실화하는 힘을 가지고 있기 때문이다. 아르키메데스가 벌거벗은 채 '유레카'를 외치며 목욕탕에서 뛰쳐나올 때의 희열을 상상해보라.

> 지하실에 내려갔다가
> 거미줄에 걸려 있는 노란 나비를 본다
>
> (…)
>
> 가여운 생각에

손끝으로 사뿐히 두 날개를 집어올리니
날개 안쪽에
깨알같이 잔뜩 슬어놓은 노란 알들

한껏 숙연해진다
죽음이 몸을 해체하는 순간에
산란의 힘으로 밀어내놓은
신생新生의 유전자들!

— 김수원, 「나비의 꿈」 부분

여기서 말하는 '나비의 꿈'은 꿈과 현실의 이분법을 부정하는 장자의 '호접몽'이 아니다. 나비의 기원祈願이다. 거미줄에 걸려서 자신의 몸이 거미에게 먹히는 중에도 나비는 날개 안쪽에 알을 슬어놓으며 자신의 종種이 영속하길 바란다. 자연불인自然不仁이라 했던가. 거미는 생존을 위해 나비를 사냥할 수밖에 없고, 나비 역시 거미줄에 걸려 맞이하는 최후에 대해 원한도 회한도 없어 보인다. 미안함도 없고 억울함도 없다. 가해자도 없고 피해자도 없다. 다만 자연의 순리 앞에서 화자는 숙연해질 뿐이다. 지하실에서 거미줄에 걸려 있는 나비의 흔적을 보고 대단한 발견인 양 떠들 건 없지만, 한 줄의 소회를 남기지 않을 수는 없었을 것이다. 고백이란 이럴 때 가장 종요로운 형식이 아닐까. 그 고백이 시로서 성공하느냐는 그 다음의 문제이다. 물론 내밀한 고백일수록 성공할 확률은 당연히 높아질 터.

잡초를 뽑노라면
하느님은 높은 하늘보다
낮고 낮은 땅 아래
더 오래 머무시는 것 같애.

(…)

땅 아래서 이루어지는
생명의 신비
창조의 신화
잡초는 하느님이 지으시는 농사

— 허영자, 「잡초를 뽑으며」 부분

종종 잡초를 뽑는 일은 잡념을 물리치는 일과 비슷하다는 점에서 경작의 방편이라기보다 수행의 방편에 가깝다. 화자는 잡초를 뽑으며 깨닫는다. "하느님은 높은 하늘보다/ 낮고 낮은 땅 아래/ 더 오래 머무시는 것 같"다고. 잡초는 "사람이 씨 뿌리지 않고/ 물 주어 가꾸지 않아도/ 무성히 우거지"기 때문이다. 사람이 가꾸지 않았는데도 무성하다면 누가 가꾸었겠는가? 결국 시인이 깨달은 바는 "잡초는 하느님이 지으시는 농사"라는 것. 그렇다면 잡초의 대립항인 곡식은 '인간의 농사'가 될 터인데, 여기서 시인이 말하고 싶은 건 '지체가 낮은 사람일수록 하느님에게 가깝다'는 신앙적 메시지가 아니겠는가? 이 시는 평범한 일상 속에서 자연 혹은 신의 섭리를 읽어내는 원로시인의 그윽한 사유가 엿보이는 고백이다.

4

지금까지 사랑과 품격, 발견과 통찰이 고백의 형식으로 시를 이룬 것들을 살펴보았다. 하지만 시의 본류는 아무래도 강한 서정에 있다. 뜻[情]을 풀어 놓는[抒] 게 서정抒情일진대, 서정이라는 게 본시 고백이 아니겠는가. 서정이 주조를 이루는 고백은 감각이 섬세하다.

저승과 이승의 틈새 같은
하얀 신작로 하나

달이 떴는지 흰 빛이
상을 동해 들어오면
아홉 마디마다 신열의 고통이
꽃으로 피어났다

— 정이윤, 「구절초가 귀를 열면」 부분

가을날 들길이나 산길을 걷다보면 들국화로 피어 있는 꽃이 대개 구절초이다. 국화과의 이 야생화는 쓸쓸하고 고고해서 코스모스와 더불어 가장 한국적인 가을꽃이다. 하얀 국화가 줄지어 핀 길이라면 아무래도 죽음을 연상할 수밖에 없고, "저승과 이승의 틈새 같은/ 하얀 신작로"는 구절초의 배경으로는 더 없이 어울리겠다. 구절초가 필 무렵이면 내 몸에도 꽃이 핀다. 청춘의 '열꽃'이 아니라 저물어가는 육신의 '병病꽃'이다. 가을이 오면 류머티즘은 더욱 기승을 부리고, 그럴 때면 몸의 "마다마다 신열의 고통이/ 꽃으로 피어"난다. 그래서 이 시에서 가장 빼어난 구절을 들라면 이 구절을 들겠다. "어쩌다 바람이 불어와/ 나의 뼛속 텅 빈 관절을 휙 지나치면/ 한참씩 먼 데에서 피리 부는 소리가 들렸다"(2연). 가을과 겨울이, 꽃과 바람이, 고통과 서정이 절묘하게 조화를 이루고 있다. 이런 고백은 듣는 사람도 참 오랫동안 아프겠다.

어쨌거나 좋은 시는 고백이다. 은밀하고 고유하고 서늘한 고백일수록 더욱 좋다는 게 나의 지론이다. 돌이켜보면 나를 매료시킨 시들은 대개 '깊고 푸른 고백'이었다. 그러나 요즘은 이런 아름다운 고백을 만나기가 쉽지 않다. 실험이라는 명분으로 쏟아내는 장광설이거나, 차마 가족이라도 볼까 저어되는 막말이거나, 읽을수록 고통받는 요설이거나, 사춘기 소녀풍의 센티멘털리즘이 고백의 행세를 하고 있다. 트로트가 다시 우리 가요계의 황금기를 구가하듯이, 아름다운 고백들이 순도 높은 전압으로 독자를 찌릿하게 감전시키면 좋겠다. ■

시는 그리움의 문학이다

누가 뭐래도 시는 그리움의 문학이다. 그리움이 없다면 시는 정처없을 것이다. 서정시든 해체시든, 고전적이든 전위적이든 그게 시라는 장르에 귀속되는 글이라면 그 바탕에 깔린 정서는 그리움이라는 게 내 믿음이다. 그리움의 실뿌리가 끌어안고 있지 않다면 이 몇 자 되지도 않는 글의 뭉치가 어찌 사람을 울리고, 세상을 울리겠는가. 시란 깨달음 이전에 울리는 일이고, 좋은 시란 감동 이전에 더 깊이 울리는 일이라면 말이다. 그리움처럼 울기 좋은 핑계가 어디 있으며, 사무치는 말이 어디 있으랴. 작고하신 문인수 시인은 그리움을 두고 "이 땅의 神"(「정월」)이라고 했다. 동의한다. "그립다"는 말은 "긴 팔"(「그립다는 말의 긴 팔」)이라고도 했다. 격하게 동의한다.

그리움은 그리움을 부른다. 그립다는 말만으로도 이미 그리워지지 않던가. 이처럼 그리움의 '주술적' 속성까지 파악했던 시인은 김소월이었다. "그립다/ 말을 할까/ 하니 그리워"(「가는 길」). 이 구절만으로도 '과연' 김소월이다. 시를 읽는 일이 지루하고 따분하기도 하지만 설레는 이유는 바로 '숨은 그림찾기' 하듯 시 속에 감추어진 '그리움'을 찾는 일이기 때문일 것이다.

물컹한 총각김치 넣어 끓인 청국장

화로에서 보글거리고
따끈한 아랫목
담요를 쓴 놋주발이 제자리를 잡는
겨울해 짧아 점심상엔
메밀부침개와 동치미
가끔 아버지가 좋아하는 무시루떡이 앉아
군침을 흘렸다

— 장정순, 「그리움」 부분

그리움은 두 가지의 층위를 거친다. 하나는 '부재'라는 '존재'의 층위이고, 다른 하나는 '시간'이라는 '흐름'의 층위이다. 쉽게 말하면 그리움이란 정서는 '지금은 없는' 것에 대해서 촉발한다는 말이고, 과거의 '기억'에 의존해서 구체성을 얻는다는 말이다. 그러므로 지금은 사라지고 없는 것(사람)들에 대한 마음의 대책 없는 쏠림이 그리움이다. 아예 '그리움'이라는 제목으로 노래하는 이 시를 보라. "허름한 멍석을 깔고/ 팔이 저리도록 놋그릇을 닦"는 그 가난과 고통의 시간이 왜 그리운가? 청국장과 아랫목, 메밀부침개와 동치미, 무시루떡이 소환하는 그 헐벗고 굶주린 시간이 그리운 이유가 뭘까? 거기에는 이미 가고 없거나, 있어도 그때의 그 사람이 아닌 아버지와 엄마에 대한 기억 때문일 것이다. 더 구체적으로는 그분들과 연루된 아름답고 따뜻했던 기억 때문이리라. 그리고 동시에 환기되는 것은 바로 현재이다. 지금은 그때보다 물질적으로는 더 풍요로울지 몰라도 그때보다 따뜻하고 아늑하고 행복하지는 않다는 뜻이다. 부재하는 것은 그 사람들만이 아니라 그 사람들로 인해서 가능했던 정서들까지도 포함된다. 그러므로 서정시는 그 부재하는 것들에 대한 향수의 반영이고, 지나간 시간의 누적으로 이루어지는 '충만한 현재형'의 언술이다.

색바랜 수첩 뒤적이다

소식 끊긴 친구의 안부를
컴퓨터 자판 두드리며 묻는다

주름진 손등에 번지는 미소
무소식이라도 살아지는 오늘
속절없이 보내버릴 오늘이 아니기에
또 다른 오늘, 새날을 기다린다

— 송경희, 「오늘」 부분

지금의 '나'는 단속적으로 존재하는 디지털적 신호 같은 게 아니다. 무수한 앞의 시간이 누적되어 형성한 아날로그적 구조물이다. 따라서 '지금의 나'는 수시로 '과거의 나'를 소환함으로써 확인되거나 증명된다. "색바랜 수첩"도 일종의 부재증명이다. 그 수첩에 기록되어 있을 소식 끊긴 옛 친구의 주소나 전화번호는 단순한 연락처나 인적사항이 아니다. 그 친구와 보냈던 시간과 겪었던 사건과 느꼈던 감정들이다. 그것들이 이제는 여기 없다는 부재증명으로 색바랜 수첩은 기능한다. 이미 거기 적힌 전화번호로 전화한다고 해도 연락되지 않거나, 연락되어 통화가 가능하다고 해도 이미 오랜 시간의 터널을 지나버린 친구는 옛날의 그가 아닐 것이다. 지나간 것들은 하나같이 그립고 아프다. 그래서 그 시간들로 "괜스레 눈시울 붉히"지만 그 시간들 때문에 "또 다른 오늘, 새날을 기다"리는 힘을 얻게 된다. 그래서 과거라는 기억은 오늘을 키우는 거름이기도 하고, 내일을 기다리게 하는 '부질없는 고문'이기도 하다. 이래저래 그리움이란 지나간 것들에 대한 애착이자 예찬이 아닐까.

하지만 지나간 것들이라고 다 그리움의 대상으로 남아 현재와는 무관한 화석으로 존재하지는 않는다. 과거는 어떤 방식으로든지 현재에 개입하고 간섭한다. 그것은 트라우마로 남아 고통을 주기도 하고, 학습효과가 되어 긍정적 영향을 끼치기도 한다. 다음 시는 후자의 예이다.

한방병원에 갈 때
아들이 주는 주의사항이 있다
될 수 있으면 말을 하지 마세요
묻는 말에만 대답하세요
혈압기를 사용할 때도
사용한다고 묻지 말고 사용하세요
혈압기는 환자를 위해
준비된 의료장비니까요
필요 이상의 말을 하면
병원에 있는 사람들이 불친절해요
그것을 보는 제 마음이 불편해요
그래서 아들의 말을 따랐다

— 구순자, 「엄마 잘 했어요」 부분

우리는 나이가 더해질수록 과거와 멀어지기도 하지만 현재와도 멀어진다. 과거와 멀어지는 것은 물리적 시간이고, 현재와 멀어지는 것은 (적응하지 못하는 탓에) 새로운 환경으로부터의 배제이다. 사람들은 무의식적으로 옛날의 가치와 기억에 의존하여 행동하게 마련이다. 하지만 그 가치는 바뀌었고, 그 기억은 유효기간이 지났다. 그런데도 '그때 그것'을 고집하거나 집착할 때 우리는 '원시인' 취급받거나 '꼰대'로 매도당한다.

지금 화자는 한방병원에 와서 진료를 기다리는 중이다. 늘 그렇듯이 병원은 환자에게 '절대 갑甲'이다. 괜히 주눅들고 눈치본다. 섣부르게 행동했다가는 주의받고 타박듣기 십상이다. 이를테면 진료 대기시간에 혈압을 한 번 측정해보고 싶으면 그냥 사용하면 될 텐데, '병원 사람'에게 혈압기를 써도 되겠냐고 허락을 구하는 식이다. 불필요한 질문으로 '그분'들의 심기를 불편하게 하고, 결국 "불친절"로 되받는다. 자식의 입장에서 엄마가 무시당하는 게 불편하고 속상하다. 그래서 아들이 가르치는 대로 고분고분 따른다. 우리는 오랫동안 다소곳하고 예의바른 것이 미덕인 시대를 살았다. 희생과 양보가 아름답다고 가르치던 시대였다. 개성과 주장이, 합리와 객관이 낯설 수밖에 없다. 겉으로 드러나지는 않지만 이 시는 그 어긋난 자리에서 불편한 현재를 통해 과거를 그리워한다.

사정이 이렇다보니 가끔은 사람이 기계처럼 보이기도 한다. 사람에게서 사람냄새가 나지 않기 때문이다. 종종 동물이나 인형에서 잃어버린 사람의 냄새를 느낀다. 심지어는 가상인간virtual influencer에게서 더 친근감을 갖게 된다.

찢어진 눈매
주근깨 얼굴
얼결에 말괄량이 삐삐가 다시 온 줄 알았다

앙증맞은
볼수록 맘이 가는 사람처럼…
그녀란다

함께 있으면
오히려 사람 같은 사람이 그녀라면

— 김관식, 「가상인간」 부분

지금 화자가 호감을 갖는 대상은 가상인간 "릴 미켈라Lil Milquela"이다. 인형처럼 이상적이고 완벽한 외모가 아니라, "찢어진 눈매/ 주근깨 얼굴"을 한 "말괄량이 삐삐"의 모습이기 때문이다. "볼수록 맘이 가는 사람"이고 "오히려 사람 같은 사람"이다. 사람에게서 매력을 느끼지 못하고 가상의 상대에게서 매력을 느끼는 시대, 증강현실이 현실을 대신하는 시대, 이 시대의 그리움은 대체 어디를 조준하고 있을까? 껴안고 있으면 결국 물이 되고 마는 얼음공주를 우리는 끌어안고 있는 것은 아닐까? 우리가 기를 쓰고 붙잡고 있는 서정시는 마치 모래가 다 빠져버린 모래시계처럼 그리움이 다 빠져버린 텅 빈 껍데기만 남은 게 아닐까?

타오르는 불을 지붕 아래 가두어야 했을까
사랑하는 너를 데리고 갈 데가
결혼 말고는 없었을까
반복과 상투가 이끼처럼 자라는
사각의 상자
야생의 싱싱한 포효를 가두고
날마다 자라는 빛나는 털을 다듬어
애완동물처럼 리본을 매달아야 했을까

— 문정희, 「젊은 나에게」 부분

그리움이라는 나침반이 가리키는 곳을 따라가다보면 어김없이 만나게 되는 지점이 있으니 '젊은 나'이다. 꿈과 가능성으로, 자신감과 무모함으로 눈빛이 강렬하고 근육이 단단하던 시절의 나. 그런데 돌이켜보면 "타오르는 불" 같던 '젊은 나'를 "결혼"이라는 족쇄를 채워 '가정'이라는 "지붕 아래"에 가두고 말았으니. "야생의 싱싱한 포효"는 "반복과 상투가 이끼처럼 자라는/ 사각의 상자"에 갇혀, "안방"과 "아이"와 "관습"과 "서류"에 매몰된 채 "애완동물처럼 리본을 매"달고 텅 빈 "모래사막"에 "야자수"처럼 항복하는 자세로 서 있는 것이다.

그러므로 그리움을 뒤집으면 그 뒷면에는 후회와 회한이 얼룩처럼 묻어나게 마련이다. 어찌 아픔 없이 그리워하고 후회 없이 되돌아보겠는가. 시간이란, 정서적 변화를 실어나르는 물길이다. 현재는 늘 고통스럽고, 과거는 그립고, 미래는 두렵다. 그러므로 두려움과 그리움은 고통을 대칭축으로 삼아서 정확하게 포개지는 데칼코마니에 다름아니다. 따라서 그리움으로 이루어진 서정시의 발원지는 고통(현재)이고 공포(미래)인 셈이다.

보고 싶은 얼굴, 부르고 싶은 이름
오르고 싶은 산이 있어
내 안에는 바람이 분다

— 김이대, 「내 안에 부는 바람」 부분

과학적 견지에서 본다면 이 지구가 유지되는 일차적 이유는 '바람' 때문이라고 한다. 바람 때문에 생명이 살고 꽃이 피고 열매가 맺는단다. 우리가 사는 이치도 이와 크게 다르지 않으리라. "보고 싶은 얼굴, 부르고 싶은 이름"들이 내 안에 '바람'[風/望]을 일으킨다. 이 '바람'의 다른 이름이 '그리움'일 것이다. 그리움이 없는 육신을 두고 어찌 살아 있다 하겠는가. 그러니 서정시의 이름으로 찬양할밖에. 오, 이 땅의 신神이옵신 그리움이여! ■

채송화는 전압이 높다

의자가 아무리 많아도
채송화 앞에는 절대
의자를 갖다놓지 말자
— 이안, 「채송화」 중에서

1

좋은 시는 다양한 이유로 좋다. 저마다 나름의 매력이 있기 때문이다. 긴 시는 길어서 좋고 짧은 시는 짧아서 좋다. 의미가 깊은 시는 우리의 생각을 깊게 해줘서 좋고 의미가 가벼운 시는 우리를 명랑하게 해줘서 좋다. 선명한 시는 선명해서 모호한 시는 모호해서 좋고, 낭만적인 시는 낭만적이어서 묵시록적인 시는 묵시록적이어서 좋다. 나를 살고 싶게 만들어서 좋은 시가 있고 나를 죽고 싶게 만들어서 좋은 시도 있다. 이 중 어느 하나만 선택해야 한다면 나는 시를 읽지 않을 것이다. 당신들은 그렇지 않은가? 이렇게 다양하고 다채로운데 어떻게 일부일처제 같은 '이데올로기적' 편애가 가능한가.

문제는 어느 특정한 유형의 시에 대한 개인적 취향이나 편애가 아니라 우리 시의 다양성이 후퇴하고 있다는 점이다. 우리의 현대시는 생산되는 양에 비해서 질적으로 그렇게 풍요롭지 못하다. 마치 유행이나 역병처럼 하나의 패턴으로 획일화되어 어딘가로 휩쓸려가는 느낌이다. 그게 유행이라면 권태를 만나 몸을 바꿀 것이고, 역병이라면 살처분 당하여 공동묘지 같은 적막한 평화를 만들 터이다. 이렇게 다양성의 후퇴는 우리 시의 빈곤을 불러오게 마련이고, 시의 빈곤은 우리의 정신을 가난하게 만들 테니 문제 삼지 않을 수 없다.

2

우리 시는 2000년대를 통과하면서 〈미래파〉라는 쓰나미를 만났다. 나는 개인적으로 그 쓰나미의 순기능을 예찬하는 쪽이지만 역기능도 만만치가 않음을 안다. 흐르지 않으면 썩는다. 문학도 예외일 리 없다. 하지만 제법 유장하게 흐를 줄 알았던 〈미래파〉에는 불행히도 '미래'가 없었다. 초반의 기세에 비해 그들의 끝은 미약하기 그지없었고, 2010년대에 진입한 뒤 그들의 출몰에 대한 의미와 평가는 찬반으로 갈리면서 매우 넓은 스펙트럼을 보이며 진지하게 진행되고 있다.

> "2000년대의 어떤 시인들 덕분에 한국시는 '시인(1인칭)의 내면의 고백으로서의 시'라는 일면적이면서도 지배적인 통념으로부터 완전히 자유로워졌다. 이제 시는 누구도 될 수 있고 무엇이건 말할 수 있다. 이런 시들로는 시인의 퍼스낼리티를 짐작하기 어렵다. 이것은 일종의 위조신분증이다. 위조신분증이 있으면 많은 일을 할 수 있다. 누군가에게는 혼란이었겠지만 다른 누군가에게는 축제였을 것이다."(신형철, 「2000년대 시의 유산과 그 상속자들」)

> "미래파로 지칭되는 시인들은 처음에 자신들에게 던져진 명명의 의미가 무엇인지 깊이 자각하기도 전에 시대의 선두주자로 부각되었고, 그들의 시가 문학적으로 크게 성숙될 시간의 축적도 없이 잊혀가야 하는 불행한 운명에 처한 위기의 시인들이었다."(최동호, 「극서정시의 기원과 소통」)

전자는 미래파를 긍정적으로, 후자는 부정적으로 평가하는 대표적 사례들이다. 전자는 시가 '일인칭 고백의 양식'이라는 오래된 통념을 깨뜨리면서 다양한 '딕션diction'을 통해 "누구도 될 수 있고 무엇이건 말할 수 있"는 축제라고 했고, 후자는 "성숙될 시간의 축적도 없이 잊혀가야 하는 불행한 운명에 처한 위기의 시인들"의 시대라고 봤다. 어느 쪽의 평가가 더 객관적이고 사실에 부합하는지를 따지는 것은 어렵기도 하려니와 바람직하지도 않다. 문제는 그들이 휩쓸고 간 뒷자리다. 중앙의 문단에 눈도장이라도 찍으려면 기존의 낯익은 서정시로는 엄두도 낼 수 없게 되었다. 소위 '모던한 시'와 '서정시'의 이분법적 차별화가 강화되었다는 뜻이다. 여기서 말하는 '모던한 시'란 한마디로 '감정의 귀족주의'를 추구하는 '전위적인 시'를 일컫는데 이게 바로 미래파의 전형적인 콘셉트이다. 그렇다면 '감정의 귀족주의'란 도대체 뭘 말하는가.

> "기품이 있고 나른하며, 어떠한 경우에도 감정적 균형을 잃지 않을 것 같은 태도, 우아하다고 해야 할까 세련되었다고 해야 할까? 이들은 결코 세속의 언어를 쓰는 법이 없다. 지적이고 고상한 단어를 좋아하며 그러면서도 비문에 가까운 문장을 잘 쓴다. 그것이 묘한 감각을 불러일으킨다. 문장과 기표를 살짝 비트는데 여기서 다양한 뉘앙스가 유려하게 흘러나온다."(박상수, 「귀족예절론」)

그들(미래파)은 "결코 세속의 언어를 쓰는 법이 없"고, "지적이고 고상한 단어를 좋아하며" "비문에 가까운 문장을 잘" 구사한다. 그들의 시에 대해 논할 때 곧잘 동원되거나 어울리는 수식어는 '횡설수설' '장광설' '요령부득' '애매모호' '그로테스크' 등과 같은 비교적 부정적인 어휘들이다. 이들은 '일반 독자'를 원치 않는다. 그런 시를 쓰는 시인들끼리 품앗이하듯 서로의 독자가 돼준다. 생산자(시인)가 곧 소비자(시인)인 폐쇄적 구조이다.

3

이제 그 대안이 왜 하필 '채송화'라야 하는지를 말할 차례다. 우리가 '해바라기'나 '능소화' 숲에서 키 낮은 '채송화'에 주목하는 이유는 '해바라기'나 '능소화'에 지쳤거나 질렸기 때문이다. 이를테면 장미축제나 매화축제와 같다고나 할까. 담장을 걸타고 가는 한 그루 입술 붉은 장미덩굴이나 장독대 옆의 향기 짙은 백매白梅가 아니라 들판을 가득 채운 장미 벌판이거나 몇 개의 계곡을 점령한 매화 숲에서 우리가 겪는 '꽃멀미'를 떠올린다면 이런 새로운 형식의 시들에서 왜 독자들이 고통을 호소하는지 짐작할 수 있을 것이다.

현실과는 너무 멀리 떨어진 시들, 횡설수설이나 애매모호로 의미의 늪을 만드는 시들에 너무 지쳤다는 뜻이고, 공감할 수 없고 위로받을 수 없는 시들에 충분히 질렸다는 뜻이다. '멀고 길고 막막한' 시들에 대한 반감과 저항으로 '낮고 짧고 가까운' 채송화를 택한 게 아닐까? '해바라기'나 '능소화'를 향해서 '채송화' 한 송이 꺼내보이며 "봐라, 이게 바로 시의 본령이다"라고 말하고 싶었던 게 아닐까?

〈채송화 동인〉인들 자기 시의 한계에서 오는 절망이나 새로운 형식에 대한 갈증이 왜 없었겠는가. 그럼에도 '포스트모더니즘'을 지나 '미래파'를 겪으면서 느낀 '전위'의 고통과 이물스러움이 그들에겐 더 힘들었으리라. 그래서 〈채송화 동인〉들이 추구하는 시는 단순히 짧은 시가 아니라 시의 본령에 충실한 시일 거라고 생각한다. 시의 본령이란 자연에 기댄 채 삶의 원리를 자연법에 복속시키려는 복고적復古的이거나 의고적擬古的인 시작詩作의 행태를 두고 하는 말이 아니다. 열려 있는 감각으로 세계와 교감하며, 비유와 함축을 통해 언어의 너머를 말하려고 하는 고전적인 시의 정의를 일컫는 거다. 우리에게 오랫동안 사랑받아온 좋은 서정시들이 그 한 예가 될 것이다. 형식상으로는 짧고 단아하지만 내용상으로는 폭넓은 의미망을 드리운 채 동심원을 그리며 끝없이 번져나가는 시들 말이다.

> 꽃가지 발음하다가
> 때 아닌 눈물 솟다
>
>
> '꽃'과 함께 발음하면 '가지'는 '까지'가 된다

꽃가지도 예쁜데
꽃까지는 얼마나 지극한 경지냐

내 가지는
내 손과 발, 내 자지는
꽃까지 얼마나 멀었느냐

— 복효근, 「꽃가지」 전문(『작은詩앗·채송화』 제12호)

'가지'와 '까지'라는 발음의 유사성에서 출발한 이 짧은 시는 '가지'와 '손/발'의 형태적 유사성을 거쳐 '자지'라는 표현의 비약을 감행한 다음 '꽃까지'라는 인식의 차이에 이르기까지 '지극한 경지'를 향해 순식간에 번져나간다. 이 시는 단 한 줄만 더 보태도 군살이 되고 한 줄만 빼도 무너질 정도로 앙상하다. 그러면서도 풀어쓰면 좋이 한 권의 책이 될 정도로 넉넉하다. 시가 간결하다고 해서 시인의 인식이 단순한 것은 결코 아니라는 것을 이 시는 모범적으로 보여준다. 하지만 종종 짧은 시는 단순히 그 분량 때문에 부당한 대접을 받을 때가 있다. 분량이 짧은 시는 상대적으로 간결한 이미지와 선명한 의미구조를 지니는 탓에 시인의 재치에 기댄 '소품'쯤으로 여기는 경향이 있기 때문이다. 그러나 과연 그럴까.

관을 들어 그를 산속으로 옮긴 후 돌아와 가만히 있었다

또 하나의 객지가 저문다

흰 종이에 떨구고 간 눈물자국 같은 흐릿한 빛이 사그라진다

— 문태준, 「망인亡人」 전문(시집 『먼 곳』)

이 시를 천천히 읽어보자. 행과 행 사이의 심연을 징검다리처럼 건너면

서 시인의 처지와 마음자리를 더듬어보자. 사랑하는 사람을 묻고 돌아온 슬픔과 절망 때문에 자기 집이 '객지'가 되어버린 자의 처절함이 느껴지지 않는가. 행의 수로 치자면 겨우 석 줄밖에 안 되지만, 과연 이 시가 짧은가. 그리고 얕은가. 누가 이 시를 두고 시인의 순발력으로 빚은 소품이라고 할 것인가.

사내가 초록 페인트 통을 엎지른다
나는 붉은 색이 없다
손목을 잘라야겠다

— 진은영, 「봄이 왔다」 전문(시집 『일곱 개의 단어로 된 사전』)

한漢나라 원제元帝의 궁녀 왕소군王昭君의 고사를 노래한 시 "春來不似春"(동방규, 「소군원昭君怨」)을 연상케 하는 이 시는 섬뜩하면서도 의미심장하다. 삼라만상은 봄빛으로 넘쳐나는데 새로운 계절에 동참할 수 없는 화자의 처지와 그로 인한 비애가 봄산의 꽃빛마저 핏빛으로 보이게 하지 않는가. 이 시 또한 누가 소품이라 하겠는가.

다시 말하거니와 시란 길다고 나쁜 것도 아니고 짧다고 좋은 것도 아니며, 그 역도 마찬가지다. 어떤 시가 오로지 감동으로써 독자의 심장을 향해 육박해갈 때, 그래서 젖은 손으로 콘센트를 만졌을 때처럼 찌릿하게 독자들을 감전시킬 때 비로소 우리는 그 시가 시의 본령에 충실한, 좋은 시라고 인정할 것이다. 그리고 대체로 이런 '위협적인' 전압을 유지하고 있는 좋은 시들은 필요 이상으로 길거나 모호하지 않다는 것을 우리는 작시作詩나 독시讀詩의 경험으로 알고 있다. 그러니 '미래파'라고 부르건 '극서정시'라고 부르건 시류나 명명에 현혹당하지 말고, '편견'이라는 편리한 의자에 앉지 말고, 채송화를 살펴볼 때처럼 그렇게 시 앞에 쪼그리고 앉아서 읽어보면 안다. 그 시의 전압이 얼마나 되는지. ■

정밀하게 관찰하고 건조하게 묘사하기

눈에 보이는 대상의 재현을 본질로 삼는 그림은 대상에 집중해야 한다. 대상의 관찰에 소홀하면 그 자리에는 관념이 고인다. 관념은 실감을 떨어뜨릴 뿐만 아니라 무수한 변화를 놓친다. 변화에 민감한 것은 감각이고 그 감각으로 작품을 살려내기 위해서는 대상을 세심하게 관찰해야만 한다. 그래서 옛 사람들은 "대상에서 피가 나도록 보라"고 하지 않았겠는가. 그리고 이어서 "대상을 철저하게 관찰하되 그것에 얽매이지는 말라"고 당부하는 것을 잊지 않는다. 제대로 살펴보라는 건 무엇이고 거기서 벗어나라는 건 또 무엇인가? 좋은 그림은 대상을 재현하지만 그것의 모방에 그치지 않는다. 거기서 또 다른 세계를 읽어내고 그것을 해석하고 자기만의 새로운 세계를 창조한다.

그림 그리기에 대한 이 경구는 시쓰기에서도 그대로 적용된다. "공부해서도 안 되고 안 해서도 안 된다"는 아포리즘과도 일맥상통하는 이 경구는 마치 선문답을 방불하게 하지만 시의 본질이나 핵심을 간파한 촌철살인이다. 좋은 시와 덜 좋은 시를 구분할 때의 준거는 다양하지만, 그 다양한 준거들 사이의 교집합을 찾으려 한다면 아마도 이 경구에 닿지 않을까 싶다. 즉, 얼마나 제대로 보고 자유롭게 사유하는가?

그래서 이 글에서는 날카로운 통찰이나 사유도 예리한 관찰에서 출발하고, 초현실주의적인 표현이나 전위적인 시조차도 역시 남다른 관찰에서 출발한다는 걸 좋은 시를 통해서 확인해보려 한다.

한 무리의 개들이
지하 주차장으로 들이닥쳐
하얀 자동차를 에워싼다

타이어부터 발라 먹으려는지
발톱을 세워 찍어댄다
하얀 페인트가 찢어진다

털이 꼬질꼬질한 개들이
짖지 않고
빙 빙
돌며 점점 조여진다

자동차 아래로 뛰어든
고양이 울음소리가 쪼그라든다

너덜너덜한 목줄을 찬
늙은 개가
차 앞에 버티고 앉는다

어둠 속에서 희번덕거리는 눈알들
비명을 삼킨 블랙박스

개들이 달려들어
길고양이 대신
매끈한 차 한 대를 해치우는 동안
CCTV도 짖지 않는

— 김수정, 「공범들」 전문, 『시와경계』(2021년 가을호)

공상과학 영화의 한 장면 같기도 하고, 스릴러물의 한 장면 같기도 하다. 내용도 매우 단순하다. 극적 상황이라고 할 것도 없다. 다만 정황만 드러나 있을 뿐이다. 그런데도 묘한 분위기를 풍긴다. 지금 지하 주차장에 한 무리의 개들이 들이닥친다. 개들은 하얀 자동차를 에워싸고 공격하기 시작한다. 타이어부터 발라 먹으려는지 그곳을 발톱으로 찍어대기 시작한다.

털이 꼬질꼬질한 개들이 으르렁거리거나 컹컹 짖지도 않고, 빙 빙 돌면서 단속적으로 공격할 뿐이다. 무슨 영문인지 자동차 아래로 뛰어든 길고양이는 개들의 서슬에 울음소리가 쪼그라든다. 아무런 부연 설명도 없이 극한의 공포와 전율로 시를 몰아간다.

마침내 차는 공격받아 해체되고 주위는 정리가 된다. 인간으로부터 탈출한 듯 보이는 늙은 개가 너덜너덜한 목줄을 찬 채로 차 앞에 버티고 앉는다. 희번덕거리는 눈알들이 그 개를 둘러앉는다. 비명을 삼켜버린 차의 블랙박스는 이 공포의 순간을 고발하지도 폭로하지도 못할 것이다. 길고양이 대신 매끈한 차 한 대를 해치우는 동안 CCTV는 아무런 기능도 하지를 못했다. 분노와 공포, 리더와 추종자의 모습에서 마치 영화 〈혹성탈출〉의 한 장면을 보는 듯하다.

이 시는 오로지 분위기를 묘사하는 데 집중할 뿐 다른 데는 관심이 없어 보인다. 일체의 진술이나 해설을 생략한 채 차분하고 치밀하게 묘사할 뿐이다. 현대시의 큰 특징이 이미지로 전달하는 것이지만, 이미지의 조각들을 편집해서 어떤 의미망을 형성하는 것은 시인의 의도이다. 그리고 그 의도는 해설과 사족으로 얼룩진 진술이 아니라 무미건조한 묘사에서 성공할 때가 많다.

좋은 시들의 공통점은 이처럼 세심한 관찰을 거친 묘사이지만, 이때의 묘사는 관찰한 실재가 아니다. 그렇기에 우리는 이 시에서 "매끈한 차" 대신 '정장한 여성'을 보기도 하고, "털이 꼬질꼬질한 개들"이 아니라 '뒷골목의 불량배들'을 연상하기도 하는 것이다. 아무런 단서도 흘린 적이 없지만 독자는 이 시에서 어떤 이야기를 읽는다. 서정시든 해체시든, 고전적이든 전위적이든 독자를 움직이는 건 그 시 속에 감춰진 이야기이다. 좋은 시인이란 가장 효과적인 방법으로 독자들의 상상력에 불을 붙이는 방화범의 다른 이름이 아니던가.

*

관찰은 눈앞의 대상에게만 한정되는 것도 아니고, 그 대상이란 게 꼭 어떤 사물일 필요도 없다. 관찰의 대상은 일차적으로는 눈앞의 사물이겠으나 상대의 마음도 관찰의 대상일 수 있고, 심지어 내 마음도 관찰의 대상일 수 있다. 어쩌면 외부보다 내부를 관찰하는 게 더 중요로울 것이다. 시란 장르는 기본적으로 일인칭의 자기 고백적인 형식을 취하기 때문이다. 자기 고백이 제대로 이루어지기 위해서는 자기 관찰이 선행되어야 할 게 아닌가.

> 주름 많은 여자가
> 주름치마를 입고 거울 앞에 서 있어요
>
> 얼굴을 마주하면 불편한 거울과
> 솔직해서 속상한 여자의 사이에 주름이 있습니다
>
> (…)

접혀서 아름다운 건
커튼과 꽃잎, 프릴과 아코디언, 사막의 모래물결, 샤페이, 기다림을 꼽는 손가락

거울이 겉주름을 보여줄 때 속주름은 더 깊어집니다
여자와 거울
둘의 관계는 쉽게 펴지지 않아요

양미간을 찡그리는 습관보다
거짓말을 못하는 거울의 습관이 더 무섭습니다

— 마경덕, 「거울의 시간」 부분, 『문학과의식』(2021년 가을호)

이 시는 화자의 내면 풍경에 집중하고 있다. 지금 거울 앞에 주름 많은 여자가 주름치마를 입고 거울 앞에 서 있다. 같은 주름이지만 얼굴의 주름과 치마의 주름은 다르다. 전자는 늙음을 가리키고 후자는 젊음을 가리키기 때문이다. 그래서 "치마는 주름 이전만 기억하고" "얼굴은 주름 이후만 기억하는" 것이다. 얼굴의 주름이란 늙음을 고지하는 바로미터이다. 늙음을 은폐하고 싶지만 "솔직한" 거울 때문에 숨길 수가 없다. 아니, 타인의 눈은 화장이나 마사지로 속일 수 있을지라도, "한사코 나이를 고백"하는 거울 때문에 접힌 내 기분의 주름은 속일 수가 없다.

접혀서 아름다운 건 커튼이나 꽃잎, 프릴이나 아코디언, 사막의 모래물결, 샤페이라는 쭈글쭈글한 애완견, 그리고 "기다림을 꼽는 손가락" 정도가 고작이다. 이 예외들로 인해서 주름의 긍정적인 입지는 더욱 좁아진다. 이 시에서는 화사의 내면 묘사가 전반적으로 빼어나지만 특히 이 구질은 압권이다. "거울이 겉주름을 보여줄 때 속주름은 더 깊어집니다". '거울만 보면 속상합니다'라는 일상적 고백의 시적 버전이기 때문이다.

상황이 이런 탓에 "여자와 거울/ 둘의 관계는 쉽게 펴지지 않"겠지만 나

빠지지도 않을 것이다. 거울 때문에 상처받지만 거울 때문에 위로받기도 할 테니까. 왜냐하면 상처와 위로는 둘 다 '거울의 습관'이기 때문이다. 지금 나를 괴롭히는 거울의 솔직함은 오래 전 내 몸이 내 마음에 들었을 때는 자신감의 근거였으리라. 이 시의 힘은 인식의 새로움이라기보다 변덕스럽고 속물스런 내면의 욕망을 아무런 미화 없이 그대로 그려낸 관찰과 묘사의 힘이 아니겠는가.

*

관찰의 묘미는 기념사진 촬영하듯이 하는 게 아니라 스냅사진 촬영하듯이 할 때에 맛볼 수 있다. 스튜디오에서 잘 설정된 포즈로 찍은 사진처럼 애초의 의도가 잘 담겨진 시가 좋을 때도 있지만, 따분하고 지루한 일상을 롱테이크로 촬영한 영상처럼 그대로 묘사한 시가 좋을 때도 있다. 왜냐하면 반복과 권태가 '일상'의 본질적 속성이지만 그 '일상'을 그대로 재현하면 낯설어지기 때문이다.

롤랑 바르트의 『글쓰기의 영도』에서 '중립적인 글쓰기'가 지시하는 바도 이런 글쓰기의 근방일 것이다. 그리고 '시도 없고 시적인 것도 없다'고 갈파했던 이승훈 시인의 『영도의 시쓰기』 역시 이 어름일 것이다. 아무런 긴장감이 느껴지지 않을 정도로 느슨한 시는 그 느슨함으로 시의 고삐를 당긴다. 다음 시가 그렇다.

늦은 귀가를 하는 길이었다
엘리베이터에서 내려 집에 들어가려는데
문 앞에 쌀자루 하나가 놓여 있었다
시골 방앗간에서나 볼 법한 나일론 쌀자루,
시골집 노모가 보내셨나? 쌀자루를 끙끙 들어
현관 앞 거실에 옮겨놓고 가만 살펴보니

105동으로 가야 할 쌀이 106동인 우리 집으로 왔다
보낸 이의 주소도 처음 보는 전북 부안 계화 소재였다
나일론 쌀자루에 쓰인 원래의 손글씨를 보니
5인지 6인지 애매하게 적히긴 했다
부안 계화도 쌀이라면 밥맛은 어지간하겠군,
시간은 벌써 밤 열 시를 넘기고 있었고
더 늦기 전에 나는 곧장 움직이지 않을 수 없었다
쌀자루를 둘러메자 허리가 휘청했고
후들후들 옆 동으로 옮겨가 11층에서 내렸다
동만 다르고 호수가 같은 집 앞에
쌀자루를 부려놓고 초인종을 눌렀다

— 박성우, 「부안 계화도 쌀」 부분, 『문학과의식』(2021년 가을호)

인용한 부분은 이 시의 전반부이다. 전반부만 봐도 후반부가 어떻게 이어질지 짐작하는 게 어렵지 않을 것이다. 그만큼 시의 극적 상황이 단순하고 특별한 반전도 없다. 내용은 별 게 아니다. 화자가 밤 늦게 퇴근해보니 아파트 문 앞에 쌀자루가 하나 배달돼 있었다는 것이고, 끌고 들어가 자세히 보니 "동만 다르고 호수가 같은 집"으로 갈 쌀이 잘못 배달되었다는 것이고, 다시 그 쌀을 메고 본래 주인을 찾아가서 돌려주었다는 것이다. 이 시의 끝부분은 이렇다.

중년 내외는 뭔가 의아한 눈빛으로 바라봤지만
딱히 나는 개의치 않고 공손한 인사를 드리고 나왔다
그것 좀 들었다고 땀이 다 나나,
넥타이를 풀어 들고 엘리베이터에서 내린 나는
양복에 묻은 먼지를 툭툭 털어보면서 집으로 향했다

간이 맞지 않은 음식처럼 심심하다. 시를 읽고 나면 뭔가 개운한 맛이 있어야 하지 않느냐고 하는 사람들에게 이런 시는 밍밍한 맛으로 느껴지겠지만, 개운한 맛을 살리기 위해 우리 시가 치러야 했던 대가는 가볍지 않다. 무슨 말인지 잘 이해가 안 가면, 노벨문학상 받은 시들을 한번 읽어보면 이해가 갈 것이다. 대부분의 노벨문학상 수상작들은 개운하기는커녕 지루할 정도로 밍밍하다. 무슨 기준으로 이런 시를 쓰는 시인에게 노벨상을 주는지 의심해보지 않은 사람이 드물 것이다.

이를 테면 이 시도 노벨문학상 수상작 스타일이다. 홍상수 감독의 영화처럼 일상의 모습을 그대로 가져옴으로써 낯설어지게 하는 것. 시는 멀리 있는 무엇이 아니라 일상의 한 토막이라는 시인의 시론이 그대로 투영된 게 아닐까 한다. 이런 시의 성패도 핍진한 관찰과 묘사의 성공 여부에 달려 있다. 이를테면 조고각하照顧脚下, 멀리 볼 게 아니라 '발 밑을 잘 살펴보라는 것', 부처의 가르침뿐만 아니라 시도 바로 거기에 있다는 거다. 다시 말해 가장 위대한 시는 일상 속에 있고, 가장 훌륭한 시론은 일상의 날렵한 재현에 있다는 것.

*

시가 오는 길은 다양하다. 어떤 대상에서 촉발되어 오기도 하고, 특별한 체험에서 오기도 하고, 공상이나 명상에서 오기도 한다. 뿐만 아니라 어떤 낱말이나 지명에서 올 때도 한다. 국내외의 지명에서 촉발되어 낭만적인 시를 쓰는 시인으로 우리는 박정대를 기억하고 있다. 하지만 다음 시도 그의 시에 못지않다.

당신은 어디서 왔나요
샤이나에서

옆에 있는 두 명의 저 소녀들은 누구인가요
시간을 이삭 줍는 아이들

소녀들은 말없이 옆에서 웃기만 하고
웃는 모습이 멀리서 날아온 꽃씨 같다 생각하다

여기엔 언제 왔나요
일주일이 지났고 일주일이 남았네요

— 이서영, 「샤이나에서 온 남자」 부분, 『문학과의식』(2021년 가을호)

이 시에서 주인공은 화자나 '당신'이 아니다. '샤이나'라는 지명이다. 화자는 당신에게 묻는다. 어디서 왔냐고? 당신은 "샤이나"에서 왔다고 답한다. 이어서 묻는다. "옆에 있는 두 명의 저 소녀들은 누구"냐고? 당신은 답한다. "시간을 이삭 줍는 아이들"이라고. 소녀들은 말없이 옆에서 웃기만 하고, 화자는 그 모습이 멀리서 날아온 꽃씨 같다고 여긴다. 그러다 또 묻는다. 언제 왔느냐고? 당신은 답한다. "일주일이 지났고 일주일이 남았"다고.

꼬치꼬치 심문하듯 어디서 왔느냐, 같이 온 사람은 누구냐, 언제 왔느냐 묻지만 당신은 불쾌해하는 기색 없이 선선히 답한다. 그리고 '화자'에게 반하기라도 한 듯이 "당신 따라 당신 손을 잡고 시간을 다 써버리고 내가 떠나온 곳 검은 빛의 땅 샤이나로 돌아갈 거"라고도 한다. 이 시도 앞의 시와 마찬가지로 밍밍하고 심심하다. 그런데 그 심심함과 밍밍함의 기원에서 차이가 있다. 전자는 일상에서 비롯되었다면 후자는 환상에서 비롯되었다. 이 시의 독특함은 시의 본문보다 주註에 있다.

샤이나는 아프리카 어디 열대우림 속에 있지 싶어 구글 지도를 찾아보았으나 샤이나를 찾지 못했다. 그렇다면 그는 어디에서 온 걸까? 화이자에서 개발한 샤이나 피임주사가 있고 필리핀에서는 배우겸 가수 겸 모델 샤이나 마그다야오가 현재 활동 중이다. 부산의 샤이나 오피스텔에서는 작년 에 코로나 확진자가 27명 발생했다. 그 외 샤이나 뷰티, 샤이나 모텔, 샤이나 스타킹이 샤이나와 어떤 관련이 있는 것 같은데.(「샤이나에서 온 남자」 주註 전문)

물론 시에서 주註는 단순히 특정한 낱말이나 구절의 주석註釋에 그치지 않는다. 주까지도 시여야 한다. 보시다시피 이 시의 디테일은 주에 있다. 주에서도 '샤이나'가 어딘지 혹은 무엇인지 결코 확정하지 않는다. 그것을 확정하는 순간 시는 확장성이 사라지기 때문이다. 끝없이 유예한다. 그냥 유예하는 것이 아니라 디테일을 살리면서 유예한다. 심지어 '샤이나'와 연관된 어느 곳의 코로나 확진자 수까지 제시하면서도 유예한다. 이런 시적 전략과 디테일로 인해서 '샤이나에서 온 남자'는 충분히 신비하고 매력적이다.

*

감각은 논리나 이성의 영역이 아니다. 그래서 가볍고 부질없고 변화무쌍하다. 불교에서 무상無常하다는 게 바로 감각의 세계 아닌가. 하지만 현대시는 감각에서 온다. 사유조차도 감각으로 길어올리면 좋은 시가 된다. 시쓰기에 한해서라면 우리 육신의 목 위쪽은 별 쓸모가 없다. 괜히 잔머리 굴려봐야 새로움은 고사하고 거기가 거기다. 시를 쓸 때 믿는 구석은 감각밖에 없다. 감각만이 새롭다. 이 감각이 시가 되려면 언어는 그 구체성으로 무장해야 한다.

무더운 여름날이다. 모든 것은 녹아내릴 듯이 덥고, 자연은 저마다의 색깔이나 무늬를 버리고 모노크롬monochrome을 띤다. 모든 사물은 멀찍이 떨어져 있고 모든 관계는 지루하고 권태롭고 모든 애인은 우울하다. 자, 이런 계절에 시를 쓴다면 어떻게 쓸 것인가? 감각이 어떻게 언어로 바뀌면서 시가 되는지 살펴보는 일은 흥미롭다.

무지無地는 여름용 화두다
꽃치자 흰 내음도 무지의 일족이다
여름이면 채도 낮은 침묵을 설파하는 일몰을 기다린다
민무늬 감각을 어떻게든 얻어보려고 조바심한다
기억 안에 깊숙이 버려진 나쁜 장면을 벗겨낸다면
흉터는 무지로 둘 것이다
애인이라는 지위가 우울한 애인들에게
선호도 낮은 이 절기를 권한다
초록 물갈퀴 우거진 중국단풍나무는 마른 잎을 매달고
색깔 빠지는 기분을 내년 봄까지 고수한다
식탁에 둘러앉은 일가족의 여름이 훤히 열려 있다
툭하면 밀려오는 낭떠러지를 수선해서 무언가를 지켜야만 산다
끝나지 않는 사랑을 발명한다 해도
몰沒 혹은 졸卒의 발목에 차이는 설계도는 오차가 없다
입술이 즐겁게 침묵할 오늘의 방향은 민무늬 감정
이별도 꽤 쏠쏠한 감정이 꽃치자에 붐빈다
기다리던 일몰이 겹치고 나는 조금, 무지를 얻었다
더운 바람에 뭉개진 얼굴에 무지가 들러붙는다

— 박은형, 「무지」 전문, 『서정과현실』(2021년 하반기호)

한글로 표시된 '무지'는 크게 두 가지 뜻으로 풀이된다. 하나는 '아는 게 없다'는 것이고, 다른 하나는 '무늬가 없이 전체가 한 빛깔로 된 모습이나 그런 물건'을 일컫는 것이다. 물론 이 밖에도 '아주 대단히' '엄지손가락' '쌓여 있는 더미' '한 심이 못 되는 곡식' 등이 있지만 이 시와는 무관해 보인다. 내용상 이 시에서는 '무지無地'의 의미이다. '무지無地'라는 말은 요즘은 잘 쓰지 않지만 일반적으로 천의 종류를 가리킬 때 쓴다. 식탁보처럼 무늬 없이 한 색깔로 된 천을 '무지 천'이라고 한다.

"무지無地는 여름용 화두다"라고 시작하는 첫 줄부터 감각적이다. 여름은 봄이나 가을처럼 색깔이 다양한 계절이 아니다. 녹색이거나 푸른 색으로 단순하다. 말 그대로 '무지'이고, 무지는 그래서 여름용이다. 둘째 줄 "꽃치자 흰 내음도 무지의 일족이다"도 매력적인 구절이다. 단순하면서도 오묘한 치자꽃 향기를 떠올린다면 '무지'가 가지는 무쌍한 의미의 변화를 감지할 수 있을 것이다. "채도 낮은 침묵"이나 "민무늬 감각"도 '무지'의 다른 풀이쯤 된다.

"기억 안에 깊숙이 버려진 나쁜 장면을 벗겨낸다면/ 흉터는" 상처의 흔적이 아니라 그저 '무지'가 될 것이다. 그런가 하면 이 구절은 매우 익살스럽다. "애인이라는 지위가 우울한 애인들에게/ 선호도 낮은 이 절기를 권한다" 당연히 여름은 애인마저도 귀찮고 성가신 계절, 사랑마저 시들한 이 계절을 표현하는 빛깔로 '무지'만 한 게 있을까?

삶이란, "툭하면 밀려오는 낭떠러지를 수선해서 무언가를" 지키는 일이다. 영원한 사랑을 발명한다고 해도 "몰沒 혹은 졸卒"에 이른다는 점에서 구원은 바랄 수가 없다. 그러니 "입술이 즐겁게 침묵할" 오늘의 기분은 "민무늬 감정"이고, "더운 바람에 뭉개진 얼굴에" 들러붙는 건 무지다. 여름날의 헤어나기 힘든 권태와 무기력을 '무지'라는 낱말 하나로 낚아채서 익살스럽게 풀어내는 시인의 감각과 역량은 놀랍다. 이때의 감각적 표현도 역시 일상에 대한 철저한 관찰에 빚졌음은 물론이다.

*

반성이나 성찰 없이 오랫동안 시를 써온 사람들은 대체로 감각을 배반하고 사유에 투항하려고 한다. 사유의 묵직함이 곧 시인의 중후함을 증거하는 것이라 여기는 듯하다. 그래서 나이가 들어서도 감각적인 시를 쓰면 어른답지 못하다고 비웃거나 배척하는 일이 발생한다. 이런 일부 중년/중견 시인들의 편견과 나태에 대한 반항과 거부는 젊은 시인들의 시에서 요설과 장광설로 표출된다. 시도 그 시대를 반영할진대 유행을 피해갈 수는 없으므로 변화 자체를 문제 삼을 수는 없다. 하지만 그 유행의 영향으로 시가 독자를 외면하고 자폐적인 구조 속에서 시인들끼리만 소통한다면, 그래서 마침내 시가 고사될 위기에 처할 수도 있다면 우려하지 않을 수 없다.

'시란 무엇인가' 하는 화두를 붙들고 내 시를 끊임없이 의심할 때 시는 살아날 것이다. 그리고 철저한 관찰과 묘사가 이루어질 때 시는 관념의 진부함을 벗어날 수 있을 것이다. '무지'는 여름용 화두로만 쓰이지는 않는다. 눈 덮인 겨울의 화두로도 잘 어울린다. 계절은 다시 겨울로 가고 있다. 하지만 우리 시는 생기발랄한 봄이기를 바란다. 몸이 추울수록 시는 더 뜨거워질 테니까. ■

‘설정’으로 시에 비친 삶을 읽다

시인이란, 길게 아파하고 짧게 즐거우며 누군가를 혹은 무언가를 끝없이 그리워하다가 서둘러 늙어가는 사람으로 ‘설정’된 존재이다. 그러므로 시인이란, ‘절망할 줄 아는 재능’을 타고난 사람이며, ‘불행할 수 있는 권리’(이형기)를 달라고 부르짖는 사람으로 설정된 존재이기도 하다. 그렇다. 시인뿐만 아니라 모든 존재는 저마다의 설정이 있다. 이를테면 어떤 개는 줄에 묶인 채 그 줄의 길이를 반지름으로 하는 원 안에서만 살도록 설정되었고, 어떤 개는 사람의 집에서 사람들의 시중을 받으며 그들의 신처럼 살도록 설정된 경우도 있다.

문제는 누가 그렇게 설정했느냐 하는 건데, 대부분은 자신이 자신을 그렇게 설정했고, 극히 일부분은 신神이라고 설정된 존재가 매뉴얼에 따라 그렇게 설정할 때도 있다. 하지만 설정의 주체가 자신이건 신이건 상관없이 주어진 설정에 만족하는 사람은 별로 없다. 그들은 항상 ‘왜 나는 (너나 그가 아니고) 나인가’에 절망한다. 남의 떡이 더 커보이듯이, 남의 설정이 더 좋아보이는 법. 대부분의 존재들은 사람보다 더 가혹한 설정인데도 불구하고 그냥 묵묵히 다음 설정 때까지 견딘다. 마루 밑에 엎드려 있는 개를 보라. 무심한 개의 눈빛 속에 흰 구름이 떠가고 있지 않던가. 그들은 이번 설정을 그렇게 수긍하고 견딘다. 설정設定이란, 말 그대로 '새로 정하는 것'이다. 지금 정해진 것이 영원불변인 것도 아니고, 어떤 설성이 마음에 든다고 영원히 그 설정만 고집할 수도 없다. 사람들은 '설정'의 이런 속성을 두고 '무상無常'이라고 한다. 인생무상이 아니라 설정무상!

*

그러니 하필 당신이 내 엄마로, 내가 당신의 딸로 설정됐다고 해서 이상할 것도 없다. 어쩌다보니 "90의 엄마와/ 단 둘이 즐겁게 사는 것", 효도인 줄도 '모르고' 즐겁게 사는 그게 바로 '효도'다. "그러다 힘든 날은/ 원금을 다 갚은 빚의/ 이자를// 영원히 지불하고 있는 것 같은/ 기분이 드는 것"(양애경, 「효도」)도 효도다. 아니 효도라는 설정이다. 그러므로 '효도'란 누가 누구에게 '하고/ 받고' 하는 게 아니라 그와 내가 그냥 '즐겁게' 살면 되는 것이다. 오래 전 영화 〈흐르는 강물처럼〉에 나오는 마지막 대사처럼 우리는 '완벽하게 이해할 수는 없어도, 완벽하게 사랑할 수는 있다'. 효도란 완벽한 사랑의 대표적인 형식이니까.

하지만 세상사가 말처럼 쉬운가? '이 또한 지나가리라!'를 주문처럼 외며 힘든 순간을 견디기도 하지만, 고통의 시간은 지나갔지만 회한이나 미련까지 없어지는 건 아니다. 때로는 내게 주어진 설정에 가슴치며 후회와 미련으로 노후를 채우기도 한다.

지금 생각해보면
샴푸로 긴 머리를 감기만 해도
온몸에서 꽃냄새가 나던
그때
당신과 잘 걸

그랬으면
나의 제일 아름다웠던 몸과
당신의 제일 아름다웠던 몸이
만났던 기억이 몸에 남았을 걸

(…)

이제 할머니가 되어
소년이었던 당신을 그리워하네

마음이 그 세월을 건너
여기까지 따라오다니!

— 양애경 「그리운 당신」 부분, 『시와사상』(2021년 여름호)

이 세상의 후회는 두 가지가 있다. 이미 한 것을 후회하는 경우와 하지 않은 것을 후회하는 경우이다. 전자에 비해 후자가 더 회한이 깊다. 하지만 이 시의 설정은 참으로 가슴 아픈 후회이면서 참으로 아름다운 후회이다. 아마도 그때 당신과 잤다면, 지금의 미련은 없을지 모르지만 아름다운 추억은 존재하지 않을 확률이 높다. '하지 않은 것'은 충족되지 못한 욕망으로 인하여 그것에 대한 기억이 더욱 강렬하기 때문이다. 이 세상에는 "나의 제일 아름다웠던 몸"과 "당신의 제일 아름다웠던 몸"이 만나서 아름답지 못한 기억을 만드는 경우는 허다하니까. 다음 시는 앞의 시의 속편이나 자매편으로 읽으면 잘 어울리는 시다.

우리가 만난다면
이십사 시 어둠을 켜놓은
편의점에서일 거야

일회용 생활을 쌓아둔 창고 문을 닫고
깬뚜껑을 따듯이 허깁지깁
서로를 열겠지 황금빛 거품처럼
흘러넘치는 너를 우그러질 때까지
한 방울 남김없이 마시겠지
심장에 넣을 열쇠만큼 작아질 때까지
단숨에 들이킬 거야
내가 온통 너로 출렁이도록
그러다가 왈칵 토해내겠지

— 김경인 「24시 편의점」 부분, 『시와사상』(2021년 여름호)

동서고금의 무수한 문학작품들은 젊은 몸과 몸이 만나서 빚고 마는 비극적 결말을 부러움과 불안함으로 공유한다. 그러니 아름다운 몸뚱어리의 기억을 서로의 몸에 아로새기지 못한 채 놓쳐버린 인연이야 가슴이 아리겠지만, 이번 생에는 그 사람과 그렇게 헤어지게끔 설정된 것을 어쩌겠는가.

*

그래서 아름다운 사랑은 늘 다음을 기약한다. 지금—여기가 아니라 나중—어딘가에서 나누지 못한 사랑을 원 없이 나누고자 하는 것이다. 이른바 낭만주의 문학의 기원이다. 낭만주의 문학이란, 고통스런 '이곳'과 대비되는 꿈꾸는 '저곳'을 지향하는 동경의 문학이다. 그러므로 낭만주의 문학의 전형을 한 줄로 요약한다면, "늦기 전에 그대를 데리러 가리라"가 되지 않을까.

늦은 밤 유리창에 돋는 빗소리를 베고 누우면
어둠의 변두리에서 자꾸만 팔을 흔들고 서 있는 금간 얼굴 하나가 보인다

천 길 낭떠러지로 우뚝 서서 울고 있는 하늘이 보인다
함초 마디마디 소금기가 맺히고 그해 가을,
하얗게 소금밭을 질러간 너의 발자국이 보인다

꽃이 피면 늦기 전에
그대를 데리러 가리라

— 주병율 「먼지들 17」 전문, 『문학과의식』(2021년 여름호)

늦은 밤, 유리창에 부딪치는 빗소리는 많은 생각들을 소환한다. 이때 몰려오는 사념들은 대개 알싸하게 아려오게 마련이다. 내 의지와 무관하게 헤어져야만 했던 사람에 대한 생각으로 잠들지 못하는 순간이기도 하다. 그러므로 "어둠의 변두리에서 자꾸만 팔을 흔들고 서 있는 금간 얼굴"을 가슴에 품고 사는 사람이라면 늦은 밤 비오는 창가 쪽 자리는 피해야 한다. 거기는 "천 길 낭떠러지로 우뚝 서서 울고 있는 하늘"이 보이는 자리이고, "하얗게 소금밭을 질러간 너의 발자국"이 보이는 자리이기 때문이다.

모름지기 그대에게 가기까지의 사연이 기구할수록, 장애가 험난할수록 그대를 향한 열정은 뜨거워지고 유토피아적인 에너지는 높아지는 법이다. 새로운 각오를 다질 수밖에 없다. "꽃이 피면 늦기 전에/ 그대를 데리러 가리라". 하지만 우리는 짓궂은 스포일러처럼 이런 이야기의 결말을 잘 알고 있다. 꽃은 피어도 그대를 데려오지 못하리란 것을. 누구든 한번 설정된 운명은 쉽게 바꿀 수가 없기 때문이다. 바꿀 수 없는 것을 굳이 바꾸려면 리얼리티를 포기해야 한다. 모든 결말이 하나로 수렴하는 일일연속극처럼.

*

영원히 미결로 남아 있는 것들은 아름답다. 아름다워야 예술로서 생명력을 지닌다. 정답을 찾는 순간 질문이 사라지는 수학문제처럼 사랑도 시도 인생도 정답이 유예되는 동안만 의미를 지닌다. 종종 미완성이 아름다운 것은 그 끝을 유예하기 때문이다. 문학과 예술에 있어서는 아는 게 힘이 아니라 모르는 게 힘이다. 미학의 문은 알면 닫히고 모르면 열린다. 열려 있어야 힘이 있다.

일주일에 한번 강의 나가는 대학 도서관 앞에
장애인 콜택시가 와서 멈추어 섰다.
한동안 아무도 내리지 않았다.
누가 내리려는 것일까?
아니면 누가 타려는 것일까? 그래서 대기하는 것일까?
여름을 코앞에 둔 오월 막바지의 햇살이 제법 따가운데
택시에서는 아직 아무도 내리지 않았다.
택시는 그 자리에 그대로 멈추어 있다가
곧 떠났다.
아무도 내리지 않고
아무도 태우지 않은 채 떠났다.
몸이 불편한 사람은 이후에도 보이지 않았다.
마음이 불편한 사람도 보이지 않기는 마찬가진데
누군가 한 사람 지나가다가 나를 힐끗 보았다.
어디 불편한 기색이라도 있는지
살펴보는 눈빛은 아니었다.
모르는 사람이니까 모르는 사람답게 지나갔다.
땡볕에 내가 너무 오래 서 있었나 보다.

— 김언 「불편한 사람」 전문, 『다층』(2021년 여름호)

이 시의 극적 상황은 매우 단순하다. 대학 도서관 앞에 장애인 콜택시가 와서 잠시 멈추어 섰다가 곧 떠났다는 게 사건의 전부이다. 그런데도 생각거리를 넉넉하게 만들어주는 시다. '장애인 콜택시'가 이 시의 중심에 서 있기 때문이다. 그냥 일반 택시가 잠시 서 있다 곧 떠났다면 주목할 이유도 없었겠고, 시가 될 만한 메타포도 만들어지지 않았을 것이다. 그런데 멈추어 서 있던 차가 장애인용 콜택시였던 게 문제다.

택시가 멈추면 곧바로 문이 열리고 승객이 내리거나, 기다리고 있던 승객이 택시를 타면서 상황은 종료된다. 그런데 장애인 콜택시가 멈추어 섰는데도 차에서 아무도 내리지 않을 때, 바라보던 사람들은 상상하게 된다. 매우 중증 장애인이 타고 있어서 내리는 데 시간이 많이 소요되나 보다. 그런데 시간이 지나도 아무도 내리지 않으면 도서관 입구를 바라볼 것이다. 중증 장애인이 도서관에서 나오는 데 시간이 많이 걸리나 보다. 하지만 도서관에서도 나오는 사람이 없다면? 이때부터는 바라보는 사람은 불편해질 것이다. 도대체 뭐야! 불편하다는 건 나의 예측과 상황이 일치하지 않았다는 뜻이고, 나의 예측에 문제가 있었다는 걸 내키지 않지만 인정해야 한다는 뜻이다.

장애인이란 '불편한 사람'으로 설정된 존재이다. 장애인 콜택시는 장애인의 '장애'를 고려해주는 차이고, 그래서 그 차를 타는 것만으로 벌써 어딘가가 불편해지는 차이다. 그리고 비장애인들은, 장애인을 단순한 '설정'이 아니라 불운의 표상으로 여기는 탓에 그 차를 바라보는 것만으로 마음이 불편해지게 마련이다. 이렇듯이 장애인과 관계될 때는 종종 설정된 역할이 뒤바뀔 때가 있다. 정작 장애인보다 바라보는 비장애인이 더 불편을 겪는 순간이 그렇다. 설정은 설정일 뿐이다. 본질이 아니라는 얘기다. 내가 비장애인이란 설정이듯이 장애인도 설정이다. 설정 너머 존재까지 장애로 봐서는 안 된다는 말이다.

*

설정이라고, 그냥 설정일 뿐이라고 우기며 아무리 자기 최면을 걸어도 잘

먹혀들지 않는 설정도 있다. 꿈속이라고, 단순히 꿈속이라고 우기면서도 악몽에서 헤어나지 못할 때처럼 스스로를 다르게 설정하기란 쉽지 않은 일이다. 가령 멋있는 시인이 되고 싶어서 스스로를 멋있는 시인처럼 보이는 '설정'을 해보려고 해도 빵모자 하나 감당할 수 없어서 실패하는 경우처럼.

빵모자는 내겐 벽이다
누구나 어찌할 수 없는 것이 있다
빵모자에 파이프 담배를 물면
시인처럼 보일까봐 두렵다
랭보나 김종삼 같은 시인을 흠모하면서도
티가 나는 게 싫다
(…)
어딜 가나 눈에 띄지 않게 있고 싶으면서
자신의 이름을 검색하는 욕망보단 낫지
직업란에 감히 시인을 쓰지는 못하고
출판인이나 시간강사를 쓰면서
그게 뭐라고, 혼자서만 썼다가
벗길 반복하는 빵
모자

— 손택수 「빵모자」 부분, 『시와사상』(2021년 여름호)

취향에도 패턴이 있다. 극히 개인적인 취향처럼 보이는 모자 하나로도 많은 정보를 얻을 때가 있다. 빵모자는 근대 이후 예술가 연하는 사람들이 즐겨 썼던/쓰는 도구이다. 그래서 모자 하나 쓰는 데도 엄청난 용기와 실천적 의지가 필요하다. "빵모자는 내겐 벽이다". 그게 벽인 이유는 '시인 티'가 나기 때문이다. 빵모자를 즐겨 쓰는 "랭보나 김종삼 같은 시인을 흠모하면서도" 막상 그들처럼 보일까봐 두렵다. 더 정확히는 그들처럼 보이고 싶어

하는 스스로의 욕망이 탄로나는 게 두렵다. "눈에 띄지 않게 있고 싶으면서/ 자신의 이름을 검색하는 욕망"처럼 말이다. 그래, 이건 설정일 뿐이야. 이번엔 내가 빵모자 쓴 시인이 되는 설정이야. 이렇게 치부하면 빵모자 쓰는 게 딱히 벽이 될 일도 아니겠지만 소심한 A형의 시인은 "그게 뭐라고, 혼자서만 썼다가/ 벗길 반복"한다. 이렇듯이 설정이라는 자기 객관화도 힘을 쓰지 못할 때가 있다. 이와는 반대로 쉼 없이 나의 설정을 의심받으며 결국 설정이 탄로 나는 경우도 있다.

> 전화를 받으면 어디야? 묻는 사람이 있다 나는 어디긴 어디야, 여기지 들키고 싶지 않다 병원에 있으면 환자 상담실에 있으면 내담자 교도소면 죄수 나는 의사가 아니니까 상담사가 아니니까 교도관이 아니니까 내가 누군지 말해주는 건 장소인지도 몰라 전화를 받자말자 어디야? 묻는 사람이 있다 나는 여기 있지, 그러는 당신은 어딘데? 되물을라치면 거기가 어딘데? 끝없이 질문을 받는 꿈을 꾸었다 나는 여기야 바닷가를 걷고 있어 당신을 생각하고 있어 당신을 읽고 있어 뇌의 주름에 파도를 새기고 있어 하얗게 부서지는 꿈을 꾸고 있어.
>
> — 진수미 「이 해변은 당신을 닮았다」 전문, 『파란』(2021년 여름호)

나의 설정을 꿰뚫어보려는 사람은 질문 하나로 그 목적을 관통한다. "전화를 받으면 어디야? 묻는 사람". 이를테면 '네가 어디 있는지를 말하라, 그러면 네가 누군지를 말해주겠다'는 식이다. 표현의 과장이나 논리의 비약이 아니다. "병원에 있으면 환자 상담실에 있으면 내담자 교도소면 죄수", 즉 "내가 누군지 말해주는 건 장소"라는 뜻이다. 누구든 스스로의 속내를 "들키고 싶지 않"을 때가 있다. 하지만 집요한 당신은 끝끝내 당신을 생각하고 있는 내 뇌의 주름을 보여주어야 안심한다. 남들 눈에 튀는 것처럼 보이는 게 두려워서 '빵모자'를 못 쓰는 사람처럼 내가 누군지 탄로나는 게 두려워서 곧이곧대로 답하기가 싫은 쪼잔한 '해변'도 있다. 아니 그렇게 설정된 '나'가 있다.

*

누가 뭐래도 우리는 자유가 넘치는 시대를 산다. 무슨 소리냐고, 아직도 우리는 누려야 할 많은 자유를 포기한 채 살고 있지 않느냐고 항변할지 모르지만, 어차피 자유에 끝이 있겠는가. 신이 아닌 이상 우리는 절대적 자유가 아닌 상대적 자유를 누릴 수밖에 없을 터. 상대적이란 게 그렇듯이 '비교적' 자유롭다는 뜻이다. 무엇과 비교하느냐에 따라 평가가 달라지겠지만, '이만하면 족하지' 하는 자족의 지혜가 필요하다.

문제는 자유가 오히려 거추장스러울 때도 있다는 것. 우리에게 신에 준하는 무한대의 자유가 주어진다면 과연 우리는 그걸 감당이나 하겠는가. 중세 이탈리아 철학자이자 신학자였던 피코 델라 미란돌라는 「인간의 존엄성에 관한 연설」에서 이렇게 인간의 자유를 웅변한 적이 있다. "아담아 우리는 너에게 정해진 자리나 독특한 겉모습이나 유별난 재주를 주지 않았다. 너는 네 자리와 겉모습과 재주를 네가 소원하고 판단하는 대로 선택하여야 한다. (…) 우리는 너를 하늘의 존재나 땅의 존재나 죽을 존재나 죽지 않을 존재로 만들지 않았다. 너는 네 스스로 선택한 모습대로 너 자신을 만들어가는 조형자요 창조주가 되는 자유와 영예를 누릴 것이다. 너는 네 자신을 비천하게 만들어 짐승이 될 수도 있고 네가 원한다면 더 고귀한 영적 존재로 다시 태어날 수도 있다."

신은 우리에게 무엇이든 될 수 있는 선택의 자유를 주었건만 우리는 '지금의 나'를 선택했을 뿐이다. 그러니 지금 내가 사는 세계는 나의 선택이고, 나의 설정일 뿐이다. 누굴 탓하고 원망하겠는가?

미행이 붙었으므로 집에 돌아가선 안 된다
오늘은 그런 설정으로 밖을 헤맨다

정글짐은 나의 기지인데 기밀성이 부족한 것이 흠이다 동료 요원 K가

이미 그곳에 있었다 그도 자신의 임무를 수행하고 있었으리라

통행 차량 적음 날씨 흐림 비상식량 고갈
모든 상황은 최악이다

(…)

갈 곳 없는 새들이 저 하늘 위를 오가고 있다

그런 설정으로 새들은 내 머리 위에 떠 있고
이 고독 또한 설정에 불과하다

— 황인찬 「감시자는 누가 감시하나」 부분, 『문학과의식』(2021년 여름호)

오늘 내가 할 수밖에 없는 일들과 겪을 수밖에 없는 고통들과 마주칠 수밖에 없는 장애들 앞에서 우리가 고를 수 있는 선택지가 무엇이 있을까? 체념하고 물러서거나 누굴 원망하며 증오의 힘으로 버티거나. 이 양자택일의 비좁은 틈새에서 숨통이 트이는 선택지 하나를 만든다면 바로 '설정'이라는 아이디어가 아닐까. 그래, 이건 전부 설정이야. 집에 일찍 들어가기 싫은 스스로를 두고 "미행이 붙었으므로 집에 돌아가선 안 된다"는 설정을 부여한다. 집 대신 소줏집을 찾는다. 소줏집은 나의 기지인데 "기밀성이 부족한 것이 흠"이다. 동료 K도 열심히 잔을 기울이며 "그곳에서 자신의 임무를 수행하고" 있다. "갈 곳 없는 새들이 저 하늘 위를 오가고 있"는 것도, 그 아래 지상을 헤매는 나의 "고독 또한 설정에 불과하다".

계절마다 무수한 시들이 쏟아지고 있다. 어느 시가 좋고 어느 시가 덜 좋은지, 이번 계절의 시는 저번 계절의 시와는 어떻게 다르고, 작년 이맘때의 시와는 또 어떻게 다른지, 그리고 다음 계절의 시는 또 어떻게 달라질지 어찌 다 안단 말인가. 안다면 거짓말이고, 모른다면 직무유기다. 거짓말을 하

든지 직무유기를 하든지 선택해야 한다. 이 진퇴양난은 계절이 바뀔 때마다 나에게 주어지는 실정이다. 도대체 이 설정은 누구의 기획인가. 감시자는 누가 감시하나! ■

그림을 그릴 수 없는 두 가지 이유

1

굳이 핑계를 대자면 코로나 때문이라고 해두자. 계절이 바뀌기가 무섭게 계간 문예지들이 우편함을 채우는데도 개운하게 읽히는 시 한 편 만나기가 이리 힘든 이유를. 외국 시인들이 놀란다고 할 만큼 우리나라는 시인이 많다. 그리고 시인의 수만큼 시들도 겉으로 보기에는 다양하다. 이를테면 흘러간 노래 같은 시도 있고, 감상感傷으로 넘치는 영탄조의 시도 있고, 한 편이 서너 페이지를 차지하는 횡설수설과 장광설로 이루어진 시도 있고, 도대체 아무리 들여다봐도 이해나 공감이 불가능한 난해시도 있고, 사적 언어와 상징으로 잔뜩 무장한 실험시도 있고, 정치기사의 댓글 같은 참여시도 있다. 정말이지 그 층위와 다채로움이 천시만시千詩萬詩다. 그런데 문제는 이런 시의 풍요 앞에서 감동의 빈곤을 겪고 있다는 점이다. 한마디로 시는 많은데 나를 '건드리는' 시는 드물다는 것. 시를 읽는 즐거움은 별 게 아니다. 시가 나를 건드려주기를 바라는 거다. 울컥하게 하든지 짠하게 하든지 피식피식 웃게 하든지 무릎을 치게 하든지 분노하게 하든지. 어떤 식으로든 나의 어딘가를 건드려주는 시 말이다.

이런 '풍요 속의 빈곤'은 요즘의 문제가 아니다. 2000년대에 들어서면서 우리 시가 겪고 있는 꽤 고질화된 현상이다. 물론 시라는 장르가 강력한 대중성을 갖기는 힘들겠지만, 특정한 부류의 독자만 상정하고 있거나 시인들끼리만 소통하는 식의 자폐적인 장르가 된다면 곤란하다. 70,80년대처럼 시의 황금기를 다시 누리기는 어렵겠지만 시의 '본령'에 충실한 시들이 대중들의 사랑을 받는 분위기는 만들어졌으면 좋겠다는 거다. 그럼 당신이 말하는 '본령에 충실한 시'란 대체 어떤 시들이냐고 묻는다면 그 답이 될 수 있는 시들을 찾아서 소개해보려고 한다. 물론 주제나 소재, 형식이나 메시지 등으로 하나의 흐름을 읽어낼 수 있으면 더 좋겠지만 거기까지 욕심을 부리지는 않으려고 한다. 자칫 견강부회牽强附會로 흘러서 실제를 왜곡할 수 있기 때문이다. 그래서 너무 욕심부리지 않고 '나를 건드린' 매력적인 시편들을 골라서 같이 살펴보는 것으로 나에게 주어진 소임을 다하려고 한다.

2

5인 이상이면 한자리에서 밥도 같이 먹기 힘든 요즘같이 음울한 '코로나 블루' 시절에는 가벼워서 좋은 시부터 살펴보자. 시가 가볍다는 것은 매우 귀하고 긍정적인 현상이다. 우리는 시의 무거움에 익숙해져 있고, 그 무거움은 진지함과 엄숙함이라는 고색창연한 시의 전통에 기인한 바가 크다. 가볍고 촐랑거리는 시들은 왠지 말장난 같고 미숙한 거 같고 그래서 예술성이나 문학성이 덜한 것으로 예단해버린다. 이런 편견 때문에 '미래파시'가 나오고, 이런 미학적 고루함이 횡설수설이나 장광설이 시의 이름으로 횡행하는 빌미를 제공했다. 가볍다는 것은 무겁지 않다는 뜻이고, 무겁지 않다는 것은 중력을 거부한다는 뜻이고, 나아가 중력의 형식과 속성으로 이루어지는 전통이나 관습, 윤리나 도덕 같은 자기 검열로부터 자유롭다는 뜻이다. 그리고 가벼움은 색깔로 치면 검정색보다는 빨간 색 쪽이다.

> 한 여자가 지나간다. 빨간색 마스크를 쓰고 빨간색 바바리코트를 입고 빨간색 하이힐을 신었다. 코로나바이러스가 아무리 극성을 부려도 멋쟁이

는 여전히 멋쟁이. 눈길을 확 끌어당기는 빨간색의 강렬한 효력에 후뇌가 반짝반짝, 그 여자의 뒤 끝에 후광을 만든다. 아, 오랜만에 맛보는 빨간색의 신선한 자극. 한순간에 코로나블루가 공기 속으로 흩어진다. 아, 이래서 바그너는 언제나 빨간색 방에서만 교향곡을 작곡했구나. 올 내내 코로나블루로 심장박동 수가 최저로 내려갔으니 바그너 같은 집중 강력함과 감정을 고조시키는 산타클로스 같은 즐거운 활기가 내게도 필요할 테니 인사동 나온 김에 한지지업사에 들어가 빨간색 종이를 산다. 방 한쪽만이라도 빨간색으로 도배해 잃고 있던 원초적 본능, 식욕성욕활력창작욕 모두를 되찾자. 빨간색 마스크를 쓰고 빨간색 바바리코트를 입고 빨간색 하이힐을 신고 당당히 거리를 활보할 나이는 한참 지났지만.

— 김상미 「빨간색 효력」 전문, 『시인시대』(2020년 겨울호)

어떤가? 갑자기 눈앞이 빨간 색으로 환해지는 것 같지 않은가? 한때는 우리의 현대사에서 빨간 색은 금기의 색깔이었던 적도 있었지만 이 시는 그 빨간 색으로 생의 활기를 증명하고 견인한다. 온통 빨간 색으로 자신을 표현한 여자로 인해 화자도 금세 그 활기에 전염되어 지업사에 들어가 빨간색 벽지를 사고 만다. 코로나바이러스의 감염 속도도 무섭지만 그것에 저항하는 빨간 색의 감염 속도도 무섭다. 빨간 색 여자가 색상의 강렬함과 태도의 당당함으로 거리의 시선을 낚아채듯이, 김상미 시인은 직설적인 표현과 거침없는 태도로 독자의 시선을 낚아챈다. 그의 언어는 에두르는 법이 없다. 그래서 군살처럼 처지는 시를 못 견딘다. 이러한 기질과 태도로 인해 여전히 그에겐 빨간 색이 어울리고 그의 언어는 반짝인다.

젊어서 젊은 시를 쓰는 게 아니라 젊은 시를 쓰기 때문에 젊어지는 거다. 한때 우리 시는 서둘러 늙었던 적이 있다. 세상을 다 산 사람처럼 관조적으로 바라보고 깨달은 포즈로 멀찍이 나앉은 모습을 시인답다고 여겼던 시절이 있었다. 우리를 젊게 하는 것은 생각의 젊음이고, 생각의 젊음은 생각의 가벼움에서 온다. 그리고 생각의 가벼움은 언어의 가벼움으로 획득될 것이다. 왜 우리의 위정자들은 한때 빨간 색을 그토록 두려워했겠는가? 거기에는 불온한 에너지가 넘실거렸기 때문이다. 시의 생명력은 바로 저 빨간 색의 불온한 에너지에서 온다.

가벼움은 논리나 사유가 아닌 감각에서 오는 것이고, 빨간 색이 감각의 촉수에 불을 붙여서 만든 그 가벼움으로 앞의 시가 독자까지 부양浮揚했다면, 이번에는 다른 방식의 가벼움을 보자.

죽은 개를 끌어안고 울다가
혹시 내가 죽였을까
생각하다가

이것이 꿈이라면
죽은 개를 살릴 수도 있을 텐데

이것이 개의 꿈이라면
개는 죽은 게 아니라
잠든 것일 뿐인데

이것이 우리들의 잠이라면
아무도 죽지 않아도 될 텐데

잠을 깨고도 한참을 울다가
알게 된다

나에게는 개가 없다

— 강성은 「밤의 개와 낮의 개가」 전문, 『시와사상』(2020년 겨울호)

이 시도 매력적이다. 이 시의 매력도 가벼움에서 오긴 하지만 이 가벼움은 단순하지가 않다. 밑으로 가라앉다가 다시 솟구치는 반전의 묘미가 이 시를 매력적인 가벼움으로 만든다. 화자가 죽은 개를 껴안고 울면서 혹시 실수로 사랑하던 개를 죽이지 않았을까 생각하는 데까지는 현실처럼 보인다. 그런데 이어지는 내용은 어떻게 개가 죽었는가가 아니다. 꿈인가 아닌가의 문제로 바뀐다. 꿈이라면 개가 죽은 이 '사건'은 사라지고, 나의 고통도 당연히 사라진다. 나의 꿈이든, 개의 꿈이든, 둘 다의 꿈이든 상관없다. 다행히 죽은 개를 끌어안고 고통스러워하던 상황은 꿈이었음이 밝혀지지만 이 시가 번쩍 들어올려지는 지점은 바로 마지막 연이다. 나에게는 죽을 개가 처음부터 없었다는 것. 밤의 개가 꿈속의 개라면 낮의 개는 현실의 개일 텐데, 나에게는 처음부터 낮의 개는 존재하지도 않았던 것이다. 온전히 꿈속에서만 존재하는, 말 그대로 '개꿈'일 뿐이다. 없는 개의 주검을 끌어안고 울다가 깨어난 이 시는 어떤 알레고리도 숨기지 않은 채 얼마나 가볍고 유쾌한가.

3

이번에는 의미와 표현이 매력적인 시를 보자. 한때 '의미의 감옥'에서 벗어나 보겠다고 무의미시가 유행했던 적이 있었지만, 언어라는 도구를 사용하는 한 의미를 '무無'의 상태로 지우기란 불가능하다. 다만 어떤 의미를 어떤 방식으로 드러내느냐 하는 건 여전히 중요하다. 빤히 의미가 드러나 있어서 별다른 수고 없이 확인하기만 하면 되는 경우도 있지만, 의미가 있는지조차 가늠할 수 없어서 적극적으로 의미를 부여해야 하는 경우도 있다. 의미가 쉽게 발견되는 시는 묽은 수프처럼 먹기가 수월하긴 한데 대신 곱씹는 재미를 누리기가 힘들다. 반면에 의미를 힘들게 찾아야 하는 시는 질겨서 피곤하긴 한데 그만큼 풍부한 감칠맛을 즐길 수가 있다. 주체적인 시의 독자라면 전자보다는 후자에 더 많은 별점을 줄 것이다. 그럼 점에서 이 시도 별점이 높다.

물감이 마르기 전에 돌아온다고 했다
긴 골목은 축축하고 가로등은 꺼져 있다
드레스 한 장만 사고 돌아온다는 그녀는 돌아오지 않는다
나이프로 사람 죽여봤어요?
나이프는 살인도구가 아니야
어떤 색을 골라드릴까요
파랑 물감을 덧바르면 인생이 바뀔 거예요
물감이 마르기 전에 나이프를 씻어둬야지
바람이 들어오는 창가에 앉아서 새처럼 울어봐 지저귀라구
날아가는 새의 발톱에 밑줄을 그어줘
빨강 루주로 진하게 밑줄을 그은 다음 새처럼 울어줘
물감을 짜기 전에 뭘 그릴지를 먼저 결정하라고
도대체 그림은 언제 그리는 거야
창가에 앉아보라니까 지저귀라니까
새 울음소리를 그릴 거야
새는 무슨 색으로 울지
네가 떠난 지 십 년이 지나도록 물감이 마르지 않아
십 년에 십 년이 지나도록 새가 울지 않아
창문을 닫아, 바람이 들어오잖아
거짓말하지 마 새는 돌아오지 않을 거야
난 그림을 그릴 거야

— 변종태 「마르지 않는 이유」 전문, 『문학과의식』(2020년 겨울호)

이 시는 알 듯하면서도 이해하기가 쉽지 않다. 읽고 나서 시의 극적劇的 상황이 머릿속에 쉽게 그려지지 않는다는 뜻이다. 시인이 의도적으로 흐릿하게 처리한 탓일 수도 있고, 하고자 하는 이야기가 이렇게밖에는 표현할 수 없을 만큼 복잡한 사정이 있을 수도 있다. 물론 시에서 모든 상황이 선명

하게 이야기될 필요도 없고, 선명해야 반드시 시가 좋은 것도 아니다. 이 시도 문맥의 일관성과 논리의 인과관계가 어긋난 채로 두고 분열된 화자의 심리적 상황을 짐작으로 느끼는 것도 나쁘지 않다. 하지만 의미를 읽어낼 수 없어서 불편하다면 시에 드러난 단편적인 정보들을 바탕으로 상황을 재구성하고, 그것을 토대로 의미를 부여할 수밖에 없다.

그녀는 드레스를 사기 위해 나갔다. 그런데 무슨 까닭인지 돌아오지 않았다. 잠시 나간 게 아니라 "십 년이 지나도록" 돌아오지 않았다. 그렇다면 그녀는 돌아올 마음이 없거나 돌아올 수 없는 상황이다. 시의 정황상 그녀는 후자라고 봐야겠다. 돌아올 수 없는 상황이란 '죽음'을 의미할 가능성이 크다. 나는 그녀를 기다리는데 그녀는 돌아오지 않고, 돌아오지 않는 그녀를 나는 그리워하는 것이다. '그리다[慕]'의 명사형이라는 점에서 '그림'과 '그리움'은 같은 말이다. 말장난이 아니다. 누군가를 그린다畵/慕는 것은 떠나고 없는 대상을 재현하는 행위가 아닌가. 화자는 "바람이 들어오는 창가에 앉아서 새처럼" 지저귀는 그녀를, 루주로 빨갛게 밑줄을 긋고 우는 그녀를 그리고 싶지만 그릴 수가 없다. 그리고 싶은 '나'와 그릴 수 없는 '나'가 충돌하고 있다. 그렇다면 이 시의 상황은 무엇을 가리키는 것일까?

'나'는 그녀의 생전에 잘해주지 못했다. 좋은 옷도 사주지 못했고, 바람 들어오는 창가에서 즐겁게 지저귀게 하지도 못했다. 그녀의 삶에 밑줄을 그어가며 존재를 받들지도 못했다. 그런데 어느 날 그녀는 죽었고, 그녀가 "한 장만" 사고자 했던 "드레스"는 수의壽衣가 되고 말았다. 나는 회한으로 가득하다. 내가 해주지 못한 것들을 그림으로라도 그려주고 싶지만, 그릴 수가 없다. 그리는 일은 나의 무능과 무책임을 새삼 확인하는 일일 테니까. 그렇다면 제목 "마르지 않는 이유"에서 마르지 않는 것은 '물감'이 아니라 결국 '나'의 '눈물'이 아니겠는가. 그리고 "빨강 루주로 진하게 밑줄을 그은 다음 새처럼 울어"주는 것은 그녀에게 피눈물을 바치는 '나'가 아니겠는가.

시를 이렇게 산문적인 언어로 전개해서 한눈에 보이도록 하는 것은 어쩌면 시에 대한 폭력이 될 수도 있다. 시를 감상하는 자가 아니라 설명하고 비평해야 하는 자의 피할 수 없는 업業이다. 이 시는 꼭 이렇게 읽어야 한다는 게 아니라 이렇게 읽을 수도 있다는 거다. 물론 전혀 다르게 재구성해서 전혀 다른 의미를 읽어낼 수 있을 것이다. 어느 게 맞고 어느 게 틀린 것은 아니다. 그리고 시인이 어떤 의도를 가지고 이 시를 썼는지도 크게 중요하지 않을 수 있다. 나의 정서와 경험과 이해를 바탕으로 작품을 풍요롭게 읽어낼 수 있으면 그만이다. 물론 취향에 따라서 다르겠지만 이런 시를 좋아하는 독자라면 이 시는 아주 매력적인 텍스트임에 틀림없다.

그렇다면 이번에는 의미를 빤히 드러내보이고 있는 데도 매력적인 시 한 편을 보자.

덩치 큰 너도 눈꼽만 한 나도, 한 개의 목숨, 한번의 생,

얼룩진다 생이 번진다 조용히 번진다 지칠 줄 모르고 번진다 이끼가 번진다 이끼개미귀신이다 나는

집게턱을 벌리고 있다 몇 날 며칠 버티고 있다 집게턱이 쓸모없을 날 손꼽고 있다

1밀리리터의 벌레 체액 한 모금으로 충분한 식사, 집게턱을 닫는다 열린 구멍 모두 닫는다 똥구멍은 열어둔다

곡기를 끊고 고독한 보름, 체액을 뽑아 흰 달을 짠다

달에 다녀온 나는 나를 깡그리 지우고 다시 그린 그림

펼친다 두 번째 생을 얇고 가벼운 생을 조심조심 펼친다 마음껏 펼친다 더 이상 바랄 게 없을 때까지 펼친다

이끼 덮인 사자석상 머리에 애알락명주잠자리 날개를 말리고 있다

— 박영기 「다시 그린 그림」 전문, 『문학과의식』(2020년 겨울호)

시를 이해하는 데도 최소한의 정보와 지식은 필요하다. 흔히들 이 시대를 일컬어 '사색은 없고 검색만 있는 시대'라고 하지만 이 시를 제대로 이해하고 싶어서 포털에서 검색해보았다. '이끼개미귀신'이란 벌레가 있다. 이끼 속에 숨어서 먹잇감을 사냥한다고 그렇게 이름이 붙여진 것 같다. 사진을 보니 이끼와 너무 흡사해서 눈에 잘 띄지 않는다. 이건 보호색이 아니라 함정이다. 함정과 귀신은 어울린다. 이 귀신이 성충이 돼서 우화羽化한 것이 '애알락명주잠자리'다. 전혀 유충 시절의 모습을 짐작할 수 없을 정도로 우아한 자태를 지닌 잠자리다. 자, 이렇게만 정보를 모아놓고 봐도 이 시가 무엇을 말하고 싶은지 눈치채는 것은 어렵지 않을 것이다. '이끼개미귀신'이라는 곤충의 생태에 기대어 비루한 '나'의 이야기를 하고 싶은 것이다. 흔하고 뻔한 알레고리다. 그러나 그 흔하고 뻔한 이야기를 흔하고 뻔하지 않게 말하는 기술, 이게 박영기 시인의 내공이다.

그는 시에서 비유나 수사로 말하는 게 아니라, 소재와 절박함으로 말한다. 그는 자신의 세계를 가장 효과적으로 의탁할 만한 소재를 찾는다. 그리고 일상의 어법으로 일상의 절박함을 조곤조곤 반복해서 이야기한다. 예를 들면 이렇게! "얼룩진다 생이 번진다 조용히 번진다 지칠 줄 모르고 번진다 이끼가 번진다 이끼개미귀신이다 나는" 그의 언어는 마치 공포를 부르는 주술처럼 침착하고 무표정하고 가차없다. 가장 단순한 기교로 가장 핵심적인 의미만 전달하고 한방에 끝내는 '저격수'의 언어다. 저격수답게 그의 언어는 건조하지만 그가 조준한 곳은 대개 촉촉하다. "곡기를 끊고 고독한 보름" 동안 "체액을 뽑아 흰 달을" 짜서 "두 번째 생을" "조심조심 펼"치는 애알락명주잠자리처럼 말이다. 하지만 이 단순함이 가장 복잡하고 미묘한 해석과 의미 부여를 요구할 때가 있다. 그래서 기술이고 내공이다.

아무튼 박영기의 시도 그림이다. 앞의 변종태의 시가 후회와 그리움이

뒤엉킨 그림이라면, 그래서 마르지 않는 혹은 마를 수 없는 그림이라면, 뒤의 박영기 시는 시인(화자)이 이르고 싶고 닮고 싶은 그림이지만 기어이 이르지 못할 꿈에 대한 그림이다. 그러므로 앞의 시가 원망怨望의 그림이라면 뒤의 시는 원망願望의 그림이겠다. 이렇듯 '그림'이란 부재不在로 현현하려 하는 안타까운 몸부림이다. 그리고 여기, 또 하나의 그림이 더 있다.

몸집이 큰 남자가 내셔널갤러리 앞 계단에 앉아
트라팔가 광장을 보며 샌드위치를 먹는다
중년도 아니고 노년도 아닌 그저 쓸쓸한 점심
점퍼에 붉은 야구 모자를 쓰고
명화가 되기에는 엉성한 붓 터치로 앉아
한 끼 식사를 한다
투명한 뺨에 얼비치는 실핏줄들이
설산 가는 길의 얼음 속 자갈 같으다
만장처럼 펄럭인다 바람도 없는 날인데
식사하는 왼손이 흙 물결 일 듯이 떤다
무하마드 알리의 주먹이 말년에 그랬던 것처럼
그리고 물병을 든 오른손은 말없이 기다린다
양 손이 다정하다
그를 부축하며 일어서는 여인이 있어
사내의 어깨에 기운 별도 떨고
광장도 함께 떨어준다
붓으로는 그려낼 수 없는 그림이 있다

— 심재휘 「무하마드 알리— 런던」 전문, 『발견』(2020년 겨울호)

무하마드 알리는 '전설'이라고 해야 어울릴 복싱 헤비급 세계 챔피언이었다. 스포츠를 통해서 스포츠를 넘어서려 했던 인물이다. 하지만 불운하게도 선수 생활의 후유증으로 파킨슨병을 얻었고, 말년의 그는 극심한 수전증을 보였다. 여기 트라팔가 광장이 바라보이는 곳에 알리를 닮은 거구의 사내가 "엉성한 붓 터치로 앉아" "중년도 아니고 노년도 아닌 그저 씁쓸한 점심"을 먹고 있다. 그도 알리처럼 "식사하는 왼손"이 "만장처럼 펄럭인다".

하지만 이 풍경은 외롭지 않다. "물병을 든 오른손"이 "떨리는 왼손"을 "말없이 기다"리듯이 불편한 그를 기다리고 부축하는 '여인'이 있기 때문이다. '여인'이 떨리는 그를 부축하고 일어서는 순간 "사내의 어깨에 기운 별도 떨고/ 광장도 함께 떨어준다". 모든 게 떨고 있으니 그의 떨림은 특별한 불행의 증거가 아니다. 누군가로부터 사랑받고 있는 한 환자나 장애자가 아니라는 거다. 그래서 이 장면은 "붓으로 그려낼 수 없는 그림"이라는 거다. 붓으로 그릴 수 없는, 아니 굳이 그릴 필요가 없는 이 그림은 그림을 벗어난 곳에서 충분히 따뜻하고도 평화롭다.

세상에는 두 가지 그림이 있다. 그릴 수 있는 그림과 그릴 수 없는 그림. 그릴 수 있는 그림은 그릴 수 있다는 그 가능성만으로도 빛난다. 문제는 그릴 수 없는 그림이다. 그릴 수 없는 그림은 또 두 가지의 경우로 나뉜다. 하나는 너무 아파서 못 그리는 경우이고, 다른 하나는 너무 아름다워서 못 그리는 경우이다. 하지만 이 둘은 샴쌍둥이처럼 붙어 있다. 너무 아픈 것들은 아름다워 보이는 법이고, 너무 아름다운 것들은 아파 보이는 법이다. 결국 좋은 시란 '잘 표현된 아픔'이 아니겠는가. 세상은 아픈 자들로 넘쳐나는데 왜 아름다운 시는 드문가. 단지 코로나 때문이라고 핑계를 대지는 말자. ■

다만, 달아나지 않았던가!

1

시 계간평이란, 한 계절 동안 발표된 시를 엄정한 논리와 기준으로 재단하고 해석하고 배치하는 비평의 영역이라기보다는 나의 구미와 향수鄕愁와 취향을 제대로 저격해줄 음식을 찾아헤매는 일종의 식도락에 가깝다. 그러니 나의 계간평은 객관을 빙자한 주관이거나 논리의 포즈로 행사하는 비논리의 횡포일 가능성이 농후하다. 하지만 이런 나의 '만행'을 뉘우치거나 포기할 생각이 별로 없다. 왜냐하면 시란 클래식이 아니라 유행가에 가깝다고 보기 때문이다. 영적인 깨달음이나 지적인 즐거움이 없는 건 아니지만 대부분의 시는 삶의 희로애락을 저만의 언어와 형식으로 드러내기 때문이다. 한마디로 트로트를 클래식처럼 감상해서야 되겠는가? 그래서 조강석 평론가의 말처럼 "이 계절에 발표된 시 중에서 가장 수일하다고 생각하는 몇 편을 골라서 자세히 읽어보는 것"으로 "이상적인 계간평"(계간 『파란』 2021년 봄호 계간평)을 써보려고 한다.

2

한 편의 시가 '나'를 사로잡을 때는 나름대로 이유가 있다고 대부분의 '나'

들은 생각한다. 아무런 이유 없이 무엇에 혹은 누군가에게 내가 사로잡힌다는 것은 '나' 스스로 용납하기 힘들기 때문일 테다. 물론 그 이유 때문에 내가 그것의 포로가 된 것을 수긍할 때도 있지만, 그 이유라는 것이 정말 있는 것일까 의심스러울 때도 있다. 많은 경우 시의 독자들이 어떤 시를 좋아할 때는 그 시의 어느 한 구절에 동의하거나 공감하거나 매료되기 때문이다. 시 전체의 미학적인 완결성이나 시에 담긴(혹은 담겼다고 믿는) 의미의 심오함 때문만은 아니라는 거다. 나도 이 시를 그런 이유 때문에 좋아하게 됐다.

마음밖에 줄 것이 없어서
더는 붙잡을 수 없던 사랑이 있었다
어떤 빛깔로도 대체하지 못한
그날의 저녁놀빛 엘레지

오랜만에 소식이 닿은 얼굴에
시간이 저지른 일들을 보았다
암병동에 비쳐드는 사양에
어디 앉을 곳도 모르는 채 떠도는 먼지들

(…)

정색하고 보면 너무 끔찍해서
차마 외면하고 우물쭈물
그러나 속으로 꾹꾹 삼키다 잃어버린
말들이 정말 있긴 있었을까

— 고재종 「꾹꾹 삼킨 말들」 부분, 『시와경계』(2021년 봄호)

이 시의 내용은 이해하기가 어렵지 않다. 한마디로 '가난한 사랑의 노래'

다. 아무것도 가진 게 없어서 줄 것이라곤 '마음'밖에 없던 시절, 더는 붙잡을 수가 없어서 떠나보낸 사랑을 오랜 시간이 지난 후 만났다. 그 '사랑'은 암병동에서 "어디 앉을 곳도 모르는 채 떠도는 먼지들"처럼 저물어가고 있었다. 그러나 이 만남은 TV 드라마처럼 모든 후회와 아픔을 일시에 해소해주는 대단원이 아니다. 늘 궁금하고 보고 싶고 아쉬웠던 '사랑'이지만 정작 그를 만난 것은 결코 '무릉'일 수는 없었다. 꺼져가는 그의 모습은 "정색하고 보면 너무 끔찍해서" 외면하고 싶었을 것이다. 만나면 변명이든 고백이든 할 말이 많을 것 같았지만, 무슨 말을 할 수 있으랴. 그저 "속으로 꾹꾹 삼키다" 결국에는 "잃어버린 말들"이 되고 말았을 테다. 그러나 시인은 자문한다. "속으로 꾹꾹 삼키다 잃어버린 말들이 정말 있긴 있었을까" 멜로드라마 같던 이 시가 갑자기 어떤 깊이로 질문을 만들면서 선회하는 지점이다.

어느 한 시절, 서로의 뜻과 무관하게 헤어져야 했던 사람들이 먼 훗날 다시 만났을 때 정말 하고 싶은, 혹은 해야 할 말이 있을까? 왜 헤어져야 했는지, 왜 보낼 수밖에 없었는지 다 알 텐데 무슨 말을 더 보탠다 말인가? 서로를 바라보는 것으로 말은 이미 기능을 상실할 수밖에 없으리라. 다만 눈앞에 보이는 충격은 숨길 수 없을 것이다. 내가 이 시를 좋아하는 것은 바로 이 구절 때문이다.

> 오랜만에 소식이 닿은 얼굴에
> 시간이 저지른 일들을 보았다
> 암병동에 비쳐드는 사양에
> 어디 앉을 곳도 모르는 채 떠도는 먼지들

시를 읽고 나서도 한동안 잊히지 않는 장면은 바로 이 구절이었다. "시간이 저지른 일들" 앞에 속수무책 경악할 수밖에 없는 화자의 심정은 어땠을까. 나에게 이 시는 이 구절만으로 모든 것을 다 말해주었다.

시는 결국 인간에 대한 이해가 아닌가. 그렇다면 이 시보다 더 절절한 이해가 어디 있겠는가. 통속적인 유행가처럼 비치는 부분도 없지는 않지만 우리가 숨쉬고 사는 세상이 속俗인데 통속通俗을 어찌 나무라겠는가? 우리 시가 독자들로부터 외면당하는 이유 중 하나는 통속적이어서가 아니라 속俗을 초월超越하거나 외면하려는 탈속脫俗의 포즈 때문이다. 좋은 시는 속俗을 껴안고 가까스로 넘어가는, 이른바 포월抱越의 시들이다. '가난한 사랑의 노래'는 '가난'이나 '사랑'에 방점이 찍히면 신파가 되지만 '노래'에 방점이 찍히면 시가 된다. 시는 할 말이 많은 자들의 호들갑이나 할 말을 잃어버린 자들의 감상感傷이 아니라, 할 말조차 없는 자들의 무표정에서 절창으로 터져나오는 법이니까.

3

절창 이야기가 나왔으니 말이지만, 절창도 여러 가지다. 빼어난 노래는 어딘가 남다른 점을 지녀야 하고, 남다른 점은 한두 가지가 아닐 터이기 때문이다. 거칠게 가닥지어보자면 인식과 시각의 남다름, 표현과 형식의 남다름, 소재와 언어의 남다름 등으로 나눌 수 있겠다. 이것들 중 가장 빨리 소진되는 것은 소재의 남다름이겠다. 소재로 차별화를 꾀하는 건 너무 한계가 빠르다. 이 한계를 넘어서는 게 시인의 과업이고, 이 과업에 매달리는 게 시인의 치열함이다. 그래서 새롭게 보고 느끼려고 하고, 그것을 새로운 형식에 담아서 새로운 언어로 드러내려고 발버둥치는 데에 시인들은 자신의 아까운 수명을 덜어서 보태는 것이다. 결국 절창이란 '빤한 것을 새롭게 보고 다르게 말하기'이다. 좋은 시들이 대개 그렇듯이 대상을 피가 나도록 자세히 살펴보는 일에서 절창은 시작된다.

> 슬픈 꿈의 후속처럼 고양이가 간다
> 묽은 울음을 물고 간다
>
> (…)

옅고도 분명한 울음
푸른 일음장미 꽃이파리를 한 닢 한 닢 흘리며
아직 어린 티를 벗지 못한
고양이가 간다

저의 어미가 빼어난 솜씨로 지어 입힌
그 겨울 슬프고 아름다운 빛
검은 망토를 입고

언젠가 당신이 지평선을 따라 막막한 발걸음을 옮겼듯

그 무엇도 기다리지 않는
방향의 온기만을 따라, 다만
고양이가 간다

— 조정인 「고양이가 간다」 부분, 『문학과의식』(2021년 봄호)

이 시는 보다시피 특별한 깨달음이나 새로운 인식의 지평은 보이지 않는다. 그저 고양이 한 마리가 갈 뿐이다. 문제는 어떻게 가느냐이다. 슬픈 꿈의 후속처럼 "묽은 울음"을 물고 가고, "투명한 공을" "타는 갈증을" "벌거벗은 외로움을" 굴리며 간다. 그리고 "한 주먹의 비린내에" "어둠을 들이부어" 빚은 "비애의 뒷모습"으로 간다. 이렇듯 이 시의 전반부는 지나가는 고양이의 내면 풍경을 묘사한 것에 가깝다. 시인의 주특기는 후반부에서 두드러진다.

어린 고양이가 "푸른 얼음장미 꽃이파리를 한 닢 한 닢 흘리"는 듯한 "옅고도 분명한 울음"을 흘리며 가고, "어미가 빼어난 솜씨로 지어 입힌" "슬프고 아름다운 빛"의 "검은 망토를 입고" 간다니. 이것으로도 모자라 "그 무엇도 기다리지 않는 방향의 온기만을 따라"간다니, 게다가 "다만" 간다니! 단지 새끼 고양이 한 마리가 내 앞을 지나가는 모습을 보고 이렇게 묘사할 수 있다는 게 놀랍다. 빼어난 묘사는 빼어난 시의 필요조건이라는 걸 이 시는 여지없이 증명한다. 이 시에 따르면 고양이는 걸어다니는 비애이고, 굴러가는 외로움이고, 내 앞을 사뿐사뿐 지나가는 소리 없는 미학이다. 고양이를 통해서 고양이 이상의 무엇을 말하려고 하지 않는다. 그저 고양이를 말할 뿐이다. 그랬더니 살아서 움직이는 건 고양이가 아니라 시詩다. 볼수록 강호의 고수다운 운필이다.

4

우리는 시에서 종종 '화자'를 무시하거나 시인과 동일시할 때가 많다. 소설과는 달리 시에서는 화자가 곧 시인이라고 쉽게 단정해버린다. 하지만 문학작품에서 '화자'는 그리 간단한 존재가 아니다. "화자와 화법과 내면세계는 어느 것 하나를 따로 떼어놓고 이야기할 수 없는 연관을 가지고 있다. 실제 세계에서는 말없이도 존재가 있지만, 언어로 이루어진 작품이라는 공간에서는 화자가 존재하지 않는 상황을 상상할 수 없다. 그러므로 화자는 이 모든 문학적 행위에서 가장 중요한 위치를 차지한다."(이현승『얼굴의 탄생 — 한국 현대시의 화자 연구』, 6쪽) 시에서 '화자'의 역할이 이렇게 막중한데도 오랫동안 우리 시에서 '화자'에 대한 고민은 그리 크지 않았던 듯하다. 그러다가 2000년대를 넘어서면서 소위 '미래파' 시인들의 등장과 함께 다양한 '화자'가 등장했다. 우리 시의 타자였던 '사춘기의 소녀'나 '귀신'(김행숙), '동성애자'(황병승)가 화자로 등장한 것이 그 대표적인 사례다. 여기 그 계보를 잇는 새로운 화자가 있다.

번뇌가 깊으면
자기 숨소리에도 화가 치민다
어둠속에서 누군가 속삭이는 소리에 발톱이 길어진다
무엇 때문에 내 귀는 집 없는 개처럼 밝고
무엇 때문에 내 코는 초여름 파리처럼 섬세할까

사람의 기분이나 생각을
냄새로 분별하는 일을 그만두고 싶다
(…)
인간이든 곤충이든 귀신이든 좀비든
변신의 시작은 외로움
가장 나약했던 때의 나로 돌아가는 눈을 뜨는 밤,
신의 잔혹함은 귀가 없다는 데 있다
관이란 집은 현관밖에 없어서
아무도 초대할 수 없으니
나의 고독으로는 넘지 못하는
먼 산맥을 헤매러 가자

— 김개미 「뱀파이어의 인간성」 부분, 『딩아돌하』(2021년 봄호)

알다시피 뱀파이어는 '생/사'라는 가장 날카로운 경계의 위태로움을 표상한다. 그래서 악마적 속성과 신의 권능 둘 다 가진 존재다. 하지만 가장 외로운 존재고 가장 고독한 존재다. 이 시는 '뱀파이어'의 이야기이면서 동시에 인간의 이야기이다. 가장 뱀파이어적인 모습은 가장 인간적인 모습이 되고 마는 비극적 아이러니는 새롭다.

"번뇌가 깊으면 자기 숨소리에도 화가 치민다"는 시작부터 뱀파이어는 '인간적'이다. 너그럽고 자상하기보다 예민하고 신경증적인 모습이 뱀파이어만의 특성이겠는가. 뿐만 아니라 누군가 속삭이는 소리만 들어도 "발톱이 길어"지고, 이유 없이 "집 없는 개처럼" 귀가 밝아지고 "초여름 파리처럼" 코가 섬세해지는 건 어떻고. 무의식적으로 다른 사람들의 기분이나 생각을 분별하고 있는 자신의 모습이 문득 싫어지는 건 또 어떻고.

뱀파이어는 항변한다. "원래 흡혈귀의 고독은 인간에서 전염된 것"이라고, 뿐만 아니라 "흡혈귀에게 와서 순결해진 것"이라고. 그리고 토로한다. "변신의 시작은 외로움"이라고. 외로움은 종종 존재를 가장 나약하게 한다고. 하지만 외로움은 귀가 없어서 잔인함으로 표변한다고. 외로움을 덜기 위해 누군가를 초대해서 응접하고 싶지만 죽은 자의 관은 현관밖에 없으니 문전축객밖에 할 수가 없다고. 인드라망의 세계는 하나이면서 전체라는데 어찌 단독자의 고독으로 이 세계를 넘어설 수 있으랴. 그저 밤낮을 바꿔가며 헤매는 수밖에.

이 시는 보다시피 뱀파이어의 이야기이면서 가장 적나라한 인간의 이야기이다. 뱀파이어의 인간성이면서 곧 인간의 뱀파이어성인 셈이다. 서로를 거울처럼 되비춰주고 있다. 가장 철저한 직시는 나를 직접 보는 게 아니라 무엇에 비추어보는 것이다. 옛사람들은 거울에 비추어보는 것보다 더 정확한 것은 사람에 비추어보는 것이라고 했다. 이왕이면 사람보다 귀신에 비추어보면 더 멀리 더 깊게 그리고 더 섬뜩하게 내가 보이지 않겠는가. 인간성이란 그런 것이다. 섬뜩할 정도로 차갑고 예민하게 그리고 잔인하게 바라보아야 제대로 보이는 것.

5

근래 들어 종종 그리고 괴롭게 확인하는 것은 우리 시의 빠른 노화이다. 사회만 노령화가 급속도로 진행되는 게 아니다. 시도 급속하게 늙어가고 있다. 시의 노화는 구체적으로 언어와 감각의 노화를 통해 드러난다. 새로운 시도들이 현저하게 줄어들고, 실패를 필요 이상으로 두려워한다. 그러다보니 감각보다는 논리나 사유에 의존하게 되고, 해체시보다는 서정시 쪽에 줄을 서게 된다. 비교적 참신하다는 신춘문예는 물론이고, '모던'을 지향하는 문예지들조차도 '트로트화'되어가고 있다. 이런 때일수록 새롭게 단련된 감각이 필요하다. 묵직한 사유가 받쳐주고 있는 시도 좋고, 첨예한 서정성으로 날렵하게 조형된 시도 좋지만, 좋은 향수처럼 코끝을 스쳤을 뿐인데 온몸이 부양되는 듯한 감각이 돋보이는 시는 소중하다.

집집이 놓인 과도를 하나씩 훔쳐와

긴 칼날은 필요 없어
손잡이와 같은 길이면 적당할 것 같아

볕이 잘 들지 않는 바닥에
유자, 라임, 레몬.
오렌지, 자몽, 귤들을 쏟고서 주저앉아

가장 보기 좋은 단면을 찾아주자

열매에서 꽃 모양을 볼 수 있는 유일한 방법이야

주어진 방향대로 쪼개진 일상이
하얀 줄들을 벗길 때
손금 읽는 법도 가르쳐줄게

오래 쓴 도마 같은
네 손이 피할 수 없던 악수들

썰리지 않는 환대가 파과처럼 섞여 있다

— 김민지 「top note」 전문, 『파란』(2021년 봄호)

이 시는 날렵하고 가볍다. 하지만 의미까지 그렇지는 않다. 'top note'란 향수를 느끼는 단계 중 하나라고 한다. '탑노트top note'는 15분 이내로 향수의 첫인상이 되는 향, '미들노트middle note'는 15분에서 1시간 정도 지속되는 향으로 그 향수의 핵심이 되는 향, '베이스노트base note'는 1시간 이후까지 지속되는 잔향을 말한다고 한다. 물론 향수를 제조하는 사람들은 구매자들을 움직이려고 탑노트에 신경을 쓰겠지만, 소비자들 입장에서는 미들과 베이스가 중요함은 물론이다.

이 시는 얼핏 보면 단순히 과일 써는 이야기처럼 보인다. 집집마다 과도를 하나씩 훔쳐와서 볕이 잘 들지 않는 바닥에 주저앉아 유자, 라임, 레몬, 오렌지, 자몽, 귤 등을 쏟아놓고 "열매에서 꽃 모양을 볼 수 있는 유일한 방법"인 "가장 보기 좋은 단면을 찾아주자"는 것이다. 하지만 과일을 자르지 않고 주어진 방향대로 쪼개면 하얀 줄들이 일어나고 그것들을 벗기면 그 과일 본래의 맛과 향(즉, 손금 읽는 법, 이를테면 그 과일의 운명)을 알 수가 있다. 그러나 오래 쓴 도마처럼 어지러운 손금은 과일들에서 늘 아름다운 단면만 보여주지는 않는다. 채 썰리지 않고 뭉개지고 깨진 파과가 섞여 있게 마련이다. 모든 취업시험의 현장에서는 싱싱한 과일들을 모아놓고 가장 아름다운 단면을 보여달라고 요구한다. 하지만 "썰리지 않는 환대가 파과처럼 섞여 있"는 나는 곧 사라질 탑노트의 시향일 뿐이다.

이 시는 어느 계간지의 신인상 수상작이다. 심사평에서 이 작품을 두고 이렇게 표현했다. "환대받지 못하는 삶 속에서도 생의 아름다운 단면과 향기로운 발산을 더듬는 자의 수업시대"라고. 그러면서 덧붙인다. "김민지의 시는 이해할 수 없는 간극을 넘어가도록 하는, 혹은 이해할 수 없는 것을 이해하지 않도록 내버려둬도 다시 다른 입구를 찾을 수 있는 독자적이고 유연한 시행들과 시행들이 있다"(이현승)는 심사평에 백분 공감한다. 이게 바로 감각적인 시가 갖는 절대적인 미덕이기 때문이다. 그리고 늙은 시가 결코 흉내낼 수 없는 지점이기도 하다.

젊음은 어떻게 가려도 젊음이 드러나고, 늙음 역시 어떻게 가려도 드러난다. 숨길 수 없는 노화라고 방치해버리면, 시에서 그건 노화가 아니라 죽음이다. 그나마 젊음을 흉내내려고 발버둥칠 때 시의 생명을 조금이라도 더 연장할 수가 있다.

6

물론 바람직한 시가 있을 수 있다면 사유와 감각이 협동하고 있는 시일 것이다. 그러나 그런 시는 산술평균처럼 둘의 중간지점을 낚아챈다고 성취되는 게 아니다. 타고난 감각으로 언어를 부리고 경륜에서 온 통찰洞察로 그늘을 만들 때 시는 깊어지고 높아진다.

사과는 오직 달아나려고만 쌓여 있다
어디로든 가야 해서
그때의 얼굴은 반짝반짝 아름답다

그러니까 사과는 사과가 아닌 곳으로

나는 내가 아닌 곳으로

좌판에는 그런 마음들이 날마다 쌓인다

그런 마음들로 기울어지면서

붉어진다

더 혹은
다
반짝인다

사과는 제 속으로
이마를 씧으며
발등을 찍으며
그렇게 붉어진다

— 이승희 「좌판의 세계」 부분, 『문학과의식』(2021년 봄호)

"어디로든 가야" 하는 "얼굴은 반짝반짝 아름답다" "사과는 사과가 아닌 곳으로" "나는 내가 아닌 곳으로" "좌판에는 그런 마음들이 날마다 쌓인다" "오직 달아나려고만 쌓여 있다" 물론 기를 쓰고 "달아났는데 여기라니" 기가 찰 노릇이지만 중요한 것은 '어디'가 아니라 '달아나는' 행위 자체이다. 달아남으로써 나는 나로부터 탈주하게 되고, 결국 나의 탈주는 나를 살아 있게 하고 나를 빛나게 한다. 어떡하든 "나는 나만 아니면" 되는 것이다. 하지만 설레는 탈주는 몽상일 뿐 사과는 멈추고 행인의 하얀 봉투 속으로 사라질 것이다. 사과가 아닌 다른 것으로의 꿈은 무산되고 끝내 한 알의 사과가 되어 칼날이 "손잡이와 같은 길이"의 "지극히 구체적인" 과도를 만날 것이다.

이 시는 좌판 위의 사과 이야기이면서 현재라는 좌판을 살아가는 군상들의 이야기를 감각과 사유를 섞어서 가벼우면서도 묵직하게 풀어내고 있다. 우리는 우리가 아닌 곳으로 떠나기 위해 두리번거릴 때 반짝반짝 아름답듯이 시詩도 우리를 여기가 아닌 다른 곳으로 데려다줄 때, 혹은 데려다주려고 안간힘을 쓸 때 반짝반짝 아름답다. 이번 시 계간평은 기울어진 좌판 위의 사과들처럼 정지해 있기를 거부하는 시들을 골라서 읽어보았다. 결국은 "달아났는데 여기라니!" 탄식하겠지만 우리는 이 시들 덕분에 잠시일 망정 '나'로부터 그리고 '여기'로부터 달아나지 않았던가. 다만, 달아나지 않았던가! ■

이슬은 어떻게 진화하는가
―'이슬'에 비춰본 현대시의 불편함과 현대성

1 현대성現代性과 불편함

한 문예지에서 어느 시인이 한국시의 현대성을 논하면서 이렇게 말한 적이 있다. "다른 분야도 그렇겠지만 시에서는 언제나 현대성이 문제다. 또한 다른 분야와 달리 시에서는 언제나 현대성이 문제다."(이수명, 「한국 현대시의 네 가지 좌표」, 『포지션』 2014년 겨울호) 현대성이라는 요소가 갖는 다른 예술 장르와의 공유점과 변별점을 이렇게 날렵하게 기술한 것이다. 이 어법에 기대어 말한다면 이런 기술도 가능하리라. "다른 분야도 그렇겠지만 시에서는 언제나 불편함이 문제다. 또한 다른 분야와 달리 시에서는 언제나 불편함이 문제다."

불편함이라는 요소는, 우리가 예술에서 어떤 사유와 각성을 이끌어내기 위해서 필수적으로 요구되는 정서이기에 좋은 예술작품이라면 반드시 갖추어야 할 요소 중의 하나일 테고, 특히 시에서는 이 불편함이야말로 현대시의 특성이라고 해도 될 정도로 중요한 요소이다. 즉 '불편함'은 상위 장르인 예술에서는 필요조건이겠지만, 하위 장르인 시에서는 충분조건인 셈이다. 그러나 문제는 이 불편함을 수많은 관객이나 독자들이 예술이나 시를 기피하는 이유로 꼽는다는 것이다. 불편함을 감수하면서까지 향유하려 노력하기에는 더 감각적인 것들이 주위에 널려 있기 때문이리라. 그렇다면 이 불편함을 제거하거나 덜면 되겠지만, 그게 생각이나 말처럼 간단하지가 않기에 문제인 것이다. 왜냐하면 불편함의 원인이 간단하지가 않기 때문이다.

불편함의 첫 번째 원인은 난해함이다. 현대시는 너무 어려워서 무슨 말을 하는지 모르겠다는 거다. 난해해서 불편하고 그래서 불쾌하다는 거다. 그렇다면 왜 난해해졌을까? 이 원인을 따지자면 현대미학에 대해 더 깊이 논해야 하기에 이 지면에서는 적절하지가 않다. 두 번째 원인은 개인적 윤리의 차원에서 도덕적으로 수용할 수 있느냐의 문제다. 이것은 종종 수용자의 이념과 충돌할 수도 있다. 가치관의 문제라는 거다. 그렇다면 현대시의 감상이나 향유를 포기해야 한다는 말인가. 결론부터 말하자면 그렇게 성급하게 포기할 필요는 없다는 거다. 오히려 그런 불편함을 견디면서 그것과 맞설 때 더 큰 감동이나 즐거움을 얻을 수 있기 때문이다. 과정이 어려울수록 성취감이나 만족감은 더 클 것 아닌가. 그럼 어떻게? 이것의 답은 간단하다. 작품을 주체적으로 수용하라!

스스로 좋아할 만한 요소를 찾아서 즐기라는 거다. 자신이 좋아하는 시인의 작품을 중심으로 읽는 방법, 좋아하는 스타일의 시들을 모아서 읽는 방법, 좋아하는 소재나 주제 별로 묶어서 읽는 방법, 혹은 그 반대. 즉, 가장 싫어하는 시인이나 스타일이나 소재나 주제 별로 모아보면 색다른 느낌을 얻을 수 있을 뿐만 아니라 시에 대한 안목이나 시야를 한층 더 넓힐 수 있다. 이 글은 우리나라 현대시 중에서 '이슬'이라는 특정한 소재에 주목해서 '불편함'이라는 키워드를 통해 우리 현대시의 한계와 가능성을 확인해보려고 한다. 본론으로 들어가기에 앞서 참고가 될 만한 대중가요의 노랫말 한 편을 잠시 살펴보자.

2 '아침이슬'의 서정성과 저항성

별, 꽃, 나비, 눈[雪]과 함께 우리가 학창시절에 노래나 시나 편지로 즐겨 끌어다 썼던 소재 중의 하나가 '이슬'이다. 하지만 곰곰이 따져보면 '이슬'이

사춘기를 건너는 청소년들의 전유물은 아니었다. 그 순결하고 투명하며 가녀린 이슬의 이미지는 영혼이 아직 때 묻지 않은 사춘기의 청소년들이 자신의 마음을 투사하기에 적합했지만, 새벽에 맺혔다가 아침햇살과 함께 사라지는 이슬의 생리와 속성은 생의 덧없음을 절감하는 어른들의 회한과도 곧잘 어울렸다. 그런데 어떤 세대는 이슬의 다른 얼굴을 보았다. 이른바 '7080세대'다. 1970~80년대의 정치적 격변기를 초월超越이 아닌 포월匍越을 해야 했던 그 세대에게 '이슬'은 체루탄과 비명을 부르는 음습한 노래였고, 피로써 피를 부르는 불의 얼굴이었다. 김민기가 짓고 양희은이 불렀던 〈아침이슬〉이 그렇다.

긴 밤 지새우고 풀잎마다 맺힌
진주보다 더 고운 아침이슬처럼
내 맘에 설움이 알알이 맺힐 때
아침동산에 올라 작은 미소를 배운다.
태양은 묘지 위에 붉게 떠오르고
한낮에 찌는 더위는 나의 시련일지라.

— 양희은의 노래 〈아침이슬〉 부분

풀잎에 맺힌 아침이슬은 현실의 저편을 꿈꾸는 사람들에게는 영롱한 진주였고, 긴 밤을 지새우고 아침을 기다리는 사람들에게는 미소를 가르쳐주는 희망이었다. 그러나 태양이 떠오르는 순간 이슬은 흔적도 없이 사라지고, 이슬이 사라진 자리에 태양은 더욱 이글거렸다. 한 방울의 습기도 키우지 못하는 대지는 묘지이고, 묘지 위에 작렬하는 태양은 만상의 생물들에게는 시련일 수밖에 없었다. 햇빛과 자리를 바꾸는, 평화로운 숲에서 태어난 이슬이 아니라, 거친 광야에서 태어난 이슬은 투사鬪士가 될 수밖에 없었다. 급기야 '아침이슬'이었던 '나'는 이렇게 선언한다. "나 이제 가노라. 저 거친 광야에/ 서러움 모두 버리고 나 이제 가노라." '아침이슬'은 그렇게 감옥으로 갔고 죽음으로 갔다.

이 노래는 1971년에 발매된 '양희은 고운 노래 모음' 앨범에 수록되면서 서정적이면서도 비장한 노랫말과 빼어난 가수의 가창력에 힘입어 단숨에 대중들의 사랑을 받았고 정부에서는 '건전가요'로 지정하여 이 노래의 대중적 확산을 도왔다. 그러나 유신독재에 맞서 민주화투쟁이 본격화되고, 시위대들이 스스로를 아침이슬과 동일시하며 유신의 뙤약볕 속으로 뛰어들면서부터 노래와 권력의 밀월관계는 끝나고, 하루 아침에 '건전가요'는 '금지곡'이 되고 말았다. 그러나 금지는 욕망을 부추겼고, 〈아침이슬〉은 금지곡이라는 이름으로 더 유행하는 아이러니를 보였다. 이것은 〈아침이슬〉이라는 노래의 서정성과 저항성을 단적으로 보여주는 에피소드이자, 노래가 어떻게 무기가 되는가는 보여주는 역사적/정치적 사례였다.

어쨌거나 〈아침이슬〉은 '평화'라는 낯익은 이미지에서 출발하여, '투쟁'이라는 낯선 용례를 만들면서 한국 대중가요사의 한 페이지에 선명하게 각인되었다. 하지만 노래와 달리 우리의 현대시에서 이런 이슬의 역동성을 찾기는 어렵다. 우리 시가 이슬을 소비하는 방식은 아무래도 서정적이기 때문이다. 그렇다면 '이슬'을 소재로 한 우리 현대시를 통해서 시인들은 '이슬'을 얼마나 다양하고 다채롭게 인식하며 미학적으로 소비하는지, '이슬'은 어떻게 우리의 삶을 반영하고 위로하며 미학적으로 진화하는지 구체적으로 살펴보자.

3 풀잎 끝에 맺힌 풍경風磬

이슬을 통해 삶의 고단함을 위로받거나, 삶의 비의를 엿보려는 시도는 다양하다. 이슬의 이미지에 집중할 때는 맑음, 투명함, 영롱함과 같은 유리질의 특성에서 나약함, 가녀림, 슬픔과 같은 여성적 정서를 촉발하게 되고, 이슬의 속성에 집중할 때는 그것의 탄생과 소멸에 이르는 과정에서 설레임, 발랄함, 덧없음과 같은 의미망을 생산하게 된다. 그러나 좋은 시들은 이슬의 이러한 판에 박힌 도식을 뛰어넘어 새로운 지평에서 감각화되고 의미화

된다. 그러한 예을 다음의 시들에서 확인할 수 있다.

생전의 슬픔이 저렇게
이슬로 맺힌다던가
원한도 미움도 그리움도
저렇게 이슬로 내린다던가

발길에 채이는 이슬을
이슬털이 씻김굿 삼고
젖은 바지 걷으며 바라보는
눈부시는 풀밭의 아침

우리네 슬픔이 저렇게
반짝일 수 있다면
미움이 그리움이 저렇게
눈부시게 아름답다면

부대끼면 남은 것들이
못 견디게 사라지는 것들이
얼마나 맘 놓이리

— 정양, 「이슬」 전문

슬픔이, 원한이, 미움이, 그리움이 이슬로 내려서 풀잎 끝에 맺힌다면, 바지를 걷고 아짐의 풀밭을 박차고 걷는 것으로 그것들을 씻어내는 씻김굿을 삼고 싶다고, 그래서 마음의 앙금들이 걷히고 눈부신 풀밭의 아침을 맞고 싶다고 시인은 소원한다. 슬픔도 미움도 그리움도 원한도 이슬이 되어 빛난다면, 일상에서 생산되는 그것들을 무엇 때문에 걱정하겠는가. 하지만 우리가 소원하는 그것들은 실제로는 그렇지 못하다는 반증이기도 하다. 슬픔은 누적되고, 원한과 미움은 깊어가고, 그리움은 하염없다, 그것들이 이슬처럼 스러지기를 바라지만 난망하다는 것은 시인이 더 잘 안다.

풀잎 끝에 이슬 풀잎 끝에 바람
풀잎 끝에 햇살 오오 풀잎 끝에
나 풀잎 끝에 당신 우린 모두
풀잎 끝에 있네 잠시 반짝이네
잠시 속에 해가 나고 바람 불고
이슬 사라지고 그러나 풀잎 끝에
풀잎 끝에 한 세상이 빛나네
어느 세월에나 알리요?

— 이승훈, 「풀잎 끝에 이슬」 전문

이승훈의 시는 잔잔하고 심심하다. 일상의 무늬를 탁본 뜨듯이 그대로 옮겨놓기 때문에 특별한 기교를 부리지 않은 것으로 기교를 삼는, 가히 대교약졸大巧若拙의 대가의 솜씨다. 스스로 자신의 시작법을 일컬어 '영도零度의 시쓰기'라고 하지 않았던가. 일부러 시를 지어서 만들지 않겠다는 '무위無爲의 시론'이다. 그래서 특별히 행이나 연을 의미 단위로 구분 짓지 않고 '무심하게' 자르거나 띄어놓는다. 이 시도 그런 형식을 유지하고 있다. 그러나 의미까지도 그런 것은 아니다. 그의 시는 불가의 선禪에 기대고 있는 탓에 유현幽玄하기 그지없다. 풀잎 끝에 이슬과 바람과 햇살뿐만 아니라 나도 당신도 매달려 있다는 거다. 그래서 해가 나고 바람이 일어 이슬이 사라지면 이것들도 다 사라지고 그것들이 머물렀던 풀잎 끝만 남아서 빛난다는, 하지만 이 모든 존재와 소멸의 이치를 어느 세월에나 알겠냐는, 선적禪的 메타포가 강하게 느껴지는 시다. "풀잎 끝에 이슬"에서 출발하여 "풀잎 끝에 한 세상"에 이르기까지 시는 의미를 점층적으로 확장하다가 설의設疑형의 결구에서 다시 휘어진다.

> 들길로 나간다
> 새벽이슬이 피어 있다
>
> 왜 모든 이슬은
> 별의 비를 맞고
> 왜 모든 빗방울들은
> 생각하는 잎사귀에 기거하는지
> 고요히 잠겨 있던 내 귀에
> 이슬이 쇳덩어리를 매다는 게 아닌가

— 조정권, 「'아무것도 아니니 괜찮다'라는 말」 전문

앞의 시가 잔잔하다면 이 시는 '쇳덩이'를 매단 듯이 묵직하다. 시의 의미를 파악하는 게 어렵거나 시의 구조가 복잡하지는 않아서 쉽고 단순한데도 그 속에 담지한 사유는 예사롭지가 않다. 이렇듯 시는 쉽고 단순한 시가 오히려 어떤 강렬함을 갖는 경우가 종종 있다. 이 시를 세우는 화두는 바로 이 구절이다. "왜 모든 이슬은/ 별의 비를 맞고/ 왜 모든 빗방울들은/ 생각하는 잎사귀에 기거하는지" 여기서 두 질문은 사실 인과관계가 뒤바뀌어 있다.

앞의 질문은 시적으로 도치되어 있다. 즉, 모든 이슬은 별의 비를 맞는 게 아니라 별의 비를 맞았기 때문에 이슬이 맺힌 게 아닌가. 뒤의 질문은 앞의 질문 형식에서 약간 변주된 채 도치된다. 모든 빗방울들은 생각하는 잎사귀에 기거하는 게 아니라 빗방울이 기거하기에 생각하는 잎사귀가 된 게 아닌가. 생각하는 잎사귀란 가늘게 흔들리면서 깨어 있다는 뜻일 텐데, 빗방울이 그런 잎사귀를 찾아가서 기거하는 게 아니라 빗방울이 매달리니 잎사귀는 휘청거릴 수밖에 없을 것이란 뜻이다. 그러나 보다시피 도치된 의미를 푸는 순간 시의 맛은 실종되고 만다. 가장 단순한 자연의 현상이지만 뒤집

는 순간 시가 되고, 고요히 잠겨 있던 귀에 쇳덩이를 매달아 풍경을 울리는 화두가 되는 것이다.

그러나 주목할 점은, 이 시가 '이슬'을 노래한 시가 아니라는 거다. 누군가가 무슨 얘기 끝에 '아무것도 아니니 괜찮다'라고 하는 말을 듣고, 그 말에 촉발되어 쓴 시다. '별일 아니니 호들갑떨 것 없다'는 뜻으로도 들리지만, 시인은 아무것도 아닌 것들은 괜찮아도 되는 것인가를 의심하고 있는 것이다. 아무것도 아닌 것들이지만 괜찮지는 않다는 것을 말하려고 아무것도 아닌 것들의 자리에 '이슬'과 '빗방울'이 동원되었다. 그저 흘려들을 수 있는 일상적인 대화에서도 귀에 쇳덩이가 매달리는 사람이 바로 시인이란 걸 이 시는 보여주고 있다.

4 붉은 이슬 한 방울

이슬의 이미지와 가장 근친한 게 눈물이다. 이슬과 눈물은 연년생 자매처럼 닮아 있다. 그러나 이슬에다 곧바로 눈물을 덧씌우거나 눈물에다 이슬을 강제 이식시키면 그 시는 관객보다 배우가 먼저 우는 신파가 되고 말 것이다. 요는 이슬에서 어떻게 눈물을 채취해내느냐이다. 시인이란, 아니 대개의 예술가란 거칠게 정리하면 '무엇을'이 아니라 '어떻게'에 방점을 찍는 자다. 독자의 눈물을 끌어내기 위해서 끝까지 이를 앙다물고 눈물을 삼키는 시, 영롱한 이슬 한 방울에서 눈물이 아니라 피눈물을 이끌어내기 위해 불편하고 모호한 길을 우회하는 시 한 편을 보자.

저 머나먼 공중에 벙어리 방이 하나 떠 있어요
온몸의 구멍을 내 눈물이 다 막아버려서
구멍이 하나도 없는 방이 하나 떠 있어요
걸을 때마다 바닥이 물컹물컹 소리치는 방
내 피부 같은 물 도배지를 바른 방
나는 그 방에다가 밥상을 차렸어요

아버지가 집에 돌아올 때면
밥상 위의 그릇들이 벌벌 떨었어요
그래도 나는 벽장 속에다
갓 태어난 물방울 아가들을 숨겼어요
누군가 손가락 끝으로 누르기만 해도
기둥조차 없어 저절로 터져버릴 방
천장도 창문도 없어 하늘이 그대로 눈부시지만
내 날갯짓 멈추어버리면 한없이
곤두박질쳐버릴 그 방이 하나 떠 있어요
아무도 모르게 나 혼자 너를 사랑하는 방
그 방이 하나 한없이 떨면서 떠 있어요

— 김혜순, 「붉은 이슬 한 방울」 전문

이 시에 나오는 방은 도대체 어떤 방일까? 시에서 드러난 상황을 하나씩 정리해보면, a)머나먼 공중에 떠 있고, b)아무 말도 할 수 없는 벙어리 방이고, c)그 방의 모든 구멍은 내 눈물로 막아버린 밀폐된 방이고, d)그 방의 내부는 걸을 때마다 물컹거리고, e)그 방의 벽은 '내 피부' 같은 물 도배지로 발렸고, f)나는 그 방에다 (아버지를 위해) 밥상을 차리고, g)아버지가 돌아올 때면 그릇들이 벌벌 떨고, h)나는 (아버지 몰래) 벽장 속에 어린 물방울을 키우고, i)그 방은 내가 날갯짓을 해야 떠 있을 수 있고, j)나 혼자 너를 사랑하기 위한 방이고, k)한없이 떨면서 떠 있고.

마치 초현실주의 풍의 그림이나 부조리극의 한 장면 같은 방이다. 공중에 떠 있는 이 '눈물의 방'은 a)~e)에 드러난 정황으로 미루어보건대 매우 자폐적이고 절망적이고 위태로운 공간이다. f)~h)에 드러난 정황으로 보면 벽장 속에다 몰래 눈물을 떨어뜨리면서도 아버지가 돌아오면 밥상을 차려야 하는 매우 가부장적이고 전근대적인 방(공간)이다. i)~k)에 드러난 정황에서는 그 방이 '너'를 사랑하기 위해 '나'가 고통스럽게 날갯짓을 해야 떠 있을 수 있는 방이라는 거다. 그렇다면 이 방은 도대체 어떤 방인가. 시에 드러난 정보에 의하면 두 가지를 상정할 수 있다. 하나는 '눈물'이고, 다른 하나는 '붉은 이슬'이다. 눈물과 이슬을 유비적으로 동일시한다면 '붉은 눈물'이라고 할 수 있고, 붉은 눈물이란 일상적 표현에 따르면 '피눈물'이 아닌가.

결국 이 시를 산문적으로 풀어보면, '아버지가 폭력적 권위를 행사하는 전근대적인 분위기의 가정에서 꿈을 포기하지 못하고 눈물을 흘리며 유년의 시기를 보내야 했던 시인(화자)의 고통스런 회고담'쯤 될 것이다. 하지만 우리는 이 산문적 사실을 메마르게 확인하기 위해서 이렇게 분석까지 해가며 시를 읽겠는가. 그리고 시인은 유년의 고통스런 기억을 통속적으로 고백하기 위해 이렇게 시를 쓰겠는가. 모든 시인이 시에다 반드시 극적劇的 상황을 담아야 하는 스토리-텔러story-teller가 아니다. 그리고 모든 독자가 시에 드러난 서사敍事를 풀어서 재구성한 이야기가 있어야만 만족하는 스토리-홀릭story-holic도 아니다. 시가 보여주는 신비하고 환상적인 상황을 그대로 즐기면 되는 거다. '피눈물'이 '붉은 이슬'로 바뀌듯, 고통스런 기억도 얼마든지 아름답고 환상적인 시가 될 수 있는 것이다. 그런 점에서 김혜순의 「붉은 이슬 한 방울」은 평면적인 소재와 통속적 내용이지만 평면적이기를 거부하는 매우 유니크한 시다.

5 신화적 이슬과 동화적 이슬

이슬을 사물이 아닌 육체성을 가진 영적인 존재로 인식한 시편들도 많다. "마침내 눈망울이 되어버린 물방울"(서종택, 「이슬」)이 이슬의 한 이미지라면 그 눈망울에서 영적 존재로서의 근거를 찾는 것은 이상한 일이 아니다. 우리의 몸에서 눈처럼 영적인 기관이 어디 있으랴. 우리나라의 현대시에서 오랜 시간 '몸'을 전면에 내걸어놓고 육체와 정신을 동시에 응시한 시인이 있다. 바로 정진규다.

이슬은

하늘에서 내려온 맨발

풀잎은
영혼의 깃털

고맙다

서로 편히 앉아
쉬고 있다.

허락하고 있다.

— 정진규, 「몸시 · 17 —和」 전문

정진규 시의 형식상의 특징이 산문시라면, 내용상의 특징은 '몸시—詩'이다. '몸시'라는 개념으로 정신주의가 승했던 우리 시단에 새로운 담론을 만들어냈던 시인답게 그의 시는 '몸의 말'에 예민하다. 알다시피 몸이란 우리의 삶을 구성하는 물리적 실체이고, 세계를 감각하는 실질적 기원이다. 몸이 없는 정신을 상상할 수 없음에도 우리는 오랜 시간 이분법적 틀을 통해 몸을 정신의 하위 개념으로 인식해왔다. 그 견고한 틀에 균열을 냈던 시인이 바로 정진규다.

이 시도 이슬과 풀잎을 하늘과 영혼의 육화된 이미지로 각각 파악한다. 이슬은 하늘의 '맨발'이고, 풀잎은 영혼의 '깃털'이다. 하늘의 맨발과 영혼의 깃털이 아침을 기다려 서로를 허락한다. 먼 하늘에서 밤새 내려온 이슬은 풀잎을 만나 고단한 발을 주무르며 쉬고 있고, 밤새 바람에게 시달렸던 풀잎은 이슬을 만나 목을 적시며 비로소 영혼이 안정을 취한다. 서로에게 허락할 육체가 있다는 것은 얼마나 고마운 일인가. 그게 설령 몸의 변방인 '맨발'이거나 '깃털'일지라도 말이다. 그렇다면 좀 더 생물학적으로 진화하여 이슬을 '몸'을 가진 '동물'로 인식한 시를 보자.

주로 식물에 기생한다 입이 없고
항문이 없고 내장이 없고 생식이 없어
먹이사슬의 가장 끝자리에 있으나 이제는
거의 포식자가 없어 간신히 동물이다
일생 온몸으로 한 곳을 응시하거나
누군가를 하염없이 바라보다 한순간
눈 깜박할 사이에 사라진다 짧은 수명에
육체를 다 소진하고 가서 흔적이 없고
남긴 말도 없다 어디로 가는지
어디에서 오는지 알 수 없지만 일설에,
허공을 떠도는 맹수 중에
가장 추하고 험악한 짐승이 일 년 중
마음이 맑아지는 절기의 한 날을 가려
사선을 넘나드는 난산의 깊은 산통 끝에
온통 캄캄해진 몸으로 그 투명하게
반짝이는 백치의 눈망울을 낳는다고 한다

— 이덕규, 「이슬의 탄생」 전문

이 시는 이슬의 '탄생설화誕生說話' 중에서 매우 독보적인 작품이다. 일단 '그 동물'의 생태를 보면, "입이 없고 항문이 없고 내장이 없"어 절박한 동물이고, 자신의 종種을 이어갈 생식능력도 없는 절손絶孫의 동물이다. 먹이를 섭취해서 개체를 보존하고, 생식을 통하여 종족을 보전하는 일반적인 동물의 생태와는 전혀 다른 별종이다. 설상가상 그 종족의 생태계 위치는 "먹이사슬의 가장 끝자리에 있"다. '먹이사슬의 가장 끝자리'란 그냥 먹잇감이란 뜻이다. 번식 없이 잡혀먹히기만 하고도 살아남을 수 있는 종족은 없다. 그

마나 요즘은 잡아먹는 포식자가 거의 사라져서 '간신히' 존재할 수 있는 시적詩的인 동물이다. 그의 생애를 보면 더 시적이다.

"일생 온몸으로 한 곳을 응시"하는 자이고, "누군가를 하염없이 바라보다 한순간 눈 깜박할 사이에 사라"지는 자다. 온몸을 다해 한 곳을 응시하거나 누군가를 하염없이 바라보는 건 전형적인 사랑의 증후들이다. 누군가를 지극하게 바라보다가 요절해버리는 사랑이란 얼마나 비극적이고 신화적인가. 그러므로 "육체를 다 소진"해버린 탓에 "흔적이 없고 남긴 말도 없"는 사랑이란 신의 것이거나 그 신을 향한 자들의 것임에 틀림없다. 이처럼 이슬의 생애는 신앙처럼 지극하고 신앙의 대상처럼 염결하다. 그의 영웅담은 신비한 죽음에 어울리는 극적인 탄생의 비화를 간직할 때 비로소 완성될 터이니, 탄생의 비화가 적어도 이쯤 돼야 하지 않겠는가.

새끼와 에미는 서로의 극에 있으니, "허공을 떠도는 맹수 중에 가장 추하고 험악한 짐승"이 그의 에미다. 그 에미가 "일 년 중 마음이 맑아지는 절기의 한 날을 가려 사선을 넘나드는 난산의 깊은 산통 끝에 온통 캄캄해진 몸으로" 가까스로 낳은 것이 "투명하게 반짝이는 백치의 눈망울"이다. 그래서 이슬이 평소에는 '백치의 눈물'로 지내지만, 어쩌다 찬바람을 만나 서리로 바뀌면 에미의 험악한 이빨과 추한 털을 보일 때도 있다. 하지만 이 동물은 태생이 백치의 성품이라 절실하고 지극하다. 그러니 우리는 이슬의 순애보적인 사랑과 얼룩 한 점 없는 생애 앞에 옷깃을 여미고 마음을 적시지 않을 수가 없으리라. 이 신화에 따르면 '인생여조로人生如朝露'란 허무가 아니라 생의 극찬이겠다.

앞의 시가 이슬이라는 동물을 '신화적 상상력'으로 바라본 걸작이라면 다음 시는 이슬이라는 곤충을 '동화적 상상력'으로 바라본 절창이다.

> 나는 한때 이슬을 잡으러 다녔다
> 이른 아침이나 새벽,
> 물병 하나 들고

풀잎에 매달려 있는 이슬이란 벌레를

이슬이란 벌레를 잡기는 쉬웠지
간밤 꿈이 무거운지
어디 튀어 달아나지 못하고
곧장 땅으로 뛰어내리니
그래도 포획은 조심스러웠지
이슬이 죽으면
돌처럼 딱딱해지니까

나는 한때 불과 흙과 공기의 조화로운 건축을 꿈꿨으나
흙은 자본이 되고
불은 폭력이 되고
나머지도 너무 멀리 있는 공기의 사원이 되었으니
돌이켜보면 모두 헛된 꿈

이슬은 물의 보석, 한번 모아볼 만하지
기껏 잡아 모아놓은 것이
종아리만 적실지라도
이른 아침 산책길 숲이 들려주던 말,
뛰지 말고 걸어라 너의 천국이 그 종아리에 있으니

— 송찬호, 「이슬」 전문

이 시에 대해서 사족을 다는 것이 무슨 의미가 있을까 싶을 만큼 그 자체로 맑고 투명하고 그윽하다. 하지만 다른 시들과의 맥락을 살펴보기 위해서는 이 시에 담겨진 의미를 확인하는 절차가 필요하겠다.

나는 한때 흙과 불과 공기의 '조화로운 건축'을 꿈꾸었으나 '흙의 자본'이

횡행하고 '불의 폭력'이 난무하는 곳에서 '공기의 사원'을 탐했을 뿐이다. 누군들 영원히 손상되지 않을 삶의 원형原形을 소망하지 않았겠는가. 그때는 물병 하나로 이슬 벌레를 채집하(려)던 시기였고, 또한 그게 가능하다고 믿(었)던 시기였다. 이슬은 채집할 만한 가치가 있었다. 물의 보석이니까. 그 보석이 종아리만 적신다고 해도 마다할 이유가 없다. 아침 산책길의 숲이 일러주듯이, 종아리에까지 보석을 두른 천국에서 채신머리없이 뛰면 되겠는가. 눈부신 보석밭 사이를 가장 우아하게 걸어야 마땅할 터.

이슬의 생태가 동물이든 곤충이든, 혹은 그 이슬에서 비롯된 서사가 신화든 동화든 우리가 이슬에서 만나는 건 아름다움이다. 또한 그것이 물질이든 정신이든 우리는 아름다움의 극점에 이슬을 둔다. 아름다움 중에 가장 으뜸으로 꼽는 것은 '내용 없는 아름다움'이다. '아름다운 이유'가 없기에 (혹은 모르기에) 그 아름다움은 영원히 지속될 수가 있다. 속이 텅 빈 이슬방울이야말로 그것이 왜 그렇게 아름다운지 이유를 찾기도 어렵지만 존재하는 시간마저 짧으니 '내용 없는 아름다움' 중에서 앞자리가 아니겠는가. 그리고 그 아름다움은 좋은 시가 갖는 아름다움과 겹치면서 인간의 정신이 추구하는 어떤 경지와도 교집합을 이룬다.

6 당대성과 현대성

지금까지 우리는 몇 편의 시를 읽어보았다. 가능하면 분석이나 해석을 피하고, 생경한 문예이론이나 낯선 개념어의 간섭 없이 공감하며 읽으려고 했다. 그렇게 읽으면서 소박하게 얻은 바가 있다면 이런 것들이 아닐까. 좋은 시는 우리에게 사물이나 풍경을 바라보는 새로운 눈 하나를 달아준다는 것. 그리고 좋은 시는 우리가 일상에서 겪는 고통을 위로해주고 치유해준다는 것, 마지막으로 좋은 시는 어떤 방식으로든 우리에게 재미를 선사해준다는 것. 그만큼 이 시들은 나름대로 어떤 가치들을 분명히 갖고 있었고, 형식적으로도 잘 다듬어진 절편이고 절창이었다. 우리는 공감하거나 감동하면서 그 시들을 하나씩 확인하고 음미했다.

그러나 함정은 여기에 있었다. 절창이나 절편이라는 것! 여기서 말한 '절창'이나 '절편'이라는 찬사는 당대(동시대)의 우수한 시가 갖추어야 할 요소들을 제대로 갖추고 있다는 뜻이다. 그러면 됐지 또 뭐가 문제냐고? 문제는 바로 '당대성當代性'은 갖추었는데 '현대성現代性'이 모자란다는 거다. 그렇다면 현대성이란 무엇인가? "현대성은 당대의 주류적 경향을 반영하면서도, 현대성에는 당대성과 무관하게 필수적으로 갖추어야 할 요소가 따로 있다. 그것은 바로 '프런티어', 즉 전통의 답습을 거부하고 혁신하려는 '개척성開拓性'이다."(이수명) 앞의 시들을 '현대성'이라는 필터에 통과시켜보면, 그 시들은 보편적인 인식의 틀에서 크게 벗어나지 못했거나, 전통적인 정서의 주박呪縛에서 자유롭지 못했다. 한마디로 '프런티어'의 실험성이 부족했다는 말이다. 그래서 (보수적 관점에서는) 덜 불편했고, 그만큼 (진보적 관점에서는) 더 위험했다. "편리하면 위험하고 불편하면 안전하다"는 구호는 환경운동가들만의 것은 아니다.

우리 시의 미래를 위해서, 우리 문학의 발전을 위해서, 우리 미학의 르네상스를 위해서 우리는 바뀌어야 한다. 사물이나 대상이 바뀔 리는 없다. 결국 바뀌는 것은 그것들을 바라보는 우리 눈이고 인식이다. 그러나 인식도 한계가 있다. 인식의 한계를 넘어서는 것은 형식이다. 형식의 새로움으로 그것들을 극복해야 한다. 그렇다면 형식의 새로움은 어디서 오는가? 그것은 시를 대하는 태도에서 나온다. 태도가 곧 형식을 만들기 때문이다. 가장 치열한 창작의 태도는 정신없이 노는 것. 우리는 대상과 더불어, 언어와 더불어, 형식과 더불어 '나'를 잊고 해가 저물도록, 엄마가 부를 때까지 정신없이 놀다보면 '백만 년 전의 이슬'에 우리의 영혼이 흠뻑 젖을 수도 있다. 이렇게!

이슬을 건너가는
여치 뒷다리에
이슬이 걸리더라

이슬을 건너가는 여치
뒷다리에
이슬이 걸리오

은하수를 건너가는 여치 뒷다리에도 이슬이 걸립니까?

이슬을 건너가는 여치
뒷다리에 이슬이
걸리는군요

이슬을 건너가는
여치
뒷다리

— 최승호, 「백만 년이 넘도록 맺힌 이슬」 전문

제2부

깊고 푸른 고백들

골목 순례자의 깊고 푸른 눈
— 서동균 시의 한 읽기

말과 표정을 지워버린 도부屠夫의 시
— 유홍준 시의 한 읽기

성에 낀 창을 녹여내는 푸른 입김의 시
— 이해존 시의 한 읽기

'갯벌' 위에 '달빛'으로 쓴 여성 잔혹사
— 조향옥 시의 한 읽기

기승전결 없는 '협객'의 시
— 조민 시의 한 읽기

왜 우리는 슬픔에 공을 들여야 하는가
— 정선희 시의 한 읽기

절박함의 끝에서 절박함과 맞서기 혹은 껴안기
— 석민재 시의 한 읽기

골목 순례자의 깊고 푸른 눈
— 서동균 시의 한 읽기

'골목'은 길이 시작되는 출발점이고 길이 끝나는 도착점이다. 우리는 골목을 나서서 세상 속으로 들어가고, 세상의 끝에서 골목으로 돌아온다. 길이 삶의 오랜 메타포라면, 골목은 우리의 생을 압축하고 요약하는 친근한 알레고리다. 시인이 작품에서도 인용했듯이 골목의 사전적 정의는 "큰길에서 들어가/ 동네 안에서 이리저리 통하는 좁은 길"(「그늘」)이다. 대로大路의 도입부이자 마무리 단계이며 생활의 실핏줄이란 뜻이다. 이런 이유로 문학 작품에서 골목은 생활의 이면을 드러내기 위한 '근대적 토포스'로 기능한다.

우리 현대시사에서 가장 강렬한 골목은 '이상의 골목'을 들 수 있겠다. "13인의아해가도로를질주하오./ (길은막다른골목이적당하오)" 이렇게 시작하는 이상의 「오감도烏瞰圖 — 시 제1호」는 띄어쓰기도 무시한 채 '무섭'게 반복되는 주술성으로 독자를 단숨에 "막다른골목"으로 몰아간다. "막다른골목"에서 시작하여 "뚫린골목"으로 끝나지만 "13인의아해"는 숨이 턱에 찬 채 골목길을 벗어날 수가 없다.

이상에서 시작하여 가지를 뻗쳐온 골목은 험난한 현대사의 파랑을 헤쳐 나오는 동안 근력을 키운다. 가장 힘이 센 골목을 들라면 '문인수의 골목'을 들 수 있겠다. "마을은 바다가 내려다보이는 산비탈에 다닥다닥 붙어 있다.

작고 초라한 집들이 거친 파도 소리에도 와르르 쏟아지지 않는다. 복잡하게 얽혀 꼬부라지는 골목들의 질긴 팔심 덕분인 것 같다."(문인수, 「굵직굵직한 골목들」) 바닷가 언덕에 쏟아질 듯이 다닥다닥 붙어 있는 집들을 동아줄처럼 동여매고 있는 것은 바로 '골목들'이다. 그 "골목들의 팔심"이 삶의 위태로움을 거뜬히 껴안고 있다.

이상이나 문인수의 골목에 비해 '서동균의 골목'은 섬세하다. 골목을 가늘게 찢어서 다양하게 변주하고 있다. 골목을 실내로 끌어들인 '복도', 골목 안의 공터가 확대된 '광장', 골목이 키우는 '그늘', 골목을 깨우는 '조간신문', 대로를 '연희적演戱的' 골목으로 만드는 '가면축제', 골목의 푸른 기억인 '주막' 등이 그 예다. 서동균은 이것들을 재료로 삼고 따뜻한 시선과 탁월한 묘사력을 도구로 삼아 '보편적 골목'을 '저마다의 골목'으로 그려서 우리 앞에 펼쳐놓는다.

건물에는 복도가 있다 걸어가는 남자, 뛰어오는 여자
스치거나 일정한 간격을 유지하는 생각의 틀이
기다란 공간으로 들어온다
면을 밟고 가다 선으로 교차하는 곳에서
진자운동은 좌우가 갈라진다
건전지를 다 소모해서 멈춘 괘종시계의 분열점이다
툭툭 떨어지는 허공에 뜬 중력의 높이
그 통로에 그림자를 가진 실체들이 걸어다닌다
정지와 무한의 극점 즉 반대편을 잇는 선에 멈춘
그 남자의 목소리와 그 여자의 목소리가 섞인다
그들이 밟고 있는 콘크리트가 양생을 거치듯
혹은 빅뱅을 거쳐 우주가 팽창해 왔듯
쏜살같이 달려가는 가속도 붙은 목소리의 경계가
이물異物의 갈래로 복도를 형성한다

공간에서 빙글빙글 돌아가는 형태의 모든 것이
어둡고 그 남자는 두렵고 그 여자는 흥분하고 복도를 걷는

—「복도를 걷는」 전문

이 시는 첫 줄이 힘이 세다. "건물에는 복도가 있다"고 제시해놓고 그 복도를 두 남녀로 채운다. 걸어가는 남자가 있고, 뛰어오는 여자가 있다. 복도가 교차하는 지점에서 그 둘은 "좌우로 갈라진다". 괘종시계는 멈춰 있고, 그들의 시간은 분열된다. 둘은 "정지와 무한의 극점"에서 대화를 섞는다. 하지만 대화는 순조롭지 않고 말의 화살에 가속도가 붙어 마침내 '이물異物의 복도'가 형성된다. (극과 극에서 나누는 대화가 극간을 좁힐 수는 없었으리라!) 이 시를 읽다보면 독자는 궁금해진다. 여기는 도대체 어딜까? 두 남녀는 어떤 관계일까? 막장드라마에 익숙한 우리의 상상력은 별다른 고민 없이 어떤 기관을 연상하지만, 시인은 대답 대신 이렇게 딴전을 부린다. "그 남자는 두렵고 그 여자는 흥분하고 복도를 걷는"이라고. 독자의 판단에 맡기겠다는 뜻이다. 그러니 나의 추론도 여기에서 멈추어야겠다. 눈치 없는 스포일러는 곤란하지 않겠는가.

광장에 서면 소리가 들린다
(…)
알타미르 동굴벽화 붉은 들소가
뿔에 힘을 주고 달려갔기 때문일까
반구대 암각화 향유고래가
거친 물살을 헤치고 지나갔기 때문일까
벽화 속 사냥꾼들이
창을 들고 뛰어갔기 때문일까
(…)
그 소리들은

우리가 잠을 자고 있는 사이에
모였다가 흩어진다
(…)
쌍골죽 소금 소리 향비파 소리 슬 소리가 섞이고
와공후 소리까지 들린다
그렇게 광장을 새롭게 채화彩畵하고 있다

—「광장」 부분

광장廣場의 본질은 '소리'다. 무수한 소리가 모여서 충돌하고 뒤엉켜서 마침내 조율되거나 급기야 파국을 맞거나 하는 곳이 광장이다. 소리들은 "알타미르 동굴벽화"나 "반구대 암각화"와 같은 '시원始原의 골목'을 거치면서 광장으로 나온 탓에 원색의 분장과 몸짓과 소리로 흥겨운 축제를 연다. 광장의 첫 번째 기능이 축제의 장場인 이유가 여기에 있다. 그러나 축제의 반대쪽에는 일상이 도사리고 있다. 수렵과 농경은 인류 이래 일상의 근간이다. 하지만 모든 축제는 일상을 비켜가면서 일상을 부추기는 이율배반적 성격을 지닌다. 광장이 갈등이나 저항으로 소란스런 연유도 여기에 있다. 하지만 광장은 긍정/부정의 이분법으로 판단할 수 있을 만큼 단순하지가 않다. 이분법을 넘어서는 가치중립적 존재라고 보는 게 타당하다. 광장에 모인 소리들은 시간과 더불어 노래가 되거나 담론이 되거나 이념이 되고, 마침내 권력이 되거나 저항이 되거나 추문이 된다. 이렇게 소리와 울림이 광장을 만들고 광장은 다시 더 큰소리와 울림을 재생산한다. 아시다시피 변증법이란, 소리로 광장을 채화彩畵하는 오랜 방식이다.

골목 어귀에 웅크린 그늘은 아르마딜로
누군가 툭툭 치거나
생각하지 않았던 일이 닥치면
둥굴게 둥굴게

골목 안으로 들어가는 야행성이지
보이지 않는 눈, 들리지 않는 소리
공구리 바닥 틈새로 사라진 햇살
너무 마르면 그냥 뚝 부러지거나
너무 젖으면 질기게 휘어지는
이곳저곳에 남은 이야기들
조근조근 균열이 난 담벼락은
헐거운 기억에 익숙하고
큰길에서 들어가
동네 안에 이리저리 통하는 좁은 길은
국어사전 귀퉁이에 자리한 골목에서
오랫동안 전해지는 이야기로
어금니 같은 등딱지를 만든다

―「그늘」 전문

'그늘'은 골목의 신분증이다. 그늘이 없는 골목은 의심스럽다. 기능적 측면에서 봐도 골목은 '도로道路'가 아니다. 싸잡아서 도로道路라고 했지만, 더 구체적으로 말하자면 도道에도, 노路에도 속하지 않는다. 도道와 노路의 차이는 이렇다.

"한자의 도道나 로路나 우리말로는 모두 '길'이고 보통은 하나로 묶어서 '도로'라고 하지만 둘은 본디 형성 방식과 용도가 다르다. '도'는 머리 수首 자와 천천히 걸을 착辶 자를 합한 글자로서 권력자가 무리를 거느리고 천천히 행진하기 위해 만든 길이다. 이 길 좌우에는 대개 건물이 늘어선다. 반면 '로'는 발 족足 자와 따로 각各 자를 합친 글자로서 여러 사람이 각기 편한 대로 걸어간 발자취가 모여 저절로 생긴 길이다. 이 길 좌우에는 나무, 돌, 흙 등 자연이 있다. 도는 '닦는 길'이고 로는 '나는 길'이다."(한겨레 칼럼 「전우용의 현대를 만든 물건들 ―아스팔트」)

하지만 골목은 인위적으로 '닦은' 권력자의 길도 아니고, 자연적으로 '난' 짐승의 길도 아니다. 생활의 필요가 만든 길이고, 필요가 끝나면 지워지는 길이다. 삶에서 비롯된 탓에 골목은 그늘을 드리울 수밖에 없다. 그늘 없는 삶이란 없을 테니까. 이때의 그늘은 "생각하지 않았던 일이 닥치면/ 둥굴게 둥굴게/ 골목 안으로 들어가는 야행성"이다. 몸을 잔뜩 웅크리고 생각에 골똘하다가 다시 머리를 내미는 아르마딜로처럼 골목은 "어금니 같은 등딱지"로 세상과 맞선다. 골목의 등이 아버지의 등처럼 굽은 이유도 혹시 여기에 있지 않을까.

조간신문 200부를 등에 메고
손에서 놓친
두루마리 휴지 같은 골목을 뛴다
반으로 접고 다시 반 더 접어
손가락 사이에 끼워서
이층집 문틈, 지하방 창틈으로 던진다
평행봉에서 몸을 틀어 착지하듯
착착 꽂히는 신문은
백열등이 켜진 시골집 마당에서
목청 좋게 홰치는 수탉이다

(…)

난로 위에서 뚜껑이 살짝 열린
도시락 같은 조간신문이
보글보글 끓는 밥물로 기지개를 켠다

—「조간신문」 부분

골목과 조간신문은 자연스럽게 어울린다. 뉴스의 속력으로 뛰어가는 배달원의 발자국 소리와 그 발자국 소리를 받아서 다시 튕겨내는 골목의 무수한 벽들과 그 소리에 불을 밝히는 낮은 지붕의 창들과 증기기관차처럼 더운 김을 토하는 압력밥솥 소리와 길게 줄을 선 공중변소와 손에서 놓친 두루마리 휴지와 그 휴지처럼 굴러가는 골목과…. 이처럼 이 시는 조간신문을 통해 지난 날의 골목들을 소환하고 그것과 연루된 추억들을 불러온다. 인터넷 매체로 인하여 종이신문이 점차 사라지는 시대에 조간신문이 환기하는 저 활기는 낯설면서 반갑다.

또한 이 시에서 덤으로 누리는 즐거움이 있으니, 신선하고 상쾌한 비유들이다. "손에서 놓친/ 두루마리 휴지 같은 골목" "평행봉에서 몸을 틀어 착지하듯/ 착착 꽂히는 신문" "닭장에서 막 굴러나온 달걀같이/ 대문 앞에 옹기종기 놓여 있는 아침손님들" "난로 위에서 뚜껑이 살짝 열린/ 도시락 같은 조간신문".

베네치아 산마르코광장 축제에선
울긋불긋한 깃털 달린 가면을 쓰지
축제를 위해 새가 되는 거야
지상에서 너와 나는 멀어
솟구쳐 하늘을 날면
오히려 가까워지는 느낌이야
무라노섬이나 부라노섬에서
빨갛고 파란 가면을 쓰고
한밤에 불타다 너울에 휩쓸리지
곤돌라를 타고 리알토 다리를 지나는
좁고 어두운 안에서
무겁게 빛나는 밖을 보는 거야
화려한 가면 속에 번쩍이는 눈은

심장을 박동시키는 근육이지
굳으면 생명을 잃는 심근처럼
가면 밖에 있는 너는
노해를 찾아
종루에서 울리는 파동인 거야

—「가면축제」 전문

골목과 축제는 어울리지 않는다. 인파가 붐비는 대로大路라야 축제祝祭와 어울린다. 무엇보다 축제의 백미는 거리를 가득 채운 인파에 있기 때문이다. 텅 빈 축제를 누가 축제라고 부르겠는가. 저마다 자기를 과시하려는 탓에 누구도 주목받을 수 없다는 점에서 축제는 역설이고, 과시함으로써 더 무시된다는 점에서 축제는 아이러니다. 그래서 아예 역설이나 아이러니를 축제의 형식으로 삼은 것이 '가면축제'다. 나를 지움으로써 가장 나다워지는 축제, 나는 어디에도 없고, 그래서 누구든 내가 될 수 있는 축제가 가면축제다. 어차피 나를 내세울 수 없다면 내가 누구가 되어도 상관없을 터. 이왕 나를 버릴 거면 굳이 사람을 고집할 필요도 없겠지. 짐승이면 어떻고 귀신이면 어떤가. 나를 숨긴 채 드러낸다는 점에서 '가면축제'는 대로에 형성된 골목에 다름 아니다. 골목의 연희演戱적 형태가 가면축제가 아닐까.

대부분의 나라에는 가면축제(혹은 가면놀이)가 있다. 종교적이거나 정치적인 이유로, 그래서 신화적이거나 풍자적인 모습으로 이루어진다. 베네치아의 가면축제는 널리 알려져 있는 가면축제다. 화자는 지금 가면축제의 현장에 '너'와 함께 있다. "울긋불긋한 깃털 달린 가면"을 쓰고 새를 욕망한다. 지상에서 멀었던 "너와 나는" 깃털 가면을 쓰고 지상을 등지는 새가 되면서 "오히려 가까워지는 느낌"을 받는다. "빨갛고 파란 가면"을 쓰고 시로의 불꽃이 되기도 하고, "좁고 어두운 안에서/ 무겁게 빛나는 밖을 보"기도 한다. 나를 숨긴 채 바깥을 엿보고 싶어 하는 '관음증적 시선'이 그 안에서 반짝인다.

그러나 저 마지막 구절, "가면 밖에 있는 너는/ 노해를 찾아/ 종루에서 울리는 파동인 거야"는 무슨 뜻일까. '노해'라는 낱말에 가로막혀서 갑자기 평범하던 시가 난해해지는 느낌이다. 어설프게 추리하여 오독誤讀하기보다 모르는 채로 남겨두는 게 시를 감상하는 데 더 이로울 수도 있겠다. 시란, 의미가 장악되지 않는 부분들로 인해서 가끔 의도되지 않았던 깊이를 획득할 수도 있으니까.

종로경찰서 골목으로 들어가면
완산골 해장국집이 있었다
3층 건물에 나무로 장식한
시인들의 사랑방이었다
시詩만 알고 장사를 도외시한 최호일 시인이
하루아침에 쫓겨났던
그렇게 시밖에 모르던 사람들이 드나들던
작은 주막이 문을 닫았다
혹한에 보일러가 터져
스패너를 들고 이리저리 뛰어다니다가도
소주 한 잔 들이키던 그는
한 해가 지나고 기온이 영하로 떨어진 오늘
횡단보도 건너 다소 생뚱맞았던
완산골 간판이었다
LP판에서 흘러나오던 김추자 노래,
님은 먼 곳에 그 시인도 있었다

—「완산골」 전문

"시는 의심 많고 변덕 심한 애인 같은 거야. 내 모든 걸 걸어야 겨우 응답해주지."

술꾼과 시인을 동일시하던 문청시절, 객기 넘치던 '어린 선배들'로부터 무수히 듣던 말이다. 그들은 한결같이 나의 삶을 온전히 시에 바치라고, 바쳐야 한다고 했다. 그때는 그들의 어투가 너무나 어른스럽고 확신에 차 있어서 왜 그래야 하는지 물어볼 수조차 없었다. 그들의 말은 의문해서는 안 되는 진리였고 복종으로만 증명되는 복음이었다. 그러나 그때 물어보지 못했던 죄로 그 질문을 끝없이 자신에게 되물어야 했다. 제대로 살고 싶어서 시를 쓰는데 왜 삶을 시에다 바쳐야 하는지를.

이런 시를 만나면 오래 전 그때 선배들이 생각나고, 그들의 현재 생활이 그려지고, 묻지 못했던 질문들을 떠올리게 된다. 아마 그 선배들도 이렇게 살고 있을 게다. "시(詩)만 알고 장사를 도외시한" 작은 주막의 주인이 되어 "혹한에 보일러가 터져/ 스패너를 들고 이리저리 뛰어다니다가도/ 소주 한 잔 들이키"면 보일러도 스패너도 다 잊어버리고, 김추자의 노래 한 소절에 먼 눈빛이 되어 골목 끝을 응시하는.

그때 그 선배들에게 이런 사람 냄새나는 시를 보여주었다면 아마 시큰둥한 반응을 보였을 것이다. 그들이 좋은 시라고 여겼던 것들은 대개 장광설이었거나 표현이 현란하였거나 의미가 요령부득했으니까. 그래야 '모던'하다고 생각했고, '모던'의 요체는 '쿨함'에 있다고 믿었으니까. 그래서 지금도 신파스럽거나 청승기 어린, "감정의 귀족주의"(박상수)가 아니라 "감정의 서민주의"(황인숙)를 만나면 나의 비평적 독해는 기능을 멈추거나 오작동을 일으키기 일쑤다. (머리보다 가슴이 먼저 반응하는데 어떻게 분석하고 해석하겠는가!)

추억 속의 골목은 깊고도 푸른데 왜 현실의 골목은 이렇게 어둡고 강퍅한지, 추억 속의 조간신문은 신선한 아침을 담장 안으로 던져주었는데 현실 속의 뉴스는 왜 우리의 아침마저 빼앗아 달아나는지, 서동균의 시는 우리에게 묻고 있다. 그렇다면 이제 우리가 그 물음에 답할 차례다. 골목은 사라지고 골목의 추억만 거래되는 이 회색도시에서. ■

말과 표정을 지워버린 도부屠夫의 시
— 유홍준 시의 한 읽기

1 표정 없는 시는 무섭다

유홍준의 시는 무섭다. 그래서 독자는 유홍준 시의 페르소나와 눈이 마주치는 걸 한사코 피하고, 서둘러서 시를 읽어버린다. 읽고 나서도 그 시가 왜 무서웠는지 모른다. 아무런 위협도 겁박도 없는데 머리카락이 쭈뼛 서는 느낌, 이게 바로 유홍준의 시를 읽을 때 독자들이 겪는 심리적/정서적 반응이다. 그렇다면 유홍준의 시는 왜 무서운가.

유홍준 시의 페르소나는 말이 없고 표정이 없다. 모든 정서적 교감이 그렇듯이, 말과 표정은 의사와 감정을 전달하는 중요한 수단이다. 이것들은 입과 눈이 만든다. 그런데 유홍준 시의 페르소나는 입이 없고, 눈이 없다. 그래서 표정이 없고, 감정이 없다. 이 세상에서 가장 무서운 표정은 화난 표정도 겁에 질린 표정도 아니다. 아무런 감정을 담지 않은 표정, 바로 무표정이다. 입과 눈이 지워진 게 아니라 마치 입과 눈을 파내버린 것처럼 시커먼 흔적만 남아 있는 표정.

우리는 이런 표정을 일찍이 안창홍의 그림에서 맞닥뜨린 적이 있다. 안창홍의 〈가족사진〉 연작에 그려진 얼굴들은 무슨 탈처럼 눈과 입이 검은 구멍으로만 표시돼 있다. 모든 인물들은 정면을 향하지만 아무것도 응시하지 않는, 좀비 같은 표정들이다. 화가 안창홍은 1980년대의 불구적인 우리 사회 모습을 그런 그로테스크한 표정에 담아서 고발하고자 했다면, 시인 유홍준은 무엇을 말하고자 그런 페르소나를 앞세웠을까. 먼저 그의 첫 시집부터 살펴보자.

××백화점
저 식육 코너의 젊은 남자는
말이 없다 표정이 없다 돼지머리처럼 핏기 없이
하얗게 면도를 한 얼굴,
저 무표정은 온종일 칼자루를 움켜쥔 채
원하는 만큼 제 살점을 끊어 담아준다
(…)
머릿고기처럼
납작하고 납작하게 눌려져서라도
말하고 싶다 핏물이 스며나오는 책갈피
넘길 때마다 핏물이 묻어오는 시집을 묶어
팔고 싶다 서점이 아닌 저 식육 코너에서 무표정하게 핏기 없이

—「식육 코너 앞에서」 부분

이 시는 유홍준 시인의 '서시'라고 볼 수 있다. 첫 시집의 맨 첫 작품으로 수록돼 있기도 하지만, 이 시를 통해서 보여주는 표정과 선언은 그의 시세계 전반을 관통하고 있기 때문이다. 식육 코너의 젊은 남자는 말이 없고, 표정도 없고, 돼지껍질처럼 하얗게 면도한 얼굴에서 인간적인 면모는 찾을 길이 없다. 그런 사내가 제 살점을 뭉텅뭉텅 끊어서 손님에게 담아주듯이, 시인은 자신의 시를 시집에 담아서 독자에게 팔고 싶다는 것이다. 그러니 그가 쓴 시는 언어의 구조물이 아니라 자신의 몸이고, 나아가 바로 시인 자신이라는 뜻이다. 내 시집은 곧 내 자신이니 당신들은 시집이라는 책을 사가

는 것이 아니라 나를 사가는 것입니다, 이렇게 외치고 있는 것이다. 입도 없이 무표정한 채로 말이다. 비단 이 시뿐만이 아니다. 첫 시집을 대충 훑어만 봐도 어렵지 않게 표정 없는 눈빛들을 만날 수 있다.

> 아이들이 쥐에게 제 발가락을 먹이고
> 여기저기 쥐 이빨 자국이 있는 아이들은
> 눈동자의 흰자위가 사라져간다
>
> —「빵 속에 쥐가」 부분

> 얼어 죽은 여자를 본다
>
> 붉은 입과
> 다 감지 못한 눈동자에 허연 얼음이 박혀 있다
>
> —「아직 더 먼 길을」 부분

> 빈혈의 일가족이 소의 胎를 삶아먹는 오후 무딘 낫으로 스윽스윽 소의 태를 잘라 던지는 오후 빈혈의 눈망울 볼록렌즈의 눈망울에 일가족의 그림자를 다 집어넣은 소가 우거적우거적 제가 낳은 태를 씹어 먹는 오후
>
> —「빈혈」 부분

> 눈이 없는 사람이 석양을 바라보고 있었다 어디에 시선을 둘지 모르는 개가 쭈그리고 앉아 있었다 일찌감치 부모의 눈알을 후벼 먹은 후레자식들이 휘파람을 불며 모여들었다(…중략…) 눈 없는 아버지 말없이 듣고 있었다
>
> —「자전거 체인에 관한 기억」 부분

이처럼 그의 페르소나가 가진 눈동자는 다양하게 변주된다. '삶의 곤궁함'인 쥐에게 흰자위를 파먹혀 검은자위만 남거나, 그렇지 않으면 삶으로부

터 외면당한 채 주검의 눈에 얼음이 박혀 검은자위가 사라지거나, 자신의 생과 사를 관장하고 있는 주인 일가족의 모습을 눈동자에 담은 채 자기가 낳은 태를 '우거적우거적' 씹어먹는 소의 눈동자처럼 아무런 동요가 없거나, 기존의 질서에 순응하지 못한 자식들이 '질서로서의 아버지'의 눈알을 후벼 먹고 무질서를 향해 치닫는 것을 속수무책 바라보고 있는 아버지의 무기력한 눈이거나. 결국 눈동자의 훼손은 다양한 의미를 내포하지만, 긍정보다는 부정 쪽에 선 채 현실의 절망적인 상황을 폭로하는 기능을 수행한다.

하지만 눈동자를 그로테스크한 도구로만 사용하는 것은 아니다. 눈 속에서 무엇을 기르거나 눈으로 뱉어내는 등 단순한 시각의 기능을 벗어나서 눈이 표상하는 시적 영역을 확장한다. "나는 섬뜩한 까마귀를 눈동자 속에 기른다"(「까마귀 가르기」), "나는 하루살이를 뱉어내려고 눈꺼풀을 실룩거린다"(「내 눈 속의 하루살이」)에서 보여주는 것처럼 눈은 세상에 대한 증오나 세상과 맞서는 안간힘으로 기능하기도 한다. 그리고 다음의 시에서처럼 한 인간의 영혼을 은유하기도 한다.

> 여섯 살이었다 꽃이 예뻐
> 꽃이 좋아 장독대 옆 맨드라미 꽃밭에 가서 놀았다
> 볏 붉은 맨드라미 잡고 흔들어댔다
> 눈이 부셔 눈이
> 아파 눈이
> 자꾸만 눈을 비볐다
> 밤 꼴칵 지새우고 병원에 갔다
> 돋보기 쓴 의사 양반 눈 크게 뜨고 내 눈 속에서
> 티끌만 한 맨드라미 씨를 찾아냈다
> 부빈 맨드라미 씨
> 밤새 부빈 맨드라미 씨
> 벌써 하얗게 뿌리를 내리고 있다고 했다

내 눈 속에 빨간 꽃을 피우고 있다고 했다
어떤 꽃은 한 번 피우면 평생 지지 않는다고 했다

—「맨드라미」 전문

시에서 그려 보여주는 극적 상황은 단순하다. '아이의 눈 속에 들어간 맨드라미 씨가 하얗게 뿌리를 내리는 사고를 겪었다'는 것. 하지만 이 시에서 단순한 안과眼科적 사고만 읽는 사람은 아무도 없으리라. 특별하게 노력하지 않아도 이 시는 '어떤 지극한 아름다움에 한번 영혼을 다친 사람은 그 아름다움으로 인해 영원히 다른 아름다움을 볼 수 없다'는 무서운 통찰에 닿아 있음을 알 것이다. 좋은 시는 특수한 사실에서 출발하여 보편적 진실에 이를 때 빛을 발하는 법. 평범한 일상적 상황에다 어떤 알레고리를 입혀서 무수한 해석의 빌미를 제공하는 능력이 우수한 시인의 조건이라면, 유홍준은 탁월한 시인이다. 그의 탁월함은 이런 식으로 드러난다.

2 침묵하는 시는 무섭다

훼손된 눈동자와 더불어 괴기스러운 분위기를 조성하는 데 기여하는 또 다른 장치는 묵언이다. 다음 시는 묵언이 주는 공포의 효과를 매우 잘 살리고 있다.

두 뺨이 홀쭉한 도부가 소의 가죽을 벌려 심장을 끄집어낸다 물 한 방울 묻히지 않고 내장을 분리해내는 도부는 일등 도부, 불에 구운 간을 즐겨 먹는다 간을 먹을 때에만 그의 입술은 열린다 울음을 그친 고기냄새가 그에게서 풍겨온다 밤마다 나는 소를 데리고 어딘가로 가는 꿈을 꾼다 다리가 세 개뿐인 송아지에게 내 다리를 끼워주는 꿈을 꾼다 꿈을 꾸지 않는 날 나는 태아처럼 웅크리고 앉아 지문과 지문 사이 시커먼 동물 문신을 새겨 넣는다 문신을 새길 때마다 내 지문은 점점 더 도드라진다 도부는 물 한 방울 묻히지 않고 내장을 분리해내는 일등 도부, 하얀 식탁보를 깔아 내장을 분

리해내던 칼끝으로 나에게 붉은 고기를 먹인다

—「屠夫」 전문

이 시는 유홍준 식 그로테스크의 한 전범이라 봐도 좋겠다. 시를 표현하는 방식은 진술이 아니라 묘사다. 그것도 건조한 보고서에 가까운 문체로 상황을 극사실적으로 묘사한다. 말도 없고 표정도 없다. '일등 도부'는 살생의 전문가, 소의 주검을 해체하고 정리하는 그의 칼끝은 아무런 동요도 없이 지극히 평온하다. 소의 숨통을 끊고, 가죽을 열어 심장을 꺼내고, 내장을 살코기로부터 분리하기까지 일련의 과정이 진행되는 동안 한 편의 무언극처럼 행위만 있고 어떠한 소리도 없다. 도부는 일체의 말을 생략한 채 소의 간肝을 구워먹을 때만 그의 입은 잠시 열렸다가 금세 닫힌다. 그리고 그 광경을 시종일관 참관하고 있는 '나'도 도부가 칼끝으로 붉은 고기 한 점 먹여줄 때만 입이 열릴 뿐이다.

입이 닫혀 있을 때, 신음도 비명도 푸념도 절규도 없을 때, 거기는 이미 지옥이다. 소리가 아름다운 곳이 천국이라면, 아무런 소리가 없는 곳, 내 숨소리만이 허공을 가득 채우는 곳은 지옥이다. 시적 자아는 이 공포를 견디기 위해 꿈을 꾸고, 육신이 헐려서 한쪽 다리가 팔려간 송아지에게 내 다리를 끼워주며 죄의식을 덜어낸다. 그러고도 그 죄책감을 다 지우지 못해서 지문과 지문 사이에 죽어간 동물을 문신하여 추모한다. 극장에서 공포영화를 볼 때 관객들이 놀라는 것은 화면이 보여주는 극적 상황 때문만이 아니다. 그 순간에 터져나오는 다른 관객의 비명 때문이다. 이 시도 그렇다. 도살을 엿본 화자의 고통스러워하는 모습에서 우리는 더 공포를 느끼는 것이다. 이번에는 공포보다도 공포의 징후처럼 찜찜한, 불길함이 느껴지는 시를 한 편 보자.

하루 종일
멍하니

앞산만 바라보고도 돈을 받다니
저 직업은 내가 하고 싶은 직업, 붉은 잠바 입고
낡은 트럭에 앉아
라디오나 듣고
휴대폰이나 들여다보고
무전이 오면 칙칙 무전에 답이나 하고 칙칙
아무것도 안 하고
아무것도
불이라도 나면 좋을 텐데 불이라도 나면
날이면 날마다 트럭에 앉아 제 사는 마을을 내려다보는 산불감시원

—「산불감시원」 전문

"아무것도 안 하고" "제 사는 마을을 내려다보는" 존재가 주는 괴괴함이라니. 그냥 겨울 한 철, 산불이나 감시하는 사람에게 이런 '도부'적인 분위기를 입힐 수 있다는 게 놀랍다. 산불이 나서 자신의 소임을 문책당하는 것보다도 더 두려운 것은 아무 일도 일어나지 않는 일상의 무료함. 불을 감시하는 자가 오히려 불을 기다리는 이 아이러니의 이면에 도사리는 위태로움과 불길함이 이 시를 들어올리고 있다. 이 시에서도 압도적인 분위기는 침묵이다. 가끔 "무전이 오면 칙칙 무전에 답이나 하고 칙칙" 지내는, 감정의 표현은 전혀 없는, "하루 종일/ 멍하니" 앞산만 바라보는 존재, 거대한 불길이 자신의 마을을 삼키는 것을 상상하며 "날이면 날마다" 산꼭대기에서 마을을 내려다보는 존재가 주는 불길함은 괴괴하고 낯설고 공포스럽다.

3 거세당한 시는 무섭다

유홍준의 시가 주는 또 다른 공포는 거세다. 수컷으로서의 기능이 제거된 자의 공포는 끔찍하다. 아무런 꿈도 희망도 없이 하루하루를 먹이사슬의 맨 밑바닥에서 살아가는 자들에게서 그는 거세된 자의 무기력을 읽는다.

숟가락 위에 고환을 떠얹고
먹을까
말까

망설이는,
망설이는, 망설이는 煉獄의 아침

—「식사」 부분

식판을 든 사람들이 일렬로 서서 "자신의 성기를 잘라 국솥에 던져넣"고 그것을 끓여서 퍼담아 "각자의 식판에 대가리를 처박고/ 밥을 우겨넣는" "사타구니 휑한" 이 연옥煉獄의 아침 풍경은 바로 회사 구내식당의 아침 풍경이다. 거세가 되더라도 발버둥치면 최소한 지옥은 면할 수 있다고 이곳을 시인은 지옥이 아니라 연옥이라고 명명했을까. 하지만 이 '연옥도煉獄圖'는 상징적인 풍경이지만, 상징이 아니라 아예 상징이 들어설 틈도 없이 지옥이 실재하는 곳도 있다.

저수지 밑
축사에 수의사가 온다
어린 돌배기 송아지에게 다가가 앞발을 묶고
뒷발을 묶고 자빠뜨려 고환을 찾아낸다
어린 송아지 어린 송아지 돌배기 송아지
고환을 잃어버리는 송아지가 짧게 지르는 비명을 나는 듣는다

서둘러 수의사는 떠나고 저수지 밑
축사 주인은 어린 송아지의 고환을 뒤꼍 살구나무 아래 묻는다
풋살구만 한 고환이다
여물지 않은 고환이다

봄이 오면 살구나무, 울음처럼 애틋한 꽃을 피울 것이다
조그만 열매들을 다닥다닥 맺을 것이다

어린 송아지 고환처럼
조그만 살구

—「살구」 전문

천박한 자본주의는 급기야 어린 송아지의 "여물지 않은 고환"에까지 메스를 대기에 이르렀다. 거세는 수컷의 성질을 온순하게 만들어주는 탓에 대규모 사육에 용이하고, 온순한 만큼 짧은 기간에 빨리 살을 찌워서 늘어난 체중을 돈으로 환전할 수 있는 탓에, 기업형 축산업자들에게 수컷의 거세는 더 이상 비윤리나 부도덕이 아니라 경영의 효율성과 재산증식의 능률성으로 이해되고 있다.

그러나 고환을 잃은 어린 송아지는 몇 번의 짧은 비명으로 자신의 운명을 수용하고, 식육점 저울의 눈금을 높이기 위해 하루하루 마른 사료를 침으로 삼키면서, 자신의 길지 않은 생애를 영위하다가 한 순간 마감할 것이다. 그 다음은 '도부'의 손에 넘어가 분해되고 절단되고 정육되어 잘 구워진 한 점의 간肝으로나마 굳게 다물어진 도부의 입을 한번쯤 열게 할 것이다.

그 송아지가 성우成牛가 되어 외양간을 떠나간 이듬해 봄에도, 살구나무는 그 송아지의 고환을 기억하며 그렁그렁 풋고환들을 매달고 있을 것이다. 이게 바로 '유홍준 식 서정성'이다. 어떠한 낙관적인 전망도, 비루한 희망마저도 허락하지 않은 채 예리한 면도칼로 자른 듯이 매끈하게 절단된 현실의 절벽 앞에서 독자들을 울컥하게 하는 힘, 이를테면 '그로테스크한 통속성' 말이다.

공포를 불러오는 거세는 생식능력의 제거만 일컫는 것은 아니다. 차별화를 무화시킴으로써 존재를 지워버리는 것은 더 근본적인 거세이다.

북천 코스모스의 키는 비등하다 북천 칸나의 키는 비등하다 북천 맨드라미의 키는 비등하다 북천 아이들의 성적은 비등하다 북천 노인들의 키는 비등하다 북천 사람들의 재산은 비등하다 북천 미루나무의 높이는 비등하다 북천 산마루의 높이는 비등하다 북천 肥肉牛의 무게는 비등하다 북천 고구마의 크기는 비등하다 북천 배추의 크기는 비등하다 북천 무의 크기는 비등하다 북천 잠자리의 크기는 비등하다 북천 송사리의 크기는 비등하다 북천 하루살이의 크기는 비등하다 나도, 나도 그렇다

—「북천 —比等」 전문

비등比等하다는 것은, 서로 견주어보아서 세력이나 크기가 비슷한 것을 두고 하는 말이다. 그렇다고 이 시에서 '비등'을 우리는 '평등'으로 읽지 못한다. 비등의 뉘앙스가 평등의 긍정성이 아니라 획일의 부정성에 더 가깝기 때문이다. 코스모스 칸나 맨드라미의 키도, 아이들의 성적도, 주민들의 재산도, 미루나무나 산마루의 높이도, 비육우의 체중도, 고구마 배추 무의 크기도, 심지어 잠자리 송사리 하루살이의 크기도 그렇다는 것이다. 열거한 사물들은 '북천'이라는 '장소'를 구성하는 세목들이고, 그것들의 비등함은 그 장소의 존재감을 지우는 흐릿한 배경으로 기능한다. 그 비등함으로 지워지는 것은 '북천'이라는 소외되고 낙후된 세계와 더불어 결국 그 속에서 그것들을 바라보는 '나'까지 포함한다는 점에서 회복 불가능해 보인다.

'더 나은 것도, 못한 것도 없는 세계'는 차별과 억압이 편재하는 이 지상에서 이상적인 상태일 수도 있다. 그러나 우리 농촌의 현실을 조금이라도 알고 있는 사람이라면, 그래서 '모두가 가난한 탓에 아무도 가난을 못 느끼는' 그런 상태에 대한 비유라면, 이 비등함을 이상적이라고 할 수 있을까. 시인은 가능성의 거세를 넘어 잔혹하게 희망까지 거세해버리고도 별다른 표정의 변화 없이 담담하다. 그는 애당초 이 '연옥'의 세계에 아무런 기대도 희망도 갖지 않았기 때문이다. 시인의 이 도저한 절망은 어디에서 비롯됐을까. 그리고 그 이유를 시인 자신인들 알까.

그러면 다시 처음의 질문으로 돌아가자. 유홍준 시인은 무엇을 말하려고 이런 공포스런 페르소나들을 앞세워 독자들을 두렵게 하는 걸까. 이 세계에 팽배한 '거짓 진실'들을 걷어내고, 그 이면에 가려진 이 세계의 맨얼굴을 보여줌으로써, 유한한 우리의 생을 좀 더 밀도 있게 경영하라고 이런 '소리 없고 눈알 없는' 시를 써서 독자를 겁박하는 것일까.

아마도 아닐 것이다. 그는 애당초 시를 통해서 하고 싶었던 말 같은 건 없었을지도 모른다. 그리고 그는 자신의 시가 공포스러운지, 사랑스러운지, 혐오스러운지 아무 관심이 없는지도 모른다. 그의 시가 어떻게 해석되고, 평가되고, 수용되는지조차도. 그는 오로지 그에게 보이는 대로 쓰고, 쓰이는 대로 썼을 뿐일지도 모른다. 말도 표정도 없는 저 무심한 도부처럼, 하루 종일 자기가 사는 마을만 내려다보는 산불감시원처럼 말이다. ■

성에 낀 창을 녹여내는 푸른 입김의 시
— 이해존 시의 한 읽기

언어로 이미지를 그려 자신의 세계를 보여주는 게 현대시의 주된 흐름이라고 본다면, 그 방식은 크게 두 가지가 있다. 하나는 없는 것을 그려서 보여주는 환상의 방식이고, 다른 하나는 있는 것을 그려서 보여주는 인식의 방식이다. 전자는 그 환상성으로 인해 일상의 고통을 마비시키고, 후자는 각성의 방식으로 일상의 반복이 부른 마비된 감각을 깨어나게 한다. 이렇듯 시는 마비와 각성이라는 상반된 기능을 통해서 우리를 위로하고 정화시킨다.

이해존은 이 두 가지 방식을 적절히 활용하여 자신의 시세계를 개성 있게 구축하고 있는 시인이다. 철저한 묘사를 통해서 '그것이 거기에 있음'을 핍진하게 보여주기도 하고, 때로는 환유적 표현으로 자신의 사유를 감각적으로 드러내기도 한다. 어떻게 표현하든 철저한 관찰과 절제, 상상력이 요구되는 시쓰기의 방식이다. 철저한 관찰력과 객관적 묘사, 이미지를 결합하는 상상력 등은 시인에게 요구되는 필요조건이다. 하지만 충분조건에 이르기 위해서는 거기 더해져야 할 요소가 있다.

그 중 하나가 따뜻한 시선이다. 따뜻한 시선은 낮은 곳을 향한 연민일 수도 있고, 소외된 것들에 대한 위로일 수도 있고, 잊힌 것들에 대한 명명과 소환일 수도 있다. 그의 등단작인 2013년 경향신문 신춘문예 당선작 「녹번동」

부터 살펴보는 것도 그의 시세계를 이해하는 데 유용한 참고가 될 것이다.

> 햇살은 오래 전부터 내 몸을 기어다녔다 문 걸어 잠근 며칠, 산이 가까워 지네가 나온다고 집주인이 약을 치고 갔다 씽크대 구멍도 막아놓았다 네모를 그려놓은 곳에 약 냄새 진동하는 방문이 있다 타오르는 동심원을 통과하는 차력사처럼 냄새의 불똥을 넘는다 어둠 속의 지네 한 마리, 조정 경기처럼 방바닥을 저어간다 오늘은 평일인데 나는 百足으로도 밖을 나서지 않는다
>
> —「녹번동」 부분

시에 그려진 '녹번동'은 소외와 낙후의 느낌이 강하다. 물론 이때의 '소외'나 '낙후'는 그 지역의 정치적 위상이나 경제적 지표와는 무관하게 화자의 체감지수겠지만, 우리는 화자를 통해 상황을 받아들이고 이해하며 시를 느낄 수밖에 없다. (이런 측면에서 시의 독자는 얼마나 소극적이고 피동적인가!) 이 시의 화자는, 지네가 출몰하는 셋방에서 방충제 냄새를 견디며 다족류가 조정 경기하듯이 방바닥을 가로질러가는 모습을 바라볼 뿐 정작 '무수한 발' 百足을 가지고도 집 밖을 나서지 못한다. 백수白手라는 말보다 백족百足이라는 말이 더 황폐하게 느껴지는 건 바로 지네의 자폐적인 이미지 때문이다.

지네가 견인하는 셋방의 가혹한 환경과 황량한 풍경, 그 풍경이 덧칠해서 보여주는 녹번동의 이미지는 우울한 삽화揷畵다. 이 삽화를 배경으로 "바람이 신음소리 뱉어낼 때마다 마른 피 같은 황토가 쏟아져내"리고, "무릎 꺾인 사자처럼 그물 찢으며 포효"하는 화자의 절망이 선명하게 돋을새김된다. 이렇게 암울하게 모노톤으로 처리됐다면 이 시는 그저 기억에 매몰된 '청년실업자의 푸념'쯤으로 읽히겠지만, 시인은 희망의 징후를 보여주며 반전을 꾀한다. 시의 마지막은 이렇게 끝나기 때문이다. "살리나스처럼 계단을 이룬 집들을 지나 더 올라서면 산봉우리다 계단 끝에 내다 넌 내 몸 위로 햇살이 기어다닌다".

시인의 주석에 따르면 "살리나스"는 "페루 고산의 계단식 염전"이라고 한다. 그 염전의 끝에서 만난 햇실이라니! 구름을 뚫고 쏟아지는 염진의 햇실로 「녹번동」이 일순간 환해지는 느낌이 들지 않는가. 이렇듯 이해존의 시는 묘사와 표현이 치밀하고, 시의 구조가 정밀해서 잘 만든 수제품 같다. 역시 서늘하면서도 따뜻한 그의 신작시 한 편을 감상하자.

> 진창길 걸어온 양말이 딱딱한 허공을 끼워 신는다. 찬바람이 옷자락마다 서리조각을 꽂아넣고 성긴 눈을 훑고 간다. 텅텅 목어처럼 얼어붙는 소맷자락들 닿지 않는 지면을 향해 팔을 늘인다. 올올마다 들이찬 먼지를 씻어낼 때만 해도 강추위가 오래가리라 짐작 못했다. 구들에 언 잔등을 녹이며, 쉬 마르지 않는 빨래들 아래 일손도 얼어붙는다. 황태 같은 작업복 가방에 넣고, 체감온도로 달궈진 검붉은 얼굴이 이른 새벽 대문을 나선다. 저 멀리 성에 낀 창을 푸른 입김으로 둥글게 녹여내고 있을 마른 입술들. 인적 없는 눈길 위에 빨랫줄 같은 발자국 길게 이어진다.
>
> —「노동」 전문

우리는 1980년대를 건너오면서 이런 분위기의 시들을 많이 봤다. 가혹한 삶의 현실과 그보다 더 가혹한 노동의 현장을 폭로하는 살점 찢기는 언어를 진저리치며 읽었던 적이 있다. 그리고 그때는 왠지 그런 분위기의 시를 쓰거나 읽지 않으면 이웃의 아픔을 외면한 비양심적인 시인이나 역사의 진보를 외면한 반지성적인 시인으로 공격받을 것 같은 두려움을 느껴야 했던 시절이었다. 언어는 거칠었고, 시인은 과격했고, 시는 참여라는 이름으로 만신창이가 되곤 했지만, 지금은 오히려 그때의 문학을 그리워하는 사람도 많으니, 참으로 역사의 아이러니라 할밖에.

그러나 이 시는 같은 노동의 고단함과 현실의 강퍅함을 노래하지만 어딘지 모르게 훈기가 느껴진다. 마치 1980년대의 노동시가 한겨울의 새벽에 만지는 철봉의 느낌이었다면, 이해존의 이 시는 누군가의 온기가 남아 있는 목봉을 만지는 느낌이다. 시를 좀 더 자세히 보자.

화자는 동해안의 어느 황태 덕장에서 일하는 노동자로 보인다. 계절은 겨울이고 시절은 혹독하다. 진창길은 길이면서 은유다. 얼어붙은 양말도 그렇다. 아침이 와도 양말은 마르기는커녕 녹지도 않고, 형상기억합금처럼 어제 발의 형상만 기억할 뿐 오늘의 발에 밀착되지 못한다. 뻣뻣하게 얼어붙은 작업복도 그렇다. 늦은 귀가에서 이른 출근 사이에 잠깐의 휴식이 허용될 터이지만 언 잔등을 녹이기에도 빠듯한 시간. 벌겋게 언 얼굴이 노동을 위해 새벽 눈길을 나선다. 하지만 이 시는 막막하지 않다. "성에 낀 창을 푸른 입김으로 둥글게 녹여내고 있을 마른 입술들" 때문이다. 이 입(술)들 때문에 가혹한 노동을 해야 하지만, 동시에 그것들 때문에 버틸 수 있는 것이다. 그래서 인적 없는 눈길 위로 빨랫줄 같은 발자국을 깊게 찍으며 집과 일터 사이를 봄이 올 때까지 이을 수 있는 것이다. 먼 곳의 불빛처럼 희미하지만 강렬한 저 결구의 힘으로 이 시는, '사적 자아의 공적 승화'를 강요받던 1980년대의 노동시와 변별된다.

이번에는 앞에 인용했던 시들과는 다른 스펙트럼의 시를 살펴보자. 논리적 비약과 환유적 연결 방식으로 인해 은유적인 집중력과 통제력이 흩어지면서 의미가 해체되는 난해시의 형식을 취하고 있는 시다. 그가 즐겨 차용하는 형식이기도 하다.

> 삐뚤어진 게 안경인지 얼굴인지, 안경을 벗었다 쓴다. 썼다 벗는다. 같은 옷만 찾다보니 옷장이 어둡다. 샤워는 언제 끝마쳐야 깨끗해지지.
>
> 벌어진 손바닥의 먼지, 씻고 또 씻어낸다. 씻기 위해 더러워진다. 백합 봉오리처럼 접어 물기를 훑는다. 손가락이 물빛으로 닳아간다.
>
> 불똥이 튀고 타오르는 커튼, 머릿속으로 불꽃이 번져간다. 경적 소리에 흔적이 겹친다.

걸을 때마다 낯선 풍경을 만나고, 커튼에서 발끝으로 불길이 건너온다.

머릿속을 뒤적인다. 응모함 속 접힌 우연이 현실이 될 것 같은, 뒤늦은 물음이 등 뒤로 쏟아져 내린다.

믿지 못할 흔적을 믿고 되돌아간다. 내가 모르는 습관이 먼저 다녀갔다.

—「스위치」 전문

도대체 이 시는 무엇을 말하고자 하는가. 말하고자 하는 뭔가가 있기는 있는가. 의미와 형식이 단아한 앞의 인용시와는 또 다른 느낌을 주는 시다. 여섯 개의 연으로 이루어져 있으나 의미의 단절을 위한 장치일 뿐, 각 연은 서로의 정보에 대해 인색하다. 인과因果와 논리의 결속이 느슨하다는 뜻이다. 제목이 '스위치'이지만 무엇을 켜고 끄는지는 알 수가 없고, 무엇과 무엇을 바꾸는지도 모르겠다. 그렇다면 이 시는 어떻게 읽어야 하는가? 독법은 간단하다. 이렇게 시가 독자에게 불친절할 때는 독자를 의미의 사슬에서 풀어주겠다는 뜻이다. 머리로 읽지 말고, 가슴으로 읽으라는 거다.

지금 화자는 몹시 초조하고 불안한 상태로 욕실의 거울 앞에 서 있다. 모든 게 혼란스럽고 믿기지 않아서 안경만 고쳐 써본다. 옷장을 뒤져보지만 마음은 어둡고, 샤워를 해도 기분은 맑아지지 않는다.(1연) 손을 씻고 또 씻지만 물빛으로 닮아갈 뿐 씻은 것 같지가 않다.(2연) 차분하게 가라앉지 못하는 마음속에는 계속 불똥이 튀고, 머릿속은 경광등이 번쩍이는 것처럼 혼란스럽다.(3연) 방안을 서성이지만 혼란은 계속되고, 불길은 더 뜨거워진다.(4연) 어디서부터 잘못됐을까, 머릿속을 뒤적인다. 설마 하고 묻어두었던 어떤 일이 현실이 된 것 같아 답이 없는 물음들만 등 뒤로 쏟아진다.(5연) 믿을 수 없는 현실 앞에서 도망치는 내 무의식적인 습관은 나보다 먼저 여기를 다녀간다.(6연)

이렇게 읽어보면 이 시를 구성하고 있는 건 서사가 아니라 정황인 것을 알 수 있다. 이유는 알 수 없지만 몹시 혼란스러운 어떤 상황을 논리가 아닌 감각으로 그려놓은 시이고, 전개는 사건이 발생하고 진행되는 물리적 시간의 순차성이 아닌 심리적인 가파름의 경사도에 따른 것이다. 그렇다면 제목인 '스위치'는 명멸하는 사이키 조명처럼 혼란스러움의 객관적 상관물이라고 볼 수 있지 않을까. 앞의 두 편은 형식과 내용이 조화를 이루는 정통의 방식을 따랐다면, 이 시는 의미의 해체를 통해 해석의 지평을 넓히는 전위의 방식을 따랐다. 시인이 시에서 어떤 형식을 취하느냐 하는 것은 그 시인이 세계를 대하는 태도에 의해서 결정될 것이다. 즉, 세계를 바라보는 시각과 시작에 임하는 태도가 시의 형식을 결정한다는 거다. 다시 말해 무엇을 노래할 것인가에 따라 어떻게 노래할 것인가가 결정된다는 뜻이다. 비슷한 형식의 시 한 편을 더 감상해보자.

줄넘기하는 아이의 발목 없는 그림자가 떠 있는 오후, 줄에 걸려 넘어진다 뻗쳐 있던 머리카락이 어둠으로 내려앉는다

사소해서 몸집을 부풀리는 속임수는 독이 없다 한번이라도 나를 스쳐가지 않은 것이 없다 이제 모서리가 필요하다

벽을 따라간 대치 끝에 너와 악수하고 또 다른 모서리에서 만난다 모서리가 향한 곳에서 모든 것을 지켜보고 있는 거리

마임처럼 벽에 새겨진 손바닥들, 저편에서 같이 벽을 밀어내고 있다

버스를 기다리다 지친 그림자가 주저앉는다 벽 앞에서, 얼굴을 괸 손바닥을 벽 쪽으로 밀고 있다

손바닥 사이에서 납작해진 몸이 벽이 되어간다

—「벽」 전문

앞의 시가 '혼란스러움'을 노래하고 있다면, 이 시는 '벽'에 대한 사유와 통찰이 담겨 있다. 그러나 명료하지 않고 흐릿한 탓에 의미를 확인하는 작업이 간단하지가 않다. 어떤 시는 선명한 의미를 왜곡 없이 보여주는 탓에 크게 힘들이지 않고 그 의미를 알아채고 그저 공감하고 수긍하면 감상이 끝나는 시가 있는가 하면, 어떤 시는 다양한 장치와 비유로 의미를 숨겨놓은 탓에 힘들게 찾아야 가까스로 그것을 짐작할 수 있는 시가 있고, 심지어 의미가 있는지조차 의심스러울 만큼 기표들의 브라운 운동이 심한 시들도 있다. 시의 고급독자일수록 텍스트로부터 자유롭기를 원하고, 빤하게 드러나 있는 의미보다는 스스로 부여하는 의미를 더 원한다. 이 시도 앞의 시처럼 의미를 찾거나 부여하기 위해 어느 정도 수고를 감내해야 하는 경우의 시다. 결론부터 말하자면 이 시는 '모서리와 벽의 변증법적 고찰'이라고나 할까. 변증법 고찰이라고 해서 현학적으로 시를 분석하고 해석해야 된다는 게 아니다. 벽을 따라가면 모서리가 나오고(정), 모서리를 따라가면 새로운 벽이 나오지만(반), 새로운 벽은 기존의 벽과 단절하면서 새로운 모서리로 연장된다는 것(합).

이 시는 배열을 바꾸어서 2연부터 읽는 게 효과적이다. 모든 벽은 말한다. "한번이라도 나를 스쳐가지 않은 것이 없다"고. 그래서 "이제 모서리가 필요하다"고. (2연) 모든 벽은 모서리를 만나 대치를 풀고 악수를 나눈다. 모서리의 자리는 벽을 조정하고 화해시키는 자리다. (3연) 그러나 벽은 양면성을 갖고 있다. 이쪽이 벽이면 맞은편도 벽이다. 내가 이쪽 벽을 더듬을 때 누군가는 저쪽 벽을 더듬을 것이다. (4연) 지친 그림자들이 벽을 사이에 두고 민다. (5연) 밀고 있는 손바닥과 손바닥 사이에서 납작해진 건 벽이 아니라 바로 밀고 있는 그들 자신이다. (6연) 벽에 드리운 발목 없는 그림자가 사라지고 어둠이 온다. (1연) 어둠이야말로 거대한 벽이면서 동시에 그 벽을 바라보는 자의 부풀려진 몸집이 아닐까.

이렇게 퍼즐을 풀듯이 한 겹 한 겹 걷어내다보면 감추어졌다고 믿는 모종의 진실을 발견하는 희열을 느낄 수 있다. 그리고 이 맛에 길들여져 일부러 난해시를 선호할 수도 있다. 그러나 이런 분석적인 독법이 항상 옳은 것은 아니다. 분석하는 것보다 더 윗길은 그냥 느끼는 것이다. 어떤 의미에도 갇히지 않고, 자유롭게 느끼면 되는 거다.

제목이 '벽'이라고 해서, 그리고 벽에 관한 언급들이 이어진다고 해서 '벽'에 강박적으로 집착한 채 그것에 매달리는 것은 시인이 쳐놓은 그물에 걸려드는 일일 수도 있다. 군이 의미를 발굴하려 하지 말고, 파편화된 연과 이미지들을 독자가 저마다의 방식으로 재구성해서 즐기면 된다. 한 편의 시가 천 편의 시가 되고 만 편의 시가 되는 묘용妙用은 분석이 아니라 감응에 있다. 정답 너머에 정답이 있는 게 시다. 가면 뒤의 얼굴도 결국 가면이듯이.

젊은 시인의 패기를 무기로 삼아 현실과 환상을, 서정과 해체를, 전통과 실험을 겁 없이 오가는 이해존의 시는 폭넓은 스펙트럼을 거느리는 탓에 감상의 폭도 그만큼 넓어진다. 다음과 같은 시에서도 그의 새로운 면모를 만나는 즐거움이 있다.

푸른 장막으로 둘러쳐진 둥근 방, 바람의 발톱이 장막을 찢어 흔들어댈수록 방안은 낮고 아득하게 가라앉는다 고비사막 넘어온 모래바람이 투명한 비닐창에 붉은 얼룩으로 흘러내린다 울란바토르 외곽의 게르가 옥상에 세워졌다 그가 가죽부대에 담긴 마유주를 건넨다 이 밤이 지나면 그는 새로운 목초지로 떠날 것이다 별들이 무게를 견디지 못하고 밤의 푸른 정맥을 긋는 날이다 두려우면 하지 말고 했으면 두려워 마라 멀리 모래바람이 사나운 말처럼 갈기를 세우고 있다 말고삐 당기던 초원이 점점 멀어져가고 펄럭이는 장막은 두 평의 하늘로 어두워진다 양떼 같은 가족의 눈망울들 낮은 천장에 촘촘히 박히는 밤, 식탁 한가운데 대초원을 사이에 두고 엎드려 잠든 몽골 사내 한쪽 어깨가 끝끝내 중심을 버틴다 고시원 휴게실이 조금씩 서쪽으로 기울어 가고 있다

―「유목의 방」 전문

이 시는 겉으로는 몽골(에 관한) 이야기처럼 보인다. 몽골의 생활이 나오고 문화가 나오고 환경이 나오고 애환이 나온다. 표현이나 묘사가 감각적이고 사실적이어서 몽골 기행시쯤으로 이해하고 접근하다보면 어떤 반전이 기다리고 있다. 등장인물을 몽골에서 온 이주노동자거나 아니면 불법체류자쯤으로 여기고 극적劇的 상황을 따라가면 어떤 풍경이 그려진다. 고시원 옥상에서 텐트 생활을 하는 '몽골 사내'는 ('가죽부대에 담긴 마유주'가 아니라) 소주 몇 잔에 취해서 "양떼 같은 가족의 눈망울들"을 떠올리며 향수에 젖다가 고시원 휴게실 식탁에 엎드려 잠든 풍경!

이 시에서 외국인 이주노동자의 아픔이 남의 일 같지 않게 느껴지는 것은, 서정성에 바탕을 둔 그의 말[言語] 부리는 능력이나 이야기를 전달하는 스토리텔러로서의 재능 때문이기도 하겠지만, 시의 행간에 전기장판의 열선熱線처럼 고루 깔려 있는 시인의 따뜻한 시선 때문이다. 그의 시는 대체로 따뜻할 때 힘이 있다.

지금까지 이해존 시인의 시 몇 편을 조심스럽게 풀어 읽으며 그의 시세계를 확인해보았다. 등단한 지 몇 년 되지 않은 신인이라서 참신하기도 하고, 그만큼 자기만의 스타일을 갖지 않아서 불안한 모습을 보이기도 하지만, 한 가지 미더운 점은 바로 그의 시가 갖는 따스함이다. 그의 시들은 다양한 형식을 취하면서도 따뜻한 느낌을 공유하고 있다는 것. 그래서 이해존의 시는 개인주의와 쇄말주의로 경사된 채 사람의 체취와 온기를 잃어가는 우리 시단에 "푸른 입김"(「노동」)을 불어넣어줄 거라는 믿음을 갖게 한다. ■

‘갯벌’ 위에 ‘달빛’으로 쓴 여성 잔혹사
— 조향옥 시의 한 읽기

1

조향옥의 시는 불편하다. 쉽게 의미를 보여주지 않기 때문이다. 조향옥의 시를 이해하는 데는 임동확 시인이 쓴, 시인의 첫 시집 『훔친 달』의 해설(「팜므파탈의 정신」)이 매우 종요롭다. 임동확 시인은 조향옥 시의 어법을 이탈리아 화가 레오나르도 다빈치의 독특한 화법畫法인 ‘스푸마토sfumato’ 기법에 비유한다. 스푸마토 기법이란 그의 〈모나리자〉 그림처럼 경계가 흐릿하고 모호한 효과를 그것의 특징으로 삼는다고 한다.

“첫 시집을 상재한 조향옥 시인의 시 특징의 하나가 바로 이러한 ‘스푸마토’ 기법과 유사하다. 이번 시집에서 자주 등장하는 동사 ‘모른다’와 ‘알 수 없다’는 동사가 보여주듯이 그녀의 시들엔 일정한 불투명성이 자리잡고 있다.”(『훔친 달』 119쪽)

그의 시가 모호한 것은 “모른다” 혹은 “알 수 없다”는 부지不知 혹은 미지味知의 동사 탓만은 아니다. 하나의 소실점을 향해서 이미지나 극적 상황을 전개해나가지 않는 것이 오히려 더 근본적인 이유이다. 한두 편만 그런 것이 아니다. 그의 시가 대부분 다 흐릿하다. 시인이 의도적으로 의미의 초점을 흐리게 한다고 봐야 한다. 사진을 찍었을 때 한 장이 흐릿하면 ‘실수’라고 볼 수 있고, 열 장이 흐릿하면 '실험'이라고 보겠지만, 백 장이 모두 흐릿하면 그것은 그의 '스티일'이리고 봐야 한다는 이야기가 있다. '모호함'은 곧 조향옥 시의 스타일이라고 볼 수 있다는 거다.

스타일이란 예술가의 정체성이다. 그것을 정체성으로 삼았다면 그렇게 표현할 수밖에 없는 이유가 있다고 봐야 한다. 시인이 바라본 세계가 명료하지 않았거나 명료하게 바라볼 수 없었다는 뜻이다.

달이 몸속에 들어왔다 나가고 나면
갯벌은 물때를 헛잡고 살았다
턱사리까지 물이 차면 울먹이고
허리사리까지 물이 빠지면 금방 잊었다
숨겨도 조석으로 드러나는 갯벌의 구멍집은
몸이 아는 갯벌이 전부였다
사리와 조금을 몰랐고 물고기길도 알지 못했다
갯바위 따개비처럼 딱딱거리는 낙지처럼 버둥거리는
그믐밤 허물 벗는 게처럼 다시 단단해지는
갯벌의 달이었다

달이 몸속에 들어왔다 나가고 나면
바지락 달랑게 새끼들이 발발거리는 갯벌의 구멍집에
헛잡고 모여 사는 어린것들이 진액으로 있고
젖은 몸 젖은 눈으로 갯벌은 갯벌로 누워
어디서 일어나는지 알 수 없는 비릿한 설움으로
다시 뻘이 되어 눕곤 하는 것이었다

달이 몸 속에 들어왔다 나가고 나면
빠져나간 달이 허물만 남은 달에게

뼬이 되도록 오래오래 앓아온 알 수 없는 달에게
달빛이 흐릿하면 갯벌도 흐릿하여
제 몸속으로 난 바닷물의 물길을 갯벌에 펼쳐두고
끌려다니며 살아온 달의 갯벌

달을 비운 달
창백한 빙결의 달항아리

—「달항아리」 전문

조향옥 시인은 그의 첫 시집에 의하면 유독 '달'에 집착하고, 달을 통해서 무언가 할 말이 많은 듯이 보인다. 임동확 시인도 시집 해설에서 조향옥 시인은 '달(빛)'을 "여성성의 움직임"이나 "여성적인 힘"을 상징한다고 보았다. 이 시에서도 그런 시도는 이어지고 있다. '달'을 대체하는 이미지로 '달항아리'가 동원되었다. '달항아리'를 통해서 달을 말하겠다는 거다. '속이 텅 빈 달'로서의 '달항아리'는 세상을 "헛잡고" 살아온 시인 자신의 생을 은유한다.

시를 천천히 읽어보면 특별히 난해한 어휘나 이미지나 비유가 없는데도 모호하다. 이 모호함의 한 이유는 매 연의 첫 행인 "달이 몸 속에 들어왔다 나가고 나면"이라는 이 구절로 인해서 발생한다. 매 연마다 반복되는 탓에 독자는 무의식적으로 이 구절에 강박을 느끼며 주목하게 되고 이 구절과 제목을 연관시켜서 생각하는 순간 의미의 길을 놓치고 만다. 그렇다면 이 구절을 지우고 읽어보자.

갯벌은 물때를 헛잡고 살았다
턱사리까지 물이 차면 울먹이고
허리사리까지 물이 빠지면 금방 잊었다
숨겨도 조석으로 드러나는 갯벌의 구멍집은
몸이 아는 갯벌이 전부였다

사리와 조금을 몰랐고 물고기길도 알지 못했다
갯바위 따개비처럼 딱딱거리는 낙지처럼 비둥거리는
그믐밤 허물 벗는 게처럼 다시 단단해지는
갯벌(의 달)이었다

반복되는 첫 행을 지우면 이 시는 '달'의 이야기가 아니라 '갯벌'의 이야기라는 것을 알 수가 있다. 시인은 자신의 삶을 갯벌에 비유해서 이야기를 펼쳐놓고 있는 것이다. '나'는 "물때를 헛잡고 살았고" "사리와 조금을 몰랐고 물고기길도 알지 못했다"고 고백한다. 그래서 "그믐밤 허물 벗는 게처럼 다시 단단해지"기 위해 내 몸 속에 달이 들고 나기를 기다렸다는 것이다. 나의 갯벌은 "헛잡고 모여사는 어린것들"을 데리고 "젖은 몸 젖은 눈으로" 누워 "어디서 일어나는지 알 수 없는 비릿한 설움으로/ 다시 뻘이 되어 눕곤" 했다고 털어놓는다.

가장 감정이 격하게 드러난 부분은 3연이다. 격정으로 인해 문장이 제대로 이어지지 못한 채 비문으로 토막난다. 끊어진 문장을 이어서 정리해보면 "빠져나간 달이 허물만 남은 달에게/ 뻘이 되도록 오래오래 앓아온 알 수 없는 달에게" "끌려다니며 살아온 (달의) 갯벌"쯤 되겠다. 한바탕 격정이 몰아친 후 시인은 감정을 수습하고 이렇게 차분하고 단아하게 마무리한다. "달을 비운 달/ 창백한 빙결의 달항아리"

'갯벌'과 '달'은 가장 강하게 여성성을 상징하는 매개물이다. 달의 변화는 조수의 변화로 이어지고, 조수의 변화는 갯벌을 만들어내기 때문이다. 즉 달은 바다를 낳고, 바다는 갯벌을 낳는 것이다. 그리고 이런 생성과 소멸의 달은 곧 여성의 몸으로 이어지기 때문이다. 그래서 시인은 '갯벌'을 통해서 '여성'의 삶을 발해왔다. "뻘은 뻘 속에 살면서/ 뻘이 되어 뻘 위에 눕는다/ 제 모습 본 적 없는 뻘"(「뻘」 2연)처럼 눈 감고 귀 막고 벙어리로 살아온 여성들의 삶을 캄캄하게 질척이는 '뻘'에 빗대어 말하고 있다.

이처럼 조향옥의 시는 '나'의 이야기이면서 곧 보편적 여성으로서의 '우리' 이야기로 읽히면서, 여성의 몸으로 감당해야 하는 삶의 무게가 어떠한지를 우회적으로 고백하고 고발한다. 그래서 조향옥의 시는 선인장처럼 시퍼런 가시로 무장하고 있지만, 조심조심 가시와 껍질을 걷어내면 그 안에는 우리 어머니들의 아픔과 회한이 그렁그렁하다.

2

조향옥 시인은 내가 아는 한 '달빛 전문가'이고, 그의 시는 '달빛 사용설명서'이다. 그의 첫 시집 제목도 『훔친 달』이고, 그 시집에 수록된 작품 중에서 달빛을 소재나 제재로 삼은 시만 해도 일고여덟 편에 달한다. 그 중에는 아예 '달빛'이라는 제목의 시도 있다. "꽃병을 들여다봅니다/ 목이 잘린 것들입니다/ 절망은 속이기 위해 태어났습니다/ 달빛이 따라와서 꽃을 봅니다/ 꽃 속에 희미한 발자국을 봅니다".(「달빛」 2연) 그는 달빛을 앞세워 대신 말하게 할 때도 있고, 달빛 뒤에 숨어서 아픔을 치유할 때도 있고, 숨겨온 절망을 달빛에게만 살짝 보여줄 때도 있다. 이 시는 아픈 몸을 씻기고 슬픔을 말리며 위로하는 '달빛'이다.

달빛으로 몸을 씻어요
우리
창가에 서서 입술을 깨물고
옷을 벗은 채
달빛으로 몸을 씻어요
우리

창을 열면 그 속에 달빛
달빛을 열면 그 속에 슬픔
슬픔을 열면 그 속에 몸
몸을 열면 그 속에 달빛

(…)

몸에 그려진 꽃 더 피우지 않는 인형
딱딱한 몸 풀어요 우리
울어요 우리
알람이 울면 따라 울고 귀뚜라미가 울면 따라 울고
비바람이 창을 때리면 통곡하고 태풍처럼 울다가 폭포처럼 쓰러져
바다로 가요 우리
바다에 닿아 달빛 허물어지는 바닷물로 만나요
우리

(…)

그때 만나요 우리

—「마트료시카 인형」 부분

‘마트료시카’는 러시아를 대표하는 ‘겹인형’이다. 한 개의 인형 속에 몇 개의 작은 인형들이 들어 있는 이 인형의 이름은 러시아어로 어머니를 뜻하는 ‘마티’에서 유래했다. 다산과 풍요를 기원하는 러시아인의 민속신앙이 담겨 있다. 아마 시인은 이 인형이 담보한 여성적이고 모성적인 상징성 때문에 시의 제재로 끌어오지 않았을까.

이 시는 화자가 ‘우리’에게 “창가에 서서 입술을 깨물고/ 옷을 벗은 채/ 달빛으로 몸을 씻”자고 청유한다. 그런데 청유하는 ‘달빛 목욕’은 “입술을 깨물고”에서 보듯이 낭만적이기는커녕 비상하다. “몸에 그려진 꽃”을 지워야 하기 때문이다. 아마도 그 꽃은 ‘여성’이라는 ‘주홍글씨’가 아닐까? 그동안 ‘우리’(여성)는 “알람이 울면 따라 울고 귀뚜라미가 울면 따라 울고/ 비바람이 창을 때리면 통곡하고 태풍처럼 울다가 폭포처럼 쓰러”지는 삶을 살았다.

기계처럼 반복되는 알람과 귀뚜라미와 비바람과 태풍은 '여성'의 지긋지긋한 일상이면서 가혹한 시련이었다.

시인은 '달빛→슬픔→몸→달빛'이 순환하는 이 폐쇄회로에서 벗어나 달빛으로 몸을 씻고 "바다"로 가자고 한다. "바다에 닿아 달빛 허물어지는 바닷물로 만나"자고 한다. 창을 열면 달빛이 고여 있고, 달빛을 열면 슬픔이 고여 있고, 슬픔을 열면 (여성으로서의) 몸이 있고, 그 몸을 열면 또 달빛이 슬픔이 몸이 무한반복되는, 슬픔과 저주의 마트료시카 인형으로서의 삶은 벗어나자는 거다. 그때 그 새로운 바다에서 '우리' 다시 만나자고 한다. 여성에게 덧씌워진 두껍고 무거운 굴레를 이제 벗어던지자는 거다.

조향옥의 시가 모호한 이유는 바로 여기에 있다. 한 세대 전까지만 해도 여성에게 아픔과 슬픔과 원망願望/怨望을 직설법으로는 말할 수 있는 입은 없었다. 가장 온건한 방식으로 우회해서 낯선 비유법으로 말하는 게 고작이었다. 왜 누구나 쉽게 알아들을 수 있는 말로 당당하게 폭로하거나 고발하지 않느냐고, '남성의 입장과 언어'로 성급한 불만을 토로하지만 이렇게 말하는 데도 몇 천년이 걸렸는지 모른다. 조향옥은 어머니를, 할머니를, 할머니의 할머니를 대신해서 그녀들에게 전승되어온 그녀들만의 '달빛'에 기대어 가까스로 발언하고 있을 뿐이다. 그러니 수없이 곱씹고 망설이고 주저했을 그의 문장들은 가슴에서 손끝으로 오는 동안 얼마나 닳고 해지고 물크러졌겠는가. 그러므로 그의 시의 모호함은 진정성의 증거이자 명료함의 다른 얼굴이 아니겠는가.

3

이렇듯 조향옥의 시는 여성으로서의 자의식이 강하다. 그렇다고 '페미니즘'을 표방하며 이념으로 무장해서 투쟁을 선동하지는 않는다. 스스로를 연민하는 것으로 자신의 자리와 위상을 선명하게 표시할 뿐 남성들을 타자화하지 않는다는 뜻이다. 시는 무심한 듯 자신들만의 이야기를 하고 있지만 어느 순간 그들만의 이야기 이상의 메시지로 읽힌다.

갖고 싶은 당신입니다
아닙니다 버리고 싶은 당신입니다
(…)

당신이 평생 낸 길을 나는 부정하고
내가 평생 낸 길을 당신은 부정합니다
불만은 왜 그리도 많은 것입니까

알몸인 나를 벗고 당신은 도로를 건너갑니다
발 모양도 없는 슬리퍼를 끌고
단지 알고 싶은 건 방법일 뿐,

온통 검은 나, 온통 검은 당신,

(…)

나의 뒷덜미를 잡고 있는 당신
뽑을 수 없는 당신 못에 걸린 나
당신이라는 이름의 한 벌뿐인 나
나는 당신의 옷

—「당신이라는 이름의 옷」 부분

이 시에서 '당신'은 '나'일 수도 어머니일 수도 할머니일 수도 있다. 또 다른 '나'일 수도 있는 '당신'을 편안하게 혹은 무심하게 바라볼 수만은 없다. "당신이 평생 낸 길을 나는 부정하고/ 내가 평생 낸 길을 당신은 부정"한다. "온통 검은 나, 온통 검은 당신"처럼 아끼고 사랑하는 관계일수록 서로에게 불만스러울 수밖에 없다. 남이 아니기 때문에 냉정할 수도 매정할 수도 무심할 수도 없는 것이다. "나의 뒷덜미를 잡고 있는 당신" 때문에 나는 고통스럽다. "뽑을 수 없는 당신"이라는 "못에 걸린 나"는 바로 "당신이라는 이름의 한 벌뿐인" 옷이기 때문이다.

나는 당신의 옷이고 당신은 내 옷이다. 서로가 서로를 가장 잘 받쳐주는 의상이다. 그런데 나는 당신에게 걸려서 옴짝할 수가 없고, 당신도 내게 걸려서 달싹할 수가 없다. 도대체 우리를 누가 이렇게 걸었을까? 나와 내가, 나와 엄마가, 엄마와 엄마가 어쩌다 서로의 갈고리가 되어 걸었을까? 시인은 오래되고 절박한 이 질문에 초현실주의 그림 같은 이미지를 그려 보이는 것으로 답을 한다. "알몸인 나를 벗고 당신은 도로를 건너갑니다/ 발 모양도 없는 슬리퍼를 끌고"

4

조향옥의 시적 자아는 채워지지 않는 결핍으로 비어 있다. 어쩌면 그의 시에서 결핍이라는 말은 적절하지 않을지도 모른다. 왜냐하면 '결핍'과 '충만'이 주기적으로 반복하기 때문이다. '달항아리'도, '마트료시카 인형'도, '옷'도 다 그렇다. 차고 기울기를 반복하는 달, 끝없이 다른 얼굴을 보여주는 마트료시카 인형, 수시로 갈아입는 옷, 이것들의 공통점은 변화이다, 변화하는 것들은 무상無常하고, 무상한 것들은 허무虛無하다. 그리고 이 무상과 허무가 가리키는 지점은 '여성'이다. 그의 시에서 여성은 아름다움의 대상이면서 결핍된 존재이고, 부재로 존재하는 모순의 현현顯現이다.

훔쳐만 봐도 예쁜 그녀
빈 물병이어요
달개비 물방개 소금쟁이 뛰는 물소리 식탁 위에
풀잎 옷 입고 서 있는 빈 물병
알 수 없는 빈 물병이어요

—「빈 물병」 전문

조향옥 시인에게 '여성'은 "훔쳐만 봐도 예쁜 그녀"이면서 "알 수 없는 빈 물병"이다. 남성에게 꽃으로 존재하는 해어화解語花도 아니고, 대지모신의 권위를 후광으로 거느린 거룩한 존재도 아니다. "젖은 몸 젖은 눈으로" 누워 있는 갯벌이거나(「달항아리」), "알람이 울면 따라 울고 귀뚜라미가 울면 따라" 우는 일인삼역(딸/아내/엄마)의 마트료시카 인형이거나(「마트료시카 인형」), 당신을 빛내주기 위해 존재하는 "당신의 옷"이거나(「당신이라는 이름의 옷」), 다른 생명들을 담고 있는 "빈 물병"이다(「빈 물병」).

이런 모순적인 대상(여성)을 모순적인 존재(시인)가 말하려고 하니 모호할 수밖에 없다. 이때의 모호함은 시적 전략이나 장치가 아니다. 그가 편견 없이 바라본 세계의 맨 얼굴이고, 엄살 없이 이해한 결과이고, 과장 없이 그려낸 언어적 등가물이다. 모호함은 표현의 미숙함도 인식의 미진함도 아니다. 그의 시이고, 그의 세계이고, 시인 자신이다. 한마디로 모호함은 시인의 스타일이다. 우리는 그의 시에서 모호함의 불편함을 문제 삼을 게 아니라 모호함으로밖에는 그릴 수 없는 세계의 진실에 주목해야 할 것이다. 시인이 고통스럽게 가리키는 '달'은 보지 못하고 그의 손가락 끝만 바라본 건 아닌지 돌아봐야 하리라. ■

기승전결 없는 '협객'의 시
— 조민 시의 한 읽기

1

조민 시의 언어는 모순과 자폐의 언어다. 시 안에 자신을 가두고 세계를 가둔다. 그래서 소통을 거부하고 공감을 포기한다. 그의 시의 화자는 지독한 '히키코모리'처럼 보일 때가 많다. 그런데도 시가 전혀 우울하거나 칙칙하지 않다. 화사한 햇빛 아래 펼쳐 든 검정 우산처럼 초현실적이고, 자신의 머릿속이 궁금해서 칼끝으로 찔러보는 문어처럼 그로테스크하다. 마치 목발을 짚고 아스팔트를 활보하는 사람처럼 경사진 채로 경쾌하다. 그는 세계를 굽어보지도 않고 우러러보지도 않는다. 그러므로 가르치려 들지도 않고 배우려 하지도 않는다. 계몽도 없고 풍자도 없다. 거침도 없고 뉘우침도 없다. 가끔 진지해지지만 금세 짓궂어지고, 늘 엉뚱하지만 가끔 어른스럽다. 한없이 가볍고 대책 없이 투명하다. 이렇게 모순과 부조리로 수놓은 타페스트리가 조민의 시다.

아이부터 낳을까
똥부터
눌까, 말까

가스통을 껴안고
펑펑 우는 사내의 등짝을 식칼로 긁는다

—「초코칩 쿠키」 부분(시집 『조용한 회화 가족 No.1』)

인용한 이 구절은 조민의 시를 가장 단적端的으로, 그리고 극적劇的으로 보여주는 구절이다. 그에게 출산과 배변은, 낳는 것과 누는 것은 신체 구조상 유사한 행위이며, 그러므로 아이에서 똥까지의 거리는 그리 멀지 않다. 진지와 심각과 엄살을 제거하고 복잡다단한 디테일을 단순명료하게 바라본다면 삶에서 죽음까지의 거리도 지척일 테다. 하여 가스통을 껴안고 절망으로 몸부림치는 사내는 등이 가려워서 몸부림치는 자와 뭐가 어떻게 다르단 말인가. 그러니 들고 있던 식칼로 그의 등짝이나 긁어줄 밖에. 이것만으로 조민의 시를 짐작하기가 어렵다면 이 시를 보여줄 수도 있다.

방 한 칸 없는 그는
등가죽이 벗겨진 소파, 주룩주룩 비 맞는 구두,
코끼리가 무서워 코끼리가 귀여워
코끼리 등에서만 사는 노란 원숭이,
계란찜도 태우고 고구마도 태우고
머리카락도 태우고 제 눈알도 태우고

가위 바위 보! 가위 바위 보!

씹어대던 수박 씨는 퉤퉤, 아무 데나 퉤퉤, 뱉어버리고

—「건강한 취미」 부분(시집 『조용한 회화 가족 No.1』)

보이는가? "방 한 칸 없는 그"의 적빈이, 그 적빈이 만드는 가벼움이, 그 가벼움으로 "코끼리"를 몰고 가는 "원숭이"의 경쾌한 리듬이, 그 리듬이 선

물하는 명랑과 쾌활과 자유가. 이렇듯 의미(머리)를 버리고 리듬(몸)을 챙긴 탓에 조민의 시는 모던하면서 유니크하다.

그러나 이런 조민의 시는 '의미'를 숭상하는 엄숙주의자들에게는 매우 불편한 시일 것이다. 뭔가 잡힐 듯하다가 빠져나가버리는 그 모호한 의미 때문에 한두 편 읽다가 외면할 수도 있다. 그들은 심오한 뜻이 담겨 있지 않은 시는 단순한 말장난일 뿐이라고 믿는다. 그들에게 '말장난'은 시의 격을 심각하게 떨어뜨리는 '금기'이고, 독자를 우롱하는 '무례'나 '건방'이라고 여긴다. 또 가슴 울컥하는 서정의 습기를 탐하는 감성시의 애호가들은 조민의 시가 건조하다고 싫어할 수도 있다. 그들에게 좋은 시란, 감미로운 연애편지와 닮았거나 누선을 자극하는 체루성 대중가요와 근친해야 한다.

그런데 어쩌랴! 조민의 시에는 없는 게 셋이 있으니, 의미가 없고 포즈가 없고 청승이 없다. 의미가 없으니 무거울 필요가 없고, 포즈가 없으니 잘난 체할 필요가 없고, 청승이 없으니 울 일도 울릴 일도 없다. 하지만 아는 사람은 안다. 가장 깊은 의미는 무의미라는 것을. 가장 근사한 포즈는 스타일이라는 것을. 그리고 가장 아픈 울음에는 눈물이 없다는 것을.

등에 업은 알이 자꾸 흘러내린다
배 속의 검은 알은 발길질만 세게 한다

백 년에서 하루가 모자라
알을 못 낳고
백 년 하고도 또 하루 동안
죽은 알만 내리내리 낳는다

마지막 남은 어금니를 뺀다
자궁에 난 마지막 송곳니도 뺀다

알이 나온다
진통도 없는데

검은 지갑만 시뻘겋게 열려 있다

—「알」 전문

이 시에서 '알'이 뭘 말하는지는 불분명하다. 아이 같기도 하고 삶이나 죽음 같기도 하고 희망 같기도 하다. 등에는 알을 업고 있고, 뱃속에는 알을 잉태하고 있다. 등의 알은 흘러내리고, 뱃속의 알은 발길질을 하며 부화를 기다린다. 하지만 화자는 백 년에서 하루가 모자라 낳지를 못하고, 백 년에서 하루를 넘기도록 사산만 한다. 실패를 전제로 한다는 점에서 백 년이라는 임신 기간은 개인의 시간, 즉 생애가 아니라 집단의 시간, 즉 역사를 닮았다. 그런데 어느 순간 진통도 없이 알이 나오려고 한다. 하지만 알은 보이지 않고 "검은 지갑만 시뻘겋게 열려 있"을 뿐이다. 이때의 "검은 지갑"은 산도와 연결된 생식기라고 볼 수도 있겠고, 눈물 없이 울음을 견디는 기층민들의 붉은 눈일 수도 있겠다. 그러나 비약 없이 '알'을 '삶'의 은유라고 이해한다면, 삶의 고통은 이렇게 잔인하고 비극적이다. 이게 바로 '조민 식' 의미이고 포즈이고 청승이다.

2

하지만 이런 분석이나 해석보다 조민 시를 읽을 때 더 중요로운 태도는 시의 리듬을 느끼는 것이다. 무엇보다 그의 시의 매력은 리듬에 있기 때문이다. 톡톡 튀는 리듬이 의미를 지우면서 음악성을 살리고 중력을 제거한다. 가벼움이야말로 조민 시의 정체성이다. 알다시피 '가벼움'은 현대인의 신앙이다. 문학이든 미술이든 음악이든 영화든 현대예술에 있어서 가벼움은 일종의 이데올로기가 되었다. 이 가벼움을 만드는 것은 이성이 아니라 감성이고, 사유가 아니라 감각이다. 근대를 지배하던 이성과 사유의 자리에 감성과 감각이 들어선 것이다. 이성과 사유가 중력의 방향으로 작동한다면, 감성과 감각은 중력의 반대방향으로 작동한다. 마치 배드민턴의 셔틀콕처럼. 허공을 수직으로 치솟다가 우아하게 내려앉는 기술, 이게 중력과 맞서는 조민의 필살기다.

셔틀,
힘껏 걷어올려라
멀리 멀리 날아가버리게
다시는 안 돌아오게
저건 새야 저건 깃털이야 잠시 잠깐
새가 되는 기분
셔틀이 모를 리 없지 날개 없이 나는 기분
깃털이 모를 리 없지
귀신도 모르게 허공에서 죽는 기쁨,
귀신도 모른다지
새들의 무덤은
(여보, 새들은 날아가면서 잔대)
구천을 떠도는 귀신도 새떼가 한번 지나가면
온데간데없이 사라진대
깃털이 모를 리 없어
깃털이 모를 리 없어
비행운이 그린 운명선, 새들의 생명선이지
깃털 날아간다 덕다운도 구스다운도 아무 데나 벗어놓지마라
제발 더 높이 더 멀리 쳐 올려봐라
단 한번만이라도
하이클리어!
깃털도 날개니까

다시는 못 돌아오게 다시는

—「배드민턴 강좌」 전문

이 '지상地上'은 모든 고통의 근원이다. 그러므로 지상에서 멀어지는 건 땅 위에서 삶을 영위하도록 운명지워진 존재들에겐 닿을 수 없는 꿈이다. '이카루스'는 그런 점에서 고유명사가 아니라 일반명사이고, 그의 실패는 교훈敎訓이 아니라 감염感染이다. 왜냐하면 우리를 경책警責하는 게 아니라 흥분시키기 때문이다. 우리가 열광하는 대부분의 스포츠가 중력과의 끝없는 싸움이라는 게 그 증거이다.

여기 '셔틀콕'이라는 '이카루스'가 있다. 셔틀콕은 비상한다는 점에서 그의 은유隱喩이고, 새의 깃털로 만들어졌다는 점에서 그의 제유提喩이다. 뿐만 아니라 쉼 없이 쳐낸다는 점에서 그것은 삶의 고단함이고, 허공을 누빈다는 점에서 낭만주의적 꿈이다. 셔틀콕은 중력의 대립항이면서 동시에 중력의 증거물인 것이다. 그리고 셔틀콕이 궁극적으로 그려내는 것은 가벼움이고 자유로움이다.

이 시는 조민 특유의 호흡을 시종 견지하면서 나름의 의미를 무심한 듯 드러내 보인다. "셔틀이 모를 리 없지 날개 없이 나는 기분/ 깃털이 모를 리 없지/ 귀신도 모르게 허공에서 죽는 기쁨"이나 "구천을 떠도는 귀신도 새떼가 한번 지나가면/ 온데간데없이 사라진대/ 깃털이 모를 리 없어/ 깃털이 모를 리 없어" 같은 구절이 특히 그러하다.

이 시에서 그는 셔틀콕을 노래하면서 셔틀콕처럼 노래한다. 즉, 내용이 곧 형식이라는 말이다. 내용과 형식의 일치는 글쓰는 자들의 로망이 아닌가. 그런 점에서 이 시는 조민의 시가 중력과 싸우면서 힘겹게 가닿은 하나의 지경이자 경지이다.

두부는 콩이 사라지는 지점에서
굳어지지

그것은 두부의 결단

두부를 먹으면 죄가 지워진다
두부를 먹으면 죄가 사라진다

(…)

우리를 씻은 두부들
우리의 죄를 먹은 두부들은 어디로 가는 걸까

뜨물처럼 희뿌연 새벽이면
콩알만 한 사람들이
두부 속에서 나왔다가 두부 속으로 들어간다

—「비토 두부」 부분

동화 같은 풍경의 시다. 하지만 내용은 가볍지 않다. 유치장이나 교도소 앞에서 출소자에게 먹이는 두부는 죄를 지우는 희고 무른 지우개다. 지우개가 오류를 지우기 위해 제 몸을 덜어내듯이, 두부는 인간의 죄를 지우기 위해 모종의 결단과 결행이 필요하리라. 결단은 콩을 버림으로써 제 몸을 바꾸는 일이고, 결행은 지상의 죄를 다 먹고 새벽 어둠 속으로 사라지는 것이다. 하지만 죄 없는 삶이 없을 테니 결국 법의 그물에서 벗어날 수 없는 소시민이란, 두부 속에서 나왔다가 두부 속으로 들어가는 '콩알'의 후예일 뿐이다.

그런데 이 시를 이렇게 해석하면서 문득 드는 의문. 이런 산문적 해석이 과연 이 시를 감상하고 이해하는 데 얼마 만큼 도움이 될까. 조민의 시는 메시지만 추려내는 이런 식의 산문적 해석이 어울리지 않는다. 시를 읽을 때 감각되는 말맛과 리듬을 빼버리면 이 시는 죽어버리기 때문이다. 우리가 학창시절 국어 시간에 무수히 저지른 오류가 바로 시(텍스트)를 죽이고 메시지만 추출한 게 아니었던가.

金은
코에 밥풀을 붙이고
길고 검은 이야기를 시작하네
만물은 金이고
침묵은 金이다

김은 검고 밥은 희고 김:은 길고 밥은 짧고

金 한 톳은 백 장
앞뒤 없고
기승전결 없는 이야기는
산으로 갔다가 바다로 갔다가
속이란 속은 다 드러내고
사방팔방 바닷말처럼 흩어지는데

터져도 김밥 안 터져도 김밥
모두 金의 가족들

툴툴 털면 다 떨어져나가네 마른 밥알처럼
톳나물의 톳처럼

「金의 밥」 전문

이 시도 앞에 인용했던 시들처럼 "앞뒤 없고/ 기승전결 없는 이야기"다. '김밥'이 아니라 '金의 밥'이라고 했을 때 벌써 대상인 '김밥'은 해체되어 재구성되기 시작한 것이다. 시를 전개하는 형식은 '金'을 주인공으로 내세워 3인칭 관찰자 시점을 차용했는데 성姓의 '金'과 음식의 '金'이 교차하면서 선명한 독해를 방해한다. 이 시도 그의 다른 시편들처럼 '언어유희'fun/pun를 통해 어떤 의미나 알레고리를 만들지 않음으로써 자유로움을 얻는다. 가령 "만물은 金이고/ 침묵은 金이다" 혹은 "김은 검고 밥은 희고 김:은 길고 밥은 짧고" 같은 구절에서 의미를 캐낸다는 게 무슨 의미가 있겠는가. 의미는 "마른 밥알처럼" 다 떨어져 나가버리니 그저 말을 따라 가볍게 놀면 그만이다. 이를테면 "툴툴 털면 다 떨어져나가네 마른 밥알처럼/ 톳나물의 톳처럼"

3

시에서 가볍기란 결코 쉽지 않다. '나'(주체/자아)를 죽일 때 비로소 가능해진다. 하지만 '나'를 죽이는 게 어디 쉬운 일인가. '나'는 필연적으로 '대상'을 거느리게 되고, '대상'에 '나'를 투사投射하여 마침내 세계를 '자아화'하려 한다. 그러자면 논리를 만들어 의미를 부여하게 되고, 그 의미라는 헛것에 싸여서 자아는 더욱 비대해진다. 이런 탓에 가벼워지려는 자에게는 끝없는 성찰과 수행이 요구된다. 치열한 시인이란 의미가 아니라 형식을 위해 자기 자신과 싸우는 시인을 일컫는다. 그들의 치열함은 세계의 위선을 베어내고 진실을 드러내기 위해 작동한다. 조민의 시론처럼 보이는 다음 시에서 그의 치열함의 일단을 볼 수 있다.

> 빗속에서 배를 가른다
> 그는
>
> 더 가볍게
> 더 빠르게 세계를 베기 위해
>
> 핏물은 빗물,

빗물은 핏물,

그는
제 배를
一자로 쓰윽 가르고
새어나오는 빛을
본다

눈을 찔러서

—「협객」 전문

이 시는 조민 시에서는 보기 드물게 무겁다. "빗속에서 배를 가른다"는 첫 줄부터 비장하다. 그가 빗속에서 할복割腹하는 이유는 다른 데 있지 않다. "더 가볍게/ 더 빠르게 세계를 베기 위해"서다. 가벼워지려면 당연히 빨라야 한다. 느리면서 가벼울 수는 없다. 여기서 '빠르다'는 것은 인식과 감각의 속도를 말한다. 한눈에 세계를 간파하고 단칼에 급소를 베어야 한다. 타성과 관습에 가려져 멀어버린 눈으로는 불가능하다. "눈을 찔러서" 새롭게 얻은 눈으로, 자신의 배를 가르고 그 틈으로 "새어나오는 빛을" 볼 수 있어야 한다. 그러나 이 '방편方便'은 녹록지 않다. 다시 태어나기 위해서는 죽음에 빗지는 게 당연하지만 그게 어디 말처럼 쉬운가.

다시 이 글의 처음으로 돌아가서 말한다면, 조민의 시의 언어는 모순과 자폐의 언어다. 하지만 이때의 모순은 스스로를 직시하고 세계를 '관觀'하려는 자가 겪을 수밖에 없는 혼돈에서 기인한다. 이때의 혼돈은 "춤추는 별을 낳기 위해서 너는 네 안에 혼돈을 가지고 있어야만 한다"는 니체의 혼돈에 가깝다. 그리고 자폐는 자기 안의 중력을 덜어내려는 자의 처절한 싸움이 만든 열정의 다른 모습이다. 우리가 조민의 시를 주목해야 하는 이유가 여기에 있다. ■

왜 우리는 슬픔에 공을 들여야 하는가
— 정선희 시의 한 읽기

1

슬픔에 관해서라면 겨우내 진지하게 공부하고 있다. 한 평론가의 산문집에 의해 촉발된 슬픔에 대한 공부는 그동안 내가 슬픔이라고 여겼던 것들이 얼마나 '사이비似而非 슬픔'이었나를 통렬히 깨닫게 해주었다. 그는 서슴없이 이렇게 말한다. "인간이란 무엇인가. 심장이다. 심장은 언제나 제 주인만을 위해서 뛰고, 계속 뛰기 위해서만 뛴다. 타인의 몸속에서 뛸 수 없고 타인의 슬픔 때문에 멈추지도 않는다. 타인의 슬픔에 대해서라면 인간은 자신이 자신에게 한계다. 그러나 이 한계는 인정은 하되 긍정하지는 못하겠다. 인간은 자신의 한계를 슬퍼할 줄 아는 생명이기도 하니까."(신형철 산문집 『슬픔을 공부하는 슬픔』 28쪽)

그는 말한다. 인간이라는 이 관념덩어리의 보통명사는 심장이라는 신체의 특정 장기로 제유提喩될 수 있는데, 이 장기는 오로지 주인에게만 제한적으로 작동하는 탓에 타인에게는 전혀 무심하다는 것. 즉 인간은 타인의 슬픔을 공감하는 일에 관해서는 무능하다는 것. 그러나 이 무능의 '어쩔 수 없음'을 어쩔 수 없이 인정은 하겠지만 박수쳐주지는 못하겠다는 것. 박수쳐주지는 못하지만 자신의 무능을 슬퍼하는 존재임을 어여삐 여겨 너무 몰아

붙이지는 않겠다는 것.

슬픔의 이런 한계와 속성을 한의학적으로 접근하고 시적으로 해석하는 시인이 있다. 그의 시 「슬픈 노래와 밥통」은 이렇게 시작한다.

어떤 음악을 들으면 소화가 안 된다고 하면
너는 뭐라고 할까
말도 안 되는 소리에요
슬픈 노래를 들으면
심장 박동이 느려지고
위가 딱딱해지지
노래가 횡경막에 걸려
음식물이 내려가는 것을 막고 있어
그렇게 말하면 너는 웃겠지
너는 모르지
슬픔에만 반응하는 내장기관이 있다는 것을,

'너'로 지칭되는 독자 일반은 알 수가 없단다. 슬픈 음악은 소화를 방해한다고. 이 시는 그 이유를 심리학적으로 설득하는 게 아니라 의학적으로 증명하는 게 독특하다. 슬픈 노래를 듣게 되면 '심장 박동이 느려지고' '위가 딱딱해지'고 '노래가 횡경막에 걸려/ 음식물이 내려가는 것을 막고 있'기 때문이라고. 우리는 과학을 신앙하는 시대에 살고 있다. 아무리 미심쩍어도 과학이 그렇다면 그런 거다. 과학의 첨단에 의학이 있다. 그래서 의학은 과학의 이름으로 군림한다. 지금 시인도 과학의 이름으로 말한다. 너는 모르겠지만 '슬픔에만 반응하는 내장기관이 있다'고. 슬픔에 연루된 장기는 심장만이 아니라는 거다. 위胃, 즉 '밥통'도 슬픔에만 반응한다고 한다. 이 시의 중간 부분을 보자.

웃음은 내가 살기 위한 방편
얼굴 근육이 위에 영향을 미친다는 것을
한의학 공부를 하면서 알게 되었지
위 경락은 눈 밑에서부터 시작되기 때문에
눈물을 흘리고 나면
아무것도 먹고 싶지가 않은 것,
슬픔이 가는 길과
음식물이 통과하는 길은
다르지 않지

'슬픔이 가는 길과/ 음식물이 통과하는 길은/ 다르지'가 않아서 슬픔이 범람하면 음식물이 가는 길은 군데군데 막힌단다. '한의학 공부'에 따르면 '위 경락은 눈 밑에서부터 시작되기 때문'이란다. 그래서 '눈물을 흘리고 나면/ 아무것도 먹고 싶지가 않'게 된단다. 여기서 눈여겨볼 점은 슬픔과 음식이 같은 층위에 놓여 있다는 거다. 슬픔이 감정 혹은 정서의 영역이라면 음식(밥)은 생사의 영역이다. 그러나 시인에게는 감정의 영역과 생사의 영역이 둘이 아니다. 곡기를 끊어서 죽을 수도 있듯이, 슬퍼서 죽을 수도 있다는 거다. 이 시의 끝부분을 보자.

장례식장에 가서
밥을 못 먹는 것도
슬픈 영화를 보고 나서
밥맛이 뚝 떨어지는 것도,
괜히 그러는 게 아냐
음악은 물수제비처럼
슬픔을 건드리고 지나가지
도 레 미 파 솔

물수제비가 지나간 자리는
금방 시리지겠지만
물속에 가라앉은 돌멩이는 횡경막 어디에서
또 다른 슬픔을 불러들이곤 하지

이제 이 시가 이야기하고자 하는 슬픔의 기능 혹은 효용에 대해서 생각해 보자. 슬픔은 참 복잡한 감정이고 정서다. 고통스럽기도 하지만 감미롭기도 하다. 심장이 찢어지는 듯한 슬픔이 있고, 물수제비처럼 '도 레 미 파 솔' 지나가는 슬픔도 있다. 세월호 희생자들의 유족이 겪는 슬픔이 전자라면, 슬픈 음악이나 영화를 찾아서 소비하는 건 후자다. 이 둘의 가장 적나라한 차이는 전자는 대개 나의 슬픔일 경우이고 후자는 타인의 슬픔일 경우다. 이런 이유로 전자는 후자에 비해 윤리적으로 우위를 점하고 절대성을 획득한다. 반면에 끔찍한 슬픔이 아니라 멜랑꼴리한 슬픔은 삶의 지루함이나 따분함의 좋은 치료제일 수도 있다.

타인의 고통에 공감하기 위해 끝없이 슬픔을 공부해야 하는 성숙한 인간으로서의 숭고한 슬픔도 필요하지만, 포테이토칩을 바삭 씹을 때처럼 하루치의 슬픔을 군것질하듯 소비하는 사소한 슬픔도 필요하다. 그래서 어떤 노래가 다른 노래를 듣게 하듯이 어떤 슬픔은 다른 슬픔을 불러들이기도 한다. 눈물이 찔끔 나는 매운 고추장에 밥을 비벼먹고 싶은 때가 있듯이 명치끝이 아려오는 슬픔에 나를 던지고 싶을 때가 있다는 거다.

하지만 우리의 영혼이 어떤 깊이를 얻는 건 아무래도 군것질 형의 사소한 슬픔에서보다 타인의 심장에 손을 얹었을 때처럼 내 심장마저 덜컹거리게 하는 숭고한 슬픔에 있지 않을까. 나아가 그런 규모의 슬픔을 초래한 그만한 규모의 충격적인 사건에서 발생하지 않을까. 이를테면 '노근리 양민학살 사건' 같은.

2

익히 알다시피 노근리 양민학살사건은 한국전쟁 당시 미군에 의해 무고한 피난민들이 떼죽임을 당한 사건이다. 검색해보니 1950년 7월 26일 미군 제1기병사단 제7기병연대 소속 군인들이 충청북도 영동군 황간면 노근리 경부선 철로 위에다 피난민들을 모아놓고 기관총을 발사하고, 이들이 철로 밑 쌍굴다리로 황급히 숨어들자 거기까지 무차별 사격을 가했다고 한다. 이 사건의 생존자들은 그날 최소한 양민 200여 명이 숨졌다고 증언했다.

원래 노근리老斤里는 사슴이 숨어산다는 뜻의 녹은리鹿隱里였다고 한다. 그런데 일제 때 행정 지명을 정리하면서 한자어가 어렵다고 노근리로 고쳤다는 설이 있다. 이 설이 사실이라면 사슴이 숨어살던 신비로웠던 마을에서 난데없이 '낡은 도끼'의 마을로 바뀐 것이다. 어쩌면 바뀐 이름에서부터 비극적인 사건은 예고되었는지 모른다.

지금은 '노근리 평화공원'으로 조성되어 있는 학살의 끔찍한 현장을 시인은 어떤 이유로 찾았던가보다.

> 동그라미와 세모가 있어 심심하지 않아 가끔씩 나비가 날아와 외롭지 않아 겹겹이 덧칠한 자국들이 있어 춥지 않아 자주 기차가 화면을 지우는 바람에 악몽에 시달리지 않아 동그라미 속 자국들을 손끝으로 어루만지자 코끝으로 전해지는 화약 냄새, 세모에 눈을 맞추자 눈동자로 전해지는 풍경, 동그라미와 세모에 입김을 불어넣자, 빗방울이 떨어진다 빗방울은 핏빛이 되고 찰칵, 사진을 찍는데 후두둑 무릎이 꺾인다 두 팔을 벌리자 내 손바닥으로 옮겨 앉는 자국들, 동그라미가 아프고 세모가 아프다 노근리에 더 이상 녹은리는 없고 비명소리 대신 기적소리만 요란하다
>
> —「노근老斤리는 녹은綠隱리」 전문

시의 제목과 마지막 문장만 가리면 이 시는 마치 초현실주의 화가 칸딘스키의 그림을 펼쳐놓고 자동기술한 것처럼 모호하고 난해하다. 하지만 '노근

리'라는 정보가 주어지는 순간 이 시는 평이하고 구체적으로 다가온다.

노근리 평화공원 내에 있는 쌍굴다리에는 학살 당시의 총탄 자국이 흰 페인트로 표시되어 있다. 세모, 네모, 동그라미들이 철로 아래 시멘트 벽면에 어지럽게 그려져 있는데, 세모는 총탄이 박혔던 자리, 동그라미는 총탄이 스쳐간 자리, 네모는 명확히 규명되지 않은 것을 의미한다고 한다. 쌍굴다리 벽면의 이 장면을 염두에 둔다면 앞의 시를 이해하는 게 어렵지 않을 것이다.

6·25가 발발한 지 한 달쯤 지난 시기에 피난길에 올랐던 피난민들은 노근리 철로 위에서 영문도 모른 채 미군의 총탄에 쓰러졌고, 무수한 목숨들이 비명도 지르지 못하고 숨졌다. 그것도 모자라 오랫동안 이적행위라는 누명을 쓴 채 자신들의 죽음을 해명할 기회조차 얻지 못했다. 영문도 모른다는 말처럼 원통한 일이 없을진대, 희생자들과 유족들의 원과 한을 슬픔이라고 말하는 건 조심스럽다. 어떤 상황을 언어로 규정하면 그 규정에 의해 그 상황은 재해석되고 재의미화되게 마련이기 때문이다.

그래서 시인은 그날의 원통함을 섣불리 슬픔으로 규정하지 않는다. 담담하게 그 흔적을 묘사할 뿐이다. 이때 동원된 것이 기하학적 도형을 통한 단순화 작업이다. 아시다시피 도형은 가장 추상화된 기호이다. 거기에서 우리는 어떠한 감정의 누설도 발견할 수가 없다. 발사된 탄환이 누군가의 목숨을 빼앗았거나 스쳐갔거나 노렸을 참혹한 흔적들을 세모로, 동그라미로 마치 산수 숙제하듯이 담담하게 그리고 있다.

시인에게 슬픔과 아픔은 다르지 않다. 그의 눈에 비친 노근리에는 녹은리가 없고, 사슴의 울음소리 대신 한 맺힌 절규만 낭자하다. 아무리 그곳을 '평화공원'이라고 고쳐 부르며 그날의 참혹함을 사람들의 기억에서 지우려고 하지만 '공원'이라는 이름이 무색하게도 푸른 빛[綠]의 '평화'는 없다. 그러니 푸른 빛이 사라진 '노근老斤리는 녹은綠隱리'일 밖에.

시적 장치나 기교를 걷어내고 행간에서 시인의 메시지만 읽는다면 이렇게 말하는 것 같지 않은가. 역사는 지난 얘기도 아니고 남의 얘기도 아니라고. 지금-이곳의 얘기이고 내 얘기라고. 그래서 함부로 위로할 수도 추모할 수도 없다고. 왜냐하면 위로와 추모는 남들이나 하는 것이기 때문이라고.

3

이 글의 모두에서 인간은 타인의 슬픔을 공부해야 한다고, 타인의 슬픔에 대해서라면 인간은 자신이 자신에게 한계라고 한탄했지만, 공감의 능력이 강해서 타인의 슬픔이 조금의 손실도 없이 고스란히 내 슬픔으로 옮겨온다면 그것 또한 어찌 견디겠는가. 누구나 저마다의 슬픔만으로도 이번 생이 버거운 판에, 타인의 슬픔까지 짊어지라는 건 지나친 요구일 수도 있다. 하지만 시인이란 존재는 이 지나친 요구를 겁없이 승낙해버린 사람이 아닐까. 그래서 가끔은 스스로가 아무런 감각도 없는 목석같은 존재이기를 꿈꾸지 않을까.

> 다리 속에 나무가 살고 있어
> 자꾸만 가지를 뻗치는 나무
> 음지에서 양지쪽으로
> 손을 내미는 나무
> 의사는 순환장애라고 하지만
> 나무의 속성 때문이야
> 예전에는 아이가 태어나면
> 한 그루 나무를 심었지
> 사람도 나무라는 걸
> 잊지 말라는 뜻,
> 내 속에 나무가 살고 있어
> 무성해지면 피부를
> 뚫고 나오는 나무,
> 내가 나무라는 걸

시퍼렇게 증명하는 나무

—「다리 속의 나무」 후반부

이 시에서 시인은 스스로가 나무라고 생각한다. 밤이 되면 더욱 초록이 무성해지는 나무, 물구나무를 서면 '머리는 뿌리/ 팔다리는 가지/ 머리를 감는 것은/ 뿌리에 물을 주는 행위/ 팔다리를 움직이는 건/ 바람을 올리는 행위'라고 이해한다.

이 시의 극적劇敵 상황을 제대로 이해하기 위해서는 약간의 가정이 필요하다. '시인이 갱년기 장애로 심한 피부건조증을 앓고 있다'고 치자. 피부건조증은 '순환장애'로 피부가 나무껍질처럼 각질로 변하면서 극심한 가려움을 수반한다. 팔다리에 주로 나타나며 밤 시간이면 더욱 '무성하게' 가려움을 느끼게 된다. 하지만 시인은 이런 증상을 병증으로 여기는 게 아니라 스스로가 나무인 증거라고 여긴다. '의사는 순환장애라고 하지만/ 나무의 속성 때문'이라고 믿는다. '예전에는 아이가 태어나면/ 한 그루 나무를 심'는 것도 이런 믿음을 '시퍼렇게 증명'하는 근거로 본다.

물론 이러한 해석은 가정에서 출발한 것이고, 이 시를 '슬픔'의 맥락에서 접근하는 건 '슬픔의 코드'로 의미화하려는 비평의 폭력일 수도 있다. 작품의 자율성을 존중한다면, 시인이 스스로를 나무로 인식하는 건 슬픔으로부터의 도피가 아니라, 인간을 '작은 우주'라고 여기는 이 시인의 세계관에서 비롯됐다고 보는 것이 자연스럽다. 그의 첫 시집 『푸른 빛이 걸어왔다』에서 여실히 보여주었듯이 그는 한의학적 지식과 샤머니즘적 시각으로 세계를 이해하고 그 이해의 결과를 시화하는 데 일정 부분 성공을 거두었다고 보기 때문이다. 다음 시도 인체를 우주로 인식하는 한의학적 세계관이 잘 드러나 있다.

백 가지의 기운이 모이지 가만히 보고 있으면 짙푸른 소의 물처럼 강하게 모여드는 기운들이 보일 거야 겉으로는 조용한 듯, 안으로 힘찬 회오리,

소의 물속에 나뭇가지를 집어넣으면 안으로 빨려 들어가듯, 범상치 않은 기운이 맴돌고 있어, 그곳에 가마가 생기는 것도, 가마가 새집처럼 원을 그리는 것도 기의 자기장 때문, 스트레스를 많이 받을 때 원형탈모가 일어나는 것도, 흥분할 때 그곳이 뜨거워지는 것도 같은 이치, 뚜껑 열린다는 말은 압력을 견디다 못해 터질 수 있다는 말, 도 닦는 스님들을 보면 그곳이 유난히 솟아 있는 사람이 많아, 기가 강하게 뭉쳐 세상과 타협하지 않겠다는 말, 밤에 잠이 오지 않을 때 도깨비 방망이로 그곳을 두드리지 토닥토닥, 뭉친 기운을 흩어주는 거지, 비 오는 날 그곳에 뜸을 뜨는 건 밑으로 가라앉은 기운을 끌어올리는 것, 이런 봄날 내 정수리엔 꽃잎들이 회오리를 치지

—「백회」 전문

여기서 '백회'란 한의학에서 말하는 '백회혈百會穴'을 의미한다. 백회혈이란 '독맥督脈에 속한 혈'로 정수리를 가리킨다. 우리의 의식을 관장하는 대표적인 혈자리로 알려져 있다. 이 혈은 한자의 풀이대로 '백 가지의 기운이 모'이는 곳이다. 그래서 '겉으로는 조용한 듯'하지만, '안으로 힘찬 회오리'가 일고, '소의 물속에 나뭇가지를 집어넣으면 안으로 빨려들어가듯, 범상치 않은 기운이 맴돌고 있'는 곳이다. 우리 머리의 가마가 나선형으로 소용돌이치는 것도 '기의 자기장 때문'이라고 한다.

이 시에 의하면 백회혈은 우리의 삶과 밀접한 관련을 맺고 있는 곳이다. 스트레스를 받게 되면 그곳이 뜨거워지고, 심하면 원형탈모가 생기고, 갑자기 열받으면 뚜껑이 열리는 곳이다. '도 닦는 스님들'이 그곳에 육계肉髻가 솟아 있는 건 세상과 타협을 거부하고 자신의 의지로 생사를 뚫어보겠다는 일종의 시위이자 도발인 셈이다. 그렇다면 시인의 백회혈에는 어떤 현상이 일어날까. 우주의 중심인 그곳에는 슬픔과 기쁨이, 아픔과 환희가, 희망과 절망이, 사랑과 증오가 모여들어 들끓다가 마침내 꽃이 피고, 바람 심한 봄날에는 '꽃잎들이 회오리를' 칠 것이다.

4

슬픔이 슬픔으로 계승되다가 끝끝내 슬픔으로 굳어져서 화석화한다면 시인은 왜 있고 시는 무엇하러 쓰겠는가. 승화昇華라는 말이 있다. 어떤 현상이 한 단계 더 높은 영역으로 발전하는 것을 두고 하는 말이지만, 인과因果와 논리論理를 뛰어넘어 비약하는 것을 의미하기도 한다. 슬픔은 '다른 무엇'으로 승화되어야 비로서 가치가 있다. 그러나 무엇으로 승화될지는 시간과 기억의 풍화작용에 맡겨두어야 한다. 어떤 의도를 가지고 슬픔을 다스리려고 해서는 안 된다. 이런 이유로 우리는 타인의 슬픔에 대해서 진지해야 하고 슬픔을 이해하는 일에 성실해야 한다.

이를테면 타인의 슬픔을 대할 때는 '알을 갖고 노는 일'과 같아서 '너무 세게 쳐도 안 되고/ 너무 약하게 쳐도 안 되는', '놓치면 안' 되고 '미끄러져도 안' 되는, '깨지면 어쩌나/ 날아가면 어쩌나' '종종걸음을 치는' 일이고, '조심스러운 사람이 되'(「알을 갖고 노는 일」)는 일이다. 마치 '탁구를 치는' 것처럼 나의 슬픔과 너의 슬픔을 빈틈없이 주고받다가, 어느 순간 그 슬픔들을 '새'로 날려보내는 일이다.

왜 우리는 이렇게까지 슬픔에 공을 들여야 하는가. 슬픔이야말로 우리 삶의 원형질이고, 서정의 기원이기 때문이다. 내가 아는 한 정선희 시인은 이 사실을 가장 잘 알고 있고, 이를 부단히 시로 쓰는 사람이다. 그래서 나는 그의 근작을 중심으로 슬픔을 바라보는 그만의 시각과 사유를 읽어내려고 애썼고, 이 글은 미흡하지만 그 결과물이다. ■

절박함의 끝에서 절박함과 맞서기 혹은 껴안기

— 석민재 시의 한 읽기

1

삶이 고통스러우면 시가 아픈 것은 당연하다. 당연하다는 것은 자연스럽다는 긍정적인 측면과 평면적이라는 부정적인 측면을 다 거느린다. 하지만 시에서 이 두 측면은 대칭적이지 않다. 자연스러움보다는 평면적인 밋밋함이 더 큰 결함이라는 뜻이다. 그래서 삶은 고통스러운데 시는 고통스럽지 않게 쓰려고 발버둥치는 것이다. 입체감을 만들기 위해서다. 사물의 입체감은 그림자가 만든다. 그림자는 대상을 모방하되 왜곡하고 과장한다. 시에서도 그렇다. 고통을 고통스럽지 않게 보이려고 그것을 왜곡하거나 과장한다. 유쾌한 척하거나 모르는 척하며 짐짓 딴전을 부린다. 그러므로 '하고 싶은 말'과 '하고 있는 말' 사이의 거리가 시의 긴장감을 만들고 시의 완성도를 결정한다. 시를 불러오는 두 개의 문을 아픔과 슬픔이라고 본다면, 결국 시쓰기의 요체는 아픔을 아프지 않게 말하기, 혹은 슬픔을 슬프지 않게 말하기가 아닐까.

석민재의 시는 아프다. 그러나 가볍다. 그래서 청량고추를 깨문 듯이 개운하지만 모순되는 두 감각이 충돌하면서 혼란스럽다. 이 혼란스러움이 시를 모던하게 만들고, 개운함이 시를 상큼하게 들어올린다. "제 살을 깎아서/

뿌려대는 비는 힘이 세다/ 아파서 우는 비는 힘이 세다/ 온몸이 시퍼런 비는 더욱 힘이 세다/ 혓바닥이 새파란 비가 온다"(「비는 구두를 신고 온다」) 이 구절만 봐도 그의 시가 얼마나 날선 감각에 기대고 있는지 알 수가 있다.

고전과 현대를 막론하고 비는 시인들에게 사랑받는 소재다. 그러나 관념의 비곗살이 전혀 없이 이만큼 감각적으로 다이어트된 비는 흔치 않다. "살을 깎아서 뿌려대는 비" "아파서 우는 비" "온몸이 시퍼런 비" "혓바닥이 새파란 비"는 모두 비를 빙자한 지독한 아픔이다. 그러나 이 아픔은 동통疼痛을 수반하지 않는다. 관념이 아닌 감각의 힘 때문이다. 관념이 주는 아픔은 학습된 아픔이기에 아픔의 종류와 강도와 경과를 예측하여 아픔을 시물레이션하지만, 감각이 주는 아픔은 학습되지 않은 아픔이기에 엄습해오는 이것이 아픔인지조차도 모르기 십상이다. 좋은 시는 몸에서 비롯되는 것이라면, 이름 붙이지 못한 내 몸의 낯선 감각에 당황하면서 어쩔 줄 몰라 하는 그 순간이 바로 시가 오는 순간일 것이다.

이젠 손목이 너무 가려워 잘라야겠습니다
당신의 손목은 나보다 더 길었는지, 느렸는지
강렬했는지, 아팠는지 물어보지 못했습니다
이제야 당신을, 나를 손목들에서 놓아줍니다
손에서 손으로 흘러간 그 계절들을 봉인하지는 않겠습니다
내 몸에서 떨어져나간 저 손목은 지난 시간의 기침입니다, 망각입니다
당신과 맞잡았던 내 손을 하루 종일 거울처럼 본 적이 있습니다
손금을 따라 모퉁이를 돌아가는 당신의 뒷모습이 보였습니다
몽당숟가락처럼 배가 고팠습니다
발이 닳아서 죽을 수도 있었던 아침에도 밥은 먹었습니다
오늘은 당신의 안부를 조금만 먹어도 될까요?
아직도 내게 주지 못한 손목이 있나요?
흉터는 상처를 물고 놓지 않습니다

그런데 어쩌자고 악수를 청해옵니다
벙어리장갑 같은 저 기억은

—「구월」 전문

이 시는 이별의 아픔을 노래한 시다. 너무나 '진부한 아픔'임에도 불구하고 진부함을 느낄 수가 없다. 아니 너무 아파서 진부할 틈이 없다. '노래'라기보다는 '절규'에 가깝다. 그러나 이 절규는 소리가 없어서 더 끔찍하다. 흑백 무성영화처럼 조용하고, 괴괴하고, 참혹하다. 소리를 지워버린 탓에 모든 소리의 최대치로 읽게 되기 때문이다.

사랑의 제국은 손목에서 시작되어 손끝에서 끝나는 고작 손바닥 크기에 불과한 제국이지만, 해가 지지 않는 제국이다. 그러나 모든 뜨거움은 식게 마련, 여름날의 뜨거웠던 사랑은 식고 손끝으로 미끄러지던 사랑은 급기야 따나간다. 사랑을 잃은 자가 할 수 있는 일이 뭐가 있을까. 그 사람을 잊는 일, 잊으려고 발버둥치는 일 말고 뭐가 더 있을까. 사랑을 잊는 일이란 그에게 붙잡혔던 손목을 자르는 일, 그 손목으로부터 내가 자유로워지는 일, 내가 나에게 허겁지겁 매달리는 일 아닌가. 그러니 나를 떠난 당신의 손목은 "나보다 더 길었는지, 느렸는지/ 강렬했는지, 아팠는지" 물어볼 여유가 없었으리.

당신을 놓아주고, 동시에 당신으로부터 나를 놓아주고 싶지만 그게 말처럼 쉬운가. 손에서 손으로 흘러간 그 시간을, 잘린 손목을 거울처럼 들여다보는 그 마음을, 차마 추억 속으로 봉인하지 못하는 그 미련을 어떻게 수습한단 말인가. 사랑은 나를 새롭게 태어나게 해놓고 기어이 나를 죽이는 괴물이지만, 삶은 사랑보다 더 잔인한 괴물이어서 목을 매달아놓고도 발을 바닥에서 떼지 못하게 한다. 그러니 어쩌겠는가, 살기 위해서는 "몽당숟가락" 같은 허기로 이미 떠나간 당신의 안부나 먹을 밖에. 그런데 어쩌자고 손목이 사라진 자리에 돋아난 "벙어리장갑 같은" 뭉툭한 기억은 나에게 악수를 청해오는가.

쿨하게 이별해주고 싶지만, 쿨할 수 없는 게 사랑이다. 사랑의 속성은 혼란이고 이 혼란이 정리되면 사랑도 끝나게 된다. 이미 잘 정리된 사랑은 사랑이 아니라 일상이고, 일상이란 긴장이 사라져버린 타성일 뿐이기 때문이다. 관계는 끝나도 사랑은 끝날 수가 없고, 끝을 인정하지 못하는 추억은 과거를 재상영하며 현재를 더욱 고통 속으로 몰아넣는다.

수묵화를 그릴 때 '홍운탁월법烘雲托月法'이란 게 있다고 한다. "수묵으로 달을 그릴 때 달은 희므로 색칠을 할 수 없다. 달을 그리기 위해 화가는 달만 남겨둔 채 그 나머지 부분을 채색한다. 이것을 드러내기 위해 저것을 그리는 방법이다."(정민, 『한시미학산책』) 이 시도 그렇다. 이별의 가혹함을 통해서 지나간 사랑의 뜨거움을 말하고 있는 것이다. 비단 사랑만 그렇겠는가. 시란 결국 이것을 드러내기 위해 저것을 말하는 방식이 아닌가. 이렇게 「구월」은 '홍운탁월' 하듯이 '이별의 아픔'을 언어가 아닌 몸으로 관념이 아닌 감각으로 그려내어, 통속적인 '이별가'의 진부함으로부터 시를 지켜내면서 시인의 고유성을 확보하는 데 성공한다,

2

현대시(모더니즘시)의 중요한 특징을 들라면 첫째는 이미지가 강하다는 것, 둘째는 감각이 사유보다 우세하다는 것, 셋째는 가볍다는 것, 넷째는 무의미를 지향하고 있다는 것 등을 들 수 있겠다. 물론 이 특징들은 근대시와의 비교에서 오는 차이점이다. 그렇다면 근대시는 이 특징들의 대립항을 그 시대의 특징으로 삼는다고 보면 되겠다. 그래서 근대를 표방하는 시들은 이미지나 감각보다는 논리나 사유가 우세해서 유현幽玄하고 중후重厚하다. 그런 시들도 나름의 매력은 충분히 있으나 문예사조文藝思潮라는 이 파도는 하나의 유행이 전세적專制的으로 군림하고 장악하는 것을 허락하지 않는다. 특정한 성향의 시가 한쪽으로 쏠릴 때는 반드시 반대쪽으로 선회하면서 새로움을 추구한다. 얼핏 보면 진보와 퇴보를 반복하는 듯이 보여도 미세한 차이를 보이면서 복고하고 다시 미세한 차이를 만들면서 전진한다. 아무리 유

행은 되풀이된다고 해도 철지난 옷은 후줄근할 수밖에 없듯이 복고라고 해도 과거의 양식과 똑같을 수는 없다. 그 미세한 차이들을 딛고 미학은 진보하는 것이다. 정正과 반反을 오가면서 진보한다는 변증법의 논리는 역사뿐만 아니라 문예사조의 설명에도 유효하다.

시도 유행을 탄다. 그러나 시의 유행은 복식服飾의 그것과는 다르다. 옷은 유행을 반영해서 만들어놓은 기성을 원하는 사람이면 누구나 사 입으면 되지만, 시는 쓰고 싶다고 누구나 새로운 시를 쓸 수 있는 게 아니기 때문이다. 새로운 유행에 맞는 시를 쓰려면 일단 그 유행에 맞는 언어와 감각을 가진 시인이라야 한다. 모더니즘 시에 어울리는 언어와 감각은 이런 것이다, 라고 한 줄로 설명하기는 어렵다. 그만큼 다양하기 때문이고 저마다의 논리와 근거를 갖고 있기 때문이다. 하지만 예를 들라면 크게 힘들이지 않고 보여줄 수 있다. '사과'가 무엇인지를 설명하는 것은 힘들어도, 보여주는 것은 어렵지 않듯이.

비는 왼손잡이입니다

왼손잡이 자살하는 법, 매뉴얼을 보면서
방아쇠는 왼쪽 엄지발가락에 걸고

랄, 랄, 랄 눈 대신 비만 오는데
비 맞은 산타클로스는 어디로 갔을까

비는 흰 색입니다

저기 젖은 흰 색 봉투는 버려진 곰이거나
총 맞은 쓰레기봉투거나

타지 않는 쓰레기로 하얗게 분리된 내가
푹푹 썩어가는 중이거나

비는 비틀거리지 않습니다

한 병은 모자라고
두 병은 남고

―「비의 기분」 전문

이 시는 석민재 시가 가진 여러 특징들을 압축하여 보여준다는 점에서 대표시라 할 만하다. 그의 시의 특징이라면, 아픔이나 슬픔을 감각적이고 환유적인 어법으로 가볍고 날렵하게 표현하는 것일 터이다.

이 시는 첫 줄부터 매혹적이다. 어느 문학 계간지(『시인세계』 2007년 가을호)에서 우리나라 109명의 시인을 대상으로 조사한 「벼락치듯 나를 전율시킨 최고의 시구」에 뽑힌 구절은 김수영 시인의 "비가 오고 있다/ 여보/ 움직이는 비애를 본 적이 있느냐"(김수영, 「비」)였다. 이 시가 발표된 때가 1958년임을 상기한다면 놀랄 일이다. "비"와 "비애"라는 발음의 유사성에 "움직이는 비애"라는 역동성이 겹치면서 시에 불을 켜는 스위치 역할을 한다. "비는 왼손잡이입니다"라고 선언하는 이 시의 첫 구절도 그렇다. 비가 '왼손잡이'로 보이는 순간 차갑고 쓸쓸하게 내리는 '저곳의' 비에서 한걸음 다가와 살가워지는 '이곳의' 비로 바뀐다. 왼손잡이는 오른손잡이가 주류인 이 세계의 아웃사이드가 아닌가. 주류에 편입하지 못하고 겉도는 비는 "아파서 우는 비"(「비는 구두를 신고 온다」)의 다른 모습일 것이다. 동병상련, 아픈 나는 아픈 비를 만나 비로서 위로를 받는다.

지금 비는 내리고 '나'의 기분은 우울하다. "왼손잡이 자살하는 법" 매뉴얼을 볼 만큼. 삶의 무게로 신음하는 나는, 커다란 자루를 메고 신음하는 산타클로스를 떠올리고, 나처럼 "비 맞은 산타클로스"를 생각하지만, 표현은

"랄, 랄, 랄" 가볍다. 산타클로스를 떠올리자 비는 눈으로 보이고, 모든 것들이 눈에 덮인 듯이 흰 색으로 보인다. 불에 타지 않는 쓰레기를 수거하는 흰 색 쓰레기봉투는 총에 맞아 내장이 쏟아진 흰 곰으로 보이기도 하고, 헝겊을 내보이며 쓰러진 곰인형으로 보이기도 한다. 그리고 그 쓰레기봉투는 "타지 않는 쓰레기"인 '나'로 보인다. "한 병은 모자라고/ 두 병은 남고", 마음은 비틀거리는데 걸음은 비틀거리지도 못한다.

이 시는 왼손잡이처럼 우울하고 고집스럽고 고단한 '화자의 기분'이 비를 매개로 하여 사물이나 언어의 유사성을 따라 미끄러지는 전형적인 환유형의 시이다. 알다시피 환유적인 글쓰기는 은유적인 글쓰기의 대안으로 등장했다. 은유는 이성 중심의 근대적 폭력성에 기여한 비유법이라는 인식 아래 '종속'이 아닌 '병치' 위주의 환유를 택하게 된 것이다. 따라서 환유적인 시는 유사성에 근거하여 끝없이 미끄러지면서 하나의 고정된 의미로 고착화되는 것을 피하고 무의미를 지향한다.

고양이가 물결치듯이 걸어요
여자가 사라져요

세탁소에서 빌려온 옷은
어제 죽은 자의 것이고요

초대를 받은 자리
머리카락을 잘라 차를 끓여요

그냥 사고였어요

—「셔터를 누를 때마다」 부분

이 시도 의미를 따라가면 황당하다. "고양이가 물결치듯이" 걷는 것과

"어자가 사라"지는 것 사이에 무슨 인과관계가 성립한단 말인가. "세탁소에서 빌려온 옷"이 하필 "이제 죽은 지의 것"인 이 황당한 우연을, "초대를 받은 자리"에서 실수로 "머리카락을 잘라 차를 끓"이는 이 황당한 설정을 어떻게 받아들여야 하는가.

이 시의 황당함 역시 환유적인 시쓰기의 의도된 효과이다. 그러므로 논리적으로 설명하려고 하거나 '숨겨진' 의미를 캐내려고 하면 할수록 고통받는다. 제목처럼 "셔터를 누를 때마다" 맥락 없는 장면들이 아무런 인과관계 없이 어긋나거나 충돌하면서 황당하거나 그로테스크한 분위기를 만든다. 이 시는 '그래서'나 '그러므로' 혹은 '그리하여' 같은 접속사로 시의 극적 상황을 설명할 수가 없다. 유일하게 허용되는 접속사가 있다면 '그리고' 정도일 것이다. 이 접속사는 관여나 개입 없는 방관과 딴전의 어사이기 때문에 그나마 가능하다. 혹자는 이렇게 물을 수도 있다. 도대체 무슨 까닭으로 소통을 위한 최소한의 장치도 단서도 마련되어 있지 않은 이런 시를 굳이 쓰느냐고. 그 이유는 간단하다. 새로움을 추구하기 때문이다. 현대시에서 새로움은 선택지가 아니다. 본질이다.

닭이 죽었어요
누가 나를 만지는 느낌이 자주 들어요
침대 밑으로 굴러간 단추를 찾는 동안
누가 꽃을 가져다놓았어요
자꾸만 빨라지는 발걸음이 노래가 되고 날개가 되고
앉지도 서지도 못하는 춤이 되고
주파수가 맞지 않는 곳에서 춤을 추고 있어요
엄마는 이삿짐을 싸고 아빠는 불을 지르고 나는
못 본 지 오래된 사람들의 집으로 왔어요
비는 우릴 젖게 해요, 비는 우릴 젖게 해요,
누군가의 이름을 비처럼 부르며 젖어가는 동안

닭은 누가 죽이고 꽃은 누가 가져다놓았을까요
접시 깨지는 소리처럼 처음 발음해보는 낱말들…
이건 무중력, 이건 무기력,
끝을 느끼지 못하는 발과 칼의 무기력
별 것 아니에요
손대기 전에 툭 떨어지는 단추처럼 내 머리는 다만,

—「귀문관살」 전문

이 시는 환유라는 기법이 아닌 변화된 화자를 통해 새로움을 추구한다. ‘귀문관살鬼門關煞’이란 ‘귀신의 문이 있는 살’이란 뜻으로 사주에 귀문관살이 있으면 몸에 귀신이 들거나 잡귀가 붙기 쉽다고 한다. 그래서 누항의 속설에는 이런 살을 타고난 사람은 시신을 만지거나 영안실, 공동묘지, 상가喪家 같은 흉한 곳을 피하라고 한다. 이 시는 귀신 들린 자의 눈으로 읽으면 이해하는 데 어렵지 않을 것 같다.

예로부터 닭울음은 새벽을 부르는 탓에 귀신을 쫓는다 하여 닭은 벽사闢邪의 기능을 수행하는 동물로 여긴다. 그러므로 닭의 죽음은 불길하다. 누군가가 나를 만지고, 누군가로부터 꽃이 바쳐진다. 내 의지와 무관하게 발걸음이 빨라지면서 “앉지도 서지도 못하는 춤”을 “주파수가 맞지 않는 곳에서” 춘다. 어찌된 일인지 “엄마는 이삿짐을 싸고 아빠는 불을 지르고” 나는 “못 본 지 오래된 사람들의 집”으로 와 있다. 알지 못하는 누군가의 이름을 부르며 나는 젖어 간다. 도무지 낯선 무중력과 무기력, 내 몸의 감각을 벗어난 (칼을 타는 발의) 무기력. “손대기 전에 툭 떨어지는 단추” 같은 내 머리는 이미 내가 아닌 누군가의 몸.

이 시가 내보이는 새로움은 화자에게 있다. 동일성으로 무장한 채 시를 장악하는 기존의 주체적 화자가 아니라 무엇에 빙의되어 전혀 무기력해진 화자가 바라보는 사물과 정황의 묘사는 불길하면서 공포스럽다. 이 시의 불길함과 공포스러움은 낯익은 듯하면서도 낯설다. 귀신 모티프는 오랜 것이지만 그것을 발화하는 방식은 새롭기 때문이다.

새로움을 추구하는 방식은 다양하다. 예술이나 문학에서 새로움이란 내용이 아니라 형식의 새로움을 뜻한다. 그리고 새로운 형식은 새로운 인식에서 태어나고, 새로운 인식은 기성의 것을 거부하는 혁명적인 태도에서 비롯된다. 석민재의 시는 이런 현대미학의 인식과 태도에 빚지고 있다.

3

석민재 시의 또 다른 특징으로 주목할 만한 것은 모더니즘시와 리얼리즘시의 회통을 도모한다는 점이다. 현대시는 개인화되고 파편화된 현대인의 특성을 반영하는 탓에 공감보다는 표현에 중점을 두어 고백이나 독백으로 함몰하는 경향이 강하다. 그래서 대중성을 잃고 자폐적인 성향을 보인다. 한마디로 남의 아픔에 공감하고 위로하기보다는 내 아픔에 더 급급하여 타인의 아픔에는 소홀할 수밖에 없다는 점이다. 그러나 내 아픔과 욕망을 드러내면서도 타인의 아픔에 위로를 던지는 시를 우리는 석민재의 시에서 만날 수 있다.

> 살코기가 진열된 유리냉장고 밑에는
> 끈끈이 쥐덫이 여러 개 놓여 있다
> 핥아보고 싶은 걸 참느라 안간힘을 썼다
>
> 쥐들도 핥고 싶어 안간힘을 썼을까
> 어지럽게 쥐똥이 널려 있다
>
> 차례를 기다리는 동안 뜨개질을 했다
> 뼈 자르는 소리에 맞춰 뜨개질을 하면
> 아랫단의 실이 계속 풀려 다시 털뭉치가 되었다

누군가를 쉼 없이 찌르고 감고 조이고 뜨느라 내 어깨는 묵직하다
누군가도 나를 그렇게 하느라 어깨가 묵직할 것이다

저울에 적힌 어깨살의 무게는 750그램!
틀림없는 어깨살이라고 붉은 도장까지 찍혀 있다
누군가의 어깨가 750그램 가벼워졌을까?

주인의 얼굴은 보이지 않고 스악스악—
누군가의 정강이뼈 잘리는 소리만 들렸다
그 소리가 오금이 저리도록 좋았다

—「뼈 자르는 소리가 좋았다」 전문

석민재에게 '정육점'은 죽음으로 가득 찬 지옥도地獄圖도 아니고, "늙은 창녀의 고깃덩어리/ 피를 흘"(최승호, 「赤身」)리는 유곽도 아니다. "어지럽게 쥐똥이 널려 있"는 삶의 공간이고, "뼈 자르는 소리에 맞춰 뜨개질을 하"는 생활의 공간이다. 이곳은 내가 살기 위해 어깨가 무직하도록 "누군가를 쉼 없이 찌르고 감고 조이고 뜨"는 곳이고, "누군가도 나를 그렇게 하느라 어깨가 묵직"한 곳이다. 하지만 내가 오늘 저녁 가족들의 한 끼 식사를 위해 베어가는 750그램의 살덩어리는 단순한 식재료가 아니다. 내가 덜어가는 이 살점만큼 "누군가의 어깨가" 가벼워지길 바란다.

이 세계는 어쩔 수 없이 먹고 먹히는 먹이사슬로 얽혀 있지만, 내 고통과 함께 상대방의 고통도 같이 바라본다는 것은, 1980년대를 지나면서 우리가 까맣게 잊고 있던 소중한 가치이다. "스악스악" 정강이뼈 잘리는 소리는 내 것일 수도 있고, 상대의 것일 수도 있다. "그 소리가 오금이 저리도록 좋"은 것은 가학적 쾌감일 수도 있고 피학적 쾌감일 수도 있다. 중요한 것은 '학대'를 통해서라도 '원죄'의 무거움을 덜고 싶어하는 시인의 윤리의식이 아닐까.

'정육점精肉店'이라는 공간은 생과 사의 대비가 강렬한 곳이다. '죽음'이 자

본주의의 원리에 따라 기능하고 작동하는 곳이다. 작고한 어느 평론가는 우리 시가 1990년대에 들어서면서 1980년대의 이데올로기를 버리는 대신 '정육점'을 선택했다고 진단했다. 그는 "왜, 고기/정육점/푸줏간이 1990년대에 와서 새삼스레 중요한 대상으로 부각한 것일까?" 자문한 후 이렇게 정리했다. "1980년대를 떠받치고 있던 이데올로기 문제가 시사의 전면에서 물러나자 인간의 본능적 욕망이 1990년대의 주요 테마로 떠오르기 시작하는데, 고기의 육체성/반생명성은 그것을 형상화하는 중심 제재로 활용된다."(김양헌, 『푸줏간의 물고기』)

그는 시인들이 인간성의 상실과 황폐화를 상징적으로 보여주는 공간으로 정육점/푸줏간을 선택했다고 본 것이다. 그의 주장처럼 "저녁은 곧 베어먹을 수 있는 고기처럼 검붉어/ 낯설은 비애의 냄새로 가득한 정육점만/ 길가에 즐비"(송재학, 「오래 전부터 저녁은」)한 채 1990년대가 갔다. 그리고 1990년대는 자신이 풀지 못한 숙제를 떠안기듯이 2000년을 넘겨주었고, 그로부터 다시 10여 년의 세월이 지났다. 그리고 마침내 우리는 석민재의 '정육점'을 만난 것이다.

4

석민재의 시는 아프다. 온몸의 통점들이 모스부호처럼 무슨 말인가를 타전하려 애쓰지만 제대로 전송되지 못한 채 떠돈다. 그래서 절박하다. 절박한 것들은 그 절박함으로 인해 다급하고 무겁게 마련인데 그의 시는 절박함으로 오히려 가볍다. 때로는 체념의 포즈로, 때로는 달관의 포즈로 절박함의 끝에서 절박함과 맞서기 때문이다. "발이 닿아서 죽을 수도 없었던 아침에도" 밥을 먹듯이(「구월」), "한 병은 모자라고/ 두 병은 남"는 흐릿한 취기로 죽음의 유혹과 맞서듯이(「비의 기분」), "누군가의 정강이뼈 잘리는 소리"가 오금 저리게 좋듯이(「뼈 자르는 소리가 좋았다」), "손대기 전에 툭 떨어지는 단추처럼" 내 목숨에 연연하지 않듯이(「귀문관살」), 그는 절박한 순간에도 희망을 잃지 않는다. 가장 절박한 순간에 스스로를 내려놓고 자기를 몰아붙이는 그것들에게 손을 내민다. 마치 자신을 내리치는 칼을 기꺼이 두 손으로 받드는 도마처럼. 그의 시가 편편이 주검으로 넘쳐나는데도 따스한 체온이 느껴지는 이유는 이런 태도와 무관하지 않으리라.

그의 시는 갈 길이 멀다. 어디로 갈지, 어떻게 갈지, 얼마나 갈지 짐작도 못할 것이다. 다가올 시간이 불안하고 두려울 것이다. 하지만 "시가 아닌 것은 쓰지 않겠"(『시와사상』 2015년, '신인상 수상 소감')다는 그의 각오가 불안과 두려움을 이길 것이다. 그는 자신의 시를 믿는 만큼 멀리 뻗어갈 것이고, 자신의 시를 의심하는 만큼 크게 성장할 것이다. 그리고 가장 처절하게 실패하는 순간 가장 빛날 것이다. 시인이란 실패로써 구원받는 존재이고, 죽어야 살 수 있는 운명이기 때문이다. 이를테면 "팔이 없는 아이가/ 팔굽혀 펴기를"(셔터를 누를 때마다」) 하듯이 말이다. ■

제3부

고백의 다양한 양상

극북極北에 그린 '모래만다라'
— 김언희 시집 『보고 싶은 오빠』

무심함으로써 심오해지는 역설의 시학
— 김효숙 시집 『나의 델포이』

소멸을 바라보는 세 가지 방식
— 김령 시집 『어떤 돌은 밤에 웃는다』

시의 '가치' 혹은 '같이'의 시
— 김진희 시집 『거미에 기대어』

무언 혹은 무심하게 말하기
— 윤덕 시집 『팬터마임』

시로써 죽음과 맞서는 경이
— 김규정 시집 『넋두리』

'순간'에 점심點心하려는 '시간의 예술'들
— 김광기 시집 『시계 이빨』, 임동확 시집 『길은 한사코 길을 그리워한다』

극북極北에 그린 '모래만다라'

— 김언희 시집 『보고 싶은 오빠』

1

> 아마도/ 김 선생은 〈해체〉될 것이오./ 힘을 빼면 뺄수록 해체는/ 빠르고 깊게 진행될 것이고,/ 한번도 소리내어보지 못한 건반들이/ 내는 소리를 듣게 될 거요./ 아무 〈생각〉하지 말고,/ 자신의 해체를 즐겨요./ 하이너 뮐러의 『햄릿 기계』부터 읽어보고/ 그 느낌을 메일로 보내주오./ 김 선생의 〈머리〉는 일단 잘라/ 불단佛壇 위에 모셔두었으니/ 이제 마녀의 가마솥 안으로 한번/ 뛰어들어봐요.

이것이 십수 년 전 김언희 선생님께서 보내주신 첫 메일이다. 선생님과 나는 자주 메일을 주고받았다. 선생님은 나에게 시를 가르쳐주신 스승이시다. 내가 거주하는 곳과 선생님이 계신 진주는 차로 한 시간 정도의 거리였지만 내 직장 때문에 자주 만날 수 없는 탓도 있었고, 자주 만난다고 왕도가 있는 것도 아닐 터였다.

아무튼 그렇게 해서 나는 선생님에 의해 '해체'되기 시작했다. 하지만 '해체'는 쉽지 않았다. 해체되려면 힘을 빼야 할 텐데 '힘을 빼야 한다'는 그 강박 때문에 더 힘이 들어갔고, '생각'을 하지 말라고 했지만 '생각하지 말라'는 그 생각까지 얹혀서 생각되었다. 이미 굳어진 내 머리는『햄릿 기계』를 읽어도 '기계'가 되지 못했고, 선생님은 '생각'을 지우기 위해 내 '머리'를 잘랐다고 하셨지만 나는 '히드라'처럼 잘린 자리에 더 많은 머리가 생겨났다. '머리'라는 신체 부위는 내가 '마녀의 가마솥'으로 뛰어들어 해체되는 걸 막는 가장 큰 장애였다. 해체가 제대로 진행되지 못한 탓에 재구성된 나는 선생님께서 애초 의도하셨을 내가 아니었고, 나는 나대로 선생님은 선생님대로 힘들었다. 굳이 이렇게까지 해야 시가 되는 거냐고 투덜대는 나에게 선생님께서 보내신 메일은 이랬다.

> 시는 보행이 아니라, 춤이오./ 이를테면 나는/ 김 선생의 춤 선생,/ 블루스를 배울 때와 똑같이, 이유를 묻지 말고/ 그냥 몸을 맡겨요, 춤 선생한테./ 좋은 시는/ '춤'이라는 걸 절대 잊지 마오./ 춤이 안 되거든, 절름거리기라도 해야 한다는 걸.

'춤이 안 되거든 절름거리기라도 해야 한다'는 선생님의 가르침은 매서웠다. 그만큼 내 시는 뻣뻣했고, 반듯했고, 그래서 숨막혔다. 선생님의 메일은 선생님의 시처럼 행이 짧으면서 단호했고, 매몰찼고, 때로는 우스웠다. 이왕 소개한 김에 선생님의 메일을 좀 더 보자. 사적으로 보낸 메일을 공개한다는 게 선생님께는 죄송스럽지만.

> 내가 하는 생각, 내가 하는 말은/ 백 프로 상투적인 것들이오./ 쓰나 마나, 읽으나 마나 한 것들이게 마련이오./ 우리 모두 그렇소./ 나 이상이 쓰거나/ 나 이하가 쓰도록 해야 하오./ 예술의 불구대천 원수는 바로 '나'요./ 그 '나'/ 틈만 있으면 독사 대가리를 치켜들고 나오는 나, 나, 나, 나를 쳐죽여야 하오./ 대가들의 작품은 사다리요./ 척살 맞을 나를 피해/ 나 이상이거나/ 나 이하로 데려가주는.

나는 시를 애드리브라 믿소./ 대본에도 각본에도 없는/ 검열도 준비도 안 된 무의식의 발현, 툭 튀어나오는 것,/ 그래서 이물스러운 것, 느닷없는 돌기, 그것이/ 시라 보오. 그래서 나는 시를 읽을 때/ 애드리브만 읽소./ 의미고 나발이고 오직 그게 시니까.

혁대를 풀어버리소./ 흘러내리는 바지를 엉거주춤 걸치고/ 당연히 궁둥이는 뒤로 쭉 빼고/ 똥 누고 일어서는/ 그 순간이/ 시요.

'나'의 말들은 죽이고 애드리브로 쓰라는, 오래된 절간의 낡은 해우소처럼 양쪽 발밑의 삐걱대는 불안을 딛고 똥 누고 막 일어서는 그 자세로 써야 한다는 선생님의 메일은 오랜 시간이 지난 지금 다시 읽어도 아프다. 자상한 마음이 단호한 어조를 만나서 회초리처럼 종아리를 후려친다. 하지만 이래도 저래도 제자의 시가 진척이 없자 초현실주의 그림을 보여주기도 하고, 합천 화양리의 용틀임하는 소나무 밑으로 데려가기도 하고, 와온의 바닷가로 데려가서 장엄한 낙조 앞에 세우기도 하고, 심지어 시의 씨가 될 만한 영화의 비디오테이프나 씨디를 구해주기도 하셨다.

〈파리, 텍사스〉는/ 라이 쿠더의 기타가 기가 막히지 않습디까?/ 나는 그 영화를 자주 못 보오./ 가슴이 미어져서.

그럼에도 좀체 '나'는 죽지 않았고, 내 혁대는 버클을 용접이라도 한 듯이 풀어지지 않았다. 그런데도 선생님을 찾아가서 시를 공부하는 날은 마치 데이트하러 애인을 찾아가는 사람처럼 설렜다. 내가 사는 시골의 작은 꽃집에 들러 그 집에서 가장 싱싱하고 예쁜 꽃으로 만든 꽃다발을 들고 선생님 댁의 초인종을 눌렀다. 그러던 어느 날 선생님한테서 이런 메일이 왔다.

올 때 제발 부탁이니/ 꽃은 들고 오지 마오./ 나는 정말로 그 중음신들을 못 견뎌 그러오./ 죽은 것들이 뿜어내는 요요한 음기를/ 그 중음의 기운을/ 내가 못 견뎌 그러오.

2

선생님은 자상하셨지만 선생님의 시는 난감했다. 아무런 망설임도 일말의 주저함도 없이 극단으로 달려가버리는 선생님의 시는 읽을 때마다 어떤 벼랑 끝에 매달린 느낌이 들었다. 거기에는 기존의 윤리나 도덕이 관장하는, 최소한의 상식이 존재하는 그런 곳이 아니었다. 우리 시에서 지금껏 만난 적이 없는 온갖 비속어와 난교와 패륜과 살육과 신성모독으로 넘쳐났다. 이런 선생님의 시를 불편하게 여긴 정도가 아니라 불쾌하게 여긴 사람들은 급기야 선생님을 불온하게 바라보기 시작했다. 첫 시집 『트렁크』가 나오고 나서 겪으신 고초와 암울했던 시간을 나는 짐작조차 하기 어렵다.

선생님의 시를 가운데 두고 격하게 벌어진 찬반논쟁은 독자들의 호기심과 세인들의 관음증을 충족시키며 흥미로운 가십거리가 되었을지는 몰라도 정작 선생님과 선생님의 시는 만신창이가 되고 말았다. 그로부터 어느 정도 시간이 지났을 무렵, 한 문예지의 청탁으로 선생님과 대담할 기회가 있었다. 나는 그 자리에서 당시의 심정부터 여쭈었고, 선생님은 한동안 생각에 잠기시더니 짧게 대답하셨다.

> "선택의 여지나 대체의 여지가 없는 것에 대해서라면 비난이건 찬사건 무슨 의미가 있을는지…"(『시와세계』 2005년 겨울호)

선생님에게는 그렇게 쓰는 길 말고는 다른 고려나 선택의 여지가 없는데 아무리 왈가왈부한들 그게 무슨 의미가 있겠냐는 말이다. 내 질문은 한마디로 우문愚問이었다. 선생님에게 언어의 선택은 곧 세계의 선택이었고, 선생님의 시는 곧 선생님이 세계를 이해하는 방식이자 그 이해의 결과였던 것이다. 그만큼 선생님의 시는 선생님의 세계 자체였고, 그 세계는 고통스러운 시간들로 인해 더욱 견고하게 담금질이 되었다. 하지만 겉으로는 한없이 부드러웠다. 자그마한 체구 어디에 그런 강단이 숨겨져 있을까 믿어지지 않을 만큼 단아하고 조용하고 조곤조곤하셨다.

> "이 단아한 시인의 진주사투리는 섬세하고도 강인하다. 강철 꽃잎이 아닌가. 구어체만으로도 그녀는 살아 움직인다. 질겅질겅 씹어야 소화되는 시적 언어들을 숨기는 조곤조곤한 그녀의 입말은 쉬이 짐작할 수 있는 부분이 아니다."(송재학, 『발견』 2015년 봄호)

선생님의 이런 모습 때문이기도 하겠지만 많은 동료 시인들이 선생님을 좋아한다. '내유외강內柔外剛'이 아니라 '내강외유內剛外柔'의 선생님에게서 어떤 에너지를 충전받는 것 같았다. 재미있는 것은, 끔찍해하고 난감해하면서도 선생님의 시를 좋아하는 열혈 독자들이 의외로 많다는 것이다. 선생님의 시집은 발간되는 족족 꾸준히 쇄를 거듭하며 팔려서 선생님 자신도 의아하게 여기실 정도였다. 아마도 선생님의 시집에서만 느낄 수 있는 어떤 중독성이 '김언희마니아'를 만들지 않았을까 싶다.

이런 중독성의 배후에는 어떤 각도에서 읽어도 넉넉한 해석의 지평을 제공하는 기이하고 독특한 텍스트가 있다. 선생님 시의 기이함이나 독특함은 직설적이고, 명쾌하며, 집요한 어법에서 기인한 바가 크다. 그래서 엄살이나 내숭이 들어설 여지가 없다. 오죽했으면 선생님의 시를 두고 "이전의 여성시 대부분을 내숭으로 만들었고 이후의 여성시 상당수를 아류로 만들어 버렸다"(신형철, 『몰락의 에티카』)고 했을까. 그리고 그 이면에는 풍자와 해학이, 유머와 위트가 '숨은 그림'처럼 곳곳에 감춰져 있어서 독시讀詩의 즐거움을 아는 독자라면 빠져들 수밖에 없다. '숨은 그림'은 이런 식이다.

> 내 개는 나를
> 제 개라고

소개한다 길에서 만난 개에게

―「피치카토」 부분(『말라죽은 앵두나무 아래 잠자는 저 여자』)

금일

나는 메일로 신탁을

받았지; 아무것도 기다리지 마, 병신아

아무것도 안

기다리는데

병신!

―「컴배트」 부분(『뜻밖의 대답』)

똥구멍에 대고 애국가를 불러준 건

사 절까지 불러준 건

당신이

처음이었어요

―「여름 고드름」 부분(『요즘 우울하십니까?』)

3

선생님의 시는 거침없는 표현과 사유, 진보적인 미학과 태도 등으로 인해 진작부터 '전위'로 분류되었다. 그리고 그런 문단의 평가에 대해 일정 부분 합의를 이룬 것처럼 보인다. 내가 보기에도 선생님은 세계에 대한 끊임없는 의심과 철저한 자기 부정, 언어에 대한 회의와 그것을 넘어서고자 하는 욕망 등으로 미루어볼 때 충분히 '전위적인 시인'이시다. 하지만 과연 선생님께서는 이런 세간의 평가에 대해 수긍하실까. 아마도 부정하실 것이다. 어쩌면 전위든 후위든 그런 것에는 아예 관심조차 없으실지도 모른다. 내가 아는 선생님은 그저 혈혈단신, 적수공권으로 이 세계와 맞서는 '치열한 단

독자'로 남고자 하실 것이기 때문이다.

첫 시집『트렁크』가 나왔을 때 주위에서는, 도대체 두번째 시집을 어떻게 내려고 첫 시집부터 그렇게 극단까지 가버렸느냐고 우려했다. 그러나 선생님은 지금까지 거의 오 년 간격으로 꼬박꼬박 시집을 내셨고, 매번 그 시집이 그때까지의 극단이었다. 이번이 다섯 번째 시집이고 다섯 번째 극단이다. 선생님의 시가 '전위'라면, 그건 시를 넘어 삶과의 전면전을 치른 '사투'의 다른 이름일 것이다. 그래서 선생님의 시에서는 직유든 은유든 모든 비유는 사라지고, 원관념이든 보조관념이든 관념 자체가 들어설 여지가 없었다. 그 결과 오로지 행위와 정황과 묘사만 남았다. 그러니 한 방울 눈물조차 떨어질 여지도, 눈곱만 한 들꽃조차 피워낼 습기도 없었다.

언제부턴가 나는 하드보일드한 선생님의 시에 서정성이 곁들여진다면 어떨까 생각했다. 여기서 '서정성'이란 개념의 범위를 좁혀 멜로적인 요소나 신파적인 통속성을 말한다. 선생님의 시가 습기를 머금는다면 시의 표정이 어떻게 바뀔까 궁금했기 때문이다. 그런데 이번 시집에서는 희미하면서도 선명한 어떤 서정성을 느낄 수 있었다. 알다시피 선생님의 시를 읽으면서 '울컥'하는 느낌을 갖기란 기이한 경험에 속할 테니까. 그런 탓에 이번 시집은 묘한 친근감을 준다. 다음과 같은 구절들이 그렇다.

> 그래도, 오빠, 내 맘은, 내 마음은 아직 붉어, 변기를 두른 선홍색 시트처럼, 그리고 오빠, 난 시인이 됐어, 혀 달린 비데랄까, 모두들 오줌을 지려, 하느님도 지리실걸, 낭심을 꽉 움켜잡힌 사내처럼, 언제 한번 들러, 오빠, 공짜로 넣어줄게
>
> —「보고 싶은 오빠」 부분

> 여자의 완성이 얼굴인 나라에서 왔어요 여자의 피부가 신분인 곳에서요 (…) 빗방울에도 살이 패이는 눈사람의 목소리로 귀여운 물방울의 목소리로 시를 쓰다 왔어요 르 흘레 드 랑트르꼬뜨 흘레 앞에도 '르'가 붙는 이 유

명한 맛집까지요

—「르 흘레 드 랑트르꼬뜨」 부분

이모들은 다 어디로
갔을까

(…)

언니 보지 코 고는 소리에 밤새 잠을
설쳤어! 니 보지 가래 끓는 소린
어떻고! 아침부터
왁자하던
큰꽃으아리들은

—「이모들은 다」 부분

4

이번 시집을 읽으면서 나는 선생님 문학의 어떤 '절정'을 봐버린 느낌이었다. 더 이상 어떻게 해볼 도리가 없는 하나의 궁극, 내려올 일밖에 없는 '정상' 말이다. 이 표현이 선생님의 시를 한계 짓는 듯한 오해를 초래할 수 있다면, '집약'이라고 고쳐서 말해도 좋다. 그동안 선생님께서 천착하셨던 모든 작업들의 '집약' 말이다. 그만큼 이 시집을 구성하는 1, 2, 3, 4부는 각각 한 권의 시집이라고 봐도 좋을 만큼 독립성과 완결성을 담보하고 있다.

선생님의 다른 시집들도 그렇지만, 특히 이번 시집은 쉽고 편안하게 읽어 넘길 수 있는 시가 단언컨대 한 편도 없다. 편편이 고문대이거나 지옥도이고, 헤어나오기 힘든 의미의 늪이거나 사유의 미궁이다. 이 '지옥'과 '미궁'의 끝에는 두 개의 극점이 있다. 하나는 「극북極北」이고 다른 하나는 「중천中天」이다. 「극북」의 세계는 더 이상 뻗어갈 수 없는 상상력과 언어의 극점이고,

모든 것의 끝, 끝의 끝이다. 그래서 단 한 줄의 산문적 해석도 허락하지 않는다. 치를 떨게 하는 묘사만 있을 뿐이다. 그리고 그 반대쪽에 '극남極南'이라 할 수 있는 「중천」의 세계가 있다. 여기서는 "목구멍에서 똥구멍까지" 환하게 녹아 흐르는 "금 즙"과 "금즙金汁"이 있다. 하지만 해석이 닿을 수 없는 미궁이기는 마찬가지다. 이 두 극점 사이에 선생님만의 '만다라'가 펼쳐져 있다.

그리고 이번 시집에는 눈에 띄게 '죽음' 시편들이 많다. 그럴 만한 이유가 있다. 선생님께서는 네 번째 시집과 이번 시집 사이에 모친을 여의셨다. 평생을 모시고 살던 모친의 죽음을 겪어내면서, 십여 년 동안 모친의 길고 아득한 죽음을 홀로 바라지하면서, 마침내 그 죽음을 홀로 감당하면서 얼마나 이를 악물었겠는가. 그래서 이번 시집의 3부는 죽음에 바쳐진 시편들로 미만彌滿하다. 거기에는 '어머니'의 죽음과 선생님의 죽음이 겹쳐져 있다.

또 하나 이번 시집에서 주목할 만한 특징은 예전의 시집에서는 느끼기 힘든 그늘이 보인다는 점이다. 그 그늘은 어떤 미련도 욕망도 지워버리고 표표히 산문山門을 나서는 선승의 뒷모습 같은, 피로하면서도 서늘한 실루엣으로 감지된다. 이를테면 다음과 같은 시가 그러하다.

하는 수가 없어 나는
나의 배를 가른다
가른 배를 마리나 앞에 열어보인다 마리나는 토한다

하는 수가 없어 나는 나의 늑골을 톱질한다
섬벅섬벅 뛰는 심장을
꺼내

마리나의 손에 쥐여준다 마리나는 기절한다

달은 여태 푸르고 마리나는 깨어나지 않고 여태 나는
살아 있다 등 뒤에서 목을
쳐주기로 한

당신은

언제
오는가?

—「푸른 고백」 부분

왜 나는 이 시에서 '마리나'를 '제자'나 '독자'로 읽는가. 그리고 왜 그렇게 읽히는가. 시인은 어떤 진실을 알리기 위해 독자들에게 자신의 배를 갈라서 보여주었는데 심약한 독자들은 가른 배만 보고 토하고 말았으니, 스승은 제자에게 무언가를 전하고 싶어서 늑골을 톱질하고 심장을 꺼내 쥐여주었는데 제자는 기절해서 깨어나지를 않으니 이젠 뭘 어떻게 한단 말인가. 달은 아직도 푸른데, 마침표를 찍어줄 '당신'은 오지 않는데.

이렇듯 선생님의 '푸른 고백'에서는 체념의 안타까움과 달관의 서늘함이 동시에 느껴진다. 하긴 왜 안 그렇겠는가. "문장은 자석처럼 공포를 끌어당기고 공포는/ 쇳가루처럼 망막에 달라붙는데" 끝끝내 "마침표는 문장의 끝에서// 단두대 아래 놓인/ 바구니처럼"(「.」) 기다리고 있는데.

선생님은 여행을 좋아하신다. 틈만 나면 여행을 떠나신다. 그런데 선생님의 여행은 관광이나 휴양과는 거리가 멀다. 험지나 오지를 찾아가서 자신의 육체를 학대하는 것으로 정신을 벼리는 고행苦行에 가깝다. 그래서 돌아오실 때는 빈사상태가 되어 있기 일쑤다. 언제였는지 모르겠다. 제자들과 시를 공부하던 자리였을 것이다. 선생님은 혼잣말인 듯 중얼거리셨다.

"나에게 시쓰기는 모래만다라 같은 거예요. 다 그리고 나면 빗자루로 깨끗이 쓸어버리는 거. 내가 재가 되어 흩어질 때 내 문장들 역시 재가 되어 흩어졌으면 좋겠어요. 중들은 새벽에 절 마당을 비질할 때 발자국을 남기지 않으려고 뒷걸음치며 비질을 하잖아요. 나도 그렇게 내 존재를 흔적 없이 비질해놓고 가고 싶어요."

시집 원고를 정리해서 서둘러 출판사에 넘겨주고 지금쯤 여행 배낭을 꾸리고 계실지도 모르겠다. 생니가 뽑히는 고통 속에서 그려놓은 '모래만다라'를 깨끗이 쓸어버리고 지워버리기 위해 오지로 떠나실 것이다. 그리고 독자들은 그 '모래바람' 속에서 기꺼이 길을 잃을 것이다.

선생님은 이렇게 다섯 번째 시집을 내시고, 나는 다섯 번째 절망한다. 솔직히 이 시집의 발문은 무슨 핑계를 대서라도 피하고 싶었다. 선생님의 보폭을 바라보는 것만으로도 현기증이 나고 숨이 찬데 무슨 낯으로 제자랍시고 발문을 쓴단 말인가. 하지만 선생님의 회초리는 늘 이런 식이다. 도망치려 할수록 더 세게 맞는다. 아니나 다를까, 이 글을 맺을 즈음에 선생님의 메일이 당도했다.

김 선생!/ 지금까지는/ 몸풀기였소. 이제부터/ 시 좀/ 써봐야 하지 않겠소?

무심함으로써 심오해지는 역설의 시학
— 김효숙 시집 『나의 델포이』

1

김효숙 시인의 『나의 델포이』는 '죽음'에 대해서 집착하고 천착하는 시집이다. "삶과 죽음은 늘 이웃하고 살지만 찰나에 선을 긋는다"(「유언도 없이」)는 인식이 시집의 전편에 걸쳐 진하게 깔려 있다. 시집에 수록된 총 70편의 시 중에서 죽음이나 소멸을 연상하게 하는 시가 20여 편, 직접 죽음을 언급하는 시가 10여 편, 죽음에 대해 깊게 사유한 시가 5편 내외이다. 그리고 나머지 시들도 생명력이나 생동감과는 거리가 있다.

대체로 시에서 '죽음'이란 낱말이 빈번하게 등장할 때는 시인이 치열할 때이다. 시라는 형식에 대해서, 시에 임하는 자신의 태도에 대해서, 시를 통한 존재론적 물음에 대해서 가열한 의식을 가지고 회의하기 때문이다. 이런 시(인)들은 겉으로는 '죽음'에 집착하는 것처럼 보이지만 사실은 '죽음'을 통해서 '삶'을 통찰하고 사유하려는 의지가 더 강할 때가 많다. 김효숙 시인의 이번 시집도 이런 일반적인 경향에서 크게 예외는 아니다.

그런데 특이한 것은 죽음이나 늙음, 병마로 인한 고통 등 시의 분위기를 어둡게 만드는 직접적인 원인들은 뒤로 슬며시 감추고, 그것들로 인해서 바뀐 어떤 결과를 넌지시 내보이는 제스처 때문에 시가 약간 낯설게 보인다는 점이다. 마치 딴전을 피우는 듯한 이 제스처는 은유나 환유 같은 수사법이 그 역할을 수행하는 게 일반적이지만, 시인 특유의 화법이나 독특한 시각이 은연중에 그런 역할을 수행할 때가 있다. 이럴 때의 제스처는 차라리 태도에 가깝다.

몸이 가벼워지고부터, 바닥을 살피며 걷게 되었다
바닥에 사는 것들을 의식하며 걷게 되었다

누가 꽃댕강나무 꽃 모가지 꺾는 걸 봐도
아무렇지도 않게 되었다

붉은 것들은
모두
제가 감당해야 할 몫이 있지

마음 언저리 맴돌던 생각을 내려놓은 후

젊어서 지는 동백을
안타까워하지 않게 되었다

쉽게 사라지는 노을을 탓하지 않게 되었다

노을의 집 너머, 그 너머를
마음에
두게 되었다

—「몸이 가벼워져서」 전문

유명세를 치르듯이 젊고 예쁘고 아름다운 것들은 스스로 "감당해야 할 몫이 있"다는 게 얼핏 보면 이 시의 주제인 것처럼 보인다. "마음 언저리 맴돌던 생각을 내려놓은 후"부터는 "젊어서 지는 동백을" 보고도 안타까워하지 않게 되었고, "쉽게 사라지는 노을을" 아쉬워하지 않게 되었고, "노을의 집 너머, 그 너머"의 어둠을 "마음에/ 두게 되었다"고 했다. 현상보다는 본질적 가치에 더 관심을 갖게 되었다는 뜻으로 이해되기도 하고, 그만큼 시인의 인식이나 사유가 깊어졌다는 뜻으로 보이기도 하다.

그런데 우리가 주목해서 봐야 하는 부분은 시가 시작되는 서두이다. 시인은 인식적 가치의 심화가 아니라 이렇게 인식하게 된 연유에 대해 말하고 싶어하는 것 같기 때문이다. 만약 인식이나 사유를 통한 통찰을 말하고 싶었다면 사족으로 보일 수 있는 1, 2연을 생략하고 3연에서 바로 시작했을 것이다. 그러면 시가 훨씬 선명하고 단정해졌겠지만 시인이 의도한 건 그게 아니었던 것 같다.

"몸이 가벼워지고부터, 바닥을 살피며 걷게 되었다"고 했다. 이게 무슨 뜻일까? 다이어트를 해서 몸이 가벼워졌다는 걸까? 그 다음 행에서 "바닥에 사는 것들을 의식하며 걷게 되었다"고 했다. 평소 무심했던 것들에 관심을 갖게 되고, 그것들을 의식하게 됐다는 건 시인에게 어떤 문제가 발생했다고 볼 수 있다. 그 문제의 결과가 '몸이 가벼워졌다'는 건 '몸이 쇠약해졌다'고 해석하는 게 자연스러울 것이다.

어떤 이유로 건강이 안 좋아서 몸이 쇠약해졌고, 그때부터 걸을 때에도 바닥에 집중하게 되었고, 그러다보니 바닥에 사는 것들을 의식하게 됐다고 볼 수 있다. 그런데 그 의식의 결과가 예민해졌다는 게 아니라 심오해졌다는 게 중요하다. 예전에는 "꽃댕강나무 꽃 모가지 꺾는 걸" 보면 화가 났는데 이젠 "아무렇지도 않게 되었다"는 것이다. "마음 언저리 맴돌던 생각을 내려놓은 후"란 바로 현상보다는 본질을, 당면보다는 궁극을 생각하게 됐다는 뜻일 테다. 그 결과 붉은 것들은 저마다 감당할 몫이 있다는 보편적 깨달음에 이른 것이리라. 그래서 시의 제목이 '붉은 것들'이나 '노을의 집'이 아니라 '몸이 가벼워져서'인 것이다.

이 시에서 단적으로 보여주듯이 김효숙 시인은 섣부른 통찰로 보편적 진리를 서둘러 보여주기보다는, 자신의 아픔에 주의하면서 그것들이 바꾸어 놓은 사소한 변화에 집중한다. 그의 시가 죽음이나 소멸을 노래하는 것처럼 보이지만 실은 삶에 더 천착한다고 판단하는 근거는 시의 정면에서 5도 정도 비켜서는 시인의 이런 태도 때문이다.

2

죽음에 대해 종교나 철학, 인문학 등이 그동안 축적해온 사유나 연구는 풍성하고도 유현하다. 죽음을 삶의 끝으로 보는 입장부터 삶의 완성으로, 혹은 삶의 연장으로 보는 입장까지 다양하다. 심지어는 죽기 위해서 사는 것처럼 보일 만큼 죽음에 더 큰 비중을 두고 천착하는 시각도 있다. 죽음을 극복하지 못하면 삶을 제대로 살 수가 없다고 보는 그들의 논리나 사상도 충분히 존중할 만하다. 김효숙 시인도 일상의 도처에서 죽음을 만나거나 기다린다.

메타세쿼이아는 하늘바라기
키가 크다 하늘바라기 새 잎이 나기도 전에 허리께가 잘려져버렸다
폐허에 줄지어 선 신전 기둥 꼴이다
나무 따라 언덕을 오르니 작은 운동장이 나온다
인적 끊긴 지 오랜 듯 농구 골대 아래엔 풀들이 무성하고
간간 새소리만 들린다
힘든 시절이 끝나긴 할 건가?
나는 속엣말을 꺼내 땅바닥에다 끄적인다
나무기둥에다 돌멩이로 '너 자신을 알라'고 써본다
운동장은 신전이 될 수 없고
신전에 신이 살지 않는 건 익히 알고 있다

운동장을 한 바퀴 돌고는
벤치에 앉아
이제 기다려야 할 것은 오직 죽음이라고 되뇌어 본다

엊그제 들른 성당에서도
하느님은 몇 개월째 출타 중이셨다

—「나의 델포이」 전문

지금 시인은 메타세쿼이아가 "폐허에 줄지어 선 신전 기둥"처럼 "허리께가 잘"린 채 서 있는 학교 진입로를 오른다. 방학 중인지 코로나로 인한 휴교 중인지 "인적 끊긴 지 오랜 듯 농구 골대 아래엔 풀들이 무성하고/ 간간 새소리만 들"리는 곳이다. "힘든 시절이 끝나긴 할 건가?" 이 혼잣말은 학교가 텅 빈 이유를 말하는 것 같기도 하고, 어렵게 하루하루를 견디는 나를 위로하는 말 같기도 하다. 시인은' "나무기둥에다 돌멩이로 '너 자신을 알라'고 써본다". 알다시피 "너 자신을 알라"는 이 유명한 말은 소크라테스가 남긴 경구로 더 많이 알려져 있지만 사실은 델포이에 있는 아폴론 신전에 적힌 말이다.

하지만 "운동장은 신전이 될 수 없고", 신전이 될 수 있다고 한들 "신전에 신이 살지 않는 건 익히 알고 있"는 이 시대의 상식이다. 학교에는 학생이 없어서 풀들이 무성하고, 잘린 나무가 아폴론 신전의 기둥처럼 장엄하지만 학교가 신전이 될 수는 없고, 신전이라고 해도 이미 신이 사라지고 없는 불모의 시대에 시인은 "이제 기다려야 할 것은 오직 죽음"뿐이라고 되뇐다. 우리가 죽음을 극복하고 견딜 수 있는 힘은 죽음의 바깥에 있는 영생을 사유하기 때문이고, 그것은 신이 있어야 가능한 일일 터. 신이 없으면 영생을 생각할 수 없으니 기다릴 건 죽음밖에 더 있을까. 심지어 성당에 들러도 "하느님은 몇 개월째 출타 중"이시니 어디에서 누구로부터 어떻게 구원을 받으랴? 이 시는 마치 "신이 부재한 시대에 시인의 몫은 무엇인가"를 고민했던 휠덜린을 떠올리게 한다.

이 시도 앞의 시와 맥을 같이 한다. 폐허의 신전 같은 학교를 배경으로 '신이 부재한 시대'의 불안과 우울이 느껴지는 게 아니라 오히려 죽음을 기다리는 자의 담담함이 느껴진다. 신에게 기대지 않고 스스로의 의지로 죽음의 두려움을 견디려 하는 시인의 결기를 말에 힘을 뺀 채 슬며시 지나가는 투로 풀어내는 방식이 예사롭지 않다.

3

이처럼 그의 시는 통찰과 직관에서 건져올린 경구로 번뜩일 때도 있지만, 그 광채를 지우기 위해 허둥댈 때도 있다. 습작에 몰두하는 예비시인들에게 선배시인들이 농반진반 알려주는 시작의 노하우 중에 '도통하지 말자!'는 말이 있다. 마치 도통한 듯이 시에 경구나 통찰을 남발하면 시적 감동이 휘발하게 된다는 뜻이다. 그렇다고 너무 징징거리거나 엄살을 부려도 독자들이 질리게 된다. '독자'라는 관념적 대상을 만족시키려고 애쓰는 일은 보이지 않는 깨달음을 얻기 위해 수행하는 일만큼이나 인내가 필요하다. 마치 개울의 몽돌처럼 "물싸대기 맞아가며"(「둥근 돌」) 스스로를 깎는 일이 시쓰기의 처음이자 끝이 아닐까.

돌이나 사람이나
오래 구르다보면 모서리가 닳아 쥐기 편해진다

내 어릴 적 개울가에서 소꿉 살 때
쥐기 편한 돌로 풀을 찧다 깨진 돌에 다쳐 피 흘린 적 있다
물싸대기 맞아가며 개울을 굴러다니던 돌이었다
관골만 남은 돌이었다
얼른 쑥 뜯어 손을 싸맸지만
깨진 돌 속엔 모서리가 숨어 있었고

칼날처럼 삐죽했었다

구르고 굴러서 둥글어진 것들은
깎인 모서리를 제 속에다 쟁인다는 것을 그때 알았다

모 없는 사람이 한번씩 폭발하면
속엣것을
화산처럼 뿜어내기도 한다

—「둥근 돌」 전문

이 시는 과거와 현재를 조이고 풀면서 시를 불러오고 단단한 통찰을 이끌어내고 다시 그것을 휘저어서 흐리게 만드는 일련의 과정을 잘 살펴볼 필요가 있는 작품이다. 1연의 출발은 군더더기 없이 깔끔하다. "오래 구르다 보면 모서리가 닳아 쥐기 편해진다"고 해놓고 주어의 자리에 원관념과 보조관념을 같이 제시한다. "돌이나 사람이나". 돌에 대해서 말하지만 결국 사람 이야기라는 걸 선언해놓고 시작하려는 의도이다.

이 시는 "어릴 적 개울가에서 소꿉 살 때/ 쥐기 편한 돌로 풀을 찧다 깨진 돌에 다쳐 피 흘린 적 있다"는 경험에 기대어 이야기한다. 경험이란 단순히 겪었다는 과거의 사실만을 말하는 게 아니다. 내가 겪어봤기 때문에 진실이라는 혹은 진리라는 절대성을 부여하게 된다. 시인이 어린 시절 겪은 이 경험에서 "둥근 것 속에는 모서리가 숨어 있다"는 경구에 가까운 통찰을 얻는다.

'둥글다'는 현재의 모습은 이전의 무수한 '모서리'가 지워진 결과이고, 이 결과는 "물싸대기 맞아가며 개울을 굴러다니"면서 가까스로 체득한 진리라는 것. 따라서 이 명제에 대한 진리값에는 이견이 있을 수 없으며, 모두가 동의하고 수긍하는 일밖에 다른 선택지는 없다. 통찰이 경구로 번뜩이는 시는 머릿속이 환해지는 상쾌함은 있지만 독자에게 폭력적이기 십상이다. 그래서 가르치려드는 듯한 강압적인 뉘앙스를 희석시키기 위해 시인은 말을 돌리고 더듬거리는 것이다. "구르고 굴러서 둥글어진 것들은/ 깎인 모서리를 제 속에다 쟁인다"고 선언하면 끝인데도 단정斷定하는 듯한 인상을 지우기 위해 "(이 사실을 나는) 그때 알았다"고 사족을 덧붙이며 말끝을 흐린다. 이것으로도 미진했던지 "모 없는 사람이 한번씩 폭발하면/ 속엣것을/ 화산처럼 뿜어내기도 한다"며 초점을 더욱 흐려놓는다.

이렇게 해석하는 이유는 "둥근 것 속에는 모서리가 숨겨져 있다"는 촌철의 아포리즘이 고작 '순한 사람이 화나면 무섭다'는 속설이나 뒷받침하기에는 너무 웅숭깊기 때문이다. 결국 독자에게 스며드는 시의 언어가 되기 위해서는 도통한 소리를 피해야 하는 것이고, 그렇게 비칠까봐 노심초사해야 하는 것이다. 이렇게 날카로움을 숨긴 채 시의 정면과 맞닥뜨리지 않으려고 전전긍긍하는 게 바로 김효숙의 시이고, 그의 시가 독자에게 다가가는 방식이다. 이런 그의 시작 스타일에 굳이 이름붙이자면 '무심하게 말하기'라고나 할까.

4

'무심하다'는 건 아무런 생각(또는 감정)이 없거나 전혀 관심이 없다는 뜻이다. 그런데 시에서 무심한 표정이 읽힌다면 그건 역설적으로 읽어야 할 때가 많다. 정말 무심한 것이 아니라 무심함을 가장해서 말하거나 최소한 무심한 듯 말해야 효과적인 '무엇'이 숨겨져 있다고 봐야 한다. 유독 시에서 포커페이스 같은 무심한 페르소나가 필요한 이유는, 시란 대상을 직설적으로 말하기보다 에둘러서 말하고, 말하는 것 너머를 말해야 하는 장르이기 때문이다. 김효숙의 시도 무심함이 살아 있을 때 더욱 시가 깊어지고 풍부해진다.

밤새 똑같은 박자로
툭툭
창을 때리고

주룩주룩 끊임없이 울고

저 창문 저 아파트 벽 울음으로 젖고

봐라, 아무 일 없었지?
희멀건 표정의 아침이 오고 눈 부신 해가 뜨고

아무 일 없다는 듯 시장 가고 밥하고
눈감고 입 닫고
세월처럼 말아먹기 쉬운 게 어디 있다고

사람은 비가 아니고
비 또한 사람이 아니고

—「사람은 비가 아니고」 전문

이 시의 일차적 의미는 '밤새 비가 왔다'는 거다. "밤새 똑같은 박자로/ 툭툭/ 창을 때리"며 비가 왔다는 거고, "봐라, 아무 일 없었지?" 하며 "희멀건 표정"으로 아침이 왔다는 거고, "아무 일 없다는 듯 시장 가고 밥"했다는 거다. 대통령이 바뀌든 말든, 지구의 어느 구석에서 전쟁이 일어나든 말든 "눈감고 입 닫고" 오불관언의 태도로 "봐라, 아무 일 없었지?" 하고 살면 "세월처럼 말아먹기 쉬운 게 어디 있"냐고 한다. 어차피 "사람은 비가 아니고/ 비 또한 사람이 아"닌데 비 때문에 애면글면할 게 뭐가 있냐고 한다. 아무런 감정도 관심도 없어 보인다. 하지만 이 시에서 말하고 싶은 게 정말 이게 다일까? 뭔가 이상하지 않은가?

"봐라, 아무 일 없었지?" 하는 희멀건 표정도 그렇고, "눈감고 입 닫고/ 세월처럼 말아먹기 쉬운 게 어디 있다고" 하며 어물쩍 넘어가는 저 어투도 그렇고, 결정적으로 '사람이 비냐'고 '비가 사람이냐'고 눙치는 저 태도도 그렇고. 시인은 무심한 듯이 말하는데 독자는 결코 무심할 수 없는 이 불편한 것의 정체는 뭘까? 혹시 비를 다른 '무엇'으로 바꿔서 읽어야 하는 게 아닐까? 밤새 내 창문을 때리고, 끊임없이 울고, 아파트 벽을 온통 눈물로 젖게 하는 저걸 비가 아니라 '근심'으로 고쳐 읽으면 어떨까?

하루 24시간 근심에 짓눌려 살 수만은 없을 테니 아침을 맞고 시장 가고 밥하고, 까맣게 타는 속은 무심한 척 덮어놓고 눈 감고 입 닫은 채 '세월이나 말아먹자'고 어깃장을 놓아보는가? 내 힘으로 어찌할 수 없는 비처럼 내 근심이 속수무책이라면, '사람은 비가 아닌데 비 또한 사람이 아닌데 나더러 어쩌라고' 하며 체념하지 않을까? 밤새 내린 게 비가 아니라 '근심'이라면 말이다.

무심함 뒤에 가려진 것들은 대개 고통스럽거나 절박한 것들이기 십상이다. 드러냄으로써 더 효과적이라면 감출 이유가 없을 것이고, 폭로함으로써 자기 치유가 가능한 일이라면 무심을 가장할 까닭이 없을 것이기 때문이다. 건조한 말투로 머뭇거리고 주저하고 망설이는 태도에서 독자는 시인이 보여주는 것보다 더 많은 것을 보고 느끼게 된다. 그래서 웅변보다는 침묵이, 달변보다는 눌변이 더 효과적이다. 이 효과는 시적 전략에서 온다기보다 상황의 절박함에서 온다고 봐야 한다. 김효숙의 시가 '무심'하게 말함으로써 일정 부분 효과를 거둔다면 그건 시의 행간에 깔려 있는 절박함이나 절실함 때문일 것이다.

돌려서 말할 것 없이 단도직입하자면, 시에서 오는 감동은 정확히 말하면 시인의 고통에서 온다. 나의 고통 없이 어찌 남의 마음을 흔들겠는가. 청나라 시인 조익趙翼은 국가가 불행할 때 시인은 행복하다고 '국가불행시인행國家不幸詩人幸'이라고 했지만, 같은 논리로 '시인불행독자행詩人不幸讀者幸'이라고 고쳐서 말해도 유효할 터. 무릇 무심함으로써 심오해지는 이 역설의 시학이 김효숙 시의 한 특징이다.

5

죽음을 통해 삶을 보려하고, 빤한 깨달음을 피하기 위해 전전긍긍하며, 무심함을 가장한 언어로 진정성을 불러오는 김효숙의 시는 독자로부터 공감과 감동을 이끌어내는 데 일정 부분 성공을 거두었다고 본다. 물론 이런 시도들이 다 성공하는 것도 아니고, 어눌하고 주저하는 어법이 자칫하면 시적 미숙함으로 보일 위험도 없지 않다. 그리고 무엇보다 '죽음'의 과용이나 남용이 불러올 역효과도 마땅히 경계하고 주의해야 할 것이다. 그러나 다행히도 김효숙의 시는 이런 염려를 하지 않아도 좋을 만큼 이번 시집을 통해서 시적 사유의 그윽함과 시적 언어의 단단함을 여실히 보여주었다.

> 먼 뒷날
>
> 너와 내가 푸른 언덕을 새처럼 날아갈 때
>
> 뼈는 흙 속에 눕혀두고 뇌수와 심장은 물에 섞여 흐를 때
>
> 뛰던 심장소리 우르르 쿵쾅 폭포소리에 묻힐 때
>
> 없는 귀로 그 소리 듣기나 할까 없는 눈으로 그 광경 보기나 할까
>
> 없는 나는 너를, 없는 너는 나를
>
> 알아보기나 할까
>
> —「그날」 전문

'그날'은 죽은 후의 "먼 뒷날"이다. 여기서 '너'와 '나'는 오래 전에 죽은 연인 혹은 부부라고 보면 좋겠다. 우리는 "푸른 언덕을 새처럼 날아"다니는 영

혼만 존재할 뿐 이미 "뼈는 흙 속에 눕혀두고 뇌수와 심장은 물에 섞여 흐"르는 사라진 육신이다. 서로의 심장소리를 들던 귀와 서로를 황홀하게 바라보던 눈은 이미 사라지고 없는데, "없는 나는 너를, 없는 너는 나를" 어떻게 "알아보기나 할까".

이 시는 묻는다. 언젠가는 나도 죽고 너도 죽을 텐데, 이미 육신은 형해만 남고 영혼은 중음을 떠돌 텐데, 우리를 현혹하던 육근六根은 육신과 더불어 사라지고 모든 게 공空할 텐데, 그때(「그날」)에 우리는 어떻게 서로를 알아볼까? 우리는 서로에게 어떤 존재일까? 나는 너에게 너는 나에게 어떤 의미일까? 지금 우리가 여기에서 사랑하고 미워하고 그리워하고 괴로워하는 생의 모든 불꽃들이 '그날' 어떤 의미를 지닐까?

이렇듯 죽음으로써 삶의 의미를 사유하는 것이 김효숙의 시이고, '그날'의 의미를 끝없이 되묻고 고쳐묻는 것이 이 시집이다. 그래서 이 시집에서는 화자話者와 시인詩人이 둘이 아니고, 질문과 대답이 둘이 아니고, 삶과 죽음이 둘이 아니다. 하여 이 '불이不二'의 시집은 독자에게 요구한다. 없는 귀로 듣고 없는 눈으로 보라고. ■

소멸을 바라보는 세 가지 방식

— 김령 시집 『어떤 돌은 밤에 웃는다』

1

시는 소멸을 노래한다. 소멸할 것을 노래하고, 소멸해가는 것을 노래하고, 소멸해버린 것을 노래한다. 그러므로 시는 소멸의 장르다. 소멸하지 않는 혹은 소멸을 모르는 것을 노래할 때조차도 그 전제는 소멸이다. 마치 밝음을 예찬하는 자는 어둠을 뚫고 나온 자이듯이. 소멸을 노래하는 게 어디 시뿐일까. 모든 예술과 사상도 결국은 소멸에서 나오지 않던가. 소멸이 두려워서 그림을 그리고, 노래를 부르고, 철학을 하고, 술을 마시고, 연애를 한다. 우리는 소멸하기 때문에 사람이고, 소멸하기 때문에 시인이고, 소멸하기 때문에 비로소 눈물겹다.

김령의 시는 소멸을 정확히 조준하고 있다. 그러나 그의 총구는 파르르 떨고 있다. 그가 겨냥한 곳은 심장이기 때문이다. 왜냐하면 소멸의 거처는 심장이니까. 심장이 없는 곳에 소멸인들 있겠는가. 시는 소멸을 쫓고 소멸은 심장을 쫓는다. 그러므로 시는 심장에서 나온다. 정확히는 멎어가는 심장에서 나온다. "이미 유언도 다 마쳤으나" "죽음이 아직 오지 않은/ 그 틈새 같은 시간"에 시는 온다. "아주 안 오는 것은 아니어서/ 분명히 오기는 올 것이어서/ 이러지도 저러지도 못하는"(「여기」) 두려움과 안도 사이로 시는 온다.

시인이란 타인의 소멸을 보면서 동시에 나의 소멸을 보는 자이다. 그래서 좋은 시는 소멸로써 존재를 증명하고, 나의 실존을 확인한다. 이런 탓에 이 시집의 여는 시로 삼은 다음 시는 그 행간의 의미를 짐작하느라 다음 페이지로 넘어가는 데 꽤 시간이 걸린다.

벚나무 그늘 벤치
모르는 이가 앉아 있다

의자 한쪽 조심스레
균형을 맞추듯 자리한다

고개 돌려 바라보고 싶지만
저울처럼 균형 잡힌 풍경

처음 만난 우리는 숨죽인 채

그녀는 하늘의 새를 보고
나는 잎을 흔드는 바람을 본다

그녀는 유모차의 아이를 보고
나는 유모차를 끄는 여인을 본다

부신 햇살이 다 사라질 때까지
저울의 양 끝에

등 굽은 그녀 먼 눈빛으로 일어선다
몸 속에 고인 수십 년 시간, 벤치 위로 쏟아진다

소녀들은 다 어디로 갔을까

—「꽃잎 떨어져 땅에 닿는 동안」 전문

벚나무 그늘 아래 벤치가 있고 그 한쪽 끝에 모르는 한 여인이 앉아 있다. 나는 시소처럼 균형이라도 잡는 듯이 본능적으로 그의 반대쪽 끝에 앉는다. 고개를 돌려 그를 바라보고 싶지만 그랬다간 왠지 균형이 깨지고 한쪽으로 쏠릴까봐 숨죽인 채 그와 같은 방향을 바라본다. 같은 방향을 볼 뿐 서로 다른 것을 본다. 그는 하늘의 새를 보고, 나는 잎을 흔드는 바람을 본다. 그는 유모차를 탄 아이를 보고, 난 그 유모차를 끄는 여인을 본다. 그러는 사이 날은 저물고 등 굽은 그 여인은 먼 눈빛으로 일어선다. 몸속에 고인 수십 년의 시간이 벤치 위로 쏟아진다. 시간으로 충만했던 소녀들은 다 어디로 갔는가. 여기까지가 평면적으로 읽은 일차적인 이해다. 일차적인 이해만으로도 이 시는 충분히 아름답다. 하지만 여기서 한 걸음 더 들어가보자.

벚꽃잎이 떨어지는 벤치에 모르는 이가 앉아 있다. 모른다는 것은 아직 만난 적이 없거나 알고 싶지 않다는 것. 여기서는 둘 다라고 봐야겠다. 이미 눈치챘겠지만 그녀는 미래의 나이기 때문이다. '현재의 나'와 '미래의 나'가 벚꽃 그늘 아래 잠시 앉아서 말없이 뭔가를 응시하다가 헤어지는 상황. 등이 굽은 미래의 나는 물끄러미 하늘의 새를 보고, 지금의 나는 잎을 흔들고 있는 바람을 본다. 이어서 그는 유모차의 아이를 보고, 나는 유모차를 끄는 여인을 본다.

무엇을 물끄러미 바라본다는 것은 그것에 대한 그리움과 아쉬움의 비언어적 누설이 아닌가. 그렇다면 노후의 나는 비상飛翔하는 새의 활기와 자유로움이, 현재의 나는 잎을 흔드는 바람의 유혹과 설렘이 그리운 게 아닐까. 그리고 미래의 나는 아이를 통해서 다음 생의 아득함을 보고, 현재의 나는 아이의 엄마를 통해 이번 생의 고단함을 본 게 아닐까. 하지만 그리움이든 아쉬움이든 부재不在로 말미암은 것일 테니, 이미 시간 속으로 소멸해버린 '소녀들'의 행방을 묻는 시인의 회한은 무직하게 아프다.

이 시를 제목과 연관지어 말하자면, 꽃잎이 꽃송이에서 떨어져 나와 허공을 비행하며 선회하다가 땅에 닿는 그 시간이 결국 우리 생이라는 거다. 시간이 충만할 때를 소녀라고 부르고 시간이 빠져나가버렸을 때를 노인이라고 부른다면, 현재의 나와 미래의 나를 양 끝에 올려둔 저울의 눈금은 서서히 움직일 것이다. 저울이란 본디 객관으로 위장한 철저한 주관이어서 지금의 나를 계량할 뿐이다.

시간을 다 쏟아버린 노인이 일어서자 시간이 충만했던 소녀도 보이지 않는다. 나는 떨어져 내리는 꽃잎을 바라보듯이 모래시계처럼 내게서 빠져나가는 시간을 속수무책 바라본다. 소멸이란 이런 것이다. 이 시를 시집의 맨 앞에 배치한 뜻은, 아마도 이 시집을 통해서 소멸의 허무함과 애잔함에 대해서, 그리고 그것을 견디고 넘어서려는 안간힘에 대해서 말하고자 한 게 아니었을까.

2

이 시집을 통해 시인이 보여주는 소멸은 크게 세 가지로 정리해볼 수 있겠다. 하나는 인식의 자동화에서 기인하는 존재감의 상실— 즉 '인식적 소멸'이고, 다른 하나는 역할의 종료에서 기인하는 가치의 상실— 즉 '사회적 소멸'이며, 나머지 하나는 생물학적 죽음으로써 완성되는 '육체적 소멸'이다. 이 셋은 서로 연동하면서 소멸의 의미를 생성하고 소멸하는 존재에 대한 가치를 창출한다. 이 짧은 글은 소멸에 대해 사유하고 궁구하기보다 김령의 시에 드러난 소멸의 의미와 가치를 확인하는 데 그 의의를 두고자 한다.

> 집 안으로 들어서는데 딸깍, 걸리는 소리와 함께 문이 사라졌어요, 호흡이 가빠졌어요
>
> 출구를 만들고 문을 열면 순식간에 벽으로 변해버리는 삶, 안에서도 밖에서도 열지 못하는 문, 사람들은 16층 3라인에 내가 갇혀 있다는 걸 알게

될까요, 나를 기억할까요?

신문을 봅니다 이제 겨우 두 시간이 지났군요 언제 올지 모르는 식구들, 이러다가 수분을 다 빼앗겨 나는 박제가 되는 게 아닐까요, 한번씩 문이었던 벽을 밀어봅니다 꿈쩍도 않습니다

사람들은 날 잊은 걸까요? 청소기를 돌립니다 다섯 시간이 지났군요 나뭇잎 사이, 바람이 잠시 머물다 새의 등을 타고 떠나갑니다

열 시간이 지나고 식구들은 문을 만들었습니다 반갑게 다가갔으나 식구들은 나를 알아보지 못합니다

어쩌면 나는 현관의 손잡이거나 자전거의 안장이거나, 누군가의 신발이 아니었을까

—「문」 전문

익히 알다시피 문門은 오래된 상징이다. 문은 출구이면서 입구이고, 탈출이면서 감금이고, 희망이면서 절망이다. 두 얼굴을 가진 야누스Janus는 곧 문의 신화적 형상이 아니던가. 일상의 반복으로 권태와 타성의 각질이 굳어진 채 존재감은 사라지고 인식은 희미해진 중년의 주부에게 문은 고유한 이중성을 상실하고 하나의 기능만 수행한다. 그것도 부정적인 기능만. 안에서도 밖에서도 열지 못하는 문은 이미 문이 아니다. 이때의 문은 벽이다.

집 안으로 들어서자마자 문은 자동으로 잠기고, 나는 벽 속에 감금된다. 사람들은 내가 16층 3라인에 갇혀 있다는 걸 모른다. 신문을 보는 건 바깥세상이 궁금해서가 아니라 내가 바깥으로부터 단절돼 있다는 걸 확인하는 묵은 습관이다. 할 수 있는 일이라곤 내가 살아 있음을 확인해줄 식구들을 기다리는 일뿐. 식구들의 귀가를 기다리며 청소기를 돌리고, 창밖의 바람을

본다. 그러면서 나는 서서히 박제돼간다. 퇴근 시간이 지나고 식구들이 문을 만들고 들어 온다. 나는 반갑게 다가가지만 그들은 나를 알아보지 못한다. 인식할 수 없다는 건 주위 환경과 구분할 수 없다는 것. 나는 이미 '현관의 손잡이'이거나 '자전거의 안장' 혹은 '누군가의 신발'로 집안 풍경의 일부가 되고 만 것이다.

모든 소멸이 다 허무하고 우울하겠지만 특히 인식적 소멸의 궁극은 내가 나를 소멸시킨다는 점에서 공포에 가깝다. 남이 나를 인식하지 못하는 걸 넘어서 내가 나를 인식하지 못하는 치매적 상황이 주는 공포 말이다.

자고 일어났는데 내 얼굴이 기억나지 않는다

욕실로 달려가 거울을 보았다 아까와 같은 얼굴인지 확신이 서지 않는다 최대한 정확하게 눈, 코, 입이 있는 자리에 알아보기 쉽게 표시를 한다 좀 더 친숙해 보이지만 확신은 금물!

만나는 사람마다 얼굴을 들이밀고 혹시 나를 아시나요, 물어보려는데 거울 속 얼굴이 낯설다 이 얼굴로 하루를 지내는 수밖에

아침에 눈을 뜨고 찬찬히 어제의 얼굴을 생각해본다 어제의 얼굴이 기억나지 않는다

저들도 자기 얼굴을 잊어버린 게 아닐까?

전략을 바꾸어 슬픈 표정으로 다가간다 그는 슬픈 표정으로 공감하지만 내 질문을 들어줄 마음은 없다 다음날은 화난 표정으로 그 다음날은 무심한 표정의 얼굴로 바뀌지만 누구에게도 묻지 못한다

자고 일어나면 내 얼굴이 생각날지 몰라

—「관계」 전문

이 시를 산문으로 옮겨보자. 아침에 내 얼굴이 기억나지 않는다. 욕실의 거울에 비친 나는 무척 낯설다. 어제의 얼굴인지, 심지어 아까의 얼굴과 같은 얼굴인지조차 확신할 수가 없다. 나의 동일성은 중대한 도전을 받는다. 불편하지만 오늘은 거울 속의 저 얼굴로 지내는 수밖에 없다. 다음 날 아침, 눈을 뜨고 찬찬히 어제 얼굴을 떠올려본다. 도무지 기억이 나지 않는다. 거울 속의 저 얼굴도 어제의 얼굴을 잊어버린 게 아닐까 의심한다. 마음을 바꾸어 거울 앞에서 슬픈 표정을 지어본다. 거울 속의 나도 슬픈 표정으로 공감해주지만 내 불안을 달래줄 마음은 없어 보인다. 다음날은 화난 표정으로, 다음날은 무심한 표정으로 나를 연기하지만 처음의 얼굴은 기억할 수가 없다. 자고 나면 기억날까 기대해보지만 난망하다.

그런데 이 시의 제목은 '관계'이다. 관계란 주체가 대상을 인식할 때 성립하는 것. 하지만 내가 나조차 알아보지 못하는, 불안하고 유동하는 주체가 '관계' 맺기란 불가능하다. 한마디로 이 시는 지독한 역설이다. 소멸消滅이란 사라져서 없어지는 걸 말하지만, 더 정확히는 그것이 존재했었다는 사실마저도 인식하지 못하는 상태이다. 이 시가 비극적이고 절망적인 것은 소환 불가능함을 넘어 지금의 얼굴을 처음의 얼굴로 인식해버리는 상황의 악화를 예고하기 때문이다.

3

달라져버린 주체가 맺는 달라진 관계를 우리는 '파국破局'이라고 하고, 파국으로 치닫는 관계들이 내지르는 불협화음을 우리는 '지옥'이라고 한다. 가장 평화롭고 충만해야 할 가정에서, 가장 사랑하고 헌신했던 가족으로부터 잊히는 존재의 절망감. '아낌없이 주고 남김없이 죽이는 곳'(김언희)이 가정이라고 했던가. 천국이 지옥으로 바뀌는 건 한순간이다. 마음과 마음이 닿아서 천국을 이루었다면 아이러니하게도 지옥의 입구는 바로 그 천국이 만들어졌던 마음의 접촉면에서부터 시작된다.

마음이 닿는 순간

부패는 시작되지, 아무리 멀리 있어도

서로 닿는 곳부터 썩는 사과처럼

마음을 어디에 두나

겨울 나무의 빈 가지 끝

지나는 새의 부리나 닦고 가도록

바람에나 흔들리며 말라가도록

—「사과의 안쪽」 전문

서로 닿는 부위부터 거뭇거뭇 썩어가는 사과처럼 사람의 마음도 닿는 순간 부패되기 시작한다. 물리적 거리의 문제가 아니다. 아무리 떼어놓아도 마음이 닿는 순간 썩기 시작한다. 썩는다는 건 사랑이 식는다는 것. 사랑이 식는다는 건 환상이 사라지고 환멸이 온다는 것. 환멸이란 네가 고작 하나의 썩은 사과로 보인다는 것. 썩은 사과는 결국 버리게 된다는 것!

안 썩으려면? 누구의 마음도 닿지 못하게 마음을 겨울나무의 빈 가지 끝에나 걸어둘 밖에. 그래서 지나가는 새가 부리나 닦고 가게 하고, 바람에 흔들리며 말라가게 하는 것. 그러나 묻지 않을 수가 없다. 차가운 겨울나무의 가지 끝에 매달려서 말라가는 사과가 곁을 내어준 대가로 썩어가는 사과보다 나은가? 정녕 박제가 소멸보다 아름다운가? 여기 스스로 자신의 온 마음을 접촉면으로 만들어서 기꺼이 증발해버린 아름다운 소멸이 있다.

신천댁이 사라졌다

사흘 전까지 웃으며 고기도 드시고
아무런 조짐이 없었다고 하지만
십수 년 전 영감이 사라지고 나서
아니 그 이전 고물고물한 아이들의 젊은 엄마일 때
설거지물을 텃밭에 뿌리러 나올 때면
가끔씩 검은 머리와 눈썹이 흐릿해지는 것을 보았다
그러다가 일곱이나 되는 아이들과 그 친구들
대청마루에 북적일 때면 담박에
선명한 색으로 돌아오곤 했다

그 간격이 너무 멀어 처음엔 눈치채지 못했지만
새 날을 헐어낼수록 새 밤을 흘려보낼수록
온몸의 빛깔이 옅어지기 시작했다
홀로 빈 집에서 벽 속으로 스며들었다가
마당 들어서며 부르면 느릿느릿 걸어나오곤 했다

형체가 사라지고 실루엣으로만 보이는 날이 늘어갔다
명절이나 휴가철 자식들 들르는 날엔
온전한 모습으로 돌아와 지내다가
옷감의 물이 빠지듯 온몸의 색이 바랬다
벽 속으로 사라지는 날이 잦아지고
옅은 회색빛을 띠다가 허공에서 불쑥

한 팔이 솟아나곤 했다

일 년 전 작은 딸이 부산으로 모셔갔을 때
실루엣만이 따라갔다가 한참 후
겨우겨우 뒤따라갔다는 이야기도 들렸다
다시 고향집 돌아와 한 달 후

신천댁 벽 속으로 들어가 나오지 않았다

—「실종」 전문

"신천댁이 사라졌다"라는 이 짤막한 문장 하나가 시 전체를 들었다놓는다. 이 문장은 단순한 사실의 보고報告이기도 하고, 약간은 짠한 기별奇別이기도 하고, 한 존재의 소멸을 고지하는 부고訃告이기도 하다. 그만큼 신천댁이 안 보인다는 건 중대한 사건이자 사고이다. 시는 사건의 원인을 찾아 역추적하는 다큐의 형식을 취한다.

"영감이 사라지고 나서" 아니 그보다 먼저 "고물고물한 아이들의 젊은 엄마일 때"부터 "가끔씩 검은 머리와 눈썹이 흐릿해지는" 징조를 보였다고 한다. "그러다가 일곱이나 되는 아이들과 그 친구들/ 대청마루에 북적일 때면 담박에/ 선명한 색으로 돌아오곤 했다"고 한다. 이게 무슨 뜻일까. 그가 아내로서 혹은 엄마로서 자신의 소임과 역할이 선명할 때는 존재가 빛났다가 남편 죽고, 자식들 대처로 떠나고 나서 그의 역할이 사라지자 존재감은 눈에 띄게 미약해졌다는 거다.

따라서 "명절이나 휴가철 자식들 들르는 날엔/ 온전한 모습으로 돌아와 지내다가/ 옷감의 물이 빠지듯 온몸의 색이 바랬다/ 벽 속으로 사라지는 날이 잦아지고/ 옅은 회색빛을 띠다가 허공에서 불쑥/ 한 팔이 솟아나곤 했다"는 이 초현실적인 상황의 묘사는 결코 '초超-현실現實'이 아니다. 오히려 가장 핍진한 현실이다. 역할이 사라지면 가치가 사라지고, 가치가 사라지면 존재가 사라지는 건 하등 이상할 게 없기 때문이다.

가족들에게 아낌없이 자신의 곁을 다 주어버린 존재는 “일 년 전 작은 딸이 부산으로 모셔갔을 때/ 실루엣만이 따라갔다가 한참 후/ 겨우겨우 뒤따라”간다. 그러나 이미 육신의 기능이 다해가는 노구에 빛나는 역할이 주어질 리 없었을 터. “다시 고향집 돌아와 한 달 후” 신천댁은 “벽 속으로 들어가 나오지 않았다”고 한다. 자신의 모든 것을 준 존재는 결코 소멸을 두려워하지도 피하지도 않는다. 모든 소멸이 다 비극적이고 절망적인 건 아니라는 걸, 소멸함으로써 더욱 빛나는 존재도 있다는 걸 시인은 이 시를 통해 번쩍 들어 보인다.

여기서 잠깐 눈여겨볼 것은 시인의 스토리텔러로서의 입담과 잘 다듬어진 문장이다. 짧지 않은 시 전문을 그대로 인용한 까닭은 스토리도 구성지고 감동적이지만 잘 짜인 언어의 구조물을 헐고 싶지 않아서다. 김령의 시는 대체로 긴 편인데도 섬세하고 정밀하다. 그는 논리도 비유도 비약도 딱 그만큼, 더하면 과해지고 덜하면 미흡해지는 그 지점을 정확히 알고 있는 시인이다. 그래서 시가 길어도 집중력이 떨어지지 않고, 산문시에서도 시적 긴장감이 훼손되지 않는다.

다시 소멸에 대해서 이야기하자. 누구든 소멸을 원하는 사람은 없다. 인식적이든, 사회적이든, 육체적이든 잊히거나 묻히거나 죽고 싶은 사람이 있겠는가. 그래서 우리는 권력을 탐하고 명예를 욕망하고 영생을 갈구한다. 하지만 소멸하지 않는 것은 없다는 것 또한 우리는 잘 안다. 알지만 그 욕망들을 지혜롭게 다스리지는 못한다. 그것들을 지혜롭게 다스리는 자를 일러 우리는 ‘현자賢者’라고 한다. 다음 시는 ‘어리석은 현자’의 이야기다.

죽을돈을 헐었다
매달 십만 원씩 꼬박꼬박 붓던 적금
닭의 종아리처럼 가파르고 앙상한 다리
종종걸음으로 늘 허공에 떠 있던 발뒤꿈치

겨우내 엄마의 잠 대신 늘어가던 숫자
김공장은 그만 다니세요 무릎 아픈데
취나물은 그만하세요, 만류에도
통장의 개수 줄지 않았다
닳아지는 무릎뼈만큼 늘어나는 제목의 돈

가끔씩 집으로 가는 길을 헤맨다
순식간에 수십 년 길 잘라내기도 한다
길을 헤매는 동안에도
죽을돈 해야 한다고 곤드레를 심는다
갈 때 자식들한테 짐은 안 돼야지
날 보러오는 사람들 밥 한 그릇은
내 손으로 대접해야지 하던 어머니의 통장
큰아들 장가 밑천으로 헐렸다

아, 이제 괜찮을 것이다 앞으로 십 년은
죽을돈이 없어서 어머니 괜찮을 것이다

—「죽을돈」 전문

'죽을돈'이란 장례비다. 자본주의 시대는 죽는 데도 돈이 필요하다. "갈 때 자식들한테 짐" 될까봐, 마지막으로 "날 보러오는 사람들 밥 한 그릇은/ 내 손으로 대접"하고 싶어서 장례비용을 손수 마련하기 위해 김공장도 다니고, 취나물도 하고, 곤드레도 심는다. 그런데 그 돈을 큰아들 장가 밑천으로 헐고 말았다. 죽을돈이 모자라니 당분간은 죽을 수도 없게 된 거다. 돈이 모자라 죽지 못한다는 이 블랙코미디 같은 상황은 우리에게 많은 것을 시사한다.

자본주의시대의 자본은 권력과 욕망을 위해 복무한다. 그런데 지금 이 '죽을돈'은 인간으로서 마지막 품위 유지를 위해 요긴하다. 시인은 말한다.

"아, 이제 괜찮을 것이다 앞으로 십 년은/ 죽을돈이 없어서 어머니 괜찮을 것이다". 돈이 없어 죽지 못한다는 이 우화寓話 속 '엄마'는 현자賢者를 넘어 차라리 성자聖者에 가깝다. 욕망을 제어하여 소멸을 아름답게 만드는 자가 '현자'라면, 소멸조차도 존재의 한 방식으로 기꺼이 받아들이는 자는 '성자'일 테니까.

4

'생로병사'로 요약되는 우리의 생은 '생/로/병/사'에 골고루 방점이 찍히지 않는다. '사死'가 너무도 크게 인식되어서 '생/로/병'은 '사'에 짓눌린 형국이다. 오로지 죽음과 싸우기 위해 태어나는 꼴이다. 신神이 사라진 자본주의의 시대는 물질적 욕망만이 세계를 유지하는 동력이기 때문이고, 죽음으로 구체화되는 소멸은 이 모든 욕망이 단절되는 지점이라고 보는 탓이다. 그러니 가장 두려운 신은 곧 소멸인 셈이다.

누구나 잊히고, 사라지고, 소멸한다. 하지만 있어도 보이지 않는 '인식적 소멸'은 죽음보다 비참하고, 살아 있어도 희미해지는 '사회적 소멸'은 '움직이는 미라'로서 인간을 대하게 할 뿐이다. 그리고 '육체적 소멸'로서의 죽음은 이 모든 것을 흡수해버리는 '블랙홀'이다. 그러나 소멸이 결코 '끝'이 아니라는 것을 누군가는 말해야 한다. 그러지 않으면 우리는 죽음의 노예에서 벗어날 길이 없지 않은가. 하이데거가 재차 인용해서 더욱 설득력을 얻었던 횔더린의 저 유명한 물음 "신이 부재한 시대에 시인의 몫은 무엇인가?"를 떠올려보는 일은 이 대목에서 종요롭다. 하여 시인이라면 이 자본주의의 한복판에서 어떻게 천박함을 견디고 인간의 품위를 탈환할 것인지 진지하게 고민해야 마땅하다.

지금까지 '소멸'을 키워드로 김령의 시집을 읽었지만, 한 권의 시집을 하나의 주제나 키워드로 꿰어서 읽는 일은 오독과 편견마저 불사하는 폭력일 수밖에 없다. 이 시집은 어쩌면 '소멸'의 바깥이 더 다채롭고 풍요로울 수 있는 시집이다. 이를테면, "어찌 알 수 있으랴/ 지금 이 삶이/ 이미 지우고 다시 쓰는 생인지"(「DEL」) 같은 구절에서는 멈칫하게 되고, "빗줄기 틈은 미로처럼 복잡해서 맹세를 숨겨두기 좋다"(「봄비 내리는 사이」) 같은 구절에는 밑줄을 긋고 싶다. 시험 앞둔 자식에게 고기를 구워주며 "고기 한 점마다/ 먹이사슬 꼭대기에 오르길 바라"(「간절기」)는 어미의 마음에서는 세속적 욕망의 숭고함을 느끼게 되고, "불을 끄지 못하고 잠든 밤/ 밤눈 어둔 신, 나를 찾을까요"(「못줄의 매듭 같은 시간이 풀리면」) 같은 시를 읽으면 가슴이 저리다.

그리고 "나는 죽어서 아름다운 여인이 되었다/ 꿈속에서도 만족해하며/ 전생을 한번도 떠올리지 않았다"(「어떤 돌은 밤에 웃는다」) 같은 시를 만나면 피식 웃게 된다. 다음 시는 이렇게 피식피식 웃으면서 읽다가 정신이 번쩍 들게 되는 작품이다. 시인의 탯말로 기록된 이 시는 '고마움' 대신 '뻔뻔함'이 일상의 표정이 된 '복지시대'의 민낯을 반성하게 하는 절창이다. 나날이 소멸과 사투를 벌이며 살아가는 자본주의시대에 정작 우리가 사투를 벌여야 할 대상은 무엇인지, 그래서 그것들로부터 지켜내야 할 것은 무엇인지 생각하게 하는 이 시를 이 글의 입가심용으로 권하며 마무리하려 한다. 소멸을 직시하고 그것에 저항하려는 시인의 다부진 첫 시집이 썩 미더웠다는 말을 덧붙이면서.

> 아이고 보험회사요? 아 긍께 올사말고 깨가 잘 돼서 샘우게 밭에서 니아까에다 깨를 싣고 내려오다 거가 비탈져서 다리에 힘이 없응께 좀 찍었단 말이요 그때는 그리 어채 안아퍼서 전딜만 했는디, 담날부터 영 아퍼서 읍내로 침맞으러 댕김시롱 말 안할라고 했는디, 나중에는 화장실도 못가고 기어댕겨서 동네사람이 큰딸한테 전화를 해서 병원에 안갔소 애들이 하도 일하지 말라고 해서 일하다 다쳤다고 하먼 또 뭐라해쌀까 시퍼서 첨에 니아까에서 다쳤단 말을 안했지라 근디 척추뼈가 부러졌다 안하요 수술하고 살만해져서 딴병원 옮겼는디 간호사가 물어봉께 걍 니아까에 찍었단말을 했등마 보험회사서 돈이 나온다안허요 이백 몇십만원이 나온다고라? 아이

고 미안해서 어차끄나 저번에도 물팍수술해서 또 돈을 많이 받었는디 미안해서~ 글지말고 주소라도 좀 불러주시오 나가 줄건 없고 깨라도 한 두어 되 볶아서 보내 줄랑게 사먹는 거하고는 다르제 아 그라지말고 불러주씨요 돈받은것도 아니고 어찰랍디여 정인디, 나가 미안해서 안그요 쩌번에도 받었는디 또 어채 염치가 없이 타끄요? 어디 산지도 모르고 갖다 줄 수도 없고 어차까잉?

—「깨 두어 되」 전문

시의 '가치' 혹은 '같이'의 시
— 김진희 시집 『거미에 기대어』

1

솔직히 고백하자면, 2011년에 나온 김진희 시인의 첫 시집 『굿바이, 겨울』을 읽고 적이 실망했었다. 우리가 일반적으로 좋은 시라고 여기는 가치들이 눈에 띄지 않았거나 기대했던 것보다 미미하다고 생각했기 때문이다. 그 가치란 좋은 시라면 어떤 방식으로든 존재하게 마련인 인식적 가치, 정서적 가치, 미적 가치이다. 그런데 그의 첫 시집에서는 인식적 가치라고 할 만한 서늘한 깨달음이나 날카로운 통찰을 찾아보기가 어려웠고, 정서적 가치에 해당할 공감과 위로는 유행이 지난 옷처럼 후줄근했으며, 미적 가치를 불러올 언어나 형식에 대한 고민은 생략되었다고 지레 판단하고 시집을 덮었던 것 같다.

이번 시집의 해설을 부탁받고 원고를 받아보니 겉보기에는 첫 시집과 크게 달라진 게 없었다. 그런데 두어 번 정독하자 처음 읽을 때는 보이지 않던 것들이 눈에 띄기 시작했다. 그래서 선입견을 버리고 첫 시집을 다시 읽기 시작했다. 그리고 비로소 내가 그의 첫 시집을 얼마나 건성건성 읽었는지 알게 되었다. 이 짧은 글은 나의 무성의에 대한 반성이자 그의 시가 지닌 소중한 가치들을 확인하는 데 할애될 것이다. 앞으로 살펴볼 가치는 앞서 언급한 가치들뿐만 아니라 그의 시세계를 관통하는 또 다른 의미 있는 가치가 있다면 더하여질 것이다.

2

먼저 인식적 가치. 김진희의 시는 소박하고 겸손하다. 더 정확하게는 시가 겸손한 게 아니라 그의 시쓰기에 임하는 태도가 그렇다고 해야 할 것 같다. 그래서 어떤 깨달음을 정제된 관념이나 철학적 사유로 생경하게 드러내는 게 아니라 이미지로 우회해서 드러내는 게 특징이다. 그런 탓에 그의 깨달음은 단순한 묘사인지 깨달음인지조차 구분하기 모호할 정도이다.

비둘기 한 마리 보도블록에 서 있다
발 아래 새우깡 부스러기 낭자하다
새우깡이 아니라 생새우 몇 마리
부리로 해체해
살점을 뜯어먹은 듯
밥상 물린 자리가 처절하다
땅 쪽으로 불룩하게 하강곡선을 그린 아랫배
감히 날아오를 생각도 못하고 망연히
비둘기는 서 있다
다만 서 있다
사람이 다가가도 옆으로 움직거릴 생각도 않는다
이곳에서 먼, 바다의 물큰한 비린내를 맡아버린 것일까
비둘기는 골똘하다 비둘기는 쓸쓸하고,
바람은 불어
롯데슈퍼 가판대 꽁꽁 싸맨 푸른 가빠자락이 풀썩인다

누가 나의 뼈에 나의 살에 나의 눈에 회색 덮개를 씌우는가

이팝나무꽃 허옇게 피어오르고

비둘기는 제 몸을 덮는 가빠가 되어버린 얌전한 두 날개를 내려다본다

—「골똘한 비둘기」 전문

이 시의 어디에 인식적 가치라고 부를 만한 시인만의 깨달음이나 통찰이 있냐고 의아해할지도 모른다. 이 시는 김진희 시의 대부분이 그렇듯이 특별한 수사修辭나 비유도, 함축이나 통찰도 없는 것처럼 보이기 때문이다. 마치 무의미시 같다. 그러나 자세히 보면 뭔가가 있다.

이 시는 비둘기 한 마리가 '처절'하게 새우로 식사를 하고 배가 너무 불러서 '감히 날아오를 생각도 못하고 망연히' 보도블록에 서 있는 순간을 포착한 시이다. 여기서 눈여겨볼 것은, 쉽게 유혹을 느낄 만한 '교훈적' 상황인데도 불구하고 '계몽'의 혐의를 둘 만한 어떤 알레고리도 보이지 않는다는 점이다. 배부른 비둘기는 '사람이 다가가도 옆으로 움직거릴 생각도 않'고 '다만 서 있다'. '다만'이라는 부사어는 여기서 매우 많은 의미를 대신한다.

먹어야 생명을 영위할 수 있는 몸뚱이 가진 존재에게 먹는 일보다 더 숭고한 일은 없다. 비둘기는 보도블록에 떨어진 생새우 몇 마리로 '낭자하'고' '처절하'게 포식을 한다. 허기의 힘으로 수없이 날아올랐을 이 비둘기는 포식한 후에는 날 수가 없다. 날 수 없는 비둘기는 쓸쓸하고, 골똘하다. 이때의 '골똘함'은 일차적인 문제를 해결한 자가 취하게 되는 여유이기도 하다. 허기를 면하자 비로소 생각이라는 걸 하게 됐다는 말이다. 먹이를 구하기 위해 허공을 갈랐을 날개는 배가 부르자 무거운 가빠가 되어 비둘기를 구속하고 만다. 그러나 이 시의 어디에도 이런 '교훈'을 말하지 않는다. 어떤 사족도 달지 않고, 잘난 체나 아는 체를 하지 않는다. '다만' 비둘기로 하여금 말하게 할 뿐이다.

김진희 시의 인식적 가치는 이런 방식으로 표현되고 전달된다. 그래서 눈여겨보지 않으면 보이지 않는다. 있느냐 없느냐는 존재의 문제라기보다 인식의 문제일 때가 많다. 특히 문학작품의 해석에서는 더욱 그렇다.

수십 개의 안전망 위 수십 마리 거미가 분주하게 왔다갔다한다
지금 한창 공사 중인 거미도 있다

출렁이는 구름다리
제가 지어놓고 튼튼한지 보려고
꿀렁꿀렁 발을 굴러보는,
거미

—「꿀렁꿀렁 발을 굴리는,」 부분

'비 온 뒤' 향나무에 군데군데 쳐놓은 거미줄에 대한 이야기다. 그 거미줄에는 '허공을 채우고 허공을 보여주는 거미의 철학'이, '그 사유의 치밀함'이 잘 직조되어 있다. 그런데도 거미는 거미줄 위를 일부러 '꿀렁'대며 테스트하고 있다. '제가 지어놓고 튼튼한지 보려고' '발을 굴러보는,/ 거미'의 태도는 동화적이면서 우화적이다. 동화적이라는 건 상상의 층위를 말함이고 우화적이라는 건 현실의 층위를 말함이다. 즉 트램펄린에서 뛰어노는 아이들 같기도 하고, 안전불감증의 현실을 고발하는 어른 같기도 하다는 말이다. 이러한 태도도 넓은 의미에서 인식적 가치의 구현이라고 볼 수 있지 않을까.

3

다음은 정서적 가치. 일반적으로 시에는 어떤 정서가 있게 마련이다. 그래서 슬플 때는 슬픈 시를, 기쁠 때는 기쁜 시를 찾게 된다. 하지만 좋은 시는 기쁨을 슬프게 하거나 슬픔을 기쁘게 해서 낯선 정서를 제공한다, 이런 시는 중독성이 강하다. 그리고 어떤 시는 속 깊은 애인처럼 기뻐도 슬퍼도 좀체 내색하지 않는다. 이런 시는 왠지 믿음이 간다. 김진희의 시는 후자다. 감상성感傷性을 최대한 억제한 탓에 얼핏 보면 표정 없는 선인장처럼 까칠하다. 그러나 선인장을 잘라보면 그 안에 그렁그렁한 푸른 눈물이 고여 있듯이, 그의 시에는 그만의 정서가 그렁그렁하게 고여 있다.

엄마집은 거미가 부족部族을 이루었다
거미의 엄마, 거미의 아빠, 거미의 할아비의 할아비까지 죄다
엄마집에 모여 엄마 숨결을 나누며 살고 있다
나는 붉은 플라스틱 의자를 딛고
거미줄을 치우다가
살아 있는 거미를 만나기도 하고
죽은 거미를 만나기도 한다
(…)

독거와 거미 사이
뜯어진 외로움의 솔기마다 바늘 같은 다리를 갖다대었을
거미, 거미줄

—「거미에 기대어」 부분

친정집 천장 구석에 사는 거미는 엄마의 식구들이다. '벌레대신 엄마의 손톱이나 머리카락을 먹고' 살았거나 '친정의 낡은 벽지를 갉아먹'은 것처럼 친정집의 일부분이 돼서 눈에 띄지도 않는다. 청소를 하는 나와 눈이 마주쳐도 '도망도 안 간다'. 뿐만 아니라 '가느다란 다리로 빈약한 몸통을 지탱하고/ 허술한 유모차에 기댄 노인처럼 간신히 서 있다/ 제 집을 철거하는데도 가만 보고 있다' 이미 거미는 엄마의 분신이거나 또 다른 모습의 엄마이다. 그래서 '엄마가 성모마리아 앞에 기도할 때/ 같이 고개를 조아리고 여덟 다리로 성호를 그렸을' 것 같은 거미이다.

구석진 곳에서 빛을 등진 채 웅크리고 있는 거미의 모습과 자식들에게 모든 걸 내주고 껍데기만 남은 채 친정집을 지키는 엄마의 모습은 당연히 겹친다. 그 둘 사이의 교집합은 '외로움'이라는 정서다. 그 둘의 관계를 설명하는 구절은 눈부시다. '뜯어진 외로움의 솔기마다 바늘 같은 다리를 갖다대었을/ 거미'. 세상에, 바늘 같은 다리로 외로움을 깁는 거미라니! 일부러 장

황힌 수디로 기려놓은 듯한 이 숨거진 아픔은 얼마나 참신한가.

> 성림위생. 초록 탱크에 주름진 호스를 내장처럼 둘둘 감고 앞서가는 차. 두 대다. 하나는 호스가 좀 짧고 또 하나는 호스가 좀 길어 탱크를 여러 번 둘러 감싼다. 소위 똥차. 똥을 버리러 가는 길인지 똥을 치러 가는 길인지. 전화번호 뒷자리가 2093이다. 엄마집 전화번호. 오래 전 당감동에서부터 쓰던 전화번호. 그러고 보니 엄마한테 전화한 지도 꽤 오래됐다. 엄마, 미안. 똥차를 보고 엄마를 떠올리게 될 줄이야.
>
> —「비둘기와 쥐와 지네 그리고」 부분

'엄마, 미안. 똥차를 보고 엄마를 떠올리게 될 줄이야.' 우리 시에서 친정엄마에 대한 그리움을 이렇게 표현한 시를 나는 본 적이 없는 것 같다. 어떤 미사여구보다 감동적이다. 인분을 수거하는 소위 '똥차' 옆에 적혀 있는 전화번호 뒷자리가 친정집 전화번호와 일치하는 바람에 우연히 엄마가 생각난 것처럼 말하지만, 엄마에 대한 그리움이 느닷없이 솟구쳤을 리가 있겠는가. 살림살고 아이 키우고 직장생활에 쫓기다보니 그 그리움을 꺼낼 틈이 없다가 똥차의 전화번호가 매개가 되어 그리움을 꺼냈을 뿐이다. 그런데 하필이면 그 계기가 똥차여서 그리움에 구린내가 밸까봐 '미안'한 것이다. 좋은 시는 낯선 정서를 제공하는 법. 웃음이 배어나오다가 울컥하는 아픔 때문에 허둥대게 되는 시야말로 최고의 시가 아닐까.

정서적 가치는 시인의 감성이 풍부하다고 그 가치가 풍성해지는 게 아니다. 대상에 대한 따뜻한 시선이 있을 때 이 가치는 풍요로워지고 강렬해진다. 냉철해야 잘 드러나는 인식적 가치와는 매우 상반되는 가치이기도 하다. 앞의 두 인용시는 '엄마'라는 절대적 그리움이 그 내상이어서 크게 힘들이지 않고 정서적 가치를 담보할 수 있었다면, 다음 인용시는 낯선 대상에게서도 거두지 않는 그의 따뜻한 시선에서 비롯된 정서적 가치이다.

한겨레신문 영수증을 찢어주는
남자의 오른손목이 뭉툭하다
잘려나간 손
둥글게 마무리된 손목 위
영수증 다발에서
한 장이 힘겹게 찢기고
2만 원을 내미는 내 손이 무안하다
남자는 또 더딘 손길로 주머니에서
잔돈 이천 원을 꺼내 건넨다
나는 그의 손이 있던 자리를 가늠해본다
자유롭게 젓가락질 하던,
새로 이사 간 집 벽에 텅텅
웃으며 망치질하던, 사랑하는 아이의
머리를 쓰다듬고 빗질해주던,
퇴근길 누군가에게 문자를 보내던,
그 손을 빼꼼히 열린 문틈으로 감히 상상한다
남자는 무엇에 대한 증서로 오른손을 통째로 찢어 건네야 했을까
남자의 등 뒤 끈적한 어둠 속
잔인한 또는 난처한 아니, 태연한 얼굴로
손을 내미는 기구한 운명의 실체를
나는 또 아프게 가늠해보는 것이다
빼꼼히 열린 문틈으로
빛을 등지고 서서,

—「무엇에 대한 증서로」 전문

나는 처음 이 시를 읽으면서 의미는 아주 훌륭한데 덧붙인 '사족' 때문에 시가 너무 느슨해진 것 같아서 아쉬웠다. 그래서 '사족'이라고 여겨진 부분

을 제거하고 내 나름대로 짧게 고쳐서 읽어봤다.

한겨레신문 영수증을 찢어주는
남자의 오른손목이 뭉툭하다
잘려나간 손

남자는 무엇에 대한 증서로
오른손을 통째로 찢어 건네야 했을까

이렇게 고치자 시의 함축성은 높였지만 정작 '김진희'는 사라지고 없었다. 그의 시는 함축성에서 오는 미적인 긴장보다 느슨함에서 오는 정서적인 편안함 쪽에 가깝기 때문이다. 이 시의 극적 상황은 현관문을 빼꼼히 열고 신문 구독료를 주고 영수증을 받는 장면이다. 그런데 문틈으로 보이는 그 수금원은 오른손이 없었고, 그 없어진 손을 바라보는 안타까움이 이 시의 눈이다. 그래서 시인은 이 장면을 지루할 만큼 길게 묘사하고 있었던 것이다. 내가 '사족'이라고 여겼던 게 실은 '몸통'이었다는 얘기다.

나는 손목이 잘린 그 수금원의 '사연'에 집중했고, 시인은 손목이 없는 그의 '아픔'에 집중했다. 사연은 호기심을 배후로 한 탓에 동정으로 이어지고, 아픔은 안타까움을 껴안은 탓에 연민에서 비롯된다. 독자의 마음을 쓰다듬는 정서적 가치는 동정이 아니라 연민에서 형성되고, 공유되고, 확산되게 마련이다.

4

다음은 미적 가치. 당연한 얘기지만 좋은 시는 아름답다. 시가 '아름답다'는 것은 인식과 정서가 그 고유의 가치를 지녀서 그렇기도 하지만, 언어예술인 만큼 언어의 조탁彫琢과 선용善用이, 내용과 형식이 긴밀한 조화를 이루었다는 뜻이다. 그러나 어떤 언어가 아름다운 언어인가는 한마디로 정의내릴 수 없다. 이를 테면 김영랑 식의 아름다움일 수도 있겠으나 박목월 식의 아름다움일 수도 있다.

시에서의 미적 가치란, 아름다움이란 어떤 것인가를 고민하게 하는 가치이다. '새악시 볼에 떠오는 부끄럼같이/ 시의 가슴을 살포시 젖는 물결같이'(김영랑, 「돌담에 속삭이는 햇발」)처럼 우리말의 아름다움을 한껏 살린 김영랑 시의 미학도 존중받아 마땅하지만, '뭐락카노 뭐락카노 뭐락카노/ 니 흰 옷자라기만 펄럭거리고…'(박목월, 「이별가」)처럼 투박한 사투리로 절규하는 박목월 시의 미학 또한 그에 못지않다는 거다. 김진희 시의 아름다움은 박목월에 가깝다.

나에 예기
오늘은 햇살이 말고 바람는 불고
꽃 흔들린다 난 이러케 행복한 건 처운이다
이러케 느꼐다
그건 행복, 행복이란 건 보면서
친구를가 예기하고 그런 게
행복이다
〈일학년 김한나〉

— 이렇게 간절한 시를 본 적이 있는가
이렇게 따뜻하고
이렇게 눈물겹도록 행복한 시를
써본 적이,
있는가!

—「어린 스승」 전문

아이는 말한다. 오늘은 햇살이 맑고, 바람이 불고, 그 바람결에 꽃이 흔들려서 내가 행복하다고. 맑은 햇살과 산들바람과 흔들리는 꽃을 바라보며 행복을 느끼는 건 자연스럽다. 그러나 이때의 자연스러움은 삶에 쫓겨서 그것들을 느낄 여유가 없는 강퍅한 현대를 살아가는 어른들한테나 해당되는 이야기이다. 초등학교 1학년이 햇살과 바람과 꽃을 보며 행복해한다면, 더욱이 행복이란 친구들과 좋은 장면을 같이 보고 그것을 공감할 때 오는 거라는 걸 발견하고 기꺼워한다면 그게 보편적인 모습일까.

그러나 시인은 어린 제자를 바라보며 감탄을 아끼지 않는다. 심지어 아이를 '스승'이라 여길 만큼 의미심장하게 받아들인다. 그 이유는 아이가 쓴 글의 내용도 내용이지만 맞춤법 벗어난 문장에 있다. 또박또박 맞춤법에 맞게, 적당한 비유와 명쾌한 논리와 흠잡을 데 없는 문장으로 아이답지 않게 '행복'을 표현했다면 필시 아이의 진심을 의심하거나 아이의 태도를 잔망스러워했을 것이다.

맞춤법을 벗어났다는 건, 기성의 질서에 길들여진 어른들의 때 묻은 언어가 아니라 아직 질서를 모르는, 언어 이전의 순수함이라 여긴 것이고, 그 순수함과 해맑음에 시인은 자신을 비쳐보고 '아이는 어른의 아버지'라는 오랜 진리를 확인한 것이리라.

이성복 시인은 그의 시론서 『무한화서』에서 "시의 깊이는 불화不和에서 생기고, 시의 감동은 열정에서 나"온다고 했다. 이 아포리즘을 나는 '시의 깊이는 모순에서 오고, 시의 감동은 눌변에서 온다'고 이해했던 적이 있다. 이 시는 소재도 형식도 특별히 새로울 게 없는데도 독자가 신선한 느낌을 받았다면 그 이유는, 스승을 감동시키는 그 대상이 초등학교 1학년이라는 것과 그 아이의 글이 소위 맞춤법과는 무관한 제도권 바깥의 언어로 꾹꾹 눌러 쓴 눌변이라는 점이다.

어머님 전화
말복이라 닭 삶으신단다
'다 끓이간다.'

오늘 아침엔 어쩌자고 바람이 이렇게 부는가
며칠간 세상은 끓는 닭솥이었다
발버둥칠수록 걸쭉하고 뜨거운 죽에 깊숙이 빠져들어갔지
좁고 어두운 부엌에서 끓고 있는 닭솥
녹색강의 공포— 강은 흐르지 못하고 고여 익어간다
다 끎이간다

—「말복」 부분

이 시 또한 그러하다. 찌는 듯한 말복 더위 속에서 어머니가 가족들의 건강을 위해 복달임으로 닭을 삶는 풍경이 정겹고 훈훈하다. 그리고 그런 풍경의 반대쪽에 4대강사업으로 들끓고 있는 여론이 있다. 시인은 끓고 있는 이 둘을 충돌시켜서 어떤 효과를 노렸을 텐데, 그런 정치적 메시지보다도 더 눈길을 끄는 건 바로 '다 끎이간다'는 어머니의 저 표현이다. '끓이는 것'과는 전혀 다른, '끎이'는 것에서만 획득할 수 있는 모종의 가치가 있다면 그게 바로 '언어의 조탁과 선용'에서 오는 미적 가치가 아닐까.

5

지금까지 우리가 좋은 시라면 공통적으로 발견되게 마련인 가치들을 중심으로 살펴보았다. 물론 이 가치들은 독자적으로 존재하기도 하지만 대개는 서로 맞물려 같이 존재한다, 하지만 좋은 시에서 발견되는 가치들이 이 세 가지만 있을 리는 만무하다. 김진희의 새 시집에서도 나름의 독특한 가치들이 더 있다. 그 중의 하나가 우리가 잊고 있었던, 연대를 통한 공동체적 가치다. 이 가치를 우리는 추억으로 갖고 있을 뿐이다. 그동안 우리 시는 미학적 아름다움의 추구에 집착한 나머지 정치적 올바름의 추구에는 소홀했다. 그의 시를 읽다보면 세상은 변한 게 없는데 우리 시는 너무 서둘러 변해버린 건 아닌지 반성하게 된다.

지금에야 어렴풋이 짐작해보는
그 생소한 낱말
연대連帶
교과서에서 강조되지도 않았던 말
도무지 우리 생활과는 밀접한 관련이 없을 듯한 말
하지만
서로를 업고 기대고 끌어주며 역사의 험한 길 건널 수 있게 하는 말
연대連帶.
그 말을 나는 오늘 다시 불러내 소중히 만지고 다듬고 서러웁게
곱씹는다 그리고 부끄러움에 치를 떤다

—「연대」 부분

우리는 지난 시대에 '교과서에서 강조되지도 않'고 '도무지 우리 생활과는 밀접한 관련이 없'는 이 '연대連帶'를 통해 '서로를 업고 기대고 끌어주며 역사의 험한 길 건널 수 있'었다. 그러나 그 연대를 잊고, 공동체의 가치와 정신마저도 잊은 지금은 어떤 세상을 살고 있는가. '정의롭고 공명한 사람은 아니었으나/ 부끄럽지 않게는 살고 싶었'(「하늘을 붕붕 날다」)던 소시민들은 '바다에 묻힌 수 백 어린 목숨들 때문에', '죽어가는 아이들을 한 명도 살리지 못했다는 무력감'(「심폐소생술」) 때문에 '아침마다 딸아이의 살아 있는 벗은 몸을 보는 것'조차도 '죄책감'(「부족하면 죄책감이, 넘치면 주체할 수 없이 고통스러운 바로 그것」)으로 고통스러운데 도대체 국가는 국민을 위해서 무엇을 해주었나, 국민에게 국가란 과연 무엇인가, 이 시는 묻고 또 묻는다.

아이들이 만든 한반도가
창가 햇살에 하얗게 말라 누룽지처럼 일어난다
제주도, 울릉도, 독도 이런 섬들은

티끌처럼 떨어져나가기도 한다
그 티끌 같은 섬에서
오래 전 죄 없는 많은 사람들이 피 흘리며 죽었고
얼마 전에는
그 섬으로 가던
어린 꽃들이 물에 빠져 죽어갔다
그리고 그 슬픔은 마르지 않는 종이죽처럼
봄햇살에 다시
끈적하고 질척하게 살아난다

―「종이로 만든 나라」 부분

아이들이 종이죽으로 나라를 만든다. '동쪽은 높게 서쪽은 낮게/ 복잡한 서해안은 이쑤시개로 섬세하게' 만든다. '나라 하나 만드는 데 한 시간도 안 걸린다'. 한 시간도 안 걸려 만든 나라는 부실하기 그지없다. '그 티끌 같은 섬'에서 '4·3사건'이 벌어지고, 거기로 가던 어린 학생들이 참사를 당한다. 그 종이나라에서는 무구한 목숨들이 피 흘리며 죽고 물에 빠져 죽는다. 나라는 그들의 아픔을 금세 잊고 말라서 누룽지처럼 일어나지만, 정작 그들의 '슬픔은 마르지 않는 종이죽처럼/ 봄햇살에 다시/ 끈적하고 질척하게 살아난다'.

우리가 뜨거운 거리에서 최루가스를 마시며 어깨를 겯고 나아가고, 춥고 어두운 도심의 거리를 촛불로 가득 채운 것은 '종이나라'를 거부하고, '젖은 슬픔'을 말리기 위한 숭고한 제의에 다름 아니었다. 그 뜨거운 제의를 치르며 우리가 더불어 가닿고 싶었던 곳은 어디였을까?

'종이로 만든 나라'가 아니라 '보랏빛 제비꽃이 깐깐하게 감리한'(「제비꽃이 감리한 집」) 나라가 아니었을까. '하늘로만 날던 까치가/ 안심하며 땅에 내려앉고/ 눈치보며 먹이 찾던 고양이가/ 여유롭게 앉아/ 먼 하늘을 쳐다보는'(「새롭고 따뜻한 날」) 그런 여유와 평화가 깃든 곳이 아니었을까.

우리가 천박한 자본주의에 영혼까지 빼앗긴 채 서둘러 내다버린 목록들 중에는 안타깝게도 '새롭고 따뜻한 날'에 대한 꿈마저 섞여 있었던 것은 아닐까. 소위 미래파 이후의 시인들에게서는 좀체 찾아보기 어려운, 김진희 시인의 '공동체적 가치'는 우리가 '목욕물을 버리면서 아기까지 버린 것은 아닌가' 아프게 묻고 있다. ■

무언 혹은 무심하게 말하기

— 윤덕 시집 『팬터마임』

1

윤덕의 시는 그의 세계를 아무런 수식이나 미화, 편견 없이 '날것'으로 보고자 하는 의지로 충만하다. 그래서 그의 시는 '깨달음'을 앞세워 호들갑을 떨지도 않고, '고통' 앞에서 엄살을 부리지도 않는다. 독자를 가르치려드는 '계몽성'도 없고, 대상을 수식하려드는 '미학적 욕망'도 없다. 주위의 관심을 구걸하지도 않고, 자신의 세계를 고집하지도 않는다. 조미료나 향신료 없이 조리한 음식처럼 담백할 때도 있지만, 조리를 포기한 음식처럼 무미건조할 때도 있다. 한마디로 그의 시는 맛이 없다.

하지만 시인은 독자의 반응이나 평가에 별로 관심이 없어 보인다. 먹기 싫으면 먹지 마라는 투다. 그래서 밀쳐내 버리고 안 먹을 것인지, 그럼에도 끌어당겨 맛이라도 한번 볼 것인지는 독자의 선택이다. 그렇다고 선택권이 전적으로 독자에게 있다고 생각하면 곤란하다. 어쩌면 선택권은 시집이 쥐고 있는지도 모른다. 윤덕의 『팬터마임』은 머뭇거리는 새에 자기도 모르게 한발 들어서 있는 허름한 밥집 같은 시집이기 때문이다. 왜 그런 시집 있지 않은가? 누어 편 읽어볼까 하다가 끝까지 읽게 되는 그런 시집. 마치 읽었다기보다 읽음을 당한 것 같은 그런 시집 말이다.

2

일단 그의 시는 논리나 맥락이 없거나 엉성하다. 주체와 대상이 분명하지 않을 때도 있고, 과거와 현재의 시제가 분명하지 않을 때도 있다. 명료하거나 딱 부러지는 것과는 거리가 멀다. 무슨 꿍꿍이가 있어서 일부러 그렇게 연막을 피우는 게 아니라 내세우거나 주장하고 싶은 게 없기 때문에 그런 것 같다. 그런데 이상한 것은, 그의 시를 읽는 독자는 무엇인가 주장당한(?) 것 같은 느낌을 지우지 못한다는 거다. 시집의 관문이라고 할 수 있는 맨 첫 작품부터 살펴보자.

> 닭 모이는 줬나. 회는 안 사 오나. 보신탕 건더기는 누가 먹었노. 무슨 염병할 저런 병이 있노. 이러다가 내가 먼저 죽겠는데. 구시렁구시렁 홍시를 밀어넣는다. 붉은 햇덩이처럼 녹고 있다.
>
> 햇덩이는 다시는 떠오르지 않는다.
>
> —「부부애」 전문

이 시는 상황이 '대화'인지 '독백'인지조차 분명하지 않다. 두 가지 경우를 나누어서 보자. 첫째, 이 상황을 '대화'로 봤을 때. 영감(혹은 할멈)이 치매에 걸려서 "닭 모이는 줬나?" "회는 안 사오나?" "보신탕 건더기는 누가 먹었노?" 하며, 방금 전에 이루어졌거나(닭 모이) 느닷없이 생각났거나(회) 전혀 터무니없는(보신탕 건더기) 말을 하고 있다. 그러자 배우자인 할멈(혹은 영감)이 "무슨 염병할 저런 병이 있노. 이러다가 내가 먼저 죽겠는데" 하며 구시렁거린다. 그러면서도 홍시를 "햇덩이처럼 녹"여 맛있게 먹는다.

둘째, 이 상황을 독백으로 봤을 때. 문제가 되는 부분을 모두 한 사람(영감 혹은 할멈)의 '구시렁거림'으로 보는 거다. 아마도 상대가 닭 모이를 주라고 시켰는데도 잊었거나, 회를 잊고 안 사왔거나, 보신탕 건더기를 혼자 몰래 먹었거나 해서 지금 화를 내는 상황일 수도 있다.

문제는 이 상황에서 저 부분이 대화인지 독백인지는 별로 중요하지 않다는 거다. 대화라고 해도 그저 반응일 뿐이고, 아니라고 해도 결국 혼잣말이다. 이 시의 제목이 "부부애"라는 걸 염두에 두고 이해한다면, 이 시는 대화의 형식에 상관없이 숙연하다. 이미 뜨거움이 사라지고, 심지어 나와 너의 분별마저 희미해진 노부부에게 대화와 독백의 구분이 무슨 의미가 있겠는가. 이때의 '부부애'란 서로가 서로에게 스미어서 이미 언어라는 수단조차 필요치 않은, 더 이상 분별심의 '햇덩이'가 필요 없는, '사랑'이란 표현조차 어울리지 않는 그런 경지가 아닐까. 남남끼리 만나서 기나긴 세월 동안 영육靈肉을 섞으며, 영욕榮辱을 함께한 사람들만이 이를 수 있는 어떤 경지 말이다.

시인의 의도는 어디에 있는지 알 수 없다. 어떻게 읽으라는 암시조차도 없다. 하지만 왠지 시인은 이렇게 주장하는 것 같고, 우리는 이렇게 읽어야 할 것만 같다. 윤덕의 시는 이런 방식으로 '존재'하고, 이런 방식으로 독자를 '관리'한다.

이번에는 시집에 수록된 두 번째 작품을 살펴보자,

숱한 파도가 끄떡 않고 앉았다

격하게 울며 바위를 때려도 자리를 내어주지 않는
거북손처럼

바람이 밀쳐도 몸 한번 흐트러지지 않는
햇빛을 질끈 안고 앉았다 부처손처럼

휴休, 말 그대로 멍때리는 일이다

빗물에 꽃잎이 멍들어도

딱따구리가 머릴 쪼아도 머무르고 앉았다

왜인지 묻지도 않고
왜 오고가는지도 묻지 않고
영혼을 내맡기고는 산과 바다를 내다본다

해일에 옆구리 터진 바다를 바라보며
장대비에 등허리 갈라진 산을 바라보며
산이 되고 바다가 되는 걸 바라고 앉았다

떠오르는 잡다한 생각을 뭉개고
엄습해오는 일상을 제쳐두고 앉았다

잔잔해지고픈 하루의 일탈이다

—「휴休」 전문

시의 제목이 휴休, 쉰다는 말이다. 이 시는 휴식의 의미와 가치를 이야기하는 게 아니다. '휴休' 하는 자의 자세 혹은 태도에 관해서 말하고 있다. 휴식 혹은 휴가라는 특정한 시간 속에서 일상의 바깥을 노래한 시는 흔하다. 시작詩作의 요체가 '낯설게 하기'라면, '낯설게 하기'의 실천적 강령은 '일탈'이거나 '탈출'이기 때문이다. 다만 이 시에서 특이한 점이 있다면, 휴休의 의미가 우리가 일반적으로 알고 있는 것과는 거리가 있다는 점이고, 시가 전개되는 과정이 하나의 주체를 향해서 수렴되지 않는다는 점이다.

시인이 말하는 휴休는 "떠오르는 잡다한 생각을 뭉개고/ 엄습해오는 일상을 제쳐두고 앉"아 있는 거다. 그런데 이상하지 않은가? 첫 행을 보라. "숱한 파도가 끄떡 않고 앉았다" 끄떡 않고 앉아 있는 파도라니. 그가 말하는 '휴休'의 요체는 '요지부동'하는 것이다. 즉, "거북손처럼" "부처손처럼" "왜인지 묻지도 않고/ 왜 오고가는지도 묻지 않고/ 영혼을 내맡기고" "멍때리는 일이다". 그렇다면 파도가 '요지부동'하거나 '멍때리는'가? 아마도 쉼 없이 몰려오는 파도의 '역동성'이 아니라 한결같은 그 '일관성'이야말로 파도의 '휴식'이라는 뜻이 아닐까? 마치 고속도로 운전 중에 조는 것처럼.

휴休의 의미도 단순하지 않지만, 휴休의 주체도 단순하지 않다. 지금 '휴休' 하는 주체가 모호하다. '파도'만 주어로 분명하게 제시되었을 뿐 나머지는 주어가 감추어져 있다. "거북손"과 "부처손"의 원관념은 무엇인가? 그리고 "꽃잎이 멍들어도/ 딱따구리가 머릴 쪼아도 머무르고 앉았"는 주체는 누구인가? 등대일 수도 있고, 망부석일 수도 있고, 해수관음상일 수도 있겠다. 하지만 시인은 다 지워버리고 딴전 피우고 있다.

주체를 제시하지 않고 감춘 이유가 무엇일까? 이 모든 휴의 주체는 궁극적으로 시인 자신이라는 뜻이 아닐까? 어떻게 표현했든지 상관없이 "잔잔해지고픈" 시인의 욕망을 반영한 게 아닐까? 시인은 아주 단순하게 말했는데 우리는 너무 복잡하게 이해하는 게 아닐까? 이렇듯 시인은 독자에게 무심하다. 무심해서 독자는 오히려 자유롭다.

3

내친 김에 차례대로 세 번째 실린 작품을 보자. 대표성을 지닌 몇 편의 작품을 골라서 읽는 것으로 그의 시집을 이야기하는 것이 경제적일 수도 있겠으나, 무작위로 읽는 것도 그의 시세계를 적나라하게 이해하는 데 도움이 될 수 있다. 그리고 굳이 그런 이유가 아니어도 세 번째 시는 시집의 표제시여서 눈여겨볼 필요가 있다.

> 아들은 하늘로 달아나고 며느리는 땅으로 달아나고 죽으나 사나 앵골댁 하는 일이 잡초 뽑는 일이다
>
> 말 나눈 적 없지만 재래시장 난전에 꽃나무로 나앉았다가 배추나비 되

어 청과시장을 날다가 풀벌레 울음처럼 쏟아내던 악보 없는 서막을 안다

지금은 폐막을 보고 있다

지는 꽃잎을 간혹 쪼다가 마른 풀잎에 비벼대다가 날지 못하는 새처럼 하늘만 쏘아대고 앉았다

허공을 낚아채는 몸짓이 흔들린다

어찌할까나, 심장으로 파고드는데 기운 다한 행성이 마당을 기웃거리는 것 같아 기억을 내려놓는다

홀로 된 시간이 죽는다
홀로 된 밤이 죽는다

—「팬터마임」 전문

이 시는 아들은 죽고("하늘로 달아나고") 며느리는 도망가고("땅으로 달아나고") "죽으나 사나" "잡초나 뽑는" 앵골댁의 참담한 생애를 건조하게 기록하고 있다. "말 나눈 적 없지만" 그녀도 젊은 한때는 재래시장의 난전에서 "꽃나무로 나앉았"던 적이 있었다. 하지만 그것도 잠시, "배추나비가 되어"(남편 죽고) "청과시장을 날다가"(청상이 되어) "풀벌레 울음"으로 견디던 "서막"은 이렇다 할 반전 없이 그대로 "폐막"으로 이어져서, 지금은 "지는 꽃잎"을 쪼거나 "마른 풀잎"에 몸 비비는 "날지 못하는 새"가 되어 "하늘만 쏘아"댈 뿐이다.

남편도 자식도 있었지만 그녀는 혼자 아닌 시간이 없었을 것이다. 그러니 자식이 죽어도 며느리가 달아나도 그녀는 더 이상 비참해질 바닥이 남아 있지 않다. 그저 잡초만 뽑을 뿐이다. 그녀가 뽑고 있는 것이 어찌 잡초이겠

는가? "(죽음은) 심장으로 파고드는데" "기운 다한 행성"(죽음)이 "마당을 기웃거리는 것 같아" 서둘러 "(이승의) 기억을 내려놓"고 떠날 채비를 한다. 절망도 체념도 없이 하루하루를 견디는 그녀에게 '죽음'만 한 희망이 어디 있으랴!

왜 이 시의 제목이 '팬터마임'이겠는가. 흔히 '팬터마임pantomime'을 '무언극無言劇'이라고 번역하지만, '앵골댁'에게 이 번역은 어울리지 않는다. 무언극은 대사 없이 몸짓과 표정으로 표현하는 극이라는 점에서 팬터마임과 같지만, 무언극이 언어라는 불완전한 수단을 버리고 비언어적 표현을 추구할 만큼 적극성을 띤다면, 흔히 '팬터마임'으로 불리는 '마임mime'은 '흉내'라는 어원을 가진 만큼 소극적이다. 그러므로 팬터마임을 하는 앵골댁은 사람의 흉내만 내고 있을 뿐 이미 사람이 아니라는 거다. 죽지 않았다고 해서 살아 있다는 뜻은 아니지 않은가.

시인이 '팬터마임'을 표제시로 삼았다는 건, 이 시집을 관통하는 '세계'와 '정조'가 그렇다는 뜻일 거다. 그의 시들은 인용한 작품들에서 확인했듯이 말(이야기)은 지우고 표정과 몸짓만 남아 있기 때문이다. 시인이 그리는 세계는 생명의 역동성 대신 가난과 소외, 늙음과 죽음이 폐수처럼 고여 있다. 굳이 힘들게 찾지 않아도 시집은 펼치는 곳마다 그로테스크하거나 묵시록적인 풍경들로 넘쳐난다. 가령 이런 구절들이 그 예이다.

"고장난 나침반을 들고 앞으로만 걸어가고 있어요. 모두"(「나침반」) "뇌사상태에 빠진 장마가, 상가 물받이 밑에 앉아 낮과 밤의 길이를 떠올린다"(「생각그물」) "더위 늘어진 날에는 박제가 된 새처럼 앉아 있다"(「피뢰침」) "육즙에 절은 어둠 몇 토막을 씹는다"(「육회를 먹으며」)

다음 시는 이런 분위기를 가장 잘 형상화한 작품이다.

내 안에 아이가 자라고 있네

귀와 눈이 먼 아이가 자라고 있네

세상을 바라보는 눈은 지긋하게 감고 있네

초파일날 부처 앞에 엎드린 아내 앞에 앉아 있네

아내는 아랑곳않고 절만 하고

아이는 관불의식 끝난 감로수를 들이켜고 있네

그냥,

아내는 또 절만 하고 있네

아내 앞에 부처처럼 아직 앉아 있네

깨닫지 못한 부처 앞에

아내는 절만 하고

이해할 수 없는 법문만 묵묵히 외고 있네

—「내 안에 아이가 자라고 있네」 전문

화자(또는 시인) 안에 자라는 '아이'는 무얼 뜻하는 걸까? 귀와 눈이 먼 채 세상을 바라보는 눈을 지긋하게 감고 있다고 했으니, 세상일에는 마음 두지 않는 초월적 존재일 테다. "초파일날 부처 앞에 엎드린 아내 앞에 앉아" 있는 존재라고 했으니 그 초월자는 '부처'일 테고, 관불灌佛의식 끝난 감로수를 마시는 부처라면 '아기부처'가 아닌가.

내 안에 아기부처가 자란다는 건 무슨 뜻일까? 삼라만상에 불성佛性이 편재하니 내 안에도 불성이 있다는 얘기를 하려는 것은 물론 아닐 것이다. 세상의 어둠과 아픔을 끌어안고 신음하는 중생을 자비심으로 다독이며 구원하는 존재가 부처라면, 그들의 아픔을 속수무책 바라보고만 있는 존재가 아기부처 아닐까? 설화에 의하면 부처는 태어나자마자 "천상천하유아독존天上天下唯我獨尊"을 선언하고, "삼계개고오당안지三界皆苦吾當安之"를 약속했다지만, 아기부처에게 부처의 존엄과 권능이 벌써부터 다 주어졌다고 보겠는가. 이렇게 이해하고 이 시를 본다면 그려지는 장면이 있다.

사월 초파일, 시인은 아내의 성화에 못이겨 아내를 따라 절에 간다. 봉축법요식 내내 아내는 무수히 절만 올리고, 스님은 부처의 이름으로 이해할 수 없는 법문만 늘어놓는다. 시인은 물끄러미 그런 아내를 바라본다. 도대체 남편으로서 나는 아내의 번민과 고통을 덜어줄 길이 없다. 무수한 절로 치러내는 아내의 간절함을 내 것으로 끌어안을 수도, 외면할 수도 없는 곳에 서서 나의 무능을 탓할 뿐이다. 연민할 뿐 구원할 수 없는 시인의 마음이 바로 아기부처의 마음이 아닐까? 나아가 세상일에 적극적이지도 못하고, 그렇다고 초월하지도 못하고, 갈증으로 "혓바닥"만 "헐어 있"(「묻지 마」)는 존재가 바로 시인이라는 아기부처가 아닐까?

이 시는 윤덕 특유의 논리적 비약과 모호한 어법과 음울한 내면세계가 잘 드러나 있어서 이번 시집을 대표할 만하다. 어두운 가운데 깊이가 있고, 신비한 가운데 아픔이 느껴지고, 어눌한 가운데 맥락을 놓치지 않는 윤덕 시의 특장特長이 제대로 살아 있기 때문이다.

4

지금까지 윤덕 시집에서 몇 편을 골라서 읽어보았다. 대부분이 어둡고 무겁다. 하지만 시집의 지배적인 정서가 그렇다는 것이지 모든 시가 그럴 리는 없다. 무겁고 어둡고 절망적인 상황에서도 강한 재생의 의지를 보이는 작품들도 있다. "죽으면 그만인데 억척이냐고 볼멘소리를 하지만/ 흙발로 서기만 하면 행복하다"고 할 때나 "게워내는 푸른 살내 얼마나 향기로운가"

또는 "땀방울 굵은 아름다운 반란이다"(「노동」)라고 할 때 그의 시는 노동자의 구릿빛 근육을 마주하는 듯이 강렬한 에너지와 긍정성이 느껴진다.

이보다 더한 감동은 죽음을 뚫고 돋아나는 생명력이다. "중풍 맞은 노인네가 흙살을 주무"르자 "졸던 닭도 덩달아 뇌혈관처럼 번져나는 봄빛을 파헤"치고, "잃은 한쪽에도 심줄이 돋는지 푸석하던 눈빛이 생기 이는"(「닭이 봄을 파헤친다」) 봄날의 모습은 마치 무덤에서 부활을 만난 듯이 낯설고 경이롭다.

그러나 무엇보다도 이 시집을 읽는 색다른 즐거움은 드문드문 보석처럼 박혀 있는 그의 서정성을 만났을 때이다.

어스름에는, 기러기떼 방향도 알 수 없는 산 너머로 날아갔다

어스름에는, 고라니가 빈 집터를 구획정리하듯 헤집고 숲은 점점 야위어져갔다

어스름에는, 동네로 들어서는 삐거덕거리는 무릎을 세고 세었다

어스름에는, 엄마는 이제 내일이 오는 것이 힘에 부친다며 검버섯을 툭툭 떨어냈다

어스름에는, 내가 미처 말하지 못한 고백이 이파리처럼 말라붙었다

어스름에는, 모든 것들이 참 붉게도 휘청거린다

—「어스름에는」 전문

지난 봄, 치열했던 21대 총선이 끝나고 선거판을 이끌었던 여당의 노회한 어느 정객은 서둘러 정치판을 떠나면서 이렇게 인사말을 남겼다. "이제

다시 뒤안길로 가서 저녁을 기다리는 마음으로 조용히 지내려 한다." 하루 전까지 막말로 뒤엉켰던 정치판에서 하루 만에 이런 인사말을 듣게 될 줄이야. 나는 그 정객의 인사말을 듣는 순간 '저게 시詩구나!' 했다. 이 시 「어스름에는」을 읽으며 든 생각이 딱 그랬다. 시집의 대부분이 '저물어가는 것을 우울해하는 마음'이었다면, 예외적으로 이 시는 '저녁을 기다리는 마음'에 가까웠기 때문이다.

정처 없이 날아가는 기러기떼, 야위어가는 숲, 삐거덕거리는 노인들의 귀가, 검버섯을 떨어내는 엄마, 발화되지 못한 고백, 한결같이 '어스름'을 부르는 것들이다. 저녁 어스름이야말로 서정시가 가장 잘 어울리는 시간이고, 누구나 시인이 되어 두레밥상에 둘러앉는 시간이 아니던가. 이렇게 불러 모은 어스름이 가장 아름답게 응축된 시는 다음 작품이다.

> 어둠이 잔잔하게 물결 이는 저녁
>
> 스르륵스르륵 달그락달그락
>
> 살붙이는 다 떠나가고 개와 겸상을 하고는 아무렇지 않은 듯
> 숟갈을 든다
>
> 빙그르르 도는 불빛, 침묵 한 층이 깊숙이 가라앉는다

—「호수」 전문

5

이제 시인도 환갑을 넘겼다. 몸도 정신도 탄력을 잃고 "젊었을 때 가슴으로 지피던 불/ 이제 데울 곳 없어 무뎌진 몸에다"(「뜸」) 지피는 나이가 됐다. 지난 날을 돌아보는 시인의 마음은 회한으로 가득하다. 스스로를 "비웠는데도 비운 게 아니었"단다.

비워내며 죽음의 경계에 다다라야 하는
유물론 앞에서
외로워지고 더 자유로워지기를 갈망하는
텅, 나는 빈병이다

—「나는 빈병이다」 부분

모든 게 보이고 만져져야 비로소 인식하는 유물론의 시대에, 끝없이 소유하고 소비해야 비로소 만족하는 자본주의의 시대에 "삭아버린 혈기를 들어내고 못다한 갈증을 풀어내고/ 층층이 가라앉은 침묵을 걷어"내어 '빈병'이 되고자 하는 시인의 처절한 싸움은 이제부터 본 궤도에 오른 느낌이다. 첫 시집 『바람, 친구 되어』(2006년)에서부터 두 번째 시집 『나는 꿈을 꾸지 않는다』(2013년)를 거쳐 이번에 상재하는 세 번째 시집 『팬터마임』에 이르는 과정은 욕망과 절망을, 불안과 갈증을, 어둠과 두려움을 '들어내고' '풀어내고' '걷어내는' 지난한 여정이었다. 이 여정은 자신을 비움으로써 채우는 역설의 시간이었을 것이다.

그러므로 그의 시는 비록 투박하고 거칠지라도 가짜일 수는 없다. 심금을 울리지는 못할지라도 꾸며서 위로를 만들지 않고, 부풀린 희망을 앞세워 절망을 고문하지도 않는다. 하여 도회지풍의 세련된 모더니즘 시에 맛들인 독자들이 윤덕의 시집에서 윤덕이 아닌 다른 시인을 찾으려고 한다면 당연히 찾지 못할 것이다. 윤덕의 시는 어느 누구도 되려고 하지 않는다. 그저 윤덕이 되려고 할 뿐이다. ■

시로써 죽음과 맞서는 경이

— 김규정 시집 『넋두리』

왜 시를 쓰느냐 시면

나는 서슴지 않고 말하리라

길이길이 살고파서

밤잠을 참으며 시를 쓴다고

— 김규정, 「머리시」

1

김규정 시인은 여러 측면에서 경이롭다. 첫 번째는 나이를 초월했다는 점이다. 2003년에 69세 나이로 등단했다. 주류의 시인들이 대표작 몇 편으로 문단에 근근이 이름을 올려놓고 있을 그런 나이에 등단했다는 것만으로도 놀랍다. 아무리 나이란 숫자에 불과하다고 해도 나이를 초월하기란 쉽지 않다. 우리는 무의식까지도 나이에 종속된 존재이기 때문이다.

두 번째는 시에 대한 열정이다. 지금까지 일곱 권의 시집을 상재했다. 이번 시집이 여덟 번째 시집이다. 등단은 2003년에 했지만 '산청문협'에서 활동을 시작한 건 2002년 3월이라고 하니(강희근, 『집으러 가는 길』 해설), 올해 3월로 만 20년이다. 20년 동안 8권의 시집을 내는 셈이니 2년 6개월마다 1권 꼴이고, 이번 시집까지 모두 696편의 시를 썼으니 거의 열흘에 1편 꼴이다. 2009년까지만 해도 "주당 1편 꼴"(강희근, 앞의 글)이던 게 최근 들어서 체력이 달려 시작詩作의 터울이 길어진 것 같다. 일반적으로 시인에게 통계적 수치는 크게 의미가 없긴 하지만 이 경우는 다르다. 시인의 열정을 가장 명료하게 보여주기 때문이다.

그리고 그가 경이로운 세 번째 이유는 지치지 않고 시시각각 다가오는 죽음과 맞선다는 점이다. '왜 시를 쓰는가' 하는 근본적인 질문에 김규정 시인은 일말의 주저도 없이 답한다. "길이 길이 살고파서/ 밥잠을 참으며 시를 쓴다"(「머리시」)고. 영원히 살고파서, 죽는 게 두려워서 시를 쓴다고. 그는 시를 쓰는 동안 죽음을 잊고, 시를 쓰는 동안 죽음을 산다. 그의 기왕의 시집들도 '죽음'으로 질펀하다. '생로병사'를 피해갈 수 없는 목숨 가진 존재의 안간힘이 가감 없이 드러나 있다. 그는 이 외통수의 길을 외면하지도 우회하지도 않고 정면으로 직시한다.

올해가 미수米壽임에도 김규정 시인의 기개는 꺾이지 않는다. 일찍이 이런 시인을 두고 "나관중의 『삼국지』에 나오는 촉의 노장 황충의 이미지에 부합"된다고 말한 사람은 이승하 시인이다. 그는 『산청문학』 제8호에서 "시인의 나이 때문이 아니라 시의 씩씩함, 건강함, 용감함 덕분"이라고 했다.

늙어서 씩씩하고 용감하기란 어려운 일이다. 심신이 내 의지를 벗어나서 죽음의 편에 다가가는데 어찌 씩씩하고 용감할 수 있겠는가? 하물며 '흰구름' 조차도 "눈물 마른 하얀 혼령들"(「흰구름 2」)로 보이는데 늙어서 어찌 밝고 건강하길 바라겠는가? 그런데 김규정의 시는 밝고 건강하다. 고통스런 옛날을 회상할 때조차도 밝고, 이제 그만 죽여달라고 신에게 매달릴 때조차도 건강하다. 나이를 초월하여 시가 밝고 건강할 수 있다니 경이롭지 않은가.

2

강희근 시인은 김규정 시인의 이런 기개가 '선비정신'에서 기인한다고 보았다. 첫 시집 『바람의 흔적』 해설 서두에서 한 말이지만 이 통찰이 틀리지 않았음을 이어지는 시집들이 확인시켜주었다. '선비정신'이란 간단히 정의하기가 어렵긴 하지만 "인격적 완성을 위해 끊임없이 학문과 덕성을 키우며, 세속적 이익보다 대의와 의리를 위해 목숨까지도 버리는 정신"이라는 사전적 정의가 시의 이해에 종요롭다.

죽어버리고 싶은데

죽지를 못하고 사는 까닭
눈을 감고 누워 생각해본다

곡기穀氣 끊으신 아버님
이종移種 끝냈다고 여쭙자
그날 밤 세상 떠나시더라

서울의 단짝 친구가
보고 싶다던 여동생 만나고
그날 밤 저세상 갔다더라

아마도 나 죽을 날은
마음에 쏙 드는 시 한 수
세상에 남기는 날인가 싶다
자꾸자꾸
죽었다가 살아나는 걸 보면

—「죽을 날 2」 전문

시인에 의하면 "죽어버리고 싶은데/ 죽지를 못하고 사는 까닭"은 죽는 것보다 더 중요한 과업이 있기 때문이다. 그 근거로 "아버님"은 이종移種 끝냈다고 아뢰자 그날 밤 세상을 떠난다. 여기서 '이종'이란 '모내기'를 뜻한다. 농사꾼에게 모내기는 내 '죽음'보다 더 화급하고 중요한 일이다. 그것은 '삶'을 이어가는 일이기 때문이다. 죽음이 삶을 이길 수는 없다. 나의 죽음이 사사로운 것이라면 모내기야말로 대의大義가 아니겠는가. 모내기가 다 끝났다는 보고를 받는 날 아버님은 '비로소' 이승을 떠나신 것이다. 또 다른 근거로 단짝 친구를 든다. 그는 오매불망하던 여동생을 만나고 그날 밤 세상을 뜬다. 죽음보다 더한 간절함이 있기 때문이다.

이 두 근거를 종합해보면 죽음보다 더 중요한 건 '대의명분'(이종)이고 '간절함'(여동생)이라는 것. 그렇다면 나는 왜 죽지 못하는가? 나의 죽음을 유예시킬 만한 대의와 간절함은 무엇인가. 바로 시詩이다. "자꾸자꾸/ 죽었다가 살아나는 걸 보면" "마음에 쏙 드는 시 한 수/ 세상에 남기는 날"이 "아마도 나 죽을 날"이 아닐까 하고 생각한다. 나에게 죽음보다 더 중요한 건 마음에 쏙 드는 시 한 수 남기는 일이고, 그 일은 내 죽음을 미룰 만큼 간절하다. 이보다 더 비장한 '선비정신'이 있겠는가. '선비정신'이란 결국 자신의 신념 앞에서 '오뚝이'가 되는 것이 아니겠는가.

간밤에 죽을 줄 알았더니
아침에 다시 살아나 시를 쓴다

아무 일도 할 수 없는 내가
만만한 짓이 그것밖에 없어

언제 죽을지도 모르면서
돈도 안 되는 시를 쓰고 있다

달리 소일거리가 없으니
사는 날까지 써보는 수밖에

—「오뚝이」 전문

간밤에 죽을 줄 알았던 시인이 이튿날 아침에 다시 살아나 시를 쓰고 있다. 언제 죽을지도 모르는데 시를 쓰고 있다. 그에게 시쓰기가 그저 "만만한 짓이 그것밖에 없어", "달리 소일거리가 없으니" 심심파적으로 하는 걸까. 그에게 시는 곧 죽음과 맞서는 일이다. 달리 말하면 그에게 시작詩作은 삶을 잇는 일이자 죽음을 잊는 일이고, 삶을 견디는 일이자 죽음을 이해하는 일이다. 그러니 그에게 시쓰기는 죽는 날 끝나는 게 아니라 시쓰기를 그만두는 날 죽게 될 것이다. 오뚝이는 서 있는 동안만 오뚝이다. 쓰러진 오뚝이는 이미 오뚝이가 아니다. '시인' 김규정은 시를 쓰는 동안만 김규정이다. 시를 버리고 죽음에 투항한 김규정은 김규정이 아니다. 이때의 그는 다른 무엇으로 규정되어야 할 것이다.

3

진통제를 맞는다고 통증이 치료가 되는 게 아니듯이, 시를 아무리 껴안고 있어도 시시각각 다가오는 죽음에 대한 공포를 떨쳐버릴 수가 없다. 그의 시가 아무리 용감하고 씩씩함을 가장해도 인간으로서의 나약함이 얼핏얼핏 드러나는 건 어쩔 수 없다.

겨울 물러가고 봄 다시 오니
감나무가 꼭 감았던 눈을 뜬다

돌아온 정신 변덕치 않으면
잎 피우고 꽃도 피워볼 것 같다

감이 자라 익을 때까지 살면
하나라도 맛 좀 보고 죽고 싶다

—「되살이 1」 전문

다시는 새 봄을 볼 수 없을 줄 알았던 겨울이 물러가고, 시인은 겨우 기력을 되찾아 희미한 정신으로 봄을 맞는다. 감나무 가지마다 꽃처럼 새 움이 튼다. 마치 꼭 감았던 눈을 다시 뜨는 자신 같다. 가까스로 돌아온 정신줄을 다시 놓쳐버리지 않는다면 감나무가 잎 피우고 꽃도 피우는 것을 볼 수 있을 것이다. 하지만 시인은 점점 건강에 자신을 잃어가고, 내일을 기약할 수가 없다. 그러니 우리가 울컥하게 되는 지점은 바로 저 결구이다. "감이 자리 익을 때까지 살면/ 하나라도 맛 좀 보고 죽고 싶다". 누구나 봄날 꽃을 볼 때는 마땅히 가을의 결실을 바라겠지만, 어느 누군가는 그 마땅한 결실을 보는 것조차 간절한 소원일 수 있다. 이처럼 죽음이란 '마땅함'을 '간절함'으로 바꿔놓는다.

죽음에 시달리는 자에게는 꿈마다 악몽이고 생각의 마디마다 다짐이다. 다짐이 일상이 되는 건 그만큼 스스로가 약해져간다는 방증이고, 악몽이 잦다는 건 깨어 있는 시간이 곧 악몽이라는 뜻.

잠을 자다가 소변이 마려워서
화장실에 가려고 일어서려다가
방바닥에 넘어진 것을 보고
내 혼백이 보자기를 싸고 있었다

정신을 차려보니 꿈이었더라

—「꿈 2」 전문

"화장실에 가려고 일어서려다가/ 방바닥에 넘어진 것을 보고/ 내 혼백이 보자기를 싸고" 있는 꿈이라니. "내 혼백이 보자기를 싸고 있었다"는 건 아마도 '내 혼백이 (저승사자의) 보자기에 싸여지고 있었다'는 시적 표현일 테다. 그렇게 보면 '혼백'은 죽은 자의 영혼을 보따리에 싸서 챙겨가려고 온 저승사자로 읽어도 되겠다. 저승사자가 나를 되려가려는 찰나 꿈에서 깨어난 시인의 심정은 어땠을까? 가슴을 쓸어내리며 다행이라고 여겼을까, 다시 악몽을 견뎌야 하는 현실에 질망했을까? 다음 시가 그 답이 되겠다.

이승은 지옥이고
저승은 극락이다

도깨비가 되어 살지라도
나는 돌아오지 않으리라

지긋지긋한
병치레가 싫어서

—「다짐」 전문

시인에게는 악몽에서 깨어난 게 결코 다행이 아니었다. 아니 그 꿈은 악몽이 아니었던 것이다. 이승은 지옥이고 저승은 극락인데, 극락에 가지 못하고 지옥에 다시 온 것이 다행일 리가 없지 않은가. 시인은 쐐기를 박듯이 '다짐'을 한다. 저승에서 "도깨비가 되어 살지라도" 이승으로 "돌아오지 않으리라". 왜냐하면 "지긋지긋한/ 병치레" 때문에.

태어나고 늙고 병들고 죽는 거야 뉜들 피해가겠는가. 피할 수 없는 길이고, 뻔히 아는 길이지만, 뻔히 아는 길이라고 그 노정路程이 고통스럽지 않은 것은 아니다. 사바세상의 우리에게 몸은 늘 '고통의 집'일 뿐이다. 젊어서는 욕망으로 '불타는 집'이었다면 늙어서는 병마로 '신음하는 집'이다. 하지만 이 '고통의 집'에서도 즐거움이 있고, 아름다움이 있다. 아니, 고통의 집이기 때문에 아름다울 때도 있다.

캄캄한 박쥐 동굴에서
기나긴 밤을 지새웠다

자식들 등쌀에 못이겨
병원으로 실리어갔다

효심 뿌리치지 못하고
또다시 내가 살아왔다

고통이 지긋지긋해서

더는 살고 싶지 않는데

—「효심孝心」 전문

박쥐처럼 밤새 고통의 동굴에 거꾸로 매달려 있다보니, 사는 것도 지긋지긋해서 더는 살고 싶지도 않은데, 자식들의 등쌀에 못이겨 병원으로 실려 갔다가 또다시 살아서 돌아온다. 얼핏 보면 효심이란 부모의 고통을 늘이는 짓궂은 마음처럼 보이지만 부모에 대한 존경과 사랑과 헌신의 오랜 방식이다. 부모 역시 입으로는 죽고 싶다고 하지만 이 또한 효孝를 시험하는 어리광이요 투정임을 우리는 다 안다. 마치 어둠이 짙어야 별이 빛나듯이 효도 부모의 고통을 배경으로 할 때 더욱 빛나는 마음임에는 틀림없다.

마치 앙상하게 "뼈만 남은" 겨울나무가 삼한사온三寒四溫의 겨울 날씨를 견디듯, "삼일간 아프면/ 사일간은 편안해"(「삼한사온三寒四溫」)지는 통증의 겨울 기후를 겪고 있는 시인에게 자식들의 효심은 잠시나마 느끼는 봄기운이 아니었을까?

4

노환으로 고통을 겪으며 죽음의 공포와 싸우는 시인에게 순간순간 떠오르는 지난 날의 기억은 회한으로 넘쳐난다. 기억이 불러오는 과거는 고통스럽지만 때로는 아련한 그리움도 섞여 있어서 잠시나마 고통을 잊는 진통의 효과도 있을 것이다.

외 상에 마주 앉히시고는

아무도 몰래 고기반찬 먹이시던

양반은 반듯하게 누워서

자야 한다시며 이불 덮어주시던

그토록 끔찍이 사랑하여주시던
증조할머니가 갑자기 뵙고 싶다

—「그리움」 전문

시인의 증조할머니에 대한 기억은 각별하다. 그만큼 증손을 "끔찍이 사랑하여"주셨기 때문이다. 집안의 가장 큰 어른이셨던 증조할머니는 당신의 "외 상"에 손자를 마주 앉히고, 당신 상에만 올랐던 "고기반찬"을 손주에게 "아무도 몰래" 먹이셨다. 그런 증손에게 당신은 기대와 당부도 잊지 않으셨다. '너는 양반의 핏줄'이라는 것. 잠잘 때조차도 반듯해야 할 만큼 마음도 태도도 반듯해야 한다는 것. 그리하여 우리 가문을 '반드시' 일으켜 세워야 한다는 것.

나를 양반이라고 되뇌이시던
증조할머니 말씀 그런가 했다
나이가 어려 아무것도 몰라서

세월 흘러 철든 어느 비 오는 날
보물처럼 싸가지고 다니시던
할아버지 보자기가 궁금했다

풀어보니 족보가 알려주더라
내가 경순왕 사십삼 세손임을
증조할머니 말씀 확실한 것도

그러나 나는 머리가 작아
큰 감투를 써보지 못했다

—「자화상自畵像」 전문

증조할머니의 생각에는 “경순왕 사십삼 세손”인 나는 가문의 희망이었을 것이다. 입신양명하여 가문을 빛내야 할 책무가 있음을 어린 종손에게 세뇌하듯 이르셨을 것이다. 그러나 나는 증조할머니로부터 그리 지극한 사랑을 받고도 그 기대에 부응하지 못했다. “머리가 작아/ 큰 감투를 써보지 못”한 것이다. 물론 머리 사이즈는 능력일 테고, 큰 감투는 높은 지위일 테다. 능력이 모자라 높은 자리에 오르지 못해서 가문의 영광을 되찾아드리지 못해 송구한 것이고, 그렇지만 그 끝 모를 사랑만은 두고두고 잊지 못할 만큼 그립고 고마운 것이다. 송구함과 고마움으로 숭모하는 대상이 어찌 증조할머니뿐이겠는가? 장손이라고 “대감 받들 듯/ 보살펴”주신 할아버지 할머니의 은혜도 하해 같다. 스스로를 실패자로 규정하고 불효자를 자처하는 시인에게 조상에 대한 죄의식은 마지막을 정리하고 버티게 하는 힘인지도 모른다. 그러나 그 어른들은 이미 흘러간 물이다. 흘러간 물로 내 피를 돌게 하는 데는 한계가 있다. 지금 나의 심장을 뛰게 하는 힘은 따로 있다.

시인에게 최후의 보루는 아내이다. 육십여 년을 곁에서 보살펴준 아내처럼 소중한 존재가 어디 있으랴. “논 팔아 싸들고 부산에 가서/ 사기꾼에게 당하고 죽은 나를/ 살려준 아내”(「고백告白」)가 아니던가. 조상에 대한 미안함이나 죄의식은 ‘장손’이라는 자의식에서 비롯되는 상투적 측면이 강하다면, 아내에 대한 미안함은 전혀 다른 층위에서 절절하게 북받친다.

> 천 원을 쪼개어
> 콩나물 오백 원어치를
> 사들고 온 아내가
> 자랑처럼 말합니다
>
> 시장에서 가장 헐한 것이
> 콩나물이더라고

나는 북받치는
미안하다는 말 억누르고
콩나물을 바라보았다

—「군소리」 전문

시인의 생애를 떠받치고 있는 기둥은 아내이다. 아내의 인고忍苦를 딛고 지금까지의 그가 존재하는 것이고, 심지어 그의 죽음까지도 존재하는 것이다. 남편 걱정에 "동네병원 서둘러 다녀오고/ 텃밭에 가도 일은 건성"인 아내는 남편이 "죽었는지 살았는지/ 수시로 들여다보는" "사망 감시원"(「사망 감시원」)이다. 김규정 시인의 아내에 대한 이 찬사는 매우 인상적이다. 아내를 "사망 감시원"이라고 부른 시인은 일찍이 없었기 때문이다. 그러니 시인의 묘비명을 이렇게 말고는 달리 뭐라고 쓰겠는가. "김규정, 장만순/ 손잡고 묻히다"(「비문碑文」).

5

지금까지 김규정 시인의 여덟 번째 시집을 살펴보면서 확인했듯이 시인은 여러 측면에서 경이롭다. 늙고 병든 몸을 견디며 혼신의 힘으로 시를 붙잡고 있다는 것도 놀랍고, 그럼에도 언어의 탄력과 긴장을 유지하고 있다는 것도 놀랍다. 스스로를 "고삭부리"(「사망 감시원」)라고 하지만 그의 언어는 결코 늙지도 쇠약하지도 않다. 여전히 힘이 있고, 씩씩하고, 건강하다. 아마도 그의 시의 씩씩함과 건강함은 그만의 독특한 '워딩'(화법)과 '딕션'(표현)에서 기인하는 게 아닌가 한다.

그의 시에는 수사修辭의 현란함이 없다. 에두를 줄 모르는 직설의 언어는 짧은 비수처럼 날렵하고 예리하다. 그래서 죽음과 비애를 이야기할 때조차도 힘차다. 시에 의지한 채 자신의 죽음을 마주하는 시인의 삶은 그 자체가 감동적인 시다. 많은 시인들이 '죽음'을 마치 전매특허처럼 남발하면서 허무와 우울을 과장하지만, 정작 '죽음'을 겪고 있는 노시인의 육성 앞에서 우리

는 되레 의연함과 명랑함을 느낀다. 부디 '시의 힘'으로 시인의 남은 시간이 아름답고 충일하기를 빈다. ■

'순간'에 점심點心하려는 '시간의 예술'들

— 김광기 시집 『시계 이빨』, 임동확 시집 『길은 한사코 길을 그리워한다』

1 '시간예술'로서의 서정시

한 권의 시집은 저마다의 빛깔을 지닌 개별 시편들로 이루어져 있다. 어떤 기획이나 의도로 '제작된' 시집이 아니라면 대개 그럴 것이다. 그런데 그런 시집을 한 개 혹은 몇 개의 주제어를 정해서 그것으로 시집 전체를 꿰어 읽으려는 욕망은 무모하고 폭력적이다. 그럼에도 불구하고 많은 서평들이 그 무모와 폭력을 기꺼이 무릅쓴다. 그 이유는 다른 데 있지 않다. '간단명료'라는 신화神話를 숭배하기 때문이다. 본디 복잡다단한 것을 단순화시켜 간단명료하게 드러낸다는 것은 본디의 것에서 그만큼 멀어졌다는 뜻이지만, 중매하는 전달자의 입장에서는 매우 효율적이고 편리하기에 그 욕망을 쉽게 떨칠 수가 없다. 이 글도 그런 유혹에 기꺼이 투항하여 폭력과 무모를 일삼겠지만, 가능하다면 시인과 시집이 가진 고유한 매력과 장점을 들추어내서 독자들에게 홍보하는 데 공을 들이고 싶다. 왜냐하면 서평이란 비판 쪽보다는 홍보 쪽에 더 가까운 글의 형식이라고 믿기 때문이다.

여기 두 권의 시집이 있다. 하나는 '시간'을, 다른 하나는 '순간'을 집요하게 응시하며 천착한다. '시간'이든 '순간'이든 결국 '시간'에 집착한다는 뜻인데, 왜 우리 시는 이렇게 '시간'에 연연하는 것일까. 이 물음에 대한 답은 다음 글에서 그 단서를 찾을 수 있을지도 모르겠다.

> "우리는 서정시를 '시간예술'이라고 부르곤 하는데, 물론 그것은 서정시 안에서 시간적 흐름이 형식화된다는 측면과 서정시의 구조원리가 시간성에 의해 지배된다는 측면을 강조하는 말이지만, 좀 생뚱맞은 비유를 한번 해보자면, 서정시가 '시간예술'이라는 것이 '시간 자체에 대한 예술'이라는 것을 의미한다고 변용시켜 이해할 수도 있다. 이처럼 서정시와 시간은 불가피한 짝이고, 분리불가능한 서로의 원질原質이다."(유성호, 『침묵의 파문』 75쪽)

마치 시가 곧 '시간예술'이며 '시간 자체에 대한 예술'임을 증명이라도 해보이려는 듯이 김광기 시인의 『시계 이빨』(시산맥사)은 '시간'을 키워드로 삼아 '세계'를 열어보려고 하고, 임동확 시인의 『길은 한사코 길을 그리워한다』(신생)는 '순간'을 프리즘으로 삼아 '영원'을 분광해보려고 한다. 둘 다 1959년생으로 이미 중년의 나이테를 두른 채 저마다 튼실한 시세계를 구축하고 있는 시인들이다. 이런 중견시인들이 자신의 내공을 최대한 끌어모아서 응시하려고 하는 곳이 어딘지 이 글은 추적할 것이다. 그러면서도 다른 한편으로, 주제어를 벗어난 곳에서 자유롭게 노닐고 있는 시편들에도 관심을 갖고 이 시집들이 왜 아름다운지를 말하려 애쓸 것이다.

2 김광기 시집 『시계 이빨』

김광기의 시집 『시계 이빨』은 시간에 대한 사유이면서 세계에 대한 사유이다. 아니 시간을 통한 세계의 사유이고, 세계를 통한 시간의 사유이다. 그는 시집의 서문에서 이렇게 밝혀놓았다. "시간이 세상을 깨물고 있다.// 나는 시간을 깨물고 있다."(「시인의 말」) 세상을 깨물고 있는 주체를 시간으로 파악했고, 동시에 그 시간을 깨물고 있는 주체로 나를 파악했다. 이 두 문장을 단순하게 하나로 합쳐보면 "나는 시간을 통해서 세상을 깨물고 있다"가

될 텐데, 여기서 "깨물다"라는 동사에 집중해보면 이 시집을 이해하는 데 꽤 유용한 단서가 나오리라 본다.

깨문다는 건 무엇인가를 물고 있다는 뜻인데, 물고 있다는 상황은 '물고 있는 주체'가 '물려 있는 대상'을 장악하고 있는 것처럼 보이지만, 기실 정반대의 상황인 경우가 더 많다. 물고 있는 주체가 물려 있는 대상에게 장악당하고 있다는 뜻이다. 마치 개가 맛있는 뼈다귀를 물고는 먹지도 못하고, 뱉지도 못하고, 그 뼈다귀 때문에 전전긍긍하는 모습을 상상하면 이해가 되리라. 그렇다면 앞의 서문을 이렇게 바꾸어서 읽어보면 어떨까. "세상은 시간에게 재갈을 물리고, 시간은 나에게 재갈을 물린다." 이렇게 비틀어 읽는 까닭은 김광기의 이번 시집이 "세상은 시간을 통해 나에게 재갈을 물리고 있다"고 말하는 것처럼 보이기 때문이다. 재갈을 물린다는 건 단순하게 입만 틀어막았다는 뜻이 아니라 심신을 제압하고 통제하며 위협한다는 뜻이다. 시집의 첫 번째 시에서부터 이렇게 재갈 물린 듯한 상황은 격하게 노출되어 있다.

> 나는, 이 세계 속의/ 공간이 아닌/ 내 힘으로는 가늠하기 어려운/ 시간 속에 박혀 있다./ 박제된/ 나비, 부분 부분의 생이 살아서/ 아직도 꿈처럼/ 날개를 퍼덕거린다
>
> —「분열」 부분

모든 자유는 억압되고 가능성은 사라졌을 때, 어디에도 구원의 손길은 없고 사방은 캄캄한 절벽뿐일 때, 이런 절망의 끝에서 분열을 일으키는 것 말고 인간의 정신이 할 수 있는 게 도대체 무엇이 있을까. 이 시는 바로 그런 '분열'을 말하고 있는 것이다. 그런데 시적 자아가 분열적 상황에 처한 곳은 이 세계 속의 "공간"이 아니라 불가항력적인 "시간" 속이다. 공간 속에 갇혀 있는 것이 구금拘禁이라면 시간 속에 갇혀 있는 것은 박제剝製다. 박제란 마치 살아 있는 듯한 자태가 아니라, '그 몸짓'의 전후前後 사이에 끼어 있는 '지

금'이라는 시간이다. 그러므로 박제란 과거형이면서 미래형이고, 움직이는 정지이며, 살아 있는 죽음이어서 모순과 분열의 상징적 이미지를 지닌다. 시집을 여는 시가 다름 아닌 '시간 속에 박제된 분열증적 자아'를 말하고 있는 건 의미심장하다.

인간의 의식은 '공간'과 '시간'의 지배를 벗어날 수가 없다. 그래서 문학을 두고 '공간'과 '시간'의 예술이라고들 한다. 공간은 사건이 발생하고 진행되는 거처라면 시간은 사건을 전개해나가는 손이다. 그런데 이 둘 중에서 특히 시간은 '추상'을 본질로 하기 때문에 일종의 개념으로밖에 존재할 수가 없다. 더욱이 문학처럼 '언어'로 표현되는 '시간'은 언어라는 간접화의 회로를 한번 더 거치는 탓에 비유적으로 표현될 수밖에 없다는 한계를 지니지만, 바로 이 한계 때문에 문학이 존재한다는 것은 아이러니다. 즉. 시간에 대한 절망과 두려움이 문학을 만들고 예술을 만든다는 말이다. 시간으로부터 자유로운 생명체는 없을 테니 왜 안 그렇겠는가. 시간에 대한 시인의 경건함과 두려움이 잘 나타난 시 한 편을 보자.

> 태백산 꼭대기쯤에 주목朱木은 자란다./ 살아서 천년을 살고 죽어서 천년을 산다는 나무,/ 높고 깊은 산 속에서 오로지 하늘만 보고 살며/ 나날이 붉은 노을을 몸속에 재어놓은 주목의/ 그 붉은 뿌리를 낯선 집 거실에서 만난다./ 아직도 살아있는 듯 나무는 매끄럽고 단단하여/ 집 안의 탁자, 의자로 쓰이고 있는데도 범상치 않다./ 나무를 깔고 앉아 천년의 가치를 얘기하는/ 주인장의 넉살은 백년의 꿈조차 채 꾸지 못하는/ 범부의 삶을 더욱 초라하게 하고 있다./ 괜한 삶이 미안하다. 주목을 어루만지기만 한다.
>
> — 김광기, 「천년의 연緣」 부분

주목朱木 예찬론자들은 '살아서 천년, 죽어서 천년'이라고 한다. 이 말은 일차적으로 주목의 강인한 생명력과 목재로서의 우수한 내구성을 이야기하는 것일 텐데, 여기에 더하여 이 나무의 수려한 수형과 가구적 가치를 일

켠기도 할 것이다. 하지만 지금 시인이 "미안"해하는 것은 주목의 관상적/가구적 가치 때문이 아니라 영생에 가까운 수명 때문이다. 살아서 천년을 견뎌오는 동안 이 나무가 겪었을 무수한 고난과 죽어서 다시 천년을 견딜 동안 겪게 될 무수한 치욕을 떠올리면서 주목에게 미안해하고 사죄하는 것이다.

인간 세상에서 '어른'이란 정신적/사회적 지위와 역할에서 비롯되겠지만, 근원적이고 본질적인 의미에서는 당연히 '나이'가 어른을 만든다. '나이'야말로 가장 단순한 위계의 기준이며, 인간관계의 질서를 규율해온 오랜 율법이기 때문이다. 천년의 나이가 되는 동안 한소식을 얻어서 "살아서는 하늘만 보던 나무가/ 생각을 단단하게 굳힌 채 바닥만 보고 있"는 주목을 함부로(?) 깔고 앉아 넉살 좋게 천년을 이야기하는 인간의 불경不敬과 경망輕妄과 비천卑賤을 부끄러워하는 것일 터이다. 그래서 다음과 같은 시를 쓰게 됐는지도 모르겠다.

> 어떤 시련은 굴욕을 잊게 만든다.// 굴욕을 어루만지며 병이 든 나무는/ 제 몸을 점령한 벌레들에게/ 마지막 수액을 내주고 쓰러진다.// 저들의 축제가 납득이 간다./ 아니 아직은 납득이 가지 않는다.// 나를 버리는 것이 굴욕이다./ 옭아매고 있는 것이 내게 힘을 준다.// 이젠 잎사귀를 떨구는 몸이/ 해충들에게 구석구석 파 먹히고/ 땅의 시간으로 돌아가는 것이,// 뿌리에 대한 경배를 가늠하게 한다./ 시련으로 다진 굴욕만이 아름답다./ 단단한 생의 굴곡이/ 차분하고 경건하게 바닥에 닿는다.
>
> —「굴욕, 바닥에 닿는」 전문

'굴욕'과 '시련'은 각기 다른 개념을 갖겠지만, 쓰임의 차원에서는 하나일 때가 있다. 시련을 당하는 것 자체가 굴욕이고, 굴욕을 받는 게 곧 시련일 때가 그렇다. 그러나 이 시에서 시인은 이 낱말들의 새로운 용례로 시를 삼는다. '시련'이란 고통의 극한을 확인하게 하는 것이고, '굴욕'이란 그 시련의 끝에서 "나를 버리는 것"이다. 하지만 이 둘은 시간의 선차성으로 구분지어지는 선형적 관계가 아니라, 서로 이어져 있는 우로보로스의 형식을 취한다. 즉 굴욕이 시련을 부르고, 시련이 굴욕을 완성시킨다고 보는 것이다. 하지만 이것이 이루어지는 환경은 바로 '시간'이 제공한다.

나무의 시간은 싹이 트는 데서 시작되어 고난과 영화와 보람을 차례로 거쳐 다시 처음의 시간으로 돌아가는 데서 끝나며 한 사이클을 완성시킨다. 이 과정에서 나무는 스스로의 육신을 벌레에게 내주며 한바탕 축제를 벌여주고 마지막 잎사귀를 떨구고는 "땅의 시간"으로 돌아가는 것이다. 여기서 "땅의 시간"이란 시간 이전의 시간, 즉 '혼돈'을 의미할 것이다. 모든 것을 내려놓은 성자처럼 가야 할 곳으로 돌아가는 나무를 보면서 시인은 감동한다. 그리고 "단단한 생의 굴곡이/ 차분하고 경건하게 바닥에 닿는" 장엄한 풍경 앞에서 경배한다.

그러나 모든 시간이 이렇게 거시적으로만 존재하는 건 아니다. 일상을 지배하는 미시적 형태의 가벼운 시간도 있다. 퇴근을 부르는 출근의 시간이 있고, 연인의 손을 놓지 못해서 자꾸만 '다음'으로 유보되는 버스정류장의 시간도 있다. '트로트의 시간'이 있고, '통기타의 시간'이 있듯이 소리로써 구분되는 시간도 있다. 다음 시는 일상의 풍경에서 '시간'과 '소리'가 만나서 어떻게 서로를 재구성시키고, 재의미화되는지를 보여주는 명편이다.

> 아침, 누군가의 삶을 정리해주는/ 호루라기소리, 저 소리에 밀려나고 있다./ 또 누군가의 길을 터주기 위해/ 호루라기를 불어야 할 것 같은/ 이른 새벽, 두부나 재첩국을 팔며/ 골목을 깨우던 그 시절과는 또 다른/ 사람들도 많고 자동차도 많다/ 60년대 호루라기소리에는 줄을 섰고/ 7,80년대 호루라기소리에는 도망부터 했고/ 90년대 호루라기소리에는 멈칫멈칫하다가/ 세상이라도 망할 것 같았던 세기말을/ 한참 지나온 요즘에서야/ 창밖의 호루라기소리가/ 찻길을 잡는 소리로 들리는 시간,/ 생각도 번잡하여 이리저리 휩쓸리고 있는데/ 홍해가 갈리듯 호루라기소리에 밀리듯/ 그 속

에서 길이 나듯 그 길 끝에/ 내가 있듯, 나의 아침이/ 마침내는 고여 그대에게로 흐른다.

—「호루라기소리」 전문

호루라기란 청각을 통제하여 시각을 통제하고 나아가 사회를 통제하려는 매우 정치·사회적 소품이다. 호루라기라는 근대적 소품은 시대의 정치적 기류를 타고 매우 다양하게 기능했으니, '완장'과 더불어 우리의 현대사를 상징하는 기념비적 물건인 셈이다. 전후戰後의 무질서 속에서 권력은 자유를 갈구하는 민중을 제압해야 했고, 호루라기는 매서운 채찍이 되어 민중의 고막을 후려쳤다. 호루라기소리만 들리면 저절로 몸이 굳는 조건반사를 경험해야 했던 시대이다. 그때의 호루라기는 사적인 영역에서 공적인 영역으로, 개인에서 집단으로, 무질서에서 질서로 재편되는 신호였다. 하지만 이때의 호루라기는 기능이 단순했고, 그래서 민중은 덜 길들여졌고, 그래서 덜 위협적이었다.

하지만 7,80년대로 들어서면서 비로소 호루라기의 시대가 열렸다. 호루라기는 줄을 세우기 위해서, 도망하는 자를 추적하기 위해서, 학생과 경찰을 구분하기 위해서, 권력이 부는 호루라기소리는 전국의 거리와 골목에서 울렸다. 호루라기소리는 비명소리처럼 날카로웠고, 그 소리에 쫓겨서 달아나는 지친 발자국들은 이미 휘청거렸고, 호루라기소리를 벗어나지 못한 사람들은 호루라기에게 잡혀먹혔다. 90년대를 지나고, 세기말을 지나면서 호루라기의 기능은 다시 단순해졌고, 사람들은 호루라기소리가 열어주는 길을 따라 출근하고 등교하고 "그대에게로" 간다.

하지만 다가올 미래에는 어떤 모습으로 호루라기소리가 변주되어 나타날지 알 수가 없다. 이 시에서 1959년 전후戰後의 베이비부머로 태어난 시인의 삶의 이력이 "호루라기소리" 하나로 정리된 느낌이다. 오늘도 호루라기소리에 "홍해가 갈리듯" 갈리지는 사거리 신호등 아래 횡단보도를 시간의 재갈을 문 채 "하나도 아닌 네 개의 혀를 할딱거리며"(「개」) 건너가는 시인의 실루엣이 보인다. 아마도 시인의 실제 모습은 그의 시에 비친 실루엣보다 훨씬 클 것이다.

3 임동확 시집 『길은 한사코 길을 그리워한다』

임동확의 시집 『길은 한사코 길을 그리워한다』는 이성희 시인이 쓴 시집의 해설이 날카롭고 날렵하다. 시집을 '순간'과 '생성'이라는 키워드로 낚아채서 요리한 솜씨가 탁월하여 해설을 읽는 맛도 시를 읽는 것 못지않게 쏠쏠하다는 뜻이다. 이 해설에 따르면 '순간'을 "말이 점멸하는 자리, 말의 벼랑"으로 보고, '순간'에 점심點心하고자 하는 게 시인의 욕망이지만, 이 불가능한 욕망을 엿보는 게 이 시집을 읽는 즐거움이라고 했다. 그리고 "생명의 정오"(시집 『태초에 사랑이 있었다』 자서)라고 할 만한 순간들을 환유적으로 열거한 시 「순간들」을 지렛대 삼아 시집을 독자의 눈높이로 들어올려서 보여준다. 그의 해설은 이렇듯 명쾌하면서도 친절하다.

이 글 역시 '순간'에 착안하여 시집을 읽을 것이지만, 이 '순간'을 축자적逐字的으로 이해하지 않고 시가 생성되는 지점, 즉 '타이밍'으로 이해하려 한다. 왜냐하면 시인이 시를 낚아채는 절묘한 지점이 곧 어떤 '정오'로서의 '순간'이 아닐까 하는 생각이 들었기 때문이다. 이를테면 이런 '순간' 말이다.

> 폭우가 쏟아지던 어느 7월의 인사동/ 네 살쯤 돼보이는 한 아이가/ 거칠 것 없이 장대비 속으로 뛰어든다./ 젊은 엄마와 두 살 위의 누이가/ 제 이름을 애타게 부르고/ 손을 붙잡으며 만류해도/ 굵은 빗속으로 달아나며/ 연신 깔깔깔깔 웃음을 터트린다./ 크거나 작거나, 희거나 검은 우산들이/ 잠시 가던 발길을 멈춘 채/ 일제히 차양이나 어닝 아래/ 여름 소나기를 다급히 피하는 사이/ 어느새 빗방울과 하나가 된 아이가/ 라일락 향기처럼 밀려오는 천진天眞,/ 잃어버린 약동을 고스란히 보여주며/ 점점 더 멀리 깔깔거리며 달아난다./ 모처럼 행인들도, 상인들도 덩달아/ 아주 잠깐 뱃속까지 환하게 웃던 그날.

—「폭우」 전문

시에 드러난 극적劇的 상황은 한 장의 스냅 사진처럼 명료하다. 폭우가 쏟아지자 어린 꼬마가 솟구쳐오르는 '신'을 주체하지 못해서 빗속으로 뛰어들었다는 이야기다. 극적劇的이라고는 했지만 그렇게 불릴 만한 드라마틱한 요소는 어디에도 없다. 다만 말릴 새도 없이 빗속으로 뛰어든 어린아이의 충동적 행위가 있었고, 빗방울과 하나 된 아이의 천진天眞)이 있었고, 그 천진을 바라보며 잠시 시름을 잊은 어른들이 있을 뿐이다. 이 시는 '천진'이야말로 시의 핵심적 요체임을 보여주려는 듯하다. 이렇듯 임동확의 시는 서사(이야기)로 감동을 만들 때보다 이런 순간적 파토스로 '점심點心'하듯이 시를 빚을 때에 훨씬 '전압'이 높은 시가 태어난다. 그래서 이 시집을 메시지나 의미로 재구성한 '시세계'가 아닌 시가 태어나는 '순간'으로 읽어보려는 것이다. 이렇게 읽을 때 가장 어울리는 시가 바로 이 작품이다.

타클라마칸 사막을 횡단하던 도중 중간 휴게소였던가
사막을 길게 가로지르는 도로 한 켠의 수로를 파기 위해
단 한 명의 인부가 허리 굽힌 채 연신 곡괭이질 해대고
단 한 명의 감독관이 그걸 바짝 감시하는 풍경과 마주친
어느 여성시인이 버스에 올라타려다 그만 펑펑 울음을 쏟아냈다

—「한 줌의 도덕」 전문

이 시는 짧기도 하려니와 시집에 수록된 원본 형식 그대로 행갈이한 채 읽어보는 게 더 효과적일 것 같다. 앞의 시처럼 이 시도 덧붙여 해설할 게 없다. 그냥 시가 그려서 보여주는 대로 보면 그만인 시다. 시에서 묘사描寫가 얼마나 중요하고 힘이 센지를 보여주는 좋은 예다.

시금 사막을 가로지르는 막막한 어느 지역에서 수로 공사를 위해 한 인부가 일을 하고 있고, 한 명의 감독관은 그 인부 하나를 밀착 감시하고 있는

상황이다. 그런데 그 장면을 보고 왜 여성시인은 펑펑 울었을까 하는 것이 이 시의 잘 묶여진 매듭이다. 그 여성시인은 노역하는 인부를 연민해서 울었을까, 아니면 감독관이 야속해서 울었을까, 한 명은 일하는데 다른 한 명은 감시하는 이 비인간적인 구도/구조에 분개해서 울었을까, 아니면 이 처연한 풍경과 자신의 삶의 어느 지점이 겹쳐져서 울었을까, 우리는 알 수가 없다. 하지만 설명할 수 없다고 공감할 수 없는 것은 아니다. 설명과 공감은 다른 층위의 문제이고, 이 시는 설명할 수 없는 채로 감동적이다. 그 감동의 힘은 바로 스냅 사진을 찍는 듯한 '순간'에서 기인한 것이리라.

한 가지 덧붙이자면 이 시를 감상할 때 놓칠 수 없는 게 바로 시의 제목인 '한 줌의 도덕'이다. 이 묘한 제목은 '아도르노의 책명'이라고 주註를 달아두었지만, 아도르노의 책과는 무관하게 울림이 있다. '한 줌의 도덕'은 아도르노의 철학적 고백을 담은 이 책의 원제목인 '미니마 모랄리아Minima Moralia'를 1995년 솔출판사에서 첫 출간할 당시 번역한 것이라지만, 최소한의 도덕마저 실종된 듯한 이 시 속의 풍경과 절묘하게 결합하고 있기에 그렇다. 시가 만들어지는 지점은 이처럼 우연성에 기댄 채 순간적일 때가 많다. 이 '순간'을 낚아채기 위해 시인은 그들의 더듬이를 갈고 닦으며 24시간 대기상태를 유지하는 것이다.

임동확 시인의 '순간' 사냥이 빛을 발하는 절편은 당연히 「순간들」이다. '순간'에 대해서 혹은 '순간'을 논하면서 생략할 수 없는 시이기도 하고, 이번 시집의 '눈'이기도 하다. 이 시를 이렇게 높이 평가하는 이유는 여러 가지가 있을 수 있겠지만, 지금까지 '순간'에 대해 이야기한 것들의 종합이 이 시에 있기 때문이고, 임동확 시인의 좋은 시편들이 가지고 있는 특장들을 이 시가 갖고 있기 때문이다. 아마 이 시를 시집의 표제시로 삼았어도 좋았으리라 본다.

> 있어도 그만, 없어도 그만. 하지만 어쩐지 그 자리가 비어 있는 듯해서
> 곰곰 생각하면 자폐아 아들을 빚처럼 남긴 채 홀연 떠난 바보새 출판사 김

규철 사장처럼 사실은 아주 가난해서 문득 눈물짓게 하는 것들.

그래, 가만 화장실에 다녀오다 담배 한 대 피우며 무심히 올려다본 밤하늘의 별들처럼 아주 순박해서 건잡을 수 없이 그리워지는 것들.

내세울 거라곤 남루와 무명뿐이어서 어떤 기록이나 분류에도 자꾸만 엇나가는 역사의 푼수들처럼 끝내 어중간해서 더욱 안타깝거나 아름다운 것들.

이를테면 한낱 스쳐가는 필선筆線에서도 태양보다 무려 100억 배 이상 빛난다는 초신성 같은 추억을 숨겨왔을 화가 여운의 목탄화처럼 실상 매우 투박하고 거칠어서 더더욱 간절하고 서러운 것들.

그래서 강보襁褓에 싸인 아이처럼 끝없는 보호와 구원의 손길이 필요했을 예외의 가치들.

그러나 마지막 판돈까지 잃은 도박꾼을 따라 걷던 밤길의 그믐달처럼 그저 덧없어서 자꾸 헛웃음 짓게 하는 것들.

아무렴, 잊어도 좋으련만 오로지 부재로서만 둔감해진 가슴을 피할 새 없이 빗방울처럼 파고드는 사랑의 순간들.

—「순간들」 전문

이 시의 문장과 어투는 매우 매력적이다. 그 매력의 근거는 아마도 어눌함에서 기인한 것일 테다. 얼핏 보면 수려한 리듬으로 유장하게 읽힐 수도 있으나 꼼꼼이 따져보면 비문非文에 가까운 문장이다. 1연이 대표적이다. 이 시의 다른 연들에서도 문장의 구조와 비유법이 동일하게 반복되고 있지만,

'~처럼'으로 이어지는 직유법의 문장에서 보조관념에 해당되는 앞부분의 의미가 아주 모호하다. 몇 군데 쉼표를 찍어야 가까스로 맥락이 이어질 만큼 어눌한 그 문장과 술 취한 듯이 풀어지는 그 어투가 매력적이라는 거다.

이 시는 모두 7연으로, 1연부터 6연까지는 독립적으로 이어지던 이야기들이 7연에서 "사랑의 순간들"로 수렴되는 미괄식 구조를 갖고 있다. 원관념에 해당하는 "가난해서 눈물짓게 하는 것들"(1연), "순박해서 걷잡을 수 없이 그리워지는 것들"(2연), "끝내 어중간해서 더욱 안타깝거나 아름다운 것들"(3연), "매우 투박하고 거칠어서 더더욱 간절하고 서러운 것들"(4연), "보호와 구원의 손길이 필요했을 예외의 가치들"(5연), "덧없어서 자꾸 헛웃음 짓게 하는 것들"(6연)은 죄다 자본주의 시대에 아무런 가치를 인정받지 못하는 주변적 요소들이다. 하지만 잊어도 좋을 이것들을 시인은 외면하지 못하고 가슴을 파고드는 빗방울처럼 속절없이 젖을 수밖에 없다. 그러니 "사랑의 순간들"일밖에.

그러나 이 시를 눈부시게 하는 요소는 이런 원관념이 갖는 '타자성'이 아니다. 시인이 두고두고 갈고 닦았을 보조관념들이다. 빚과 함께 자폐아 아들만 남기고 떠난 "바보출판사 김규철 사장"의 영악하지 못한 생애는 독자를 눈물겹게 하지만, "마지막 판돈까지 잃은 도박꾼을 따라 걷던 밤길의 그믐달"이란 이 빼어난 표현은 우리 서정시의 어떤 정점을 떠올리게 한다. 두말할 것도 없이 시에서 비유가 필요하다면 그것은 보조관념의 수월성秀越性에서 찾아야 하리라.

어쨌거나 임동확의 이번 시집은 '순간'의 에너지로 비등하거나 '순간'의 정념들로 촉촉하다. 하지만 키워드의 바깥에서 저마다의 이유로 아름다운 시편들도 많아서 책장을 넘기기가 쉽지 않다. 「꽃과 가시」도 그런 작품 중의 하나다.

> 함부로 피어난 꽃은 어디에도 없으리니/ 급기야 뒤얽힌 가시 속에 애써 피운/ 탱자나무 흰 꽃을 탓하지 말아다오/ 줄기마다 가시를 주렁주렁 단/

넝쿨장미를 무심코 꺾지 말아다오/ 행인들이여, 목숨 같은 사랑일수록/ 쓰라린 탄식의 밤을 기억하기 위하여/ 제 그늘 속에 어느덧 역사처럼 서러운/ 가시를 식도처럼 숨겨둘 수밖에 없으리니/ 저마다의 적의와 비애가 깊을수록/ 독약 같은 향기를 마구 뿜어내며/ 제 가슴마다 역사처럼 당당한 가시를/ 어린 초병처럼 세워둘 수밖에 없으리니

—「꽃과 가시」 전문

'꽃'과 '가시'의 변증법적 관계가 한 편의 시로 눈부시게 직조되어 있다. 꽃만 탐하는 자들에겐 가시가 장애겠으나, 꽃에게 가시는 초병이자 그 꽃의 날선 정신일 것이다. 우리가 한 편의 시에서 만나는 '가시'도 그러할 터. 아무런 장애 없이 어찌 향기를 얻을 수 있으랴. 임동확의 이번 시집은 "해피엔드로 끝나게 마련인 싸구려 영화와 달리, 어떤 길이든 늘 아직 때가 이르지 않는 출발 혹은 이미 지나쳐버린 종말을 들키고 싶은 비밀처럼 감추고 있다"(「길은 한사코 길을 그리워한다」)고 넌지시 귀띔해주는 시집이다. ■

제4부

지역 시인들의 당찬 고백

바다, 시는 어디에서 어떻게 오는가
— 이성배 시집 『이어도 주막』

'나'라는 지옥에 대한 보고서
— 진효정 시집 『일곱 번째 꽃잎』

일상에서 기적을 보는 무한긍정의 힘
— 이필수 시집 『오늘이 좋은 몇 가지 이유』

모든 것을 보면서 어느 것도 보지 않는 자의 시선
— 조문환 시집 『바람의 지문』

벽을 뚫기 위한 세 개의 질문
— 이경숙 시집 『벽 속의 귀』

바다, 시는 어디에서 어떻게 오는가

— 이성배 시집『이어도 주막』

1 프롤로그

여기, 파도가 밀려온다. 지구를 둘둘 말아가며 인해전술로 밀려온다. 나는 중과부적이다. 어떤 이는 저 파도를 보고 '바다의 일'(김연수)이라고 하고, 어떤 이는 '바다의 경전'(이성배)이라고 하지만 내게는 '일'이든 '경전'이든 공포다. '일'은 헤어날 길 없는 그 무한 반복 때문에 그렇고, '경전'은 죽을 때까지 이를 수 없는 그 까마득한 높이와 깊이의 '갑질' 때문에 그렇다.

그런 비유가 아니어도 바다는 내게 공포다. 나는 개구리헤엄조차 칠 줄 모르는 맥주병이고, 꼬르륵 소리조차 없이 가라앉을 쇠망치다. 내게 물은 두려움이고, 서서 줄지어 달려오는 파도는 공포다. 그런 내게 친구랍시고 '바다시'만 모아서 해설을 부탁해오니 이건 숫제 바다보다 더한 공포다. 아는 놈이 더 무섭다. 에라이! 해설 청탁을 완곡히 사양해야겠는데 묘책이 떠오르지 않는다. 궁리 끝에 아주 정중하게 메일을 썼다.

"먼저 존경과 찬사를 보내오. 내가 과문한 탓인지는 몰라도 우리 현대시사에 이렇게 바다에 상박석으로 천착하며 의미를 부여한 시인이나 시집은 본 기억이 없소.어업이 생업이 아닌데도 바다를 그렇게 생생하게 보고 느겼다는 게 놀랍소. 그러면서 드는 생각은 내가 이 시집을 제대로 이해하고 풀어쓸 수 있을까 하는 회의와 불안이오. 다른 시인의 시집 해설을 쓸 때도 회의나 불안이 없었던 것은 아니지만, 이번처럼 가깝게 보이는데도 막막한 건 처음이오. 바다에 대해서는 전혀 예비된 지식이 없고, 심지어 바다낚시조차도 한번 가본 적이 없는 내가 바다를 어찌 이해하고 그 이면까지 볼 수 있을까 싶소. 그래서 여전히 자문하고 있소. 내가 이 시집의 해설자로서 가장 적합한 필자인가 하고 말이오."

이렇게 어물쩍 다른 필자에게 떠넘길 생각이었는데, 메일을 받고도 아무런 답이 없다. 다른 해설자를 물색하고 있나보다 했는데, 며칠 후에 만나도 가타부타 말이 없다. '그딴 메일이나 쓰는 여가에 나 같으면 해설 쓰겠다, 임마!' 하는 표정이다. 부동자세로 전방 15도만 노려보는 저 융통성 결여된 군인을 어떻게 흔들어볼 방법이 없다. 다시 며칠을 궁리해서 묘안을 짜냈다. 대담을 신청하는 거다. 시시콜콜 군소리하는 거 싫어하는 친구니, 대담을 해설 조건으로 제시하면 아마 나를 포기할 거다. 그런데 그는 내 대담 제의에 두 번 생각해볼 필요도 없다는 듯이 선뜻 응해버렸고, 공은 순식간에 내게로 넘어와버렸다. 이런 낭패가.

대담을 하려니 질문을 해야 하고, 질문을 하려니 대충 훑어본 시집 원고를 다시 꼼꼼하게 읽어볼 수밖에 없다. 일단 원고를 출력해서 보기 시작했다. 해설을 거절하는 데 뭐 이렇게까지야 싶었지만 가까울수록 소홀하게 보이면 곤란하다, 그러니 최선을 다하는 시늉이라고 하자, 이렇게 스스로를 다독이면서 정독을 했다. 결론부터 말하자면 그의 시집 원고를 정독한 게 결정적인 패착이었다. 꼼짝없이 그의 낚시에 걸려들고 말았기 때문이다. 그의 시는 바다가 아니라 늪이었고, 그는 군인이 아니라 뱃사람이었다. 그것도 산전수전 다 겪은.

2 왜 하필 '바다시'인가

나의 첫 질문은 돌직구였다. 내가 아는 한 이성배 시인은 바닷가나 섬에서 살았던 적이 없다. 그리고 뱃일을 한 적도, 그 비슷한 일을 한 적도 없다. 그는 옛날 주소로 마산 근교의 창원군 내서면 상곡리라는 농촌에서 자랐다. 앞으로는 무학산과 뒤로는 광려산, 두 개의 큰 산 줄기에 갇힌 산골 아닌 산골이었다. 그리고 대학 때는 경영학을 전공했고, 졸업 후에는 군인으로 그것도 육군 장교로 살았으니 바다와 그를 아무리 결부시켜 보아도 연결되는 지점이 없었다. 그러니 이 질문부터 할밖에. "왜 하필 '바다시'냐?"

그의 답은 의외로 신속하게 왔고, 면접관 앞에 선 수험생처럼 판에 박힌 모범답안이 단정하게 왔다. 나는 풋 하고 웃었다. 그러나 장난기 어린 웃음은 금세 지워야 했다. 장난으로 대하기에는 그의 답이 심각하게 진지했고, 안 어울리게 깍듯했기 때문이다.

> "어린 시절부터 집성촌集性村의 보수성과 산 속에 갇힌 갑갑함으로부터 탈출을 꿈꾸었습니다. 중학교 일학년 여름방학 때 먼 친척이 사는 바닷가에서 한 달을 지내면서 바다의 광활함과 변화무쌍함 그리고 포용성의 매력과 그 바다를 닮은 어촌 사람들의 인정에 빠졌습니다. 그때부터 방학 때뿐만 아니라 무단결석을 하면서까지 남해안 구석구석을 찾아다녔습니다. 특히 국문학과나 사학과로 진학하고 싶었던 희망이 아버지의 반대로 좌절되면서 공부에 흥미를 잃고 아예 대학은 선택이고 바다가 필수가 되었습니다. 경남 해안을 벗어나 전남 해안뿐만 아니라 먼 섬을 찾기 시작했습니다. 바닷가나 섬에 있으면 시간 가는 줄 몰랐고 심한 경우에는 일주일 동안 섬이나 포구에 머물기가 예사였습니다."

껍데기만 보고서 어찌 상대를 다 안다 하겠는가. 과거의 시간을, 저마다의 기억을 채우고 있는 서사를 알지 못하고 어찌 그를 안다 하겠는가. 하물며 그의 시를 어찌 안다 하겠는가. 그리고 말문이 트인 그가 변호사 뺨치는 언변인 줄도 모르고 어쩌자고 나는 그한테 대담하자고 달려들었는가 말이다.

> "경영학에 흥미가 없고 기업에 취업하는 것도 마음에 들지 않아 군인의 길을 택하였으나 방랑벽과 반골의 성향 때문에 전역하고 부산에 정착하면서 다시 바다에 빠져들기 시작하였습니다. 낚시와 스킨스쿠버를 즐기고, 자갈치와 공동 어시장을 배회하며, 바다와 바다 사람들을 만났습니다. 특히 공동 어시장 뒷골목이나 중앙동 뒷골목에서 만난 선원들의 이야기에는 경외심에 가까운 감동을 받았습니다."

나태주 시인은 「풀꽃 1」에서 그랬지. "자세히 보아야 예쁘다./ 오래 보아야 사랑스럽다./ 너도 그렇다." 그도 그렇다. 그의 '예쁘고 사랑스러운' 답은 계속된다.

> "포구와 섬, 낚시와 스킨스쿠버에 한정되었던 바다가 해양과 원양어선의 선원들로 옮겨가게 되었습니다. 유교의 잔재에 물든 아버지의 보수성과 장남으로서의 책임감 그리고 폐쇄적인 농촌생활의 답답함으로부터 탈출한 곳이 바다였고, 나의 방랑벽의 목적지도 결국 바다였습니다. 대학교 때까지 하던 시 습작을 군인이 되면서 중단했다가, 불혹의 나이에 다시 쓰기 시작하면서 남들과는 다른 시를 써야 한다는 생각과 바다에 대한 동경과 경외가 자연스럽게 만나서 바다시를 쓰게 한 것이었습니다."

그의 말은 거짓이 아니었다. 시집 한 권을 바다시로 채우겠다는 의욕도 의욕이지만, 그의 시편들은 바다를 잘 모르는 내게도 헐거운 느낌이 없을 정도로 구체적이었고, 그만큼 리얼했다. 공허한 진술이 아니라 핍진한 묘사가 그의 시를 가득 채우고 있었다. 성가신 시집의 해설이나 피하자고 시작한 허술한 대담은 문답이 거듭될수록 이 친구를 제대로 알고 싶다는 놀라움과 호기심으로 밀도가 급속히 높아졌고, 나는 구명조끼도 없이 그의 바다에

서서히 빠져들고 있었다. 어찌 이런 일이.

니 산만 한 파도 못봤제
바다가 벌떡 일어나 산처럼 덮치는기라
파도가 몸에 묻으몬 그대로 칼이 박히는기라
물에 살갗이 찢어지는기라
말도 마라 죽을 고비 수 없이 넘겨따 아이가
죽은 사람 쎄   다 아이가
어이구 우째 그 일을 했는지
인자는 천만금 준다캐도 못할끼라
못난 서방 파도 우에 띄워놓고 간 졸이다
그기 병이 되가꼬 마누라 일찍 안갔나
자슥들 다 소용 없는기라
지 잘나서 큰 줄 알제 오데 애비 에미 고생 모른다카이
한세상이 배 위인기라
사는 기 파도 우에 미끄럼인기라
내는 고기를 쫓고 또 태풍은 내를 쪼차오고
죽을 똥 살 똥 오르락내리락 하다보니
벌써 여기 아이가
참말로 잠깐이제 잠깐인기라
이제 고마 내도 세상에서 내릴 때가 된기제
항구가 바로 코앞이제

담배 하나 더 도고

—「하선下船」 부분

그의 시에 빠져드는 데는 많은 시들이 필요치 않았다. 이 한 편으로 이미

족했다. 이 시집에 달릴 모든 설명이나 해석을 순식간에 사족으로 만들어버릴 시, 그래서 아무런 설명도 해석도 덧붙일 수가 없는 시, 덧붙일수록 구차해지고 남루해져버릴 시, 흔들리는 갑판처럼 순식간에 균형을 빼앗아버리는 시, 한차례 비틀거리고 나서야 비로소 내가 누군지, 어떻게 살아왔는지, 지금 어디에 있는지를 알게 하는 시, 읽고 나서 그저 머리나 긁적거리며 자기도 모르게 호주머니에서 담배나 찾게 되는 시, 오랜만에 피워 문 담배처럼 아득한 현기증을 느끼게 하는 시. 이 시를 어떻게 쓰게 됐냐는 질문에 그는 이렇게 답했다.

> "이 시는 공동 어시장 해장국집에서 퇴역한 어느 선원의 말을 듣다가 얻은 것입니다. '니 산만 한 파도 못봤제?' 이 한마디 던지고 길게 담배를 피우는 모습이 너무 강렬했습니다. 땅에서 바라보는 바다가 전부인 나에게 산만 한 파도는 상상이 안 됐습니다. 오랫동안 그 음성과 그 표정이 뇌리에서 떠나지 않았습니다. 그 후 부두 한구석이나 방파제 또는 선술집에서 하선하고 더 이상 배를 타지 못하면서도 바다를 떠나지 못하는 숱한 하선자들을 눈여겨보았습니다. 그들이 바다를 바라보는 눈빛에서 얼마 남지 않은 생의 시간표를 읽을 수 있었습니다."

3 '바다시'의 디테일은 어떻게 배웠나

도대체 그의 시에서 이런 힘은 어디에서 왔을까. 아무리 바다를 좋아한다고 해도 체험하기 전에는 알 수 없는 것들이 있지 않은가. 알지 못하고는 표현할 수 없는 것들이 있지 않은가. 좋은 시를 쓰기 위해서 반드시 체험이 필요한 것은 아니지만 체험이 좋은 시를 만드는 것은 틀림없다고 알고 있는데, 이를테면 체험은 좋은 시의 필요조건일 텐데 바다를 연모하는 것만으로도 저런 시를 얻는다는 게 가능한가. 그는 도대체 어떻게 공부했기에 저런 바다시를 썼을까. 그래서 던진 두 번째 질문, "'바다시'의 디테일은 어떻게 배웠나?"

"시를 쓰기 위해서는 보고, 체험하고, 느끼고, 사유해야 하는데 연근해를 벗어나 해양으로 나가면 체험할 수 없는 한계에 직면합니다. 해양문학의 협의狹義의 정의가 '육지로부터 유리된 대양과 그 대양 속의 사람과 생물들의 이야기'인 점을 감안한다면, 원양과 선원 체험이 전무한 것이 제 바다시 쓰기의 가장 어려운 점이었습니다. 그 다음으로 어려운 점이 바다에서 쓰는 용어입니다. 배의 구조와 어로도구, 어로기법 등은 육지에서 들을 수 없는 용어이기 때문입니다. 그리고 마지막이 직접 볼 수 없는 해양생물의 생생한 모습이나 아예 접할 수 없는 깊은 해저의 모습입니다."

그랬을 것이다. 아무리 상상하고 시물레이션한다고 해도 바다낚시나 하고 유튜브나 검색한다고 그것들의 실감을 획득할 수 있는 게 아니니까. 전무한 체험과 생소한 용어들 앞에서 그가 취했다는 공부의 방식은, '저는 오로지 수업시간과 교육방송에만 충실했습니다'라고 인터뷰하는 수석 합격자처럼 마땅하고 고전적인 감동이었다.

"선원들과 대화 중 모르는 용어가 나오면 바로 질문하거나 『해사용어사전』을 필독하면서 어느 정도 용어에 대한 이해의 부족은 메울 수 있었습니다. 특히 『해사용어사전』은 배의 구조와 어로도구 어로기법 등을 이해하는 데 큰 도움이 되었습니다. 대양의 변화무쌍한 모습과 해저, 해양생물의 생생한 모습은 내셔널지오그래픽이나 BBC 등 방송을 통해서 많은 공부가 되었습니다. 심해의 모습과 바다 생물의 다양하고 생생한 모습은 방송만이 유일한 공부입니다."

"바다시쓰기의 가장 중요한 공부는 어부나 선원의 경험을 듣는 것입니다. 포구에서는 어부와 함께 노를 젓고 그물을 당겨야 이야기를 들을 수 있습니다. 특히 경험할 수 없는 원양어선 이야기는 선원들이 북적이는 선창가 술집에서 듣는 것도 부족하여 여관방까지 좇아가서 밤새도록 들었습니다."

그의 답이 결코 과장이나 거짓이 아님을, 그의 아날로그적인 공부법이 얼마나 철저했는지를 그의 시를 보면 알 수 있다. 그의 시는 그의 몸이 닿지 않는 곳에서도 충분히 구체적이고, 현장처럼 박진감 있다.

가벼운 게 마음이라
날아갈까 두렵다
세상은 늘 태풍 속에 있고
사는 것이 바로서기라면
난파할 수 있어도 침몰은 없다
뱃전 한복판에 쿵쿵 말뚝 박아
흔들리지 않는 밸러스트Ballast가 되어야 한다
팽팽한 블루 피터Blue peter 깃발 위로
쉴 새 없이 펄럭이는 경보

지금 막,
허기진 태풍
늑골肋骨을 꺾고
용골龍骨을 쳐부수고 있다

—「태풍 경보」 부분

이 시를 보면 그의 공부가 어떠했는지를 엿볼 수 있다. 지금 태풍 '나비'가 북상 중이다. '나비'가 나오는 걸 보니 2005년 8월이었나보다. 곤충 '나비'의 이미지와는 상반되게 그해 여름 태풍 '나비'의 힘은 무시무시했다. 해로海路는 "갈가리 찢겨"져서 "촘촘히 바느질해야" 했고, "갯바위 해초"들도 단단히 바위를 움켜잡아야 했다. 뱃전에서는 쉼 없이 경보가 발령되지만, 허기진 태풍을 막을 수는 없었다. 태풍은 배의 늑골을 꺾고, 용골까지 쳐부순다. 여기까지는 뱃사람들한테서 들은 객관적 정보일 테다. 그리고 '밸러스트Ballast'

'블루 피터Blue peter' '늑골肋骨' '용골龍骨' 같은 낯선 용어들의 의미를 찾아서 사전이나 인터넷에서 검색했을지도 모른다. 그리고 마지막으로 자신만의 사유와 바람을 얹었을 것이다. "세상은 늘 태풍 속에 있고/ 사는 것이 바로 서기라면/ 난파할 수 있어도 침몰은 없다" 아마도 이 구절은 그가 탐색해온 뱃사람들의 정신이기도 했겠지만, 그의 현실과 육체를 지배해온 군인정신이기도 했을 것이다.

그러나 아무리 치밀한 학습도 좋은 참고는 되겠지만, 현장의 체험을 넘어설 수는 없다, 그의 시는 그의 발이 입회하고 있는 지점에서 가장 빛난다.

> 가득 실려온 바다가 쏟아진다. 번쩍이는 비늘이 밝히는 어둠. 시퍼런 칼날의 춤사위에 부력 잃은 부레가 휘청거리고 쓸개도 파랗게 질려 나온다. 가르고 훑어내고 또 가르고 훑어내는 칼춤. 겹겹이 껴입은 옷에도 바람은 뼛속을 파고든다. 비닐장갑 속 손은 아픔조차 얼었다. 납작해진 스티로폼 방석의 비명보다 허리뼈 펴는 소리 크게 들리는 새벽 세 시. 빈 뱃속 유혹하는 중참보다 더 고픈 잠의 허기. 따뜻한 라면 국물 해풍에 보시하고 쇠기둥에 등 붙인 영하零下의 쪽잠. 갈라도 갈라도 쏟아지지 않는 삶의 멍울 함께 잠드는 공동 어시장. 상자 안 고등어들도 빠져나간 바다를 껴안고 잠들고 있다.
>
> —「동공 어시장, 새벽 세 시」 전문

한겨울, 공동 어시장의 새벽 세 시 풍경이다. 새벽 세 시는 훤소喧騷한 낮의 시간을 위해 가장 고요해야 할 시각이고, 역동적인 아침을 위해 휴식해야 하는 시각이지만 공동 어시장의 새벽 세 시는 정반대다. 부려진 생선들의 비늘로 번쩍거리고, 그것들의 배를 가르고 내장을 꺼내느라 칼날이 번뜩거린다. 하지만 그런 열기와는 무관하게 뼛속까지 파고드는 찬바람을 막을 수가 없다. '비닐장갑 속 손은 아픔조차 얼었다'는 표현은 거저 얻어진 게 아니다. 아침을 맞을 준비를 끝낸 새벽 세 시의 공동 어시장 사람들에게 배고픔은 공복의 허기가 아니다. 잠의 허기다. 어시장 쇠기둥에 등을 붙이고 쪽잠을 청한다.

그들이 가르고 드러낸 것은 고등어의 내장만이 아니다. 그리고 냉동되어 가는 것은 속을 들어낸 고등어만이 아니다. 날마다 갈라도 끝이 보이지 않는 삶의 멍울을 안고 그들은 사람답게 한번 살아보겠다고 새벽 세 시의 춥고 배고프고 피로에 지친 지옥 같은 시간을 버티고 있는 것이다. 이 지옥의 실감을 체험 없이 학습만으로 얻을 수 있을까. 실감할 수 없는 시에서 감동할 수 있을까. 감동할 수 없는 시에서 변화될 수 있을까. '한 편의 좋은 시는 읽는 이를 변화시킨다'는 말이 맞다면 말이다.

4 누구에게 빚졌나

평지돌출은 없다. 누군가가 걸어간 자리에 내 발자국이 찍히게 마련이다. 나는 궁금했다. 그에게 '바다시'의 매력을 이야기하고, 그의 시를 평가해 주고, 그래서 그쪽으로 걸어가게끔 안내한 선배가 없을 리 만무하다고 여겼기 때문이다. 하여 나의 세 번째 질문, "누구에게 빚졌나?"

> "군인이 되면서 접었던 시쓰기를 다시 시작할 때 가장 좋아했던 시가 김기림 시인의 「바다와 나비」였습니다. 낚시를 하거나 바닷가에서 야영을 할 때 이 시를 흥얼거리면 나도 모르게 마음이 잔잔해졌습니다. 바다를 시로 쓰겠다는 생각을 갖게 한 시입니다. 바다시에 관심을 가지면서 김성식 선장의 시를 읽었습니다. 그는 최초의 선장 시인인 탓에 체험이 육화된 그의 시를 대하면서 우리나라에서도 해양문학의 가능성이 있다고 믿었고, 남들보다 늦은 출발을 어쩌면 바다시로 극복할 수 있겠다는 기대와 믿음을 가졌습니다."
>
> "그러나 김기림의 바다시는 관조의 바다였고, 김성식의 바다시는 상선의 선장이 쓴 시라서 온몸으로 치열하게 바다와 싸우는 뱃사람의 생동감을

담고 싶은 내 바다시와는 달랐습니다. 이때 한국해양문학상을 받은 이윤길 선장을 만나면서 원양어선의 어로와 선원의 이야기를 듣게 되었고, 그의 경험담이 나의 바다시의 밑천이 되었습니다."

"한국해양문학의 계보는 김성식 시인, 천금성 소설가를 거쳐 이윤길 선장으로 그 맥을 잇고 있습니다. 김성식 선장은 직접 보지는 못했고, 천금성 소설가는 중앙동 술집에서 몇 번 뵈었으나 깊은 이야기를 할 기회는 없었습니다. 두 분은 작품으로만 교유한 아쉬움이 있습니다. 수산전문학교를 졸업하고 평생 원양어선을 타고, 선장을 은퇴하고도 원양어선에 동승하여 업저버로 활동하고 있는 이윤길 선장은 일 년의 반은 바다에 있다가 귀국하면 부산에서, 여수에서, 주문진에서 자주 만납니다. 그가 전해주는 바다가 나의 시가 되는 것입니다."

띄엄띄엄 이어지는 그의 답은 질문의 핵심을 가리거나 논지를 흐리는 군말이 별로 없었다. 그런데도 이야기가 딱딱하거나 앙상하지 않았다. 나는 그의 시를 읽으면서, 동시에 그가 보낸 메일을 같이 읽었다. 시인을 제대로 알고 그의 시를 읽는다는 게 얼마나 가깝고도 풍요롭게 읽히는지 새삼 확인하는 기분이었다.

①
아모도 그에게 水深을 알려준 일이 없기에
힌나비는 도모지 바다가 무섭지 않다.

청무우 밭인가 해서 나려갔다가는
어린 날개가 물결에 저러서
공주처럼 지처서 도라온다.

삼월달 바다가 꽃이 피지 않아서 서거픈
나비 허리에 새파란 초생달이 시리다.

— 김기림, 「바다와 나비」 전문

②

狂風에 내맡기러
메인 마스트에 소리치던
出港旗가 부풀기 전에
닻을 감아라 앵커를 올려
물살 헤쳐
돋아나는 太陽을 향해
윈드라스 레바를
힘차게 잡아
잡아 당겨라

— 김성식, 「出港 II」 부분

③

바닷물에 절여진 마음이라
백만 년 전의 사랑이나
현재의 사랑이나 변하지 못한다
말[言]들의 통로를 따라 연비되어진
아줌마가 간직한 눈물에 슬픔들이
아저씨 가슴에 비 되어 흐른다
진화하지 못한 지느러미로
앞 보며 앞으로만 뒷걸음 걸었는데
어찌하여, 여인 만나게 된 걸까
창窓 너머 바다에 달빛이 부서진다

실러캔스 새로운 비늘이 생긴다

— 이윤길, 「진화하지 못한 물고기 한 마리」 부분

①은 이성배 시인이 가장 좋아했다는 김기림의 시이고, ②는 김성식의 시이고, ③은 이성배 시인과 함께 나도 몇 번 만난 적이 있는 이윤길의 시이다. 그는 이 세 시인 중에서 이윤길 시인으로부터 가장 깊이 그리고 오래도록 영향을 받았노라고 고백하고 있다. 그러나 이성배의 시는 그들과 닮았으면서도 다르다. 때로는 더 핍진하고, 때로는 더 심오하다. 시의 우열을 말하는 게 아니다. 소위 상호텍스트성을 말하는 거다. 다음의 인용시를 보면 앞의 시들과 차이점을 짐작할 수 있을 것이다.

멸치 떼들이 도망치고 있다
약한 것은 살기 위해 군집하고
그 군집이 또 위험이 된다
멸치 쫓는 꽁치들이 일으키는
백파白波가 바다를 흔든다
쫓는 자도 쫓기는 자도
살기 위해 몸부림이다

— 이성배, 「멸치」 부분

5 바다에서 무엇을 읽었나

그렇다면 이쯤에서 질문은 어떤 핵심을 향해야 한다. 이성배의 바다시는 어떤 점이 남다른가? 아니다. 더 본질적인 부분을 건드려야 한다. 그러려면 질문을 고쳐야 한다. 이성배는 그의 바다에서 무엇을 읽었나? 하지만 유감스럽게 이 질문은 그에게 할 수 없는 질문이다. 이 시집 전체가 이 질문에 대한 그의 답이기 때문이다. 나는 답을 먼저 듣고 질문을 만들어야 하는 꼴이다. 이 글이 내가 아무리 아니라고 손사래쳐도 이 시집의 해설이라는 형식을 위해 복무한다면, 이 질문과 답은 '셀프'로라도 처리할 수밖에 없다. 그래서 마지막 질문은 나에게 던진다. "이성배는 그의 바다에서 무엇을 읽었나?"

그는 바다에서 인생을 읽었다. 너무 진부하고 뻔한 답이 아니냐고 타박해도 할 수 없다. 그는 시집 전체를 '바다=인생'이라는 이 '단순한 등식'을 독자에게 납득시키는 데 할애하고 있기 때문이다. 하지만 인생이 단순하지 않듯이 그가 읽은 바다는 단순하지 않다. 바다시는 대개 거기서 거기 아니냐고, '바다시의 단순성'을 지적하면 그는 결코 동의하지 않았다.

> "바다시의 (표현이 아니라) 소재가 다양하지 않다는 의미로 말하는 단순성이라면 동의할 수 없습니다. 사람들은 바다의 아주 일부분만 봅니다. 육지와 멀리 떨어진 대양은 물론 빛도 닿지 않는 심해에서부터 수면 아래까지 다양한 생물과 그 바다 위에서 목숨을 걸고 고기를 잡는 사람의 다양한 삶은 보지 못한 것입니다. 바다는 오히려 보고 만질 수 없기에 무한한 상상력이라는 또 다른 강점이 있습니다."

그는 바다를 입체적이고도 전체적으로 조감하려 애썼고, 그만큼 그의 시도 다양한 각도에서 인생을 겹쳐보려고 시도했다. 그래서 그는 '낭만적인 바다'를 경계했다. 이 시집의 표제시라고 해도 좋을 시집의 첫 번째 작품에서 선언하듯이 혹은 다짐하듯이 '마라'는 금지형 명령어로 명토 박는다.

> 녹슨 갑판 아래 죽음을 밟고 살아도
> 파도에 유서를 쓰지 마라
> 출렁거리는 문장
> 해독할 수 없다
> 바다는 하늘에 닿아 있고
> 바닷길 따라 하늘로 돌아간다

부풀어오른 수평선에 뱃머리 마디마디
피멍울 맺혀도
그리운 이름 부르지 마라
소리조차 침몰하고 사랑마저 삼켜버리는
바다는 대답이 없다

—「바다에는 메아리가 없다」 부분

그의 어조는 단호하다. 아무리 죽음을 딛고 살아도 파도를 죽음의 핑계로 삼지 말란다. 파도는 뱃사람에게 싸워야 할 대상이지 낭만의 대상이 아니라는 거다. 바다는 하늘에 닿아 있어서 바닷길의 끝은 하늘이라는 것. 그러니 파도를 앞에 두고 그리운 이름 따위는 부르지 말란다. 아무리 불러도 바다는 대답하지 않는단다. "바다에는 메아리가 없"기 때문이란다. '그렇구나! 바다에는 메아리가 없구나!' 나는 무슨 대단한 것을 발견한 듯이 중얼거렸다. 이 시를 쓴 경위에 대해 그는 이렇게 부연했다.

"대부분의 바다시는 바다에서 낚는데 특이하게도 이 시는 사람의 파도에 멀미하는 서울 상계동 술집에서 낚은 시입니다. '탯말' 헌법 소원을 내고 『경상도 우리 탯말』이란 책을 출판하기 위해 교정 작업을 마치고 해물탕집에서 필자들과 출판사 사람들이 회식을 하였습니다. 그때 누군가 '바다에는 메아리가 없다'고 하였습니다. 그 말에 시가 떠올라 자리를 마치기도 전에 서둘러 열차에 몸을 싣고 부산으로 내려오면서 적었습니다. 부산 사람에게는 바다가 무감각하지만 서울 사람에게는 그리움의 대상이듯이, 너무도 당연한 사실을 바다 사람은 모르고 서울 사람은 알고 있었습니다."

그는 바다에서 경전을 읽었다. 여기서 '경전'은 깨달음보다는 경책警責하는 죽비에 가깝다. "파도 앞에 변벽하면/ 바다가 읽어주는 푸른 경전/ 차가운 해풍 속에서/ 선원의 피 뜨거워지고/ 떠나온 항구 멀어질수록/ 마지막

항구 가깝다"(「파도에서 경經을 읽다」), "삼십 년 읽어도 해독할 수 없는/ 바다의 경전/ 평생 들어도 알 수 없는/ 바람의 독경"(「파도 끝을 밟고 서서」) 등에서 보듯이 직접 비유하기도 하지만, 거대한 깨우침으로서의 바다는 시집 어느 곳을 펼쳐도 만날 수 있다.

그는 바다에서 시원始原을 읽었다. 우리는 모두 바다에서 왔고, 언젠가는 돌아가야 할 곳이라는 거다. 그는 그 근거로 땀과 눈물을 댄다. "힘들어 땀 흘릴 때,/ 아파서 눈물 흘릴 때,/ 소금의 결정으로/ 슬며시 흘러나온다/ 붉은 혈관 따라 파도치는/ 푸른 바다의 흔적"(「바다에서 오다」). 그래서는 그는 확신하고 주장한다. "나의 항해는/ 바다로 떠나는 것이 아니라/ 바다로 돌아가는 것이다"(「바다로 돌아가다」)

그리고 그는 바다에서 우리 민족의 분단된 현실을 읽었다. 낭만적인 분위기로 포장한 채 조심스럽게 말하는 분단의 바다는 아프다.

이어도에 주막 하나 지어야겠다
천지天池에서 헤어진 압록강과 두만강
다시 만나는 청정바다에
초가지붕 올리고 봉놋방 뜨끈뜨끈 데워놓고
개다리소반에는 미역국과 파래무침
참가재미 한 마리 구워야겠다
동해와 서해로 흐른
구애하는 귀신고래 황홀한 노래
밤새워 청해 들어야겠다
손바닥에 박힌 소금알 혀로 핥으며
파도에 갈라진 발바닥 서로 주무르며
파도소리로 하나 되는 첫날밤을
창호지 구멍으로 훔쳐보아야겠다
날이 새면 또 다시 흘러갈 난바다

헤어지면 언제 다시 만날지 모를
만남을 위해
다시 그 봉놋방 장작불 지펴야겠다

—「이어도 주막」 전문

거대담론으로 들썩이던 1970~80년대를 연상케 하는 작품이지만 나는 이 시에서 시인 이성배의 정신적 근거 혹은 배후를 본 것 같았다. 우리 시는 새천년에 들어서면서 너무 쉽게 과거를 부정했고, 자기를 부정했고, 이웃을 부정했다. 그 부정의 연쇄로 발생한 기존의 가치와 형식의 공백을 '쇄말주의trivialism'라는 키치적 가치와 '미래파'라는 요령부득의 형식으로 채웠다. 당연히 역사와 민족과 변혁이라는 '나'를 초과하거나 초월하는, 보수적이면서도 진보적인 가치들을 외면했거나 망각해버렸다. 하여 이 시에 대한 나의 시각과 평가를 두고 복고적 취향이라고 비난해도 어쩔 수 없다. 나는 이 시에 높은값을 매겨주고 싶다. 그러므로 이 아름다운 표제시에 대해서라면, 나의 작품 해설보다 그의 시작詩作 취지를 들려주고 싶다.

> "새천년을 맞이하는 흥분으로 세계가 들썩이는 속에서 60년 가까운 분단의 현실이 안타까워 하루 빨리 통일이 되었으면 하는 바람으로 쓴 시입니다. 시의 출발은 이어도 수중촬영 영상과 이어도종합해양과학기지 기사였으나 시적 상상력으로 거기에 주막을 짓고, 이어도 해역에서 압록강과 두만강이 만나고 한강과 낙동강이 만나서 한몸이 되어 태평양으로 가듯, 통일국가로 세계를 향해 나아가길 바라는 저의 염원을 담았습니다. 저는 바다야말로 우리의 미래라고 굳게 믿기 때문입니다."

6 에필로그

그의 시십을 우리가 흔히 '바다시'라 불리는 하위 장르에 두지 않고, 좋은 '서정시'로 읽고 싶었다. 바다를 소재로 삼았다고 해서 그의 시를 '바다시'로 규정하고 그 범주 안에서만 해석하는 것은 그의 시의 확장성을 억압하는 것처럼 느꼈기 때문이다. 그리고 무엇보다 나의 허접한 논리와 빈곤한 식견으로 해설이라는 미명 아래 그의 시를 훼손하지 않으려고 조심했다. 그래서 가능하면 내 의견보다 시인의 육성을 많이 담으려고 했고, 이런 의도가 독자들에게 긍정적으로 작용하기를 바랄 뿐이다.

가까운 사람의 글일수록 우리는 '잘 안다'는 착각으로 무심하고 무지하다. 나 역시 그러하다. 고백하건대 나는 '바다시'에 대해서 무지했고, '해양문학'에 대해서는 더욱 무지했고, 그의 시에 대해서는 아주 무지했다. 그래서 대담을 제의했던 애초의 취지가 무색하게 그와의 대담은 정확하게 나를 겨냥했고, 나의 오만과 무지와 편견을 저격했다. 그 덕분에 나는 새로운 시인 친구 하나를 발굴했으나, 나의 해설 아닌 해설로 그의 첫 시집은 두고두고 얼룩이 질 것 같아 미안하고 부끄럽다. 하지만 나는 아무것도 뉘우치진 않을란다.

여기, 파도가 밀려간다. 온갖 삶의 쓰레기를 쓸어담고 지구 저쪽으로 달아난다. 파도는 달아나고 나만 멍하니 서 있다. 발목만 살짝 적시려고 했던 그의 바다에서 온몸이 흠뻑 젖은 꼴이 됐다. 역시 바다라면 나는 중과부적이다. 그가 다음 번에도 이번처럼 바다시집을 낸다면 그때는 제법 해설답게 쓸 자신이 있다고 했더니, 그는 들은 척도 하지 않는다. 에라이! ■

‘나’라는 지옥에 대한 보고서
— 진효정 시집『일곱 번째 꽃잎』

그러나 오늘은 지옥

오늘이라서 지옥

여기는 지옥 여기라서 지옥

주소를 바꾸고 이름을 바꿔도

헤어날 길 없는

—「‘나’라는 지옥」 중에서

무릇 시인은 지옥에서 천국을 노래하는 자들. 유토피아적인 에너지가 충만하여 직접화법으로 천국을 그려서 보여주는 시인도 있고, 현실을 핍진하게 그려서 지금-여기가 지옥임을 폭로함으로써 그 반대쪽 어디쯤에 천국이 있음을 암시하는 시인도 있다. 아득한 과거에 천국을 마련해놓고 우리가 그 천국으로부터 얼마나 멀어졌는가를 실시간 중계하는 시인이 있고, 아득한 미래에 천국을 마련해두고 우리가 거기에 이르기 위해 얼마나 발버둥치는지를 카운트다운해주는 시인도 있다.

진효정 시인은 앞의 경우에는 후자이고, 뒤의 경우에는 전자이다. 마치 구름을 그려서 달을 표현하는 홍운탁월烘雲托月처럼 지옥을 그려서 천국을 드러낸다는 점에서 그러하고, 기억 속의 낙원에 기대어 현실의 동토를 견디고 불안한 미래를 다독인다는 점에서 그러하다. 그래서 그의 시를 읽는 일은 고통스러운데도 감미롭고, 달콤한데도 쓰디쓰다. 이 글은 해설이라는 사족이기보다 그의 지옥의 조감도이거나 그의 천국의 가이드북이기를 바란다. 어쩌면 거기가 지옥인 줄 알고 가슴 조이며 따라갔다가 당도해보니 천국이 나오는 ‘오독誤讀의 즐거움’을 누릴 수 있을지도 모른다. 지금부터 진효정의 ‘달달한 지옥’을 탐사해보자.

지옥의 메커니즘

우리의 관념은 지옥과 천국을 다른 공간에 위치시킨다. 즉, 천국은 하늘 어딘가에 있고, 지옥은 땅속 어딘가에 있을 것만 같다. 그러나 현실은 관념이 아니다. 천국도 지옥도 땅 위에 있다. 다만 그것이 지옥인가 천국인가는 언제인가 그리고 어디인가 하는 시간성과 장소성으로 규정되게 마련이다. 당연히 '지금'의 '여기'는 지옥이다.

> 일반복사는 흑백으로 하라고 하지 않았나요?
> 양면복사는 긴 면으로 복사하라 했을 텐데
> 이건 짧은 면 복사를 해야지요 아니 왜 그러세요?
> 일하기 싫으세요? 또 실수하셨네
> 종이 한 장에 얼만지나 아세요?
> 라벨을 크기, 색깔, 용도 별로
> 하루에 수만 장씩 출력해야 하는데
> 언제 다 하시려고 그러세요 라벨용지 이거 엄청 비싸요
> 연식이 높으셔서 어느 정도 이해는 하지만
> 이렇게 자꾸 실수하면 어쩝니까?
> 남의 돈 벌어먹는 게 어디 쉬운 줄 아세요!
>
> —「남의 돈」 부분

가진 것 없는 소시민에게 지금-여기가 가혹한 결정적인 이유는 바로 '남의 돈'을 벌어먹어야 하기 때문이다. 나의 호구지책은 남의 손에 달려 있다. 자본주의 아래에서 삶을 영위하기 위해서는 무엇보다 돈이 필요하고, 그 필요한 돈은 나를 억압하는 저들에게 있다. 저들은 내가 '연식이 높으'신 데도 불구하고 닦달하고 다그치고 비아냥거리기를 주저하지 않는다. 필시 '나'는 비정규직이거나 알바를 하는 '절대 을'이고, 반대로 군림하는 그들은 '절대 갑'이다. '절대 갑'과 '절대 을'을 매개하는 것은 돈이다. 돈의 어딘가에 천국

과 지옥이 있음이 틀림없다. 지옥의 공용어는 욕이다.

출렁출렁 흔들리며
술잔에 욕들이 담기네
욕이 허기를 채우네
잔 속에 박제된 욕 한 송이
채워도 비워도 시들지 않네

—「얼굴 위로 욕들이」 부분

욕은 술을 부르고 술은 욕을 부른다. 술과 욕은 상승작용을 하며 서로를 부추긴다. 욕은 가시로 만들어진 언어, 술은 불로 빚은 음료다. 욕은 할퀴고 후비며 상처를 만들고 술은 그 위에 불을 붙인다. 이때의 주체와 객체는 낮의 그것과 뒤바뀐다. 낮의 지옥이 가혹할수록 밤의 지옥은 뜨겁고 거칠다. 이것이 낮의 지옥이 밤의 지옥으로 바뀌는 메커니즘이다. 이 메커니즘을 거치면서 인간성은 황폐해지고 인간답게 살기 위해 돈과 노동을 맞바꾸려 했던 직장은 짐승의 시간을 견뎌야 하는 수모를 강요한다. 급기야 "밤이 깊도록 술잔에는 욕이 자라고/ 내장 속엔 가시가 무성"해져서 "창백한 얼굴 위로 욕들이/ 기어나오"(「얼굴 위로 욕들이」)는 밤의 지옥도를 완성한다.

지옥에도 창窓은 있을 것이다. 창이 있어야 그곳이 지옥인 줄 알 테니까. 시인에게는 '자식'이라는 창이 있다. 이 창은 지금-여기가 지옥임을 가차 없이 일깨워준다. 꿈 때문이 아니라 돈 때문에 대학을 바꾸고, 사랑 때문이 아니라 능력 때문에 부모로서의 자격을 의심받는 지옥. 언제쯤 이 지옥을 벗어날지 기약할 수 없는 삶은 나를 무당이나 관상쟁이에게로 데려간다. 당연히 그들은 희망고문을 가한다. "뭘 좀 볼 줄" 아는 그들은 한결같이 큰소리친다. "조금만 참아 보소, 쉰셋까지만"

언젠가 들은 이 말이 불빛이 된 후로

앞이 캄캄해질 때마다 이 말을 밝혀든다
그러면 아득하여 먼 것들이 금세 환해진다
오로지 등록금 싼 대학으로 입학을 종용하던 날 밤
도대체 엄마는 돈 안 벌고 뭐했어?
벌겋게 덤비던 딸에게,
고딩 알바생 구하는 데 좀 찾아봐라 하던 날 밤
리그오브레전드와 한판을 펼치다 슬그머니
제방으로 들어가버리던 아들에게,
큰소리 한번 치는 날이 와야 한다

—「쉰셋」 부분

그래, 쉰셋이다. 지옥의 출구는 쉰셋에 있다. 그 출구만 나서면 "야무진 큰애는 직장에 다닐 것이고/ 아들은 군대에서 특별휴가 나올 것이고/ 비로소 우리 식구 헐렁한 어둠 뚫고/ 새벽 첫닭 울음소리 들을 것이다" 자식이 비로소 나의 족쇄를 풀어주는 나이, 더 이상 내가 자식을 위해서 내 몸을 헐지 않아도 되는 나이, 내가 나로 살아도 괜찮은 나이, 쉰셋!

'나'라는 지옥

그러나 짐작 못한 함정이 있었다. 지옥은 출구가 없다는 것을 몰랐다. 지옥은 그곳의 기억만으로도 지옥이었다. 아이들은 컸지만, 내 지옥도 따라서 커졌다. 지나간 고통의 시간은 가슴에 새겨진 채 지금의 나를 괴롭힌다. 당연한 얘기지만 지옥을 만난 사람은 천국을 꿈꾸던 사람이다. 날지도 않았는데 추락할 리는 없지 않은가.

내 속에도 저런 얼룩 있지
지워도 지워도 지워지지 않는 얼룩 있지
이제는 내 몸의 일부가 된

흐릿한 문신 있지
스위치 올려도 곧바로 켜지지 않고
불을 켰는데도 골방처럼 어둑어둑하지
밤마다 그 아래서 웅크린 채 뒤척이는
거대한 얼룩 있지

—「얼룩」 부분

형광등을 어지럽게 맴돌던 날것들은 미라가 된 채 부서진 날개로 그들이 한때는 비상飛翔했던 존재임을 가까스로 증거할 뿐 그들의 죽음은 전등갓에 한낱 얼룩으로 남아 있다. 내 꿈도 그렇다는 거다. 얼룩을 지나 문신이 되어버린 꿈, 꿈이 얼룩을 지나 문신이 되기까지 거쳐야 했던 지옥의 기억은 나를 잠들지 못하고 웅크린 '등신대等身大의 얼룩'으로 만들고 만 것이다. '쉰셋'은 한 지옥의 출구였지만 또 다른 지옥의 입구였던 것. 도대체 어디서부터 꼬인 것인지 복기復碁가 되지 않는다.

첫 직장이었던 부산 낚시공장에서
싸가지없는 박 조장의 깐죽거리는 꼴을
개무시하고 모르쇠로 일관했더라면
삼영인쇄소 총각사장의 형이 거는
비릿한 수작을 농담으로 받아쳤더라면

(…)

한 남자를 선택해야 하는 때가
하필 그쯤이 아니었더라면
탈출을 꿈꾸던 열여섯 나이와
방황과 좌절의 스무 살이

단발머리처럼 가지런했더라면

—「피멍」 부분

무수한 가정법假定法으로 복기를 시도해보지만 부질없다. "하늘도 사무칠 때가 있느냐고/ 고래고래 고함이라도 지르는 대신" 회한의 눈물로 "흥건히 젖어 번들거리는" 어둠의 크기만 한 '피멍'에 가위눌릴 뿐이다.

그러나 시의 위의威儀는 여기에 있다. 지옥이 지옥으로 끝난다면 무슨 드라마가 있고 반전과 감동이 있겠는가. 시인의 자질은 지금부터 빛을 발한다. 지옥에서 빛나는 시를 건지는 것이다. 시가 발아하는 때는 고통과 회한과 몰락이 시작되는 때다. 아름다운 풍경 사진은 날씨가 수시로 돌변하는 불안정한 기류일 때 찍기 좋다고 하지 않던가. 시 역시 마찬가지다. 경이와 불안, 우울과 공포가 수시로 드나들 때 좋은 시는 태어난다. 그러므로 시에 한한다면 지옥은 좋은 시의 필요조건이다. 다음 시는 지옥이 만들어낸 절창이다.

연일 폭염이다
햇볕도 재앙이다 테러다
쥐구멍에도 볕들 날 있다고?
그런 말 마라, 쥐구멍에 볕들라!

38도가 지옥이었는데
40도까지 오르니
38도는 천국이구나

천국이란 한때는 지옥이었던가
오늘은 천국의 앞날인가

폭염의 끝은 어딘가
더운 맘에 넘겨보는 달력
멀지 않은 곳에 입추가 있고
단풍이 들고, 낙엽이 지고, 흰 눈이 내리고
사슴이 썰매를 끌고
소년이 북을 치는구나

오, 천국은 달력 뒤편에 있었구나!

그러나 오늘은 지옥
오늘이라서 지옥
여기는 지옥 여기라서 지옥
주소를 바꾸고 이름을 바꿔도
헤어날 길 없는

—「'나'라는 지옥」 전문

어제의 폭염은 오늘의 더 가혹한 폭염을 만나 착해진다. 지옥은 절대적이지 않다. 지금보다 선善한 곳을 만나면 지옥이 유지되고, 지금보다 악惡한 곳을 만나면 천국으로 바뀌기 때문이다. 그래서 "천국이란 한때는 지옥"이고, 고통스런 오늘은 "천국의 앞날"이라는 유연한 인식에서 빼어난 통찰을 건져올린다.

오늘이 고통스러운 자는 자꾸 달력의 뒤편을 기웃거리게 되고, 그 뒤편 어딘가에 천국이 있음을 알아챈다. 유토피아는 기어이 존재하지 않음으로써 가장 강력한 힘을 행사하는 것이다. 하지만 내일이 천국이라고 해도 오늘이 지옥이라는 현실은 변하지는 않는다. 어쩔 수 없이 오늘이 지옥인 까닭은 오늘이라서 그런 것이고, 여기가 지옥인 이유는 여기라서 그런 것이다.

나의 가장 확실한 실존의 근거인 오늘-여기는 그 여지없는 확실성 때문에 지옥의 운명을 벗어나지 못하는 것이고, '나'라는 요지부동의 주체 때문에 지옥은 견고해지는 것이다. 즉, 내가 없다면 지옥도 천국도 없는 것 아닌가. 하여 아무리 주소를 바꾸고 이름을 바꾸어도 '나'를 벗어버리지 못하는 한 '탈지옥'은 불가능한 꿈일 뿐이다.

손때 묻은 지옥

육신을 갖고 태어난 생명체는 영원히 지옥에서 벗어날 길이 없는 걸까. 특히 여자로 태어난 운명은 그 원죄가 깊고도 모질다. "이 산 저 산 넘나드느라 식어버린 울음/ 데워서 뜨겁게 우는 여자/ 그런데 내가 왜 울지?/ 왜 우는지 몰라서 또 우는 여자/ 이젠 목젖이 닳아서 울지도 못하는 여자"(「뻐꾸기」)의 모습에서, 혹은 홍역을 앓는 딸을 위해 "손님 손님 못 본 듯이 가이소!/ 면경처럼 만들어주고 가이소!/ 죄인처럼 삭삭 비는 엄마"의 기도도 무색하게 "얼굴은 면경인데/ 가슴은 곰보가 된 채 살고 있는 나"(「곰보배추」)의 모습에서 '여자의 지옥'은 완강하고 완고하다.

> 여기가 지옥이구나
> 말로만 듣던 그 지옥이구나
> 겨우 문 하나 닫히니
> 비로소 지옥이구나
> 엄마가 다녀가고 할머니가 다녀간
> 손때 묻은 지옥이구나
>
> —「폐경」 부분

지옥은 틈이 없다. 말 그대로 무간지옥無間地獄이다. 특히 여성이 거쳐야 하는 지옥은 더욱 가혹하다. 산고産苦의 지옥이 끝나자 당도한 폐경閉經 지옥, "겨우 문 하나 닫히니" "하루에도 수십 번씩 널을" 뛰는 갱년기 지옥이다. "맨 얼굴에다 쿨파스와 핫파스를/ 번갈아 붙였다가 떼었다가" 하는, "엄마가 다녀가고 할머니가 다녀간" 이브들의 "손때 묻은" 지옥이다. 이 지옥의 끝은 어디인가. 끝이 없어서 지옥인가. 지옥이라서 끝이 없는 것인가.

지옥을 벗어날 길이 있다면, 그 길은 지옥 밖에 있는 게 아니라 지옥 안에 있을지 모르겠다. 기억이 그 길일 수 있다. 잊히지 않는 기억 때문에 사는 게 지옥일 때도 있지만 역으로 기억 때문에 지옥을 견디기도 한다. 어떤 기억은 이번 생을 견디는 강력한 에너지가 된다.

잘 여문 깻단에서
잘 익은 말씀들이
촐촐촐 저절로 떨어지는
시월이었지

억새가 낭창낭창
허공을 불러
무동을 태우는
한가로운 날이었지

백학구름 깃털 속에
숨은 낮달의
웃는 입꼬리가
언뜻 보인 것도 같았지

그날이었지
그런 날이었지

그 한나절 살려고
천년을 버틴 것 같은

그 한나절 다시 만날까봐

천년을 기다릴 것 같은

—「시월의 어느 날」 전문

그래, 그런 날이 있다. 무엇 때문이었는지 까닭도 없이 맥락도 없이 마치 꿈의 한 대목처럼 환하게 빛나는 기억 속의 한 장면. 이승의 한때일 텐데 도무지 이승 같지 않은 이승의 한순간이 있다. 우리가 꿈꾸는 유토피아도 유년기의 어느 한 기억이 변형된 것이라고 하지 않던가. “잘 익은 말씀들이/ 촐촐촐 저절로 떨어지는” “억새가 낭창낭창/ 허공을 불러/ 무동을 태우는” “백학구름 깃털 속에/ 숨은 낮달의/ 웃는 입꼬리가/ 언뜻” 보이는 동화 속 같은 비현실적인 날이 있다. 마치 그날 하루를 살려고 천년을 기다려온 듯한, 또 그런 날이 올까봐 천년을 견딜 수도 있을 것 같은 날!

그러나 그런 날은 특별한 날, 잠시 나를 마취시키지만 금세 현실로 돌아오고 나는 다시 지옥의 날들로 내 생을 꾸려나간다. 자식도 제법 의젓해지고, 사는 꼴도 조금은 덜 추레해졌지만 그렇게 되기까지 지불한 것은 이승에서의 내 시간, 바로 나이다. 나이는 이승의 남은 시간을 역으로 환산해주는 숫자놀음이다. 따라서 나이는 단순한 나의 이력이 아니라 내 생을 가장 단순명료하게 압축해놓은 기호이다. 이 압축을 풀면 저마다의 시간이 드러난다. “밥보다 욕 먹을 때가 더 많”은 사람이 있고, “약보다 독 먹을 때가 더 많”(「나이가 든다는 것」)은 사람이 있다. 그런 탓에 어떤 사람에게는 이승의 남은 시간을 미래라고 부르지만, 어떤 사람에게는 그것을 노후라고 부르는 것이다. 누구든 노후라는 말 앞에서는 마치 뱀의 살갗에 닿은 듯이 진저리 친다.

그리운 지옥

그러나 노후라고 다 공포스러운 것은 아니다. 우리의 생이 완성돼간다는 말이기도 하고, 이 지긋지긋한 지옥이 끝나간다는 뜻이기도 하다. 이번 생에 대한 자부도 체념도 없이 말하건대, 노후老後란 불우不遇하지도 불후不朽하지도 않다. 나의 이름을 불우하게 여길 이유도 없지만, 내 이름 석 자가 후세에 길이길이 남아서 잊히지 않기를 바랄 건덕지도 없다. 그러므로 내 몫의 지옥을 견디면서 작은 비의秘義라도 엿볼 수 있다면 이번 생은 꽤 남는 장사 아닌가?

매화가 꽃을 피운다는 건
계절을 통째로
들어올렸다는 뜻이다
가지에 앉았던 새들이
고개를 끄덕거렸다는 뜻이다

매화가 꽃잎을 지운다는 건
푸른 행성을
바른쪽 어깨에
매달겠다는 뜻이다
지구의 반대쪽 어깨가
23.4도 기울었다는 뜻이다

삼계가 윤회를
시작했다는 뜻이다

—「비의」 전문

시건방지다고 할지 모르겠으나, 인생을 좀 살다보면 어느 것 하나 예사롭게 보이지 않는다. 꽃 한 송이 피었다 지는 일이, 나뭇가지에 새 한 마리 앉았다 떠나는 일이, 매실 하나 열렸다 떨어지는 일이 다 이유가 있어 보이고, 나름의 의미를 숨긴 듯이 보인다. 지금의 내가 그냥 우연히 생겨난 것이 아닐지도 모른다는, 지금까지 겪은 삶의 신산辛酸이 단순한 '개고생'이 아닐지도 모른다는, 어쩌면 이 모든 것들이 다 의도되고 계획된 '운명'이라는 스케줄에 따라 살아온 것 같다는 생각이 든다는 말이다. 그러니 오늘 아침에 우러러본 하늘 한 켠도 예사롭지가 않고, 뭔가 비의를 담은 '그분'의 뜻이 아닐까 여겨진다. 그러나 무수한 지옥을 건너다보면, 하늘의 비의를 다 읽으려 해서는 안 된다는 것쯤의 눈치는 생겨서 "늘 거기까지/ 접힌 부분 딱 거기에서/ 내 독서는 멈"추게 된다. 그러고는 "왜 이리도 안 읽히지?// 벌써 노안이 오는데" "먹구름처럼 너덜거리는/ 주름진 저 책/ 마저 읽을 수가 없다"(「하늘」)며 괜히 안경을 벗고 미간에 주름을 잡으며 능청을 떨게 된다.

이젠 사는 일에 일희일비하며 호들갑떨지 않는다. 지옥을 만나면 지옥인가보다, 천국을 만나면 천국인가보다 대수롭지 않게 여기며 생의 치열함에서 한 걸음 물러서게 된다. 그 여유와 여백의 느슨함으로 세상과 거리를 두려고 한다. 그러다 보면 "호래기 사세요 호래기" 하는 소리가 "홀애비 사세요 홀애비"(「홀애비를 사다」)로 들리게 되고, 생의 풋풋한 비린내를 느끼게 된다. 그리하여 오후 세 시를 가로지르는 달달한 생의 단내를 온몸으로 느끼며 거쳐온 지옥의 질문들을 아쉽고 홀가분한 눈빛으로 바라보리라.

지옥에 대한 보유補遺

지금까지 진효정 시인의 첫 시집 『달달한 오후』를 텍스트 삼아 '지옥'을 키워드로 시인의 삶을 재구성해보았다. 물론 이런 독법은 시집에 대한 오독을 넘어 시인에 대한 무례일 수 있음을 잘 알고 있다. '화자=시인'이라는 등식으로 접근하는 작품 해석의 위험성과 폭력성은 충분히 경계해야 마땅하다. 그럼에도 불구하고 시인의 체취와 진정성이 물씬 풍기는 좋은 시들을 만나면 화자는 곧 시인으로, 나아가 '나'로 읽게 되는 오독과 무례는 불가피해진다. 진효정의 시집이 그러하다. 이 시집이 첫 시집이라고 믿기 어려울 정도로 시인은 자기 내면의 풍경을 집요하게 응시하고, 깊이 있는 통찰과 객관적인 언어로 그 풍경을 묵직하고 날렵하게 그려낸다.

그의 시에서 '지옥' 이미지가 승한 것은 시인의 이런 태도와 무관하지 않다. 철저하게 연민이나 미화라는 자위自慰의 수단을 배제한 채 쿨한 태도로 자기의 삶을 객관화시켜 그린다면 이 세계는 지옥으로 보일 수밖에 없지 않겠는가. 그러나 명심해야 할 것은, 이때의 지옥은 종교적·윤리적 과보果報에 따른 징벌로서의 지옥이 아니다. 고단한 현실을 견디기 위해서는 어떤 형식이든 보상으로서의 천국을 꿈꾸게 마련이다. 이때의 천국은 당대의 윤리의식에 비추어 용납되는 천국도 있고 용납되지 않는 천국도 있다. 용납되지 않는 천국 중의 하나가 지옥이 아닐까? 만약 그렇다면 우리의 삶에 편재하는 지옥은 천국의 다른 얼굴일지도 모른다. 그렇지 않다면 유월의 나른한 어느 오후, 내리막길을 달려가며 "달달한 참외"를 외치는 봉고차의 확성기 소리에 "쓰디쓴 내 현실"이 "혀끝 저리도록 달달해지는" (「달달한 오후」) 순간을 어떻게 납득할 것인가. ■

일상에서 기적을 보는 무한긍정의 힘

— 이필수 시집『오늘이 좋은 몇 가지 이유』

무릇 시인은 바보다. 현실적인 이해관계에 어둡고 감정이 앞서서 결코 이성적이지 못한 인간형이 시인이기 때문이다. 이필수 시인도 예외가 아니다. 그도 대책 없는 바보다. '엄마' 바보고, '손주' 바보고, '희망' 바보다. 그런 만큼 이 시집은 엄마에 대한 절절한 회한과 손주들에 대한 지극한 사랑과 희망에 대한 대책 없는 긍정으로 이루어져 있다. 이 세상은 똑똑한 사람들의 치밀한 계산에 의해서 계획대로 굴러가는 것이 아니라, 어쩌면 '바보'들의 우직함에 의해서 제멋대로 굴러가는지도 모른다. 이 글은 그의 시에 비친 바보스러움을 통해 그가 스스로를 구원하고, 세상을 어떻게 헤쳐나왔는지를 살펴보려고 한다.

이 시집은 시인의 가족들에 대한 내용이 전체 분량의 절반쯤 차지한다. 지금껏 살아오는 동안 시인에게는 가족과 가정이 절대적이었다는 방증이다. "스무 살 가시내/ 가마타고 시집"가서는 "새 신랑은 우인들 따라 가버리고/ 올빼미처럼 홀로/ 첫날밤 밝힌 집"에서 "동서가 호랑이처럼 버티고/ 5분 거리 친정이 천 리 같았던"(「그 집 2」) 시집살이를 하며 살아오는 동안 그에게 가족이라는 언덕이 없었다면 어떻게 버텼겠는가? 물론 '가족'이란 이중적이다. 나를 응원하는 것도 가족이고, 나를 억압하는 것도 가족이기 때문이다. 하지만 여기서 말하는 '가족'이란 내가 의지할 수 있고 나를 지탱해 주는 '내 편'들을 말한다.

*

그 '내 편'들 중에서 맨 앞자리는 의당 친정엄마가 아니겠는가. 한 세대 전만 해도 여성에게 친정엄마는 이 세상을 버티도록 하는 가장 구체적이면서 관념적인 힘이었고, 자신의 운명과 맞서도록 응원하는 가장 강력하면서도 무기력한 동지였다. 여자로 태어났으면 시집가서 가정을 꾸리고 아이 낳고 평범하게 사는 게 가장 잘 사는 것이라는 '정상 가족의 신화'는 완고하고도 견고했다. 그래서 대부분의 여자들은 엄마처럼 살지 않으려고 발버둥치다가 결국 엄마처럼 살고 마는 비극적 아이러니를 넘어설 수가 없었다. 이렇듯 친정엄마를 바라보는 시선은 섭섭함과 미안함으로, 그리움과 야속함으로 분열될 수밖에 없다. 그러나 대개의 여성 시인들은 이 분열을 숨기고 어느 한쪽에 투사한다. 섭섭함이나 야속함은 괄호치고 미안함과 그리움만 활짝 펼쳐서 보인다는 말이다.

아무리 문학작품은 상상의 산물이고, 현실 속의 '시인'과 시 속의 '화자'는 구분돼야 한다고 하지만 그렇게 이성적으로 시를 읽어주는 독자는 많지 않다. 시 속의 '나'는 곧 현실 속의 '나'라고 인식하는 탓에, 시인들은 주위 사람들의 눈으로 자신의 시를 바라보고 검열할 수밖에 없다. 그러다보니 아무리 문학작품이라고 해도 오해의 여지가 있거나 관계가 불편해질 수 있는 표현에는 조심스럽다. 진실을 말해서 상처를 주느니 아예 그런 상황을 피하거나 가능한 에둘러 말하는 게 지혜롭다고 여기는 듯하다. 시인들이 엄마에 대해 쓸 때도 그럴 것이다. 모든 엄마가 다 성녀聖女는 아니지 않은가? 그럼에도 시에 등장하는 엄마들은 헌신과 희생의 화신으로 묘사된다. 그런 줄 뻔히 알면서도 독자는 그런 시 앞에서는 매번 울컥한다. '엄마'에 관해서라면 누구나 비슷한 서사와 기억을 공유하고 있기 때문이리라.

엄마는 그랬다
무능한 군주를 왕좌에 앉힌 엄마는
수렴청정하듯 모든 걸 해치웠다
병명도 알 수 없는 군주의 병수발이며
이고 또 지고 나른 일상들이며
여섯이나 되는 자식을 밑천이나 되는 듯
몸빼 속에 여성을 감추고
투사처럼 해치웠다
무능한 군주 무엇으로 약발을 받았는지
거동할 기운 생기면
어김없이 드나들던 서포집
해질녘이면 아버지 모시러 가기 싫어
동생과 실로 사투를 벌였지
친구들이 볼까
안도보다는 늘 불안함이었던
취한 아버지 모시고 오던 길
아버지라는 이름만으로 군주가 될 수 있었던 그때
수렴청정 끝내 내려놓지 못하신 어머닌
뭇내 나는 가난을 말리시며
박꽃처럼 웃으셨지

—「수렴청정」 전문

이 시에서 그려진 엄마는 “몸빼 속에 여성을 감”춘 “투사”로서 “무능한 군주”인 아버지를 대신하여 “여섯이나 되는 자식”을 거두어내는 영웅적인 면모를 보여준다. 반대로 아버지는 “병명도 알 수 없는” 환자로 지내다가 “무엇으로 약발 받”아 “거동할 기운이 생기면” 술집(서포집)을 찾는다. 나와 동생은 술집으로 아버지를 모시러 가는 게 싫어 “사투”를 벌인다. 혹시라도 친구들이 그런 모습을 볼까 마음을 졸이는 탓이다. 엄마는 끝내 "수렴청정"이라는 가장의 역할을 피하지 못한 채 "뭇내 나는 가난을 말리시며/ 박꽃처럼 웃으셨"다.

시인의 눈에 비친 엄마의 모습은 끝까지 의연하다. 하지만 언뜻언뜻 내비치는 '영웅'의 고뇌는 아프다. "폭우가 퍼붓던 날 한 잔 한 옆집/ 천센의 단정치 못한 말들이 범람을 했지만/ 내가 언제!/ 증명할 수 없을 만큼/ 하늘은 높아 있었고/ 꽃이 된 엄마가 박제되어 걸"(「그 집 1」)려 있다. 무례한 이웃의 폭언으로 상처 입은 엄마의 모습은 하얗게 질린 '박꽃'으로 시인의 기억 속에 박제되어 있다.

모든 고통을 감수하고 '여성'을 몸빼 속에 숨긴 채 남자처럼 일하고 행동하는 엄마의 모습은 성스럽긴 하지만 비현실적이다. 아버지를 대신해서 억척스럽고 힘들게 살았던 젊은 날의 엄마를 기억할 때보다도 늙고 병들어가는 엄마의 말년을 기억할 때가 시인에게는 더 가슴 아프고 독자들에겐 더 울림이 크다.

오늘도 구순의 엄마께 가지 못하네
가면 될 것을
그냥 가면 될 것을
피가 끓는 안부 끝에 엄마를 매달고도
내 사는 형편이 족쇄가 돼서
그 족쇄 엄마보다 훨씬 힘이 세서
오늘도 가지 못한 채
마음만 공회전하네
한 발짝도 내딛지 못하고
바싹 타는 마음만
시커멓게 시커멓게
공회전하네

—「공회전」 전문

“피가 끓는 안부 끝에 엄마를 매달고도” 갈 수 없는 마음을 두고 공회전이라니, 이보다 더 적절한 표현이 있을까. “시커멓게 시커멓게” 타이어 타는 연기를 피우면서도 한 치도 앞으로 나아가지 못하게 붙들고 있는 현실이라는 족쇄! 가슴 한 구석에 꺼져가는 엄마를 두고, 밥벌이에 매여서 옴짝달싹 할 수 없는 자의 애달픈 그리움이라니. 어느 종교의 신도가 그의 신을 향한 마음이 이보다 간절하고 처절할까? 이 처절함은 임종을 지키지 못했다는 죄의식이 얹히면서 더욱 가혹하게 시인을 괴롭힌다.

부적처럼 걸고 다니시던 목걸이를
풀어주실 때까지 몰랐네
눈뜨면 이승이고 눈감으면 저승인 줄을
서울 언니보다 부산 동생보다 엄마 찾는 횟수가 적어도
내일 또 내일 하며 하루하루를 밀어내고 있었지
아득한 그 길이 지척인 줄 모르고
그해 유난히 빛났던 봄날
쉽게 접할 수 없는 공연을 보고 흥얼거리며 집으로 왔지
엄마의 마지막 공연을 놓친 줄도 모른 채
나하고는 무관한 듯 소풍을 끝내신 어머니
“어서 가거라 바쁠 텐데…”
기다렸다는 듯이
돌아서 나오는 발걸음이 이렇게 가벼워도 되는가

—「탈고할 수 없는 시」 부분

이미 임종을 예감한 엄마는 “이젠 아무것도 필요 없다시며/ 부적처럼 걸고 다니던 목걸이를” 유언처럼 풀어주셨는데 나는 그때까지도 알아채지 못

한다. 엄마의 눈꺼풀 바깥에 당신의 저승이 당도해 있는 줄은 알았지만, 하루 이틀 지나는 동안 긴장은 풀려서 엄마의 마지막은 멀리 유예되었다고 믿고 싶었을 것이다. 그러니 그런 엄마를 두고 "어서 가거라 바쁠 텐데…"라는 말에 발걸음도 가볍게 그곳을 벗어나지 않았겠는가. 그날 시인은 엄마의 어두운 그늘로부터 벗어나서 "쉽게 접할 수 없는 공연"까지 보고 모처럼 기분이 좋아 "흥얼거리며 집으로" 오지 않았겠는가. 정작 "엄마의 마지막 공연을 놓친 줄도 모른 채" 말이다.

세상에서 가장 기막힌 공연은 커튼콜을 외치며 객석에서 무대를 향해 기립박수를 보내는 공연이 아니다. 내가 그 공연의 등장인물이 돼버리는 참담한 공연이다. 내가 무대에서 캄캄한 객석을 바라보며 어리둥절하게 서 있는 공연. 관객이 배우가 되는 건 누군가에게는 꿈이겠지만, 누군가에게는 영원히 벗어날 수 없는 비극이 되고 만다. 우리는 모두 관객이었다가 마침내 배우가 된다. 울어주는 조연이었다가 울음을 받는 주연이 되고 만다. 삶이란 그래서 연극이고, 죽음 또한 삶의 한 부분이다. 불행히도 우리는 삶이 아니라 죽음으로부터 배운다.

백내장이 왔다
어른거리는 글자 속에 엄마가 보인다
그때였었지
엄마가 백내장 수술을 하려던 때가
말도 때가 되어야 들리는가
이제야 선명해지는 그때 그 말씀들
흐릿해져서야 들리는 말씀들
자꾸 눈이 매워지는 그 말씀들
만질 수 없는 말씀들
이제야 선명히 보인다
잘 살아볼게요

애꿎은 돋보기만 닦고 또 닦으며

—「흐려서 선명해지는」 전문

엄마처럼 백내장 수술을 받으며 엄마를 생각한다. 엄마의 병력病歷을 내가 따라가며 엄마의 말씀을 되새긴다. 그때는 흘려들었던 그 말씀들이 오늘에야 선명하게 들린다. 맞다. "말도 때가 되어야 들리는" 법이다. 귀가 있다고 다 들리는 게 아니다. 눈이 있다고 다 보이는 게 아니듯이. 백내장 수술을 하자 눈이 뜨인 게 아니라 귀가 뜨이는 이런 부작용이라니. 말씀은 귀로 들었는데 "자꾸 눈이 매워지는" 이런 후유증이라니. 눈이 매웠는데 뜬금없이 "잘 살아볼게요" 고백하고 마는 이런 황당한 사태라니.

엄마는 이런 존재다. 끝없이 자식을 훈육한다. 심지어 자신의 죽음으로써 자식의 훈육을 완성한다. 자식은 이런 존재다. 어미가 죽어야 겨우 보이고 들리고 깨닫는다. 더 정확히는 어미를 죽여야 가까스로 깨닫는다. 그런 점에서 우리는 살모사다. 아니다. 우리는 바보다. 평생에 걸쳐 어미를 죽여놓고도 자기가 무슨 짓을 했는지 몰라서 우두망찰 서 있는 바보다. 엄마가 살았을 때는 엄마를 몰라보는 바보고, 엄마가 죽고 나서는 엄마를 놓아주지 못하는 바보다. 어이없는 바보고 어리석은 바보다.

*

'엄마 바보'가 되는 데는 평생이 걸려도 '손주 바보'가 되는 건 순식간이다. 피의 독특한 작용 때문이다. 피는 멀수록 뜨겁다. 자식에게는 데면데면하거나 심지어 성가셔하던 사람들이 손주에게는 바보가 되고 만다. "자식이 이렇게 예뻤으면 열도 더 낳았겠다!"는 말은 빈말이 아니다. 손주에게라면 사랑하는 것 말고는 선택의 여지가 없다. "몰빵이다"(「행복한 위장」). '바보'란 "지능이 부족하고 어리석어서 정상적으로 판단하지 못하는 사람"이라고 사전에는 적혀 있다. 손주를 대하는 할머니(할아버지)들의 사고와 태도는 바보의 사전적 정의에 완벽하게 들어맞는다. 어느 정도냐면 이렇다.

유모차에 곤히 잠든 아가를 볼 때도

총총총 걸어가는 아이를 볼 때도

장난감 사달라고 떼쓰는 아이를 볼 때도

넓고 텅 빈 운동장을 볼 때도

—「너만 보인다」 전문

세상의 모든 아기는 다 내 손주다. 유모차에서 잠든 아이한테서도, 총총총 걸어가는 아이한테서도, 떼쓰는 아이한테서도, 심지어 아이와 놀았던 텅 빈 운동장에서조차도 내 손주만 보인다. 이건 중증이다. 아주 위험한 인식 장애가 아닐 수 없다. 그러나 이 중환자는 행복해서 미칠 지경이다. 보라, 그의 위독한 병증을.

외줄을 탄다
단단한 희열이다
익히 아는 세상은 없다
첫사랑이다
이천칠년 십삼일의 금요일 진시
맑고 밝은 지혜의 근원
— 지원智原
내 인생 3막의 시작이다

—「강지원」 전문

모든 사랑에는 배신을 대비한 안전장치가 있어야 내가 덜 상처받겠지만 손주 사랑에는 안전장치가 필요 없다. 외줄이다. 도 아니면 모, 살기 아니면 죽기다. 무모하다. 그러니 나와 손주 사이에는 '사랑하는 것' 말고는 다른 세상이 있을 수 없다. 그런 점에서 맹목적인 이 사랑은 첫사랑과 닮았다.

내가 주인공이었던 때가 1막이고 자식이 주인공이었던 때가 2막이라면 손주는 3막의 주인공이다. "지원智原"은 아마도 손녀의 이름일 테지만 "맑고 밝은 지혜의 근원"은 손녀의 이름 풀이에만 한정되지 않는다. 3막의 주인공에 대한 이 세상 할머니(할아버지)들의 간절한 '오마주'다.

> 이미 태초에 시작되었다
> 멀고도 멀다는 몬테비데오나 부에노스아이레스에서
> 이슬비처럼 보슬비처럼 그 아이들은 그렇게 내게로 왔다
> 제 역할을 수행한 천태산 마고할미는 신이 났었고
> 꽃이 피었지 주렁주렁 맺혔지
> 지, 예, 솔, 찬 —
> 꿈을 퍼올리는 든든한 두레박 끈
> 노을 쪽으로 기운 발걸음에도 웃음이 흐르는
> 하나가 아홉을 이기는 절대적인 사랑
> 이 아이들만 있으면 부러울 게 없다
> 뭐가 더 중헌디?
>
> —「손주들」 전문

이 보배들은 도대체 언제 어디에서 내 곁으로 왔을까. 이미 태초에 우주가 형성될 때부터 내 손주는 점지되었을 것이고, 지구의 반대쪽 "몬테비데오나 부에노스아이레스에서"부터 시공을 넘어 "이슬비처럼 보슬비처럼" 내게로 왔을 것이다. "제 역할을 수행한 천태산 마고할미는 신이 났"을 테고, 이 아이들은 우연이 아니라 어떤 필연으로 나에게 와서 주렁주렁 꽃으로 맺

혀 있는 게 아니겠는가.

"노을 쪽으로 기운 발걸음에도 웃음이 흐르는/ 하나가 아홉을 이기는 절대적인 사랑"이라니. 이미 생의 눈금은 절반을 지나 죽음 쪽으로 기우는데도 나에게 "웃음이 흐르"게 하는 기적 같은 존재들, 그들과 절대적인 사랑을 나누는 할머니(할아버지)들을 두고 어찌 바보라고 하겠는가. 아니, 어찌 바보가 아니라고 하겠는가. 하지만 이 바보는 되묻는다. "뭐가 더 중헌디?"

갑자기 손주가 온다고 전화가 왔다
어젯밤 사소한 일로 다툰 우리 부부는
싸움부스러기를
위장하고 덮느라 바쁘다

사소한 일에 발끈하곤 하던 내가
어젯밤에도 사소한 일에 목숨을 걸었다
잘 먹지 않은 화장처럼 불편한 심기는
손주가 온다는 전화로 일단락되고
언제 그랬냐는 듯 신이 난 남편을 보니
따라서 슬그머니 평화로워진다
치약 짜는 일까지 다른 우리가
손주 앞에선 하나가 된다

—「행복한 위장」 부분

사랑의 권력관계는 특이하다. 더 사랑하는 쪽이 약자다. 누군가를 절대적으로 사랑을 한다면 그는 절대적으로 약자인 셈이다. 가장 강한 존재가 신이라며, 신 앞의 인간은 무력하다. 그 무력함은 신에 대한 사랑으로 충전될 때 부소불위한 신의 권능을 얻게 된다. 이게 신앙의 원리다.

갑자기 '그분'이 강림하신다는 기별이 왔다. '우리 부부'는 '그분'을 영접하기 위해 분주하다. 어젯밤 부부싸움의 부스러기를 '그분'에게 보여서는 안 된다. 치약을 짜도 한 사람은 허리부터 눌러 짜고, 한 사람은 아래서부터 밀어 짜는 우리 부부인데 갈등이 왜 없겠는가. 그리고 그 갈등의 끄트머리는 아직 풀리지 않은 상태라 여전히 혼란스러운데 '그분'이 오신다는 소리에 혼란은 가려지고 덮여진다. 그리고 신을 경배하는 자의 표정으로 우리 부부는 하나가 된다.

신의 위력은 신에게서 비롯되는 게 아니라 그 신을 경배하는 자의 무한한 믿음에서 비롯된다는 건 현대종교학의 정설이다. '손주교도'들도 마찬가지다. 할머니(할아버지)의 힘은 손주를 사랑하는 그 힘에서 기인한다. 그 힘은 절대적이다. 그 사랑이 절대적이듯이. 그래서 바보들은 힘이 세다. 그들은 "지능이 부족하고 어리석은" 대신에 "몰빵"할 줄 안다. 한낱 물방울도 "몰빵"하면 바위를 뚫지 않던가.

*

자고로 어느 영역에도 속하지 못한 경계는 불온하고 위태롭다. 이 바보들이 괴로운 건 경계에 서 있을 때다. 엄마와 딸 사이의 경계. 엄마한테 저지른 불효에 대한 대가를 내가 딸을 지켜볼 때의 안타까운 마음으로 벌 받을 때의 괴로움이 그렇다. '내가 세상을 바라보는 그 눈으로 신은 나를 바라본다'고 했다. 보는 내가 곧 보이는 나이다. 부모자식도 그렇다. 내가 딸을 바라보는 눈이 바로 엄마가 나를 바라보는 눈이다.

인이한테 잘해야 되네
난 딸이 하나지만 자넨 딸이 둘이니

은근슬쩍 으름장 놓은 끝에
엄마 얼굴 따라온다

난 엄마에게 어떤 딸이었나요?

미안해요, 엄마!
미안해요, 엄마!

내가 엄마한테 한 그대로 받고 있어요
그래서 인이한테도 잘하라고 하는 거예요

잘 있겠지 하지 말고
잘 있을까 생각하며 핸드폰을 꺼내라고요

꽉 찬 목울음 속에
나풀거리며 손녀가 들어온다

—「강서방」 전문

나에게 딸은 '인이' 하나다. 딸에게는 딸이 둘이다. 자나 깨나 내 걱정은 딸이 사위로부터 제대로 위함받고 살고 있는가 하는 거다. 그런데 장모가 사위한테 딸을 부탁하는 표현이 재미있다. "인이한테 잘해야 되네/ 난 딸이 하나지만 자넨 딸이 둘이니". 이 말을 풀어서 하면 이렇겠다. "나에게는 하나밖에 없는 딸이니 자네가 자네의 딸들을 위할 때보다 우리 인이를 위할 때는 두 배는 더 잘 위하시게!"

딸을 걱정하다가 문득 보인다. 엄마가 나를 생각하는 그 마음이. "난 엄마에게 어떤 딸이었나요?" 엄마한테는 내가 바로 당신의 '인이'가 아니었겠는가. 그러니 엄마는 사위를 붙들고 얼마나 당부하고 싶었겠는가. '자네, 우리 필수한테 잘해야 되네!' 그러므로 "미안해요, 엄마!"는 나를 접는 선으로 해서 접으면 "미안하다, 딸아!"와 정확하게 포개질 것이다. 하여 전통적인 여자의 삶은 '나'를 축으로 친정엄마와 딸을 대칭으로 펼쳐놓은 데칼코마니에 다름 아니다.

그런데 이 애틋한 사랑의 대물림이 비통함으로 떨어지지 않고 중력을 거부하며 한 단계 비약하는 건 (외)손녀의 등장 때문이다. 딸을 걱정하면서 엄마를 그리워하는 나의 "꽉 찬 목울음 속"을 나풀거리는 손녀가 탄산음료처럼 끼어들면서 숨통을 틔어주는 게 아닌가.

*

좋은 시는 비극적 상황에서도 비극으로 떨어지지 않고 바닥을 치면서 그 탄력으로 다시 더 높게 튀어오르는 시다. 이필수의 좋은 시가 빛나는 지점이기도 하다. 다음 시편이 그 좋은 예이다.

> 기지개를 켜며 사지를 죽 뻗을 수 있어서
> 손끝에 힘줘 머리 밑을 박박 씻을 수 있어서
> 오른손 왼손 번갈아 머릴 말리고
> 따뜻한 물 한 잔 건네며 아침인사를 하고
> 시래깃국 끓일 수 있는 저녁이 있어서
>
> 국정을 농단할 힘은 없지만
> 어두우면 밝힐 수 있는 촛불이 있어서
>
> 더하지만 말고 빼보면 안다지
> 행복이 바로 곁에 있다는 것을
> 누진세 없는 행복 맘껏 누릴 수 있어서
>
> 뭐든 희망할 수 있는 내일을 꿈꾸며
> 몇 십 년을 갈아도 무디기만 한 시심詩心이

어느 순간 돌연 탁 튈 것 같은 기대로 가득 찬
그런 오늘이 있어서

—「오늘이 좋은 몇 가지 이유」 전문

오늘이 좋은 이유는 특별한 일이 기다리고 있어서가 아니다. 아무런 일이 없어서다. 내 몸을 다쳤거나 집안에 변고가 생긴 것이 아니라 어제처럼 오늘도 아무 탈 없이 무사하다는 것만큼 감사한 일이 어디 있겠는가? 집안이 무사하고 나와 가족이 건강하다는 것, 아무리 누려도 줄지 않는 행복이 바로 내 곁에 있다는 것, 어쩌면 내일은 멋진 시가 써질지도 모른다는 기대로 부푼다는 것, 이게 바로 기적이다. 소소한 일상의 기적!

일상에서 기적을 보는 시인의 사유는 세상에 대한, 그리고 삶에 대한 무한긍정에서 기인한다. 그리고 이 긍정의 힘은 어느 날 불쑥 생겨난 것이 아니다. 사람들이 "인생 그거 별 거 아니다"라고 말하며 인생을 통째로 퉁칠 때 시인은 "인생 참 별 거더라"(「사는 게 별 거지」)며 하루하루를 나누어 금을 매긴다. 시인에게는 순간순간이 모두 별 거고 사사건건이 모두 별 거다. 그에게 별 거 아닌 건 없다. 일상의 기적은 바로 범사凡事에 감사하는 그 믿음이 만든다.

그에게 "오늘이 좋은 이유"는 곧 "내일이 좋은 이유"로 이어질 것이고, 나아가 "이번 생이 좋은 이유"가 될 것이다. 그리고 그 이유들은 너무도 사소하고 흔해서 쉽게 사라지지도 않을 것이다. 이 세상을 천국으로 만드는 사람은 훌륭한 정치가나 위대한 사상가가 아니다. 길가에 지천으로 핀 들꽃에다 힘들여 물을 길어다주는 바보처럼, 사소하고 미미하고 흔한 일상을 아끼고 지키고 가꾸는 사람이다. 그리고 그 일이 천직이라고 믿는 사람이 시인이다. 이필수 시인도 예외가 아니다. 그도 대책 없는 바보다. ■

모든 걸 보면서 어느 것도 보지 않는 자의 시선
— 조무환 시집 『바람의 지문』

1

2016년 6월 20일 오전 11시 33분 27초, 경상남도 하동군 악양면 봉대길 100번지 앞. 조 면장은 월요일이라 출근하자마자 직원회의를 마치고 오늘 오전에 만나기로 한 봉대마을 이장집에 들렀다가 고샅을 빠져나오는 길이다. 눅눅하고 후텁지근해서 하늘을 쳐다본다. 며칠째 습도만 잔뜩 높이고 있다. 어젯밤 일기예보에 의하면, 오늘 전라남도와 제주도는 장마전선의 영향으로 대체로 흐리거나 비가 오다가 밤에 그친다고 했다. 섬진강을 끼고 있는 서부경남은 경상남도가 아닌 전라남도 쪽 일기예보를 보아야 더 정확하다는 걸 이곳 사람들은 경험으로 알고 있다. 등우량선은 행정 단위로 구획할 수 없을 뿐더러, 지역정서의 바깥에 있기 때문이다.

올 봄에는 비가 잦아 매실 농사를 망쳤다고 만나는 사람마다 울상짓던 게 엊그제 같은데 어느새 내일이 하지夏至다. 일찍 모내기한 논에서는 벌써 땅내 맡은 벼잎이 푸르다 못해 시꺼멓다. 감꽃 떨어진 대봉 감나무도 짙푸르게 그늘을 키우고 있다. 습기 머금은 감나무 아래서는 털 많은 짐승의 냄새가 난다. 감나무 아래를 막 빠져나오는 순간 길쭉한 대봉 감잎 하나가 휘청한다. 맞으면 퍽 소리가 날 것 같은 닭똥만 한 빗방울이 감잎을 때린다. 이어 이마가 선뜩하다. 조 면장은 차를 세워둔 마을회관 앞으로 달음박질치는 대신 머릿속에 파란 모니터가 켜지고 커서가 깜빡인다. 독수리 타법으로 자판을 꾹 꾹 눌러서 어딘가로 무엇을 타전한다.

> 2016년 6월 20일
> 오전 11시 33분 27초
> 봉대길 100번지
> 길쭉한 대봉감
> 잎 위로
> 닭똥 크기의
> 장맛비 한 알
> 툭

—「장마」 전문

이렇게 조문환이라는 '시인'은 '면장'이라는 일상의 겉옷 속에 감추어져 있다가 빗방울 하나에도 금세 본색이 탄로나고 만다. 그는 어쩔 수 없는 시인이다. 국내의 어느 문예지에서 추천을 받은 적도, 어느 일간지 신춘문예 공모에서 당선된 바도 없지만 그를 알고 있는 사람이라면 누구도 그가 시인임을 의심하지 않는다. 그도 그럴 것이 그는 이미 세 권의 사진에세이집을 낸 사진작가이자 문필가이기 때문이다.

조문환 시인은 하동에서 태어나 하동을 떠나본 적이 없는 토박이다. 이곳에서 자라고 결혼하고 아이들을 키우며 '시골 공무원'으로 지금껏 살아왔다. 그동안 그는 세 권의 사진에세이집을 출간했다. 고향 하동의 인정과 풍물과 풍속을 서정성 짙은 문장과 따뜻한 앵글에 담아낸 『하동편지』(2012), 발원지에서부터 포구까지 섬진강을 따라 그 수변 사람들의 삶과 애환을 담은 『네 모습 속에서 나를 본다』(2013), 읍내에서 평사리로 이사하여 이웃과

얽히고설키며 그곳에 스며들기까지 저간의 과정을 일기형식으로 갈무리한 『평사리 일기』(2015) 등이 그의 저작이다. 퇴근도 주말도 반납하기 일쑤인 시골 공무원이 사진을 찍고 글을 쓴다는 건 결코 쉬운 일이 아니다. 사진을 곁들인 에세이는 고향 하동을 사랑하는 그만의 독특한 방식이기도 했고, 떠난 자들에게 띄우는 남은 자의 안부편지이기도 했다. 그래서 하동과 연루된 자들에게는 사진집이면서 그 이상이었고, 에세이집이면서 역시 그 이상이었다. 그런 탓에 이 책들은 주위 사람들에게 그를 그저 평범한 '시골 공무원' 이상의 무엇으로 인식하게끔 했을 것이다.

그에게 '시'는 습작과 등단이라는 절차와 관행의 산물로서의 문학 장르가 아니다. 제도화된 장르란 그리 중요하지 않다. 그에게 사진이나 에세이가 그러했던 것처럼 자신을 '표현'하기 위해서가 아니라 주위와 '소통'하기 위해서 시가 필요했을 것이다. 이 말은 시보다 더 효율적인 수단이 있었다면 당연히 그것을 취했을 것이라는 뜻이다. 그래서 그에겐 시의 미학적인 측면보다 실용적인 기능이 더 긴요했고, 그것들의 도움으로 그가 이르고자 한 곳은 시인으로서의 명성이 아니라 자신의 터전에 대한 마음의 극진함 혹은 지극함일 것이다.

이 사실을 증명하듯이 그의 사진에세이집에서 한결같이 보여준 영상은 고향의 산천과 사람들에 대한 관심과 애정이었고, 그 영상에 곁들인 에세이도 결국 그것들의 언표였을 뿐이다. 그렇다고 그의 시가 문학성이 떨어진다는 말은 결코 아니다. 그의 타고난 문학적 감각과 삶에 대한 순수한 열정으로 빚어낸 시편들은 이미 그의 시가 취미나 기호의 수준을 훨씬 넘어선 지점에 위치했음을 여실히 보여준다. 그의 시는 독실한 신앙심을 바탕으로 타인에 대한 애정과 자신을 돌아보는 성찰이 주조를 이루어 따뜻하면서도 서늘하다.

여태까지 나는
옷을 장만하고

집을 장만하고
자동차를 장만하고
텔레비전을 장만하고
자식들 학비를 장만하고
노후자금을 장만하고

상신대 마을 조 이장님은
평사리들판 무논에서
논을 장만하고

—「농부」 전문

장만한다는 건 미리 준비하거나 마련하여 갖춘다는 뜻이다. 그래서 '장만'의 일반적인 용례에서는 필요와 염려와 예비의 의미가 내포되게 마련이고, 그 배후에는 물질에 대한 욕망이 깔려 있게 마련이다. 그러나 이 시에서는 '장만'이라는 말을 특별하게 사용함으로써 일상적인 문장을 시적인 표현으로 들어올린다. '논을 장만한다'는 건 단순히 부동산으로서의 논을 '매입'하는 행위가 아니다. 모를 내기 위한 사전 작업으로 무논을 써레질하고 가두어진 물이 새나가지 않도록 논두렁을 다듬는 일련의 과정을 농부들은 '논을 장만한다'고 한다. 논을 장만해야 이앙移秧할 수 있고, 수확할 수 있고, 비로소 양식糧食이 될 수 있다. 옷이나 집이나 자동차, 텔레비전이나 학비나 노후자금을 장만하는 '나'와 평사리 들판에서 무논을 장만하는 "조 이장님"은 '장만'이라는 낱말을 사이에 두고 극단적으로 대비된다.

전자가 물질적이라면 후자는 정신적이고, 전자가 세속적이라면 후자는 탈속적이다. '내가 대학을 나오고 공무원으로 살면서 비교적 안정된 지위와 생활을 영위하는 동안 평사리 들판의 농부들은 가장 낮은 곳에서 가장 성스런 삶을 가꾸고 있었구나' 하는 성찰과 자괴감이 이 시를 받치고 있는 정서이다. 이 정서를 산문적 진술이 아니라 시적 표현으로 승화시키는 모멘트는 바로 '장만'이라는 낱말의 화용론적 기용에 있고, 이런 기용은 순전히 조문환의 언어적 감각과 세계를 바라보는 시각에서 비롯되었음은 물론이다.

그는 체계적인 문학이나 언어학에 대해서 공부한 적이 없음에도 불구하고 선천적이라고 해도 좋을 만큼 언어의 사용에 민감하고, 언어에 대한 자의식이 남다르다. 언어란 단순한 소통의 수단이거나 표현의 도구가 아니다. 우리는 언어로써 세계를 인식하고 사유한다. 언어학자들은 주장한다. 세계가 있고 언어가 존재하는 게 아니라 언어가 존재하고 비로소 세계가 존재한다고. 마치 "내가 그의 이름을 불러 주었을 때/ 그는 나에게로 와서/ 꽃이 되었다"(김춘수, 「꽃」)고 한 그 꽃의 '이름'처럼 말이다. 그러나 언어는 한계가 있다. 말하는 순간 사라져버린다. 언어란 부재나 결핍으로써 존재하기 때문이다.

평화를 말할 때 평화는 떠나버렸다
자유를 노래하자 자유는 억류되었다
평등을 부르짖자 평등은 기울어져버렸다
사랑한다 말함으로 사랑은 허울뿐이었다
보고 싶다는 말에 타는 가슴은 식어버렸다

추하고 지저분한 저 언어 덩어리들

—「언어 체감의 법칙」 전문

언어란 얼마나 불안전하고 불완전한 수단인지를 날카롭고 날렵하게 보여주는 시다. 평화, 자유, 평등, 사랑, 그리움과 같은 개념은 인류가 공들여 가꾸고 키우고 수호하려는 귀중한 가치이다. 그런데 말로 드러나는 순간 그 가치들은 심각하게 훼손되거나 사라진다. '평화'를, '평등'을, '자유'를, '사랑'을 말하는 순간 진정성은 의심당하고 왜곡된다. 그것들이 훼손되지 않게 하려면 방법은 하나다. 말하지 않고 실천하는 것. 오로지 온몸으로 실천할 때 평화는 찾아오고, 평등은 이루어지고, 자유는 구가되고, 사랑은 전해지고, 그리움은 더 뜨거워질 것이다. 그리하여 비소로 빛나게 될 것이다. 시인이란 언어를 소모하는 자가 아니라 연마하여 보석으로 만들려는 자가 아닌가. 그의 언어에 대한 이런 인식과 태도는 소중하고 미덥다.

2

그는 자신에게 주어진 책임과 역할을 성실히 수행하는 공직자이자 생활인이고, 떨어지는 빗방울 하나조차 가볍게 보지 않는 시인이자 사색가이며, 인간의 욕망과 한계를 인식하는 종교인이자 신앙인이다. 종교를 갖고 신앙한다는 것은 자신의 생을 신의 가르침으로 '포맷'한다는 뜻이다. 즉, 그 신이 좋아하는 것을 나도 좋아한다는 뜻이 아니겠는가.

하나님은 가끔씩 함석지붕 타고 오시지
간지럼 잘 타는 얇은 함석지붕 좋아하시지
있는 그대로 표현하는 솔직함 좋아하시지
그 소리에 설레는 가슴 좋아하시지

톡 톡 톡
쏴아 쏴아 쏴아아

마루에서 천정 바라보는 눈망울 좋아하시지
기울여 듣는 귀 좋아하시지

—「빗방울」 전문

'장엄한 빗소리로 우주를 가득 채우는 함석지붕의 낭만을 좋아한다'는 말을 시인은 신에게 기대어 이렇게 말하고 있는 것이다. 어디까지나 내가 좋아하는 게 아니라 "하나님"께서 좋아하시는 거다. 작은 빗줄기에 온몸을 뒤채는 함석지붕도, 빗소리 하나도 감출 줄 모르는 그 솔직함도, 그 소리에 설레는 가난하고 여린 가슴들도, 비를 기다리며 마루에 누워서 천장을 바라보는 투명한 눈망울들도, 한 방울도 놓치지 않겠다는 듯이 기울여 듣는 귀들도 모두 하나같이 하나님이 좋아하시는 목록들이다. 그래서 결국 내가 좋아할 수밖에 없는 목록들이다. 내가 좋아하는 것들은 곧 하나님이 좋아하는 것이라는 인식은 무섭다. 내가 세상을 보는 그 눈으로 신은 나를 본다는 건 얼마나 두려운 일인가. 신이란 두려운 존재다. 나의 죄와 구원이 모두 그 안에 있기 때문이다. 그러나 가장 두려운 존재는 가장 친근한 존재와 다르지 않다. 두려움과 친근함은 하나의 마음이 짓는 다른 표정이기 때문이다.

초복初伏과 대서大暑 사이
지렁이 몸 말리는 계절에

긴긴 장마에 젖은 몸
달궈진 돌바닥에 누이고
제 스스로 비벼 몸 말린다

태양과 바람과 상극인 그,
그럴 줄 알면서도
스스로 엄숙한 장례를 치른다

—「순교자」 전문

지렁이는 가장 비천한 존재이면서 가장 성스런 존재이다. 발 밑에서 꿈틀거리는 미물微物인 동시에 가장 낮은 곳에 임하신 성자聖者이기 때문이다. 초복과 대서 사이, 불볕 쏟아지는 돌바닥 위에서 말라죽어가는 지렁이의 이미지가 환기하는 것은 두 가지, 기꺼이 인간의 죄를 대속하는 예수의 모습과 그 앞에서 속죄하는 시인의 모습이다. 고통의 극한에서 인간의 영혼은 빛난다. 시인은 고통으로 몸부림치는 지렁이 앞에서 자신의 죽음을 스스로 장례 치르는 자의 비장함과 결연함과 숙연함을 보고, 순교자의 정신을 읽는다, 혹자들은 고작 지렁이 한 마리를 두고 너무 호들갑을 떤 게 아니냐고 할지 모르지만, 의미는 존재하는 게 아니라 부여하는 것이다. 시인이란 두두물물에 의미를 부여해서 그들의 가치를 깨우쳐 주는 자가 아닌가. 이 시는 횔더린의 질문 '신이 부재한 시대에 시인의 몫은 무엇인가'에 대한 소박한 응답일 수도 있지 않을까.

3

시인이란 시를 쓰는 사람이다. 이 단순하고 당연한 명제가 함의하는 바는 가볍지 않다. 시인을 사칭하며 흉내내는 '사이비 시인'들은 예나 지금이나 많다. 명예도 권력도 부도 약속해주지 못하는 '시인'을 사칭하는 '가짜 시인'들이 존재한다는 것도 흥미롭지만, 아직도 '시인'이라는 관형사 뒤에 뭔가가 있다고 믿는 그들의 순진한 믿음도 재미있다. 시인은 한 인간의 고유한 정체성이 될 수가 없다. "시인이란 직업이 아니다. 물이 얼어 있을 때만 물이듯이 시인은 시를 쓸 때만 시인이다"라고 황지우 시인이 일갈했듯이 시라는 글쓰기에 처절하고, 시인의 자의식이 철저할 때 비로소 시인이다. 그들은 대상을 껴안으면서 배척하고, 이 세계를 긍정하면서 부정하고, 보이는 것들의 이면을 보려고 애쓰는 자들이다. 이런 점에서 조문환은 천상 시인이다. '시'라고 이름 붙이지 않은 글들에서조차도 그의 언어에는 시적인 아우라로 충만하기 때문이다.

> 엄마는 그랬을 것이다
> 썰물로 강물이 그 창수를 다 내놓고 바다로 끌려 내려가듯이
> 휩쓸려간 그 마음 잡을 길 없어
> 새끼 떠난 그 길을 며칠이고 응시했을 것이다
>
> —「엄마는 그랬을 것이다」 부분(사진에세이집 『평사리 일기』)

이 글은 그의 사진에세이집에 실린 글의 일부분이다. 이 글의 왼쪽에는 허리 굽은 노파가 헐렁한 몸뻬 바지에 낡은 배낭을 지고 지팡이에 의지한 채 산길을 돌아가는 뒷모습의 흑백사진이 실려 있다. 무엇을 말하고자 하는지 독자들은 다 안다. 사진이 앞질러가고 사족으로 덧붙인 언어가 뒤따라가지만 그 둘은 서로를 밀고 당기면서 독자의 가슴속으로 스며든다. 우리는 이런 걸 두고 감동이라고 부른다. 물론 어머니라는 강력한 존재감과 흑백사진이라는 아련한 그리움으로 감동을 강요하는 측면도 없지 않지만, 그가 이 글에서 추구했던 게 미학적 표현의 수월성이 아니라 대중적 공감과 위로였다는 점을 상기한다면 그의 의도는 충분히 달성된 셈이다. 이번 시집은 그가 처음부터 작정하고 '시'라고 쓴 글들이니 오죽하겠는가. 아무 페이지나 펼쳐놓고 보이는 대로 몇 편만 훑어봐도 만만치 않은 '내공'이 느껴진다.

열 근을 따면
다섯 근은 바람과 태양이 훔쳐가버려
결국 다섯 근만 남게 되지

바람과 태양이 키웠으니
돌려주는 것이 당연하지

나머지 내가 수고한 만큼만 갖는 거야
공평하지 않아?

—「다섯 근」 전문

땅에서 수확하는 모든 것들은 바람과 태양에 빚진 것들이고, 따라서 그 수확량의 절반은 다시 그들에게 되돌려준다는 발상은 심오하다. 내가 수고한 만큼만 내 몫으로 갖겠다는 그의 윤리는 당연히 그의 종교적 염결성으로 이어진다. 자연과 사물과 삶의 이치를 이렇게 짧은 글 안에서 자연스럽게 그려내기란 절대 쉬운 게 아니다. 이런 소품은 또 어떤가.

비가 할 말 있나보다
처마에서 손짓하는 걸 보니
바람이 전해 줄 소식 있나보다
내 귀에 속삭이는 걸 보니
산수유 꽃 내게 줄 선물 있나보다
노란 꾸러미 뒤에 감추는 걸 보니

—「봄」 전문

비도 바람도 산수유꽃도 모두 봄의 전령사들. 그들은 저마다의 방식으로 봄을 전한다. 비는 처마 끝에 매달려서 은밀하게 흔드는 손짓으로, 바람은 무심한 듯 지나가는 속삭임으로, 산수유는 노란 꽃묶음을 뒤로 감추는 수줍음으로 봄을 전한다. 그러나 이 시에서 중요한 것은 봄을 전해주는 이 전령사들의 기발하고 고유한 방식이 아니라 그들의 은밀한 신호를 놓치지 않고 알아채는 시인의 감각이고, 그 현장을 시로 받아쓰는 시인의 능력이다. 그의 시인으로서의 능력과 자질에 대한 확인이 필요하다면 바로 다음 작품에 주목해야 할 것이다.

봄이가 짖는다
바람 보고 짖는다
나는 새 보고 짖는다
비행기 보고 짖는다
구름 보고 짖는다
뭘 보고 짖는지 모르게 짖는다
허망하게 짖는다
엉뚱하게 짖는다

무심하게 짖는다

봄이가 허공으로 날아간다

—「봄이」 전문

"짖는다"고 했으니 일단 "봄이"는 개라고 보는 게 좋겠다. 이 개는 바람을 보고 짖고, 새를 보고 짖고, 비행기를 보고 짖고, 구름을 보고 짖는다. 아니 그 어떤 것도 보지 않고 짖는다. 허망하게 짖고, 엉뚱하게 짖고, 무심하게 짖는다. 그렇다면 짖는 주체가 과연 개일까. 어쩌면 말 그대로 '봄이'는 봄이라는 계절이 아닐까. 생명 있는 모든 것들이 눈을 뜨고 깨어나면서 서로가 서로를 보고 짖는 계절, 그래서 허망하고 엉뚱하고 무심한 계절, 결국은 황사에 섞여 허공으로 날아가버리는 계절이 곧 봄이 아닐까.

한 폭의 정겨운 풍속도 같기도 하고, 초현실주의 그림 같기도 한 이 시는 하나의 고정된 의미로 읽히기를 거부한다. 어떤 것도 답이고 어떤 것도 답이 아니다. 즉 '무의미 시'라는 말이다. 횡설수설과 장광설로 언어를 난도질하는 어설픈 기성의 무의미 시들과는 뚜렷하게 변별되는 시다. 이런 글을 쓰는 사람이 시인이 아니라면 누가 시인이란 말인가. 고백하건대, 그가 '등단'이라는 우리 문단의 오랜 관습과 관행을 무시하고, 곧바로 시집을 내겠다고 했을 때 나를 포함한 주위의 문인들은 의심과 불안을 떨칠 수가 없었다. 몇 권의 에세이집을 냈다고 혹시 시라는 장르를 너무 얕본 게 아닐까 우려했다. 그러나 그런 의심과 불안을 불식시킬 만큼 그의 시들은 형식도 내용도 견고했고 안정되었다.

그는 현재 하동군 악양면의 면장이고, 자기가 면장으로 근무하는 곳의 주민이고, 틈만 나면 카메라를 메고 악양의 들판과 고샅을 헤매는 사진작가이고, 일찍 퇴근한 날이면 "에쿠니 가오리의 시집"(「일찍 퇴근한 날」)을 들추는 시인이고, 주일이면 자신의 목자牧者를 찾아가서 무릎을 꿇는 한 마리 머리 희끗한 양이다. 이 시집은 그의 여러 모습 중 하나를 조명해서 보여주었을 뿐이다. 그래서 바라건대, 이 시집이 그를 '시인'이라는 틀 안에 구속하지 않았으면 좋겠다. 그가 지금껏 사진을 찍었지만 사진작가를 탐하지 않았듯이, 에세이집을 냈지만 에세이스트를 자처하지 않았듯이, 이 한 권의 시집 때문에 그가 어떤 이름으로 규정되는 걸 원치 않는다. 오히려 시라는 날개를 얻었으니 더 큰 자유인으로 거듭나기를 바랄 뿐이다. ■

벽을 뚫기 위한 세 개의 질문
— 이경숙 시집 『벽 속의 귀』

이경숙 시인의 두 번째 시집 『벽 속의 귀』가 나왔다. 첫 시집 『불편한 쾌감』에서 "나는 나의 주인이 아니었을까" 하고 절박하게 묻던 시인은 그 질문을 두 번째 시집에서도 이어가고 있다. 시란 '정답'이 아니라 '질문'을 찾아가는 과정이라는 것을 증명이라도 하듯이 이번 시집에서도 곳곳에서 관계와 실존에 대해 질문한다. 그 질문은 '심리학'이라는 학문의 방식으로 묻기도 하고, '가족'이라는 근원의 방식으로 묻기도 하고, '다문화가정'이라는 시대의 방식으로 묻기도 한다. 이 세 가지 방식이 두 번째 시집을 이루고 있는 골격이다. 물론 시집의 이 골격은 곧 삶의 골격이기도 하다. 시인은 대학원에서 '심리학'을 공부했고, 밥벌이를 위하여 지역의 다문화센터에서 다문화가정의 어려움을 들어주고 조언해주는 '상담사'로 일하고 있다. 삶을 '반영'하는 것이 시일 테니 삶의 골격은 곧 시집의 골격일 수밖에 없지 않겠는가.

하지만 이 '반영'이라는 게 저절로 되는 것은 아니다. 삶의 얼룩들을 숨기지 않고 드러내는 데는 문학적 재능이나 열정뿐만 아니라 용기가 수반되어야 가능하다. 누구에게나 일상의 모습은 누더기일 수밖에 없다. 그 누더기를 풀어헤치고 헐벗은 속살을 백일하에 드러내는 일이 쉽겠는가. 시쓰는 일의 어려움은 종종 문학적 재능의 문제가 아니라 용기의 문제로 귀착되곤 하는데 그 소이가 바로 여기에 있다. 더욱이 시인의 일상이 영위되는 '토포스'가 소읍小邑이라면 그 벽은 더 높을 수밖에 없다. 이곳에서는 '시인'과 '화자'가 분리되지 않기 때문이다. 시 속의 상황은 시인의 일상으로 여과나 굴절 없이 인식되는 탓에 시인의 자기검열은 불가피하다. 사정이 그러함에도 편안히 공감할 수 있는 '정답'이 아니라 주위 사람까지 불편하게 할 수도 있는 '질문'을 받들기란 얼마나 어려운 선택이었겠는가. 도통한 척 '정답'을 말하는 건 쉽다. 그러나 너무 커서 답을 어림할 수도 없는 '질문'을 받들고 있기란 어렵다. 그러면 시집 속의 질문을 하나씩 따라가 보자.

첫 번째, '심리학'이라는 학문의 방식으로 묻는 질문.

> 많은 코끼리 중 보랏빛만 생각하지 말아요.
> (뒤적거리니 다른 색깔의 코끼리가 가득 들어 있어요.)
> 그 말이 떨어지기 무섭게 보랏빛 코끼리만 나와서 줄을 서요.
> 빨간 색 코끼리도, 파란 색 코끼리도 온데간데없어요.
>
> 보랏빛 코끼리만 생각하지 말아요.
> 뇌기능을 이야기하던 여교수의 말이 끝나기도 전에
> 우글우글 보랏빛 코끼리가 걸어나와서
> 강을 건너고 있어요.
> 물을 끼얹고 있어요.
> 처음부터 지상의 모든 코끼리는 보랏빛이었던 것처럼.
> 다른 빛깔의 코끼리 잊어버린 채
> 보랏빛 코끼리 생각하지 말아라는 말에
> 코끼리 전부를 잃어버린 이상한 날이에요.

—「보랏빛 코끼리」 전문

이 시의 제재題材는 아마도 강의시간에 우리 뇌의 어떤 기능을 공부하면서 등장했던 이야기인 듯하다. '보랏빛 코끼리'만 생각하지 말라고 말하는 순간, 우리의 뇌는 그 보랏빛에 묶여버리고 만다는 것. '금지'가 발생하는 순간 그 금지를 '위반'하려는 에너지로 가득 찬다는 것. 금지하는 힘이 강력할수록 그것을 위반하려는 에너지도 강렬해진다는 것. 하여 보랏빛 코끼리만 챙기려다가 코끼리를 전부 잃어버리게 된다는 것. 이 시는 이번 시집의 맨 앞에 수록된 작품이다. 시의 배치도 배치려니와 이야기가 우의寓意적인 탓에 삶의 본질을 이야기하는 알레고리로 읽힐 수밖에 없다. 즉 무엇을 잃은 대신 무엇을 얻었는가 하는 질문과 더불어 왜 나는(혹은 우리는) 이렇게 살 수밖에 없는가를 우회적으로, 온건하게 묻는 질문이 아닌가.

보랏빛 코끼리는 곧 환상이다. 존재하지 않는 보랏빛 코끼리가 존재하는 코끼리들을 다 지우듯이 환상이란 이렇게 힘이 세다. 아무도 보는 사람 없는 깊은 산 중에서도 환상은 함박꽃을 꽃피게 한다.(「상상적 청중」) 산 중의 함박꽃에게 환상은 "상상적 청중"이다. 보랏빛 코끼리가 함박꽃이 아니라 자본주의를 만나면 우리를 서글프게 한다. 세탁기를 설치한 기사는 본사에서 걸려오는 서비스 만족도 조사에 목을 매고 소비자에게 "부탁드립…웃는다" 그 웃음을 "밥그릇인 것처럼 끌어안고" "만족, 아주 만족"을 구걸하기에 이른다. 이때의 만족은 누구의 만족인가. 그리고 무엇에 대한 만족인가. 시인은 웃지 않는다. 그러면서 툭 던진다. "자, 처음부터…생각해보자."(「만족, 아주 만족」)

두 번째, '가족'이라는 근원의 방식으로 묻는 질문.

내가 앉은 의자와 나란히 당신의 빈 의자가 있습니다.
보이지 않는 당신이 있습니다.
안 계신 당신이 날 보고 있습니다.
날 안심시키려 못 가신 당신이 있습니다.

문득 내 어깨에 당신 손이 얹힙니다.
밤마다 머리맡에서 목이 쉬도록 책을 읽어도
어머니가 되지 못한 내가 있습니다.
어머니 노릇, 배우지 못한 내가 어머니로 있습니다.
당신의 빈 의자에게 물어봅니다.
허공을 돌아온 바람에 문득 들려옵니다
애썼구나 얘야, 그것이면 충분하단다.

—「빈 의자에게 묻습니다」 전문

이 시에서 "내가 앉은 의자와 나란히" 있는 빈 의자의 주인은 아마도 '어머니'일 것이다. 그런 탓에 이 시는 지상의 모든 딸들이 어머니에게 던지는 '존재론적 물음'으로 읽힌다. 존재론적 물음이라고 해서 거창한 건 아니다. "밤마다 머리맡에서 목이 쉬도록 책을 읽어도/ 어머니가 되지 못한 내가" 그 이유와 의미를 '어머니'에게 묻는 행위야말로 가장 절박하면서 가장 근원적이지 않은가. 현실적으로 아이들을 어떻게 키울 것인지, 살림을 어떻게 꾸릴 것인지, 가족을 어떻게 살필 것인지 하는 주부로서의 소박한 질문이기도 하고, 그 요령과 방책을 몰라 전전긍긍하는 화자의 하소연이기도 하다.

그러나 좀 더 울림이 있게 읽으려면 '어머니'를 '신神'으로 읽으면 된다. 어머니야말로 추상적 존재인 신神의 구체적 현신現身이 아닌가. 이때의 어머니는 나를 낳은 존재이면서 이 세계를 낳은 존재다. 그러므로 "어머니 노릇"이란 단순한 보호자나 내조자의 역할이 아니라 이 세계를 '관장'하는 일이다. 신이 관장하는 '콘텐츠'를 인간은 '진리'라고 부른다. 그러므로 질문의 형식으로 존재하는 '진리'는 마땅히 답이 없다. "빈 의자"를 향해 "보이지 않는" 타자에게 구하는 질문이야말로 얼마나 간절했겠는가. 그리고 허공에서 환청처럼 들리는 그 응답은 얼마나 사무쳤겠는가. "애썼구나 얘야, 그것이면 충분하단다." 이때의 응답은 질문을 지워버리는 '정답'이 아니다. 질문하는 자의 등을 다독이는 격려이자 응원이고, 마침내 부여받는 인정認定이다. '어머니의 노릇'이란 이미 정해진 구성원의 '역할'이 아니라 한 여성이 무수한 질문을 통해 가까스로 부여받는 존재의 '자리'일 테니 말이다.

세 번째, '다문화가정'이라는 시대의 방식으로 묻는 질문.

딱새 한 마리 마루 끝에 날아와 앉아
알아듣지도 못할 말을 쏟아놓는다.
동남아 하늘을 날던 피곤한 날개를 접고
손톱 끝을 직선으로 잘라낸 어린 며느리
딱새처럼 부리를 재잘거린다.
내 귀는 마루 언저리만 맴돌다가 휘적거리며 돌아온다.
손톱 선을 바라보던 나의 미간이 꿈틀거리다
통역사는 고개를 끄덕이며 떨어진 말을 쓸어 담는다
— 남편은 나를 사랑하지 않아요.
(얘야, 사랑이 어디에 있는 걸까? 내가 가져다줄 수 있을까?)
— 재미가 없어서 돌아가고 싶어요.
(얘야, 너는 돌아갈 부모라도 있어 좋겠다. 재미로 시집을 간다더냐.)
— 남편은…
(얘야,)

— 「딱새는 어디서 날아왔을까」 부분

이제 우리에게 이민족異民族 엄마의 손을 잡고 나들이하는 단란한 가족의 풍경이 낯설지 않다. '단일민족'이라는 순혈純血주의의 허구와 폭력이 조금씩 사라지고 있는 느낌이다. '느낌'이라고 표현한 까닭은 일종의 감感일 뿐 그 실상은 단언하기 어렵기 때문이다. 혈통血統이 함의하는 '피의 결속'은 강력하다. 그만큼 이기적이고 배타적이라는 뜻이다. '팔리듯이' 우리나라로 시집온 동남아의 '딱새'들은 고단하다. 그들은 우리나라로 들어서는 순간 삼

중三重의 벽을 넘어야 한다. 하나는 언어에서 기인한 소통과 공감의 벽이고, 다른 하나는 이민족이라는 편견과 배타의 벽이고, 나머지 하나는 남성 중심의 가부장제가 휘두르는 폭력과 광기의 벽이다. 그들이 꿈꾸던 스위트홈의 사랑과 행복은 어디에도 보이지 않는다.

오늘도 화자는 통역사와 함께 다문화가정을 찾아간다. 마루 끝에는 동남아의 가난한 나라에서 시집온 어린 '딱새'가 자기 나라 말로 뭐라고 지저귀고 있다. 이 '딱새'는 손톱 끝이 직선이다. 두루 알다시피 여성에게 손톱은 무기이자 정체성이다. 하지만 일 자一字로 잘려진 손톱은 그 어떤 기능도 수행할 수가 없다. 날선 무기로서의 공격성도, 매니큐어 칠한 여성의 정체성도 모두 잘려지고 없다. 이는 곧 남편의 사랑도 가족들의 관심도 존재하지 않는다는 뜻이기도 하다. 그것들은 시간의 풍화작용으로 서서히 무디어진 게 아니라 애초부터 '딱새'들에게는 존재하지 않았던 것이다. 이 사실을 깨달았을 때는 이미 손톱이 잘리고 없었다.

그리고 이 시가 던지는 또 다른 메시지는 괄호 안에 담겨 있다. 다문화가정의 이민족 며느리가 아니어도 이 나라의 여성에게 벽은 완강하게 존재한다는 거다. 언어가 다르지 않아도 소통은 부재하고, 빈부가 나누는 편견의 벽은 그 두께를 가늠할 수가 없고, 구직求職의 지옥 속에서 성性차별은 더욱 교묘해져 간다. '사랑타령'이나 하는 이 철없는 '딱새'를 앞에 두고 정작 시름이 깊어가는 쪽은 '딱새'가 아니라 그들에게 조언해주러온 화자다. 그러니 이렇게 자문自問할 밖에. "사랑이 어디에 있는 걸까? 내가 가져다줄 수 있을까?"

지금까지 이경숙 시인의 두 번째 시집『벽 속의 귀』를 '심리학' '가족' '다문화가정'이라는 세 개의 낱말을 키워드로 삼아서 질문의 형식으로 읽어보았다. 끝으로 이번 시집에 대해 한 마디만 더 사족을 달자면, 첫 시집『불편한 쾌감』에서는 불안한 자의 '방황'이 느껴졌다면 이번 시집에서는 정주定住하려는 자의 '피로'가 느껴진다. '방황'에는 낭만적 뉘앙스라도 있지만 '피로'에는 바닥없는 중력만 느껴질 뿐이다. 이 나락奈落과도 같은 '피로사회'를 벗어날 바깥은 없는 걸까. 그리고 이 시집『벽 속의 귀』를 '지금-여기'에서 탈출하려는 자의 몸부림으로 읽는다면 터무니없는 오독이 될까. ■

김남호 평론집
깊고 푸른 고백

지은이_ 김남호
펴낸이_ 조현석
펴낸곳_ 북인
디자인_ 푸른영토

1판 1쇄_ 2022년 10월 15일
출판등록번호_ 313 - 2004 - 000111
주소_ 121 - 842 서울 마포구 서교동 460 - 34, 501호
전화_ 02 - 323 - 7767
팩스_ 02 - 323 - 7845

ISBN 979-11-6512-062-7 03810

이 책은 (사)한국예총 하동지회로부터
제작비 일부를 지원받아 발간하였습니다.

책값은 뒤표지에 있습니다.
저자와 협의 아래 인지를 생략합니다.